Zoete overwinning

Van Jorinde Molenaar verschijnen bij Luitingh-Sijthoff:

Zoete overwinning
Bittere strijd
Pure passie

Jorinde Molenaar

Zoete overwinning

De Zaanse cacaotrilogie 1

LUITINGH-SIJTHOFF

Uitgave van uitgeverij Luitingh-Sijthoff bv, Amsterdam

Omslagontwerp en -beeld Bürosüd
Opmaak binnenwerk Crius Group, Hulshout

ISBN 978 90 210 4738 6
ISBN 978 90 210 4739 3 (e-book)
ISBN 978 90 210 5232 8 (luisterboek)
NUR 301

www.lsuitgeverij.nl
www.boekenwereld.com

Uitgeverij Luitingh-Sijthoff vindt het belangrijk om op milieuvriendelijke en verantwoorde wijze met natuurlijke bronnen om te gaan. Bij de productie van dit boek is daarom gebruikgemaakt van papier waarvan het zeker is dat dit niet tot bosvernietiging heeft geleid.

Voor mijn grootouders, die met hun verhalen de zaden plantten voor de boeken die ik nu schrijf.

1

Noor

Aan de noordkant van Zaandam, zaterdag 20 januari 1912

De Zaan wacht.

De drie meisjes hollen door de sneeuw naar de oever. Daar ploffen ze neer en halen ze hun schaatsen uit hun tassen.

'Eindelijk,' verzucht Noor. 'Ik dacht dat het nooit middag zou worden.'

'Ja, dat is toch niet te geloven!' foetert Fieke. 'Mijn zusjes op de lagere school hebben al een paar dagen ijsvrij gekregen, maar die stomme school van ons gaat zelfs op zaterdagochtend gewoon door.'

'Echt belachelijk,' stemt Annabel in, met een breed gebaar naar de overkant van de rivier. 'Moet je zien: iedereen is hier!'

Noor glimlacht.

Het is niet echt zo dat de hele stad is uitgelopen, maar het is inderdaad wel druk. Aan de andere kant van de Zaan staan op een houten vlonder kraampjes met stoelen en tafels, waar chocolademelk, oliebollen en warme kruidenwijn verkocht worden. Overal zijn mensen aan het schaatsen, lachen en praten.

Zoals bijna elk keer als de Zaan volledig dichtvriest, is een stuk van de rivier, stroomopwaarts aan de noordkant van Zaandam, ingericht als schaatsbaan. Daar is het ijs heel wat veiliger dan in de stad zelf, bij de bedrijven.

Noor vindt het landschap hier ook veel mooier, met de molens langs de oevers en nauwelijks huizen, alleen wat boerderijen. Hier hoor je geen paarden door de straten draven, geen herrie van fabrieken, want je bent midden tussen de besneeuwde weilanden.

'Schiet je een beetje op?' vraagt Annabel, die al bijna klaar is met het aandoen van haar schaatsen.

Die laat Annabel maar al te graag zien, de kunstschaatsen die haar vader vorig jaar voor haar heeft gekocht. Het zijn eigenlijk schoenen, met daaraan vastgemaakt een kort ijzer dat aan de voorkant opkrult. Ze zien er beslist eleganter uit dan de houten schaatsen met lange ijzers die Fieke en zijzelf met riempjes onder hun eigen schoenen binden.

Maar dat kan Noor niet bommen, want ze is best tevreden met deze Friese doorlopers, waar ze door de jaren heen volkomen aan gewend is geraakt. Inmiddels kan ze er ook behoorlijk hard mee. Van hen drieën schaatst zij zonder meer het beste. Daarna Fieke en dan pas Annabel, die het eigenlijk vooral belangrijk vindt dat ze er mooi uitziet. Zoals ook nu, met haar rode muts, die ze zo over haar blonde haar heeft getrokken dat haar krullen er het aantrekkelijkst onder vandaan komen.

Zodra ze alle drie klaar zijn, gaan ze het ijs op. Met haar dikke wollen jas aan en een sjaal strak om haar nek gewikkeld, schaatst Noor behendig tussen de andere schaatsers door. Annabel en Fieke volgen lachend. Fieke heeft een blauwe ijsmuts met een oranje bolletje erop diep over haar oren getrokken en Annabels adem vormt wolkjes in de koude lucht.

Het is een heldere, koude wintermiddag. De zon staat laag aan de hemel en werpt lange schaduwen over het gladde ijs. Overal klinkt het geluid van schaatsen die over het ijs glijden, en het vrolijke geroezemoes van mensen die zich vermaken.

Ze rijden een paar rondjes over het langgerekte ovaal van de ijsbaan. Noor moet regelmatig een beetje inhouden, anders blijft vooral Annabel achter. Niet alleen omdat ze minder hard schaatst, maar ook omdat ze steeds de tijd neemt om te zwaaien naar bekenden.

Nu Annabel zelfs blijft stilstaan om een paar woorden te wisselen met een groepje klasgenoten, wordt het Noor te gek. Dat kan ze toch op school ook! Waarom moet dat hier op de ijsbaan?

Ze geeft Fieke een seintje en ze rijden samen weg. Als ze even later aan de andere kant van de baan langskomen, staat Annabel nog steeds te praten. Misschien heeft ze niet eens in de gaten gehad dat zij tweeën zijn weggereden. Of het kan haar niet schelen, natuurlijk.

Bij de sneeuwrichel aan de verste lus van de ijsbaan staan een paar jongens die ze kennen van school, uit de eindexamenklas. Ze maken oogcontact, allebei de jongens beginnen te lachen en Stijn, de langste van de twee, roept iets over meisjes die eigenlijk niet alleen zouden mogen schaatsen.

Fieke kijkt haar van opzij wat onzeker aan, maar Noor blijft onverstoorbaar glimlachen en zegt: 'Gewoon doorrijden.'

Al gauw komen de twee jongens hen achterna. Stijn mindert vaart naast haar, terwijl Jochem naast Fieke gaat rijden.

'Jullie kunnen best goed schaatsen,' zegt Stijn.

Met een meewarige grijns werpt Noor een korte blik op de lange jongen.

'Nou, jullie ook.'

'Nee, maar serieus!' houdt hij vol. 'Voor meisjes dan.'

Aan de andere kant begint Jochem honend te lachen.

Noor blijft staan en zet haar handen in haar zij.

'Ben je naar ons toe gekomen om dat te zeggen?' vraagt ze uitdagend. 'Of was je soms van plan om een wedstrijdje te rijden? Je zegt het maar.'

Stijn kijkt even naar Jochem en lacht dan nerveus. 'Dat zou niet eerlijk zijn,' zegt hij, wijzend naar zijn schaatsen. 'Want ik heb noren.'

Dat klopt, en ze zien er ook vrij nieuw uit: leren schoenen, met glimmende ijzers, die uitlopen in een punt.

Noor haalt haar schouders op. 'Nou en, ik bén Noor.'

'En zij is vorig jaar eerste geworden bij de Zaanse jeugdkampioenschappen,' voegt Fieke daaraan toe.

'Ja, bij de meisjes!' zegt Jochem.

'Heeft een van jullie gewonnen bij de jongens, dan?' vraagt Noor, terwijl ze haar armen over elkaar doet.

'Nee... Je weet best dat jouw broer die altijd wint,' antwoordt Stijn, wat onwillig.

'Maar die wordt eind deze maand achttien en doet dit jaar eindexamen, dus mag hij komende winter niet meer meedoen. Fijn voor jullie, dan maken jullie misschien ook een kans,' zegt Noor.

Vervolgens tegen Fieke: 'Kom, we rijden door.'

Ze laten de twee jongens staan en maken het rondje vol.

Bij de chocolademelktent zien ze Noors broer Pieter staan met Bram, zijn beste vriend.

Noor steekt haar hand op als ze langs hen heen rijden. Haar groet wordt met laconieke vanzelfsprekendheid beantwoord.

'Wat raar dat jij zo goed met Pieter kunt opschieten, maar Annabel helemaal niet met Gerard,' merkt Fieke op.

Daar heeft ze gelijk in, bedenkt Noor. Annabels gezicht betrekt steeds als ze haar oudere broer ziet en die twee doen vaak onaardig tegen elkaar. Het lijkt alsof ze altijd ruzie hebben. Terwijl Pieter, die een jaar jonger is dan Gerard, al zolang ze zich kan herinneren een aardige en behulpzame broer voor haarzelf is geweest. Gelukkig maar, want ze heeft een hekel aan onenigheid.

Eigenlijk is ze ook best trots op Pieter. Hij zit niet bij haar op de mulo, maar doet eindexamen op de hbs. Er is geen twijfel aan dat hij zal slagen, want hij heeft altijd al goede cijfers gehad, omdat leren hem makkelijk afgaat. Ook zijn toekomst is duidelijk: van jongs af aan is Pieter er door hun vader op voorbereid dat hij na zijn schooltijd in het bedrijf komt te werken, zodat hij dat later kan overnemen. Daar is niemand enthousiaster over dan Pieter zelf.

Ze remmen als ze bij het groepje meisjes aankomen waarvan Annabel nog steeds het stralende middelpunt is.

'Waar bleven jullie nou?' vraagt hun blonde vriendin verontwaardigd.

'Waarom reed je niet met ons mee?' luidt de wedervraag van Fieke.

Annabel draait met haar ogen. 'Ik mag toch wel even horen wat Sandra te vertellen heeft?' Ze gebaart naar hun klasgenoot, die breed glimlacht. 'Want weten jullie wie er verkering hebben?'

'Nee,' antwoordt Noor kortaf. 'En dat interesseert me ook niet.'

'Doe niet zo flauw!' hoort ze Annabel achter zich roepen, als ze wegrijdt.

Over haar schouder kijkend, ziet ze dat Fieke even aarzelt en dan achter haar aan komt.

De twee meisjes rijden een heel stuk zwijgend naast elkaar. Bij het passeren van de verre bocht doen ze net of ze Stijn en Jochem niet opmerken, en ook de twee jongens zijn ineens heel druk met elkaar in gesprek.

Maar zodra ze weer langs de kraampjes komen, wijst Bram naar haar. Hij pakt Pieter even bij de schouder en gaat dan het ijs op, haar achterna.

'Hai Noor,' zegt hij, als hij een stukje verderop naast haar komt te rijden. 'Zullen we handjeklap doen?'

Fieke geeft haar een por in haar zij en Noor bijt op haar onderlip. Ze voelt dat ze bloost, iets wat ze niet kan uitstaan van zichzelf, want dan vallen haar rode haar en haar sproeten nog meer op dan anders.

Het is dan ook niet niks, wat de beste vriend van haar broer vraagt. Opleggen, zoals handjeklap ook wel genoemd wordt, is iets wat doorgaans alleen stelletjes doen. Het vereist ook wel wat vaardigheid om met zijn tweeën arm in arm over het ijs te gaan, omdat je moet rijden als een duo, je bewegingen op elkaar moet afstemmen en erop moet vertrouwen dat de ander je niet uit balans brengt.

Zou Pieter aan Bram verteld hebben dat hij het handjeklap met haar geoefend heeft?

Ze beseft dat het niet erg netjes is om Bram zo lang op antwoord te laten wachten, dus zegt ze: 'Ja, goed.'

Glimlachend gaat Fieke aan de kant van de baan staan.

Bram biedt hoffelijk zijn arm aan en vraagt: 'Zullen we?'

Noor kijkt even naar Fieke, die haar bemoedigend toeknikt. Dan draait ze zich naar Bram en legt voorzichtig haar hand in de kromming van zijn arm.

Samen beginnen ze te schaatsen. In het begin zijn hun bewegingen nog wat onwennig, maar al snel vinden ze een harmonieus ritme. Hun armen zijn gekruist – Brams rechterarm onder Noors linker – en hun handen houden elkaar stevig vast.

Met zijn tweeën manoeuvreren ze door de menigte op het ijs. Al schaatsend praten ze niet, maar wisselen ze af en toe een snelle blik.

Noor geniet. Mooier kan een wintermiddag niet worden: de muziek, de vrolijke mensen om hen heen, het heerlijke geluid van schaatsen op het ijs, de zachte aanraking van de handen van Bram op de hare.

Omdat Bram al vanaf zijn kleuterjaren bevriend is met Pieter, komt hij vaak bij hen thuis. Hij is een goedlachse, aardige jongen met een leuke glimlach en grappige krulletjes in zijn blonde haar. Net als Pieter heeft hij nooit neerbuigend tegen haar gedaan omdat ze nu eenmaal jonger is dan hij, en ook nog eens een meisje.

Ze heeft Bram altijd als een soort extra broer gezien, maar nu ze hier zo met hem over de ijsbaan rijdt, krijgt ze een warm gevoel vanbinnen als ze hem aankijkt. Dat wordt nog versterkt door de duidelijk afgunstige blikken die Annabel op hen werpt als ze langs haar groepje schaatsen.

Nadat ze al zes of zeven baantjes hebben gereden – Noor heeft de tel niet echt bijgehouden – vraagt Bram: 'Wil je misschien iets warms drinken? Of een oliebol eten?'

Dat lijkt haar een goed idee. Daarom gaan ze na dat rondje de vlonder op.

Bij een kraampje koopt Bram een oliebol en een warme chocolademelk voor haar.

'Snel opdrinken,' adviseert hij haar. 'Anders komt er een vel op.'

Ze snuift. Alsof hij háár iets zou kunnen vertellen over chocola! Als ze ergens veel over weet, is dat het wel.

Noor heeft net haar mond vol met een hap oliebol, als Pieter zich bij hen voegt.

'Dat opleggen ging gesmeerd,' zegt hij grijnzend tegen haar. 'Heb je soms geoefend?'

Ze schiet in de lach en verslikt zich bijna.

Het duurt even voordat ze kan antwoorden: 'Nee, ik ben een natuurtalent.'

Op dat moment komt Annabel aanschaatsen, met Fieke vlak achter haar.

'Kom je nog?' roept ze, licht verontwaardigd.

'Jaja,' reageert Noor, een beetje geïrriteerd. Waarna ze verontschuldigend tegen de twee jongens zegt: 'Ik ben hier met mijn vriendinnen.'

'Ga maar,' antwoordt Bram. 'Bedankt voor het handjeklap. Ik vond het erg gezellig.'

'Ik ook!'

Haastig gaat ze het ijs op, want ze voelt dat er weer een blos op haar wangen komt.

Zodra ze op gelijke hoogte is, pakt Annabel haar arm.

'Wat krijgen we nou? Heb jij wát met Bram?'

Noor trekt haar wenkbrauwen hoog op.

'Hoezo? We hebben alleen maar samen geschaatst.'

'Opgelegd, zul je bedoelen!' protesteert Annabel. 'Iedereen heeft het gezien. Dus je hoeft niet te doen alsof er niets gebeurd is.'

'Hij kan best goed schaatsen,' merkt Fieke op.

Annabel kijkt haar verbaasd aan en draait met haar ogen.

'Daar gaat het toch helemaal niet om!' reageert ze verbolgen. 'Hij heeft opgelegd met Noor! Daar heeft maandag natuurlijk de hele school het over.'

'Pff,' doet Noor. 'Van geroddel trek ik me nooit iets aan. Zullen we nog een stukje rijden?'

Fieke knikt, maar Annabel maakt geen aanstalten om mee te komen.

'Ik zie jullie zo wel,' zegt ze, waarna ze snel weer naar het al wachtende groepje klasgenoten gaat.

Al pratend rijden Fieke en Noor een paar rustige rondjes, totdat ze merken dat de baan steeds leger wordt.

Omdat de schemering al vroeg inzet, worden de lantaarns aan de oever van de Zaan aangestoken: die werpen een zachte, gouden gloed over het ijs. In de koude lucht hangt de doordringende geur van het houtvuur dat brandt in grote metalen korven bij de kraampjes. Intussen gaan steeds meer mensen naar huis.

'Stoppen wij er zo ook mee?' stelt Fieke voor.

Noor perst haar lippen even op elkaar, waarna ze antwoordt: 'Eigenlijk wil ik gewoon nog even door. En dan niet steeds ditzelfde baantje, maar een stukje verder stroomopwaarts, in de richting van de brug.'

Fieke kijkt haar geschrokken aan. 'Zou je dat nou wel doen? Misschien is het niet veilig.'

'O, maar ik ga natuurlijk niet helemaal naar de brug. Zo gek ben ik ook weer niet.' Ze trekt een komische grimas. 'Het is maar een klein eindje, maar dan heb ik tenminste een momentje het idee gehad dat ik op ijs heb geschaatst waar al niet honderd andere mensen overheen zijn gegaan. Klinkt dat gek?'

'Nee, dat niet. Moet het echt nu?' vraagt Fieke.

'Ja, dat moet nu!' antwoordt Noor vastberaden.

Meteen schaatst ze weg, naar het einde van de baan, waar Stijn en Jochem nu in de sneeuw zitten te praten.

Ze kijken verbaasd op als Noor recht naar de sneeuwrichel rijdt en er vervolgens overheen stapt.

'Waar ga jij naartoe?' roept Jochem haar na, als ze bij het licht vandaan rijdt, naar het donkere noorden toe.

'Daarheen!' roept ze terug, al beseft ze dat ze daarmee niet veel duidelijkheid biedt.

Maar daar heeft ze nu even lak aan. Het enige wat telt, is dat ze hier nu in haar eentje rijdt, over de stijf bevroren Zaan, langs de oevers met ongerepte sneeuw en geknakte, dode rietpluimen.

Het maagdelijke ijs is spiegelglad en wordt al een beetje verlicht door de bijna volle, oranje maan, die groter dan ooit lijkt en laag boven het schilderachtige landschap hangt.

Ze voelt zich avontuurlijk, omdat ze buiten de gebaande paden durft te gaan. In haar eentje nog wel! Met sierlijke slagen laat ze de verlichte ijsbaan steeds verder achter zich. Bij de richel kijken de twee jongens haar na.

Ze is nog lang niet bij de brug en blijft uit de buurt van de kant, waar het ijs soms dunner kan zijn doordat er afwateringskanalen op uitkomen.

Aan de heldere lucht kan ze de eerste sterren al zien. Alles is ineens anders, wilder, puurder. Ze wordt bekropen door een mengeling van opwinding en lichte zenuwachtigheid. Dit is mooi, dit is echt, dit is…

Dan, zonder enige waarschuwing, begint het ijs onder haar te kraken. Geschrokken probeert ze te remmen, maar het is al te laat: binnen een seconde zakt ze erdoorheen, het ijzige water in. De schok van de kou beneemt haar de adem, ook al gaat ze niet helemaal kopje-onder.

Dan hoort ze een hoge gil. Het duurt even voordat ze beseft dat die uit haar eigen keel komt. Ze probeert zich vast te klampen aan de randen van het wak, maar maakt het daardoor alleen maar groter.

Wanhopig watertrappend probeert ze te ontkomen aan de ijzige omhelzing van de Zaan. Haar hart bonkt.

Wat moet ze doen? Hoe komt ze hieruit? Het wak wordt groter, maar de oever is nog ver weg. Ze mag in ieder geval niet in paniek raken. En vooral: wat moet ze doen? Wat? Moet? Ze? Doen?

Plotseling gebeurt alles heel snel.

Er komen twee silhouetten vanuit het licht naar haar toe, in wie ze pas Stijn en Jochem herkent als ze vlak bij haar zijn. Ze schreeuwen van alles naar haar, maar durven duidelijk niet te dichtbij te komen, uit angst dat de ijsrand het ook onder hun voeten zal begeven.

'We moeten een lange stok hebben!' roept Stijn. 'Een tak of zoiets.'

Meteen klimt hij de oever op om te zoeken. Jochem volgt hem.

'Niet weggaan!' brult Noor hen achterna. 'Laat me niet alleen!'

Op dat moment verschijnt er een volgende gestalte, die snel naar haar toe komt.

Het is Bram.

'Hierheen! Helpen!' schreeuwt hij naar de twee jongens op de kant.

Zelf schaatst hij door tot een paar meter van het wak. Dan hurkt hij neer en laat hij zich voorzichtig op zijn buik glijden, om het gewicht te verdelen.

'Hou mijn benen vast!' commandeert hij naar Stijn en Jochem, die inmiddels weer op het ijs staan.

Zwijgend doen ze wat hun gezegd wordt.

Langzaam, heel langzaam schuift Bram naar haar toe.

Noor probeert omhoog te komen en breekt daarbij nog een stuk ijs af.

Intussen steekt Bram zijn arm zo ver mogelijk uit.

'Pak mijn hand!' roept hij, zijn stem kalm maar dwingend.

De kou dringt tot diep in Noors botten, en ze grijpt één keer mis. Met een grote krachtsinspanning weet ze bij de tweede keer toch Brams hand vast te pakken.

'Goed zo, en nu vasthouden!' instrueert hij haar. En vervolgens tegen de jongens achter hem: 'Trekken!'

Hij houdt zijn hand in een ferme greep om haar pols terwijl Stijn en Jochem hem achteruit trekken.

Eerst voelt Noor het ijs alleen nog maar verder afbreken, maar dan ligt ze er ineens bovenop. Toch durft ze pas een vreugdekreet te laten horen als ze een eindje bij het wak vandaan is.

Bram helpt haar overeind. Intussen heeft ze het vooral ontzettend koud. Haar onderkaak klappert onbeheersbaar en ze zakt huiverend in elkaar.

Ineens is ook Fieke daar. Met Annabel. En nog een paar klasgenoten.

'Meteen die natte jas uit!' roept Bram, die al bezig is zijn eigen jas uit te trekken. Direct als ze door Fieke van haar eigen jas ontdaan is, slaat hij de zijne om haar schouders.

'Je moet zo snel mogelijk naar huis.' Fieke kijkt haar bezorgd aan. 'Anders word je hartstikke ziek.'

'Gaan jullie eens kijken of Pieter nog bij de kraampjes is, en laat hem een koetsje regelen,' zegt Bram tegen de jongens, op een toon die geen ruimte laat voor tegenspraak.

Die krijgt hij dan ook niet. Het tweetal schaatst meteen weg om te doen wat hen is opgedragen.

Annabel slaat haar arm om Noors schouders. 'Wij houden je wel vast, hè Fieke?'

Fieke knikt en drukt zich aan de andere kant tegen Noor aan.

Samen schuifelen ze langzaam over het ijs in de richting van de verlichte ijsbaan.

'Wil je eigenlijk wel schaatsen of toch liever lopen? Ik kan je ook dragen, als het moet,' biedt Bram aan. 'Maar dan moet ik wel mijn schaatsen uitdoen.'

Noor kijkt dankbaar naar hem om. 'Nee, ik red het wel. Jij hebt al genoeg gedaan.'

Hij glimlacht. Hoewel hij nu zonder jas loopt, in alleen zijn trui, lijkt hij het niet koud te hebben. 'Schaats nou maar door. Straks bevries je nog.'

Noor wordt bevangen door een heftige rilling. Hij heeft gelijk. Met alle kracht die nog in haar is, maakt ze wat meer tempo. Ze wil alleen nog maar naar huis.

2

Annabel

Zaandam, zaterdag 20 januari 1912

Eigenlijk is het onuitstaanbaar.

Eerst doet Noor net alsof het bij de ijsbaan alleen maar om het schaatsen gaat. Terwijl iemand als zijzelf daarnaast ook altijd graag praat met vrienden en bekenden. Soms kun je nu eenmaal niet meteen verder schaatsen, bijvoorbeeld wanneer Sandra belangrijk nieuws heeft. Zoals vandaag over Nettie uit de derde, die ineens verkering blijkt te hebben met Kees van Dam van de hbs, die liefst anderhalf jaar ouder is dan zij!

Maar nee, daar heeft Noor weer geen tijd voor en daar heeft Noor weer geen zin in, want zij moet weer zo nodig baantjes schaatsen. Alleen maar omdat ze dat zo goed kan, en omdat ze afgelopen winter die wedstrijd heeft gewonnen.

Zoals ze op school altijd alle aandacht trekt met haar tekeningen. Annabel zelf is bij alle vakken een veel betere leerling dan Noor, met aanzienlijk hogere cijfers. Zij is de nummer één van de klas, dat is ze altijd al geweest. Maar schenkt iemand daar aandacht aan? Nee, hoor. Ze moeten allemaal zo nodig kijken bij Noor, want o, wat kan die toch beeldig tekenen!

Het ergste is nog dat ze Fieke daar helemaal mee inpakt. Die stomme Fieke is een en al bewondering voor Noors tekenwerk. Vanmiddag bleef ze ook al niet gezellig met de andere meiden van de klas praten, maar ging ze natuurlijk weer mee met Noor.

Zo bleef zijzelf weer alleen achter. Terwijl ze toch al vanaf de kleuterschool De Drie Vriendinnen zijn, zoals hun moeders nog altijd zeggen. Dan hoor je toch ook bij elkaar te blijven?

Op haar met bont gevoerde laarsjes banjert ze door de sneeuw. Nadat Noor in allerijl met een koets was weggebracht door Pieter en Bram, waren Fieke en zij achtergebleven bij de schaatsbaan. De lol was er inmiddels wel af, dus besloten ze maar naar huis te gaan.

Samen hadden ze de vertrouwde weg door Zaandam afgelegd. De winkels waren inmiddels natuurlijk allang gesloten en het warme licht dat door de kieren van de gordijnen uit de woonhuizen scheen, was uitnodigend toen zij in de opkomende avondkou over straat liepen.

Ze namen afscheid bij Fiekes huis, dat in het hartje van de stad ligt, niet ver van het oude huis van Annabels familie. Van daar af was ze alleen verdergegaan, de Westzijde op, waar de spaarzaam langs de weg geplaatste straatlantaarns haar enige gezelschap vormden, eilandjes van licht in de ingevallen duisternis.

Het begint weer te sneeuwen. In haar tas hoort ze steeds het geluid van de ijzers van haar kunstschaatsen, die bij elke stap even tegen elkaar klikken. Haar voetstappen knerpen in de sneeuwlaag die de klinkers bedekt.

Annabel had vandaag gehoopt – nee, gerekend – op bewonderende blikken, niet alleen vanwege haar schitterende schaatsen, waarmee ze al een paar sierlijke figuren kan rijden, maar ook omdat ze zoveel zorg had besteed aan haar elegante presentatie.

Tja. Het was natuurlijk niet leuk om Noor daar zo op het ijs te zien liggen, toen ze eenmaal uit dat wak getrokken was. Toch had Annabel zich er niet prettig bij gevoeld dat ze nu eigenlijk alleen een toeschouwer was geweest, die er machteloos getuige van mocht zijn dat Noor weer eens alle aandacht kreeg. Dat stak haar.

Nog altijd gekweld door sombere gedachten loopt ze uiteindelijk de oprijlaan op van de imposante villa, die haar vader bijna aan het eind van de Westzijde heeft laten neerzetten, niet ver van het water. HUIZE VAN LOON staat er in grote houten letters op de voorgevel.

Het is jammer dat ze nu aan de westkant van Zaandam wonen, een stuk buiten de stad zelf. Toch is ze trots op dit grote nieuwe huis, opgetrokken uit de beste materialen en ontworpen volgens de laatste mode. Haar vader is niet voor niets een van de succesvolste ondernemers in de Zaanstreek. Iedereen in de wijde omtrek kent de naam Jan van Loon.

Hun familiebedrijf, de Westzaansche Zaadoliefabriek, groeide al jarenlang gestaag. Haar vader produceerde niet alleen meer olie uit lijnzaad, zonnebloemen en rapen voor de industriële markt – zoals zijn eigen vader dat altijd gedaan had – maar ook voor gebruik in keukens. Daardoor kon hij vijf jaar geleden de grootste concurrent overnemen, de Zaansche Stoomoliepers. Om te laten zien dat hij daarmee een nieuwe start maakte, noemde hij het nieuw gevormde bedrijf de Noord-Hollandsche Zaadolie Maatschappij, afgekort NHZM.

Dat was ook het goede moment om deze villa te laten bouwen. Die paste beter bij hun nieuwe status dan het pand in de binnenstad, waar Annabels grootouders al woonden toen het bedrijf nog jong was. Zo'n typische Zaanse woning, van groen hout, knus en gezellig. Daar is ze opgegroeid. Bij hun nieuwe status hoort ook een beter, groter huis: dat spreekt vanzelf.

Door de grote ramen van de villa, waarvan de gordijnen nog niet zijn dichtgeschoven, ziet ze de silhouetten van haar ouders in de woonkamer. De open haard brandt. Even voelt ze zich een buitenstaander in haar eigen leven.

Onwillekeurig trekt er een rilling door haar heen. Ze kijkt over haar schouder en ziet dat haar voetstappen al beginnen te verdwijnen onder de nieuwe sneeuw. Ondanks haar warme laarsjes beginnen haar voeten koud te worden.

Ze moet nu snel naar binnen, waar warmte en comfort wachten. Haar ouders willen vast graag horen hoe het vanmiddag is geweest. Dan zit er weinig anders op dan hen het hele verhaal te vertellen over Noor, anders horen ze dat morgen van anderen.

Een moment lang blijft ze staan bij de deur, voordat ze die opentrekt. Haar gemoed is bezwaard en haar hart voelt aan als een lege plek, bevangen door de kilte die jaloezie heet.

3

Pieter

Zaandam, zaterdag 20 januari 1912

Natuurlijk kon hij er niets aan doen, maar toch is Pieter een beetje kwaad op zichzelf. Hij was er niet bij toen zijn jongere zus door het ijs zakte. Op dat moment stond hij niet ver van de kraampjes druk te praten met een paar oude vrienden. Ze hadden gekletst, gelachen en chocolademelk gedronken, zonder ook maar een moment te denken aan mogelijk gevaar. Als je zusje al bijna vijftien is, hoef je toch niet meer zo op haar te letten?

Fout! Bijna was hij Noor kwijt geweest. Lieve Noortje, zijn kleine zus. Hij was zich rot geschrokken toen die twee jongens naar hem toe kwamen rijden om te vertellen dat Noor door het ijs was gezakt, dat Bram haar eruit had gehaald en dat hij nu aan hem vroeg om snel een koetsje te regelen.

Die rare Bram was blijkbaar net op het goede moment op de goede plek geweest. Zo raar vindt Pieter dat trouwens niet, want Bram is blijkbaar een beetje gek op Noor. Eerder die middag had hij nog met haar opgelegd – en niet één rondje, maar wel een stuk of vijf. Probeer dan als grote broer van Noor en beste vriend van Bram nog maar eens te doen alsof je dat volkomen normaal vindt. Dus had hij zich daarna een beetje afzijdig gehouden van die twee.

Na het bericht van die jongens ging hij meteen op zoek naar een koetsje. Boven aan de dijk stonden er een paar te wachten. Eentje daarvan was van de vader van zijn schoolgenoot Christiaan de Vries, een vriendelijke man die zelf op de bok zat, omdat hij zijn dochter kwam ophalen. Toen hij hoorde wat er gebeurd was, bood hij direct aan om Noor naar huis te brengen.

Pieters hart bonsde van bezorgdheid in zijn keel, toen hij snel de ijsbaan over schaatste, Noor tegemoet. Ze schaatste nog zelf, tussen haar twee vriendinnen in, doornat, met de jas van Bram om zich heen. Bram zelf reed in zijn trui achter hen aan.

De rit naar huis was onwezenlijk. Meneer De Vries liet zijn paard stevig doordraven, voor zover dat kon met deze sneeuw. In het koetsje zat Noor stil te bibberen, met gesloten ogen, in Brams jas gewikkeld. Bram en hij zaten aan weerszijden naast haar, zwijgend, angstig.

Hun ouders schrokken vreselijk, zoals te verwachten was. Ze bedankten meneer De Vries geëmotioneerd, omdat hij Noor veilig thuis had gebracht. Nadat het koetsje vertrokken was en zij eenmaal binnen waren, bij de warme kolenkachel, sloeg Moeder haar handen voor haar mond bij het relaas over wat haar dochter was overkomen. De tranen liepen over haar wangen toen ze Bram met een nauwelijks hoorbare stem bedankte. Vader schudde Bram stevig de hand en sloeg hem een paar keer op zijn schouder.

Inmiddels is Noor al door Moeder in bed gelegd. Met zijn vieren hebben ze aan de keukentafel nog een tijdje zitten napraten, met thee en koeken, om de spanning en de opluchting te ventileren. Het was al bijna halfelf toen Bram vertrok, met een van Pieter geleende jas. Kort daarna gingen Vader en Moeder naar bed.

Nu zit Pieter nog aan de tafel, zijn handen om een kop sterke thee heen. De kachel brandt nog na en echt koud is het niet in de keuken, maar hij is nog altijd niet de oude. De schrik zit er goed in.

Keer op keer laat hij de gebeurtenissen aan zich voorbijgaan. Het was allemaal begonnen als een gewone, vrolijke winterdag, lekker op het ijs – beter kon haast niet. Ineens was die mooie dag bijna geëindigd met een tragedie, toen hij even niet oplette. Stel je voor dat Noortje...

Goddank lag zijn zusje nu veilig in haar eigen bed. Hij zou zich geen raad geweten hebben als haar iets overkomen was. Een mensenleven is zo kostbaar, maar tegelijkertijd zo ontzettend fragiel. Als je even niet oplet, kan iemand van wie je veel houdt ineens als een straaltje water tussen je vingers vandaan lopen. Weg!

Zoals met de moeder van Christiaan gebeurd was, toen ze nog op de lagere school zaten. Die arme jongen was een tijdlang ontroostbaar geweest. Daar moet je toch niet aan denken.

Meteen besluit hij om dat dan ook maar niet meer te doen. Alles is nog goed gekomen. Wel grappig dat juist Bram had opgetreden als redder in nood. Nog een extra reden waarom die jongen zijn beste vriend is, al zo lang als hij zich kan herinneren.

Net zoals Noor met die twee meiden, die hij ook al kent sinds hun kleutertijd. Die Fieke is een merkwaardig meisje, van wie hij in al die jaren nooit echt hoogte heeft gekregen. Wel aardig, hoor, maar een beetje op zichzelf en vrij ondoorgrondelijk.

En Annabel! Dat is altijd al een mooi meisje geweest. Het is niet raar dat ze, nu ze al gauw zestien wordt, zoveel bekijks heeft van jongens. Hij heeft haar zien opgroeien tot iemand met een eigen wil, heel uitgesproken. Zonder meer aantrekkelijk.

Maar hé, zo moet hij niet denken. Ze is er eentje van De Drie Vriendinnen. Ook nog eens twee jaar jonger dan hij.

Er zijn belangrijkere dingen om over na te denken. Zoals zijn eindexamen. En daarna... het bedrijf. Daar moet hij nog eens stevig over praten met Vader. Pieter heeft er zo zijn eigen ideeën over hoe het verder moet met Veenstra's Zaandamsche Cacao en Chocolade Fabriek. De tijd is rijp om daar een moderne onderneming van te maken. Maar dan moet Vader natuurlijk wel meewerken.

4

Noor

Zaandam, maandag 22 januari 1912

De hele zaterdagnacht na de ijselijke ervaring heeft ze onrustig, maar diep geslapen, tot halverwege de zondagochtend. 's Middags kwamen Fieke en Annabel wel langs, maar De Drie Vriendinnen zijn nergens meer naartoe gegaan. Daar had Noor even geen behoefte aan. Die hele dag – gisteren – wilde ze alleen maar thuis in de buurt van de warme kachel zitten.

Vandaag ging het al een stuk beter. Van haar ouders had Noor nog wel een dag thuis mogen blijven, maar achteraf voelt het prima dat ze toch naar school is gegaan.

Het gesprek van de dag was daar natuurlijk wat er zaterdagmiddag gebeurd was op de ijsbaan. Niet alleen dat zij door het ijs was gezakt, maar ook dat Bram haar uit het water had getrokken. Dat hij eerder al handjeklap met haar had gedaan. Volgens sommigen zijn ze nu al zo goed als verloofd.

Onzin, natuurlijk. Eigenlijk is er niet echt iets gebeurd tussen hen, toch? Het zou wel raar geweest zijn als de beste vriend van haar broer, die ze al haar hele leven kent, haar niet geholpen had, toch? En schaatsen kun je ook samen doen met iedereen, toch? Op die manier heeft ze overal wel een weerwoord op, als al die meiden op school haar erover doorzagen.

Maar tegenover zichzelf kan ze moeilijk ontkennen dat het haar wel degelijk wat gedaan heeft, daar op de ijsbaan. Dat ze nu met heel andere ogen naar Bram kijkt. Goed dat hij naar een andere school gaat dan zij, want anders zou zijn aanwezigheid haar veel te veel afleiden.

Nu zit ze na het avondeten in de woonkamer. Omdat ze geen zin had om te tekenen, heeft ze een boek gepakt, dat opengeslagen op haar schoot ligt, al leest ze er niet echt in.

Moeder is druk met allerlei klusjes, terwijl Vader en Pieter aan tafel zitten te praten, zoals zo vaak.

'Jij hebt het altijd maar over vernieuwing en verandering,' zegt Vader, terwijl hij twee klontjes suiker en een scheutje melk in zijn kopje koffie doet. 'Maar dan vergeet je dus wel dat ik de afgelopen jaren al veel vernieuwingen heb doorgevoerd. Als ik op de manier van mijn vader was doorgegaan, hadden we nog altijd alleen maar cacaopoeder en cacaoboter geproduceerd.'

'En misschien ook wat pure chocolade,' vult Moeder aan, die net een koekje presenteert.

'Precies!' beaamt Vader, waarna hij weer het bekende verhaal begint te vertellen van zijn reis naar Zwitserland.

Dat verhaal heeft Noor al tientallen keren gehoord. Als klein kind speelde ze vaak in de buurt van haar ouders, als die zaten te praten over de plannen met het bedrijf. Dan was ze bezig met haar poppen of ander speelgoed. Later zat ze met haar schetsblok onder de tafel, of was ze er liggend op de grond in aan het tekenen. De laatste jaren deed ze vaak alsof ze las of met haar huiswerk bezig was. Toch lette ze altijd heel goed op.

Natuurlijk hadden haar ouders dat wel in de gaten. 'Kijk uit, die kleine rooie heeft haar oren op steeltjes,' zei Vader regelmatig. Ze vonden het nooit erg dat ze meeluisterde, ze moedigden haar interesse voor het familiebedrijf zelfs aan.

Zoals ze dat ook altijd bij Pieter gedaan hebben. Logisch, want hij moet het bedrijf later overnemen. Dat weet iedereen.

Daarom heeft Vader er ook voor gezorgd dat Pieter na de lagere school naar de hbs ging, want 'de hogereburgerschool biedt de beste voorbereiding op het bedrijfsleven,' zei hij altijd. Zelf was Vader ooit direct na de lagere school gaan werken. Juist omdat hij daardoor nooit les heeft gehad in talen, wiskunde en natuurwetenschappen, vindt hij het belangrijk dat zijn eigen zoon die kans wel krijgt.

Daar is Moeder het volkomen mee eens. 'Kennis is macht,' is haar motto. Dat zegt ze ook steeds tegen Noor zelf, als die zich volgens haar niet genoeg inzet voor haar huiswerk. 'Al dat tekenen is leuk, maar jij moet zorgen dat ook je andere schoolvakken ruim voldoende zijn.'

Vader neemt de tijd om een slok koffie te nemen en vervolgens de punten van zijn snorrenbaard omhoog te draaien, voordat hij zegt: 'Ik zie nog het gezicht voor me van die Rodolphe Lindt, toen ik daar in Bern bij hem op de stoep stond. Ik redde me wel, met mijn krakkemikkige Duits! Vanzelfsprekend had ik hem vooraf een brief gestuurd. Toch had hij niet gedacht dat zo'n Hollander helemaal naar Zwitserland zou komen voor zijn concheermachine. Al eerder hadden andere geïnteresseerde cacaofabrikanten uit Nederland zich per brief gemeld, maar dat was uiteindelijk niks geworden. Ik was de eerste!'

Glimlachend kijkt Noor naar Pieter, die het verhaal al minstens net zo vaak gehoord heeft als zij, maar onverstoorbaar en geduldig afwacht tot het zijn beurt is om te praten.

Terecht, vindt ze. Hier moest Pieter vooral niet geringschattend over doen. Vader had als een van de eersten in Nederland ingezien dat concheren een heuse revolutie betekende in de bewerking van cacao. Niet voor niets was Lindt binnen korte tijd beroemd geworden door de hoge kwaliteit van zijn chocolade, die veel gladder, fijner en smeuïger was dan die van de andere aanbieders. Met zijn concheermethode haalde hij alle ongewenste zure smaken uit de chocola.

Dit was het begin van een nieuw tijdperk, had haar vader al snel beseft. Dus had hij alles op alles gezet om genoeg geld bij elkaar te krijgen en bij Lindt een concheermachine te kopen voor zijn eigen familiebedrijf.

'Daarmee hadden we ineens een grote voorsprong op al onze

concurrenten in de Zaanstreek en ver daarbuiten,' vertelt Vader. 'De rest kwam pas veel later.'

'Of ze moesten er definitief van afzien om rechtstreeks te produceren voor de consument,' vult Pieter aan.

'Krek, zo is het. Al zullen de mensen thuis natuurlijk altijd nog wel cacaoboter blijven kopen. Maar de echte fijne chocola... En dan heb ik het natuurlijk ook over melkchocola, hè, ook al uitgevonden door Zwitsers. Als Henri Nestlé de gecondenseerde melk niet had bedacht en Daniel Peter die later niet had gebruikt om chocola en melk te combineren, hadden wij nu geen melkchocolade gehad. Dan was onze hele productielijn van chocoladerepen onmogelijk geweest.'

'Waarom hebben jullie dat dan niet eerder gedaan, chocolade combineren met melk?'

Weer moet Noor glimlachen. Pieter vraagt naar de bekende weg, want hij weet precies waarom het allemaal zo gegaan is. Hemeltje, dat zou zij hem zelfs kunnen vertellen. Ze weet dat hij Vader op zijn praatstoel wil houden, want dan is zijn humeur het best.

'Ha, alsof wij dat niet geprobeerd zouden hebben!' Vader gaat rechtop zitten en buigt wat voorover naar zijn zoon. 'Dat hebben we echt allemáál gedaan, neem dat van mij aan. Ook die Daniel Peter. Maar dat liep altijd verkeerd af, omdat het water in de melk voor onoplosbare problemen zorgde. Daarom was het zo'n briljant idee van die Nestlé om melk te condenseren: dan ben je meteen van al dat vervelende overtollige water af. Tja, toen duurde het toch zeker nog tien jaar voordat Peter een manier vond om er melkchocolade mee te maken, hè! Dat was dus nog voordat Nestlé en Peter partners werden.'

'Wat voor problemen kan zo'n beetje water in je melk dan opleveren?'

Pieter blijft Vader stimuleren om te vertellen, beseft Noor. Ook dit weet hij natuurlijk best.

'Ha! Wat voor problemen, vraagt die jongen!' Vader kijkt vrolijk naar zijn vrouw, die onverstoorbaar doorgaat met haar werkzaamheden. 'Als je de melk niet eerst condenseert, kun je die veel minder makkelijk drogen of verwerken. Je chocola wordt dan korrelig, met een ongelijkmatige textuur, en is ook nog eens minder lang houdbaar. En het ergste: je mist de juiste balans tussen de bitterheid van de cacao en de zoetheid en het romige karakter van de melk. Helemaal als de melkvetten ranzig worden, dan is je chocola echt niet meer te eten.'

Met een glimlach constateert Pieter: 'En dat is allemaal opgelost door het watergehalte in de melk te verlagen.'

'Krek, jij begrijpt het! Daardoor kunnen wij nu onze repen in grote hoeveelheden produceren.'

Op zijn beurt gaat Pieter nu ook naar voren zitten.

'Kijk, Vader, over die massaproductie wil ik het nu juist met u hebben.'

Vader leunt achterover en wacht af.

'Kijk, ik weet dat er eigenlijk geen groeimogelijkheden meer zijn voor het bedrijf binnen Zaandam zelf.'

'Daar vertel je niks nieuws mee,' antwoordt Vader. 'Daarom ben ik al een tijd bezig om te kijken wat er mogelijk is in de Achtersluispolder.'

'Ontzettend slim,' vindt Pieter. 'Dat getuigt van goed ondernemerschap. Ik bedoel: eerst hebt u grootvaders bedrijf verhuisd van Koog aan de Zaan naar Zaandam, omdat daar meer mogelijkheden lagen. Nu komt in de Achtersluispolder dat nieuwe industrieterrein, wat alleen maar logisch is, na de opening van het Noordzeekanaal. Daar kan Veenstra uitbreiden en doorgroeien, terwijl de transportmogelijkheden van en naar de fabriek een stuk groter en beter zijn.'

'Je vertelt me nog steeds niks wat ik niet al weet.'

Pieter zet zijn ellebogen op tafel en vouwt zijn handen, met de vingers in elkaar verstrengeld.

'Moeder en u hebben het er natuurlijk al over gehad dat u daar straks naast de fabriek wilt gaan wonen.' Omdat er geen reactie komt, vervolgt Pieter: 'Daarom wil ik graag voorstellen: als we toch verkassen, laten we dan alles grondig aanpakken.'

'En hoe had je dat gedacht?' wil zijn vader weten.

'Nou, het zou volgens mij verstandig zijn om meteen in te zetten op omzetverhoging. De markt is gunstig, de concurrentie heeft andere keuzes gemaakt, dus zouden wij nu voluit in moeten zetten op massaproductie.'

'Massaproductie?'

'Ja, zoals de Amerikanen dat doen. De productie opvoeren. Met lopende banden en gespecialiseerde machines kunnen we veel sneller veel meer chocoladeproducten maken, waardoor de kosten per eenheid dalen. Veel dalen, zelfs! Dan kunnen we met betrekkelijk lage prijzen Veenstra-chocolade verkopen in heel Nederland, en zelfs daarbuiten. Daarmee laten we alle concurrenten ver achter ons.'

Vader trekt een zuinig gezicht. 'Gaat dat niet ten koste van de kwaliteit? En wat zullen onze mensen daarvan zeggen? Sommigen werken al bijna hun hele leven voor het bedrijf.'

'De kwaliteit staat natuurlijk voorop. Daarom is het juist zo goed om die hele productie te mechaniseren, want dan blijft alle chocola die de fabriek verlaat van dezelfde hoge kwaliteit.' Hij maakt een triomfantelijk gebaar. 'Als je automatiseert, hoeven de werknemers zich lichamelijk niet meer zo hard in te zetten. Volgens mij zullen ze daar alleen maar blij mee zijn. U weet wat ze zeggen: tevreden arbeiders zijn productieve arbeiders.'

Er verschijnt een grote glimlach op het gezicht van Vader, als hij zich naar zijn vrouw omdraait en zegt: 'Zie je wel, Truus, ik heb je wel gezegd dat het best eens wat goeds zou kunnen opleveren om die jongen naar school te sturen. Hij heeft heel bruikbare ideeën.'

Moeder snuift. 'Dat zeg je alleen maar omdat hij het met je eens is. Jij roept al heel lang dat je wilt investeren.'

'Dat moeten we ook wel,' betoogt Vader. 'Er komt een andere tijd. Als we daarin niet meegaan en niet moderniseren, overleeft het bedrijf de nieuwe situatie niet. Stilstaan is achteruitgaan.'

'En dan heb ik het dus niet alleen over het productieproces,' gaat Pieter verder. 'We moeten ook vervoeren van en naar onze fabriek. Daarvoor blijven we natuurlijk gebruikmaken van schepen, want daar hebben we de Zaan en het Noordzeekanaal voor. Daarnaast weet ik hoeveel u, Vader, hecht aan vervoer over land met paard-en-wagen.'

'Ja,' antwoordt Vader, licht achterdochtig. 'Je gaat me toch niet vertellen...'

'Auto's, ja. De nieuwe vrachtwagens zijn sneller en beter dan paard-en-wagen. Die kunnen ook veel grotere ladingen aan. Zeker als het gaat om grotere afstanden, want de wegen worden steeds meer aangepast aan automobielen. Dus vind ik echt dat we moeten investeren in eigen vrachtauto's.'

'En onze eigen paardenstal dan?' werpt Vader tegen.

'Die hoeft niet in één keer helemaal weg. Paarden zijn er voorlopig nog wel. U zei zelf al: de tijden veranderen. In Amerika...'

'Hou nou eens op over Amerika,' protesteert Vader. 'Ik moet nog maar zien of alles wat daar gebeurt ook hier naar Europa overwaait.'

'Als het werkt, komt het hier beslist ook,' veronderstelt Pieter. 'Snel of minder snel, maar het komt. Dus kunnen we daar maar beter in meegaan. Dat geldt ook voor ons nieuwe huis.'

'Ho, ho! Wat nu weer?' vraagt Vader quasi wanhopig.

'Zo'n verhuizing is hét moment om ons woonhuis te verbeteren. Dan heb ik het over elektriciteit, telefoon, een badkamer...'

'Een badkamer! Daar heb ik veel goeds over gelezen,' valt Moeder hem bij.

'Ik ook!' roept Noor enthousiast.

Verbaasd kijkt Vader van de een naar de ander.

'Hier moet ik nog eens grondig over nadenken,' zegt hij, terwijl hij opstaat. 'Nu hou ik het voor gezien, want ik heb voor vanavond wel genoeg nieuwe ideeën gehoord. En ik moet morgen weer vroeg op.'

'Maar komen we hier nog wel op terug?' vraagt Pieter.

'Ja, natuurlijk,' bromt zijn vader, die de kamer al verlaat. 'Welterusten, allemaal.'

Allemaal zeggen ze automatisch: 'Welterusten.'

'Ik kom zo!' roept Moeder hem na.

Even later zijn Noor en Pieter nog als enigen in de woonkamer.

Noor kijkt haar broer aan, met een brede glimlach.

'Slim gedaan.'

'Dank je. Ik had er ook goed over nagedacht.'

'Dat vermoedde ik al. Hoe weet je dat allemaal over Amerika? Daar hebben wij op school niks over gehad.'

'Ik zit dan ook op een andere school, hè.' Pieter grijnst. 'Nee, maar serieus: wij hebben ook les gekregen in economie. Volgens mij zijn veel van de dingen die ik daar geleerd heb direct toe te passen in het bedrijf.'

'En volgens mij staat Vader daar niet afwijzend tegenover.'

'Nee, zeker niet. Dat verbaast me ook nauwelijks, als je ziet hoe hij Veenstra in het verleden heeft verbeterd en uitgebouwd. Petje af.'

Daar is Noor het mee eens. Al meeluisterend heeft ze in de loop van de tijd gemerkt dat de plannen van haar ouders en haar broer zich steeds verder ontvouwden en zo gaandeweg meer inhoud kregen. Het enthousiasme dat daarmee vrijkomt, zorgt dat zijzelf ook warmloopt voor de energieke toekomstbeelden, de optimistische vergezichten. Ze is gaan geloven in het voortdurend bijstellen van de koers, ook als alles best goed lijkt te gaan.

De kracht van vooruitzien: daar wil zijzelf ook gebruik van leren maken.

Ook al kiest zijzelf een totaal andere richting dan het familiebedrijf.

5

Fieke

Zaandam, woensdag 24 januari 1912

In het tekenlokaal, waar altijd een prettige wanorde heerst, wordt geconcentreerd gewerkt. Alle twintig leerlingen zijn verdiept in hun eigen tekeningen. Behalve het gekras van potloden op papier is slechts af en toe wat geschuifel van voeten of zacht gefluister te horen.

Fieke zit aan haar tafeltje met een vel papier voor zich. Er staan alleen maar wat aanzetjes op. Licht gefrustreerd kijkt ze naar de opdracht die ze hebben gekregen: een stilleven van wat appels, peren en een stapeltje boeken, geplaatst naast een vaas met bloemen. Juffrouw Mulder heeft de hele opstelling zorgvuldig neergezet op haar bureau, vlak voor het raam.

'Dit is om jullie te laten omgaan met perspectief, schaduwen en details,' zei ze. 'Hiermee ontwikkelen jullie je vaardigheden in het waarnemingstekenen en je begrip van compositie en lichtwerking. Juist omdat het hele arrangement zo kleurig is, moeten jullie dat zien vast te leggen in zwart-wit. Het gaat allemaal om compositie en balans. Teken niet alleen wat je ziet, maar denk er ook over na hoe de verschillende elementen van zo'n stilleven elkaar beïnvloeden. Ga je gang, jullie hebben een uur!'

Waarna ze zelf met een boek in een hoekje ging zitten en slechts af en toe een rondje door de klas maakte.

Met een zucht bestudeert Fieke wat ze tot nu toe heeft geprobeerd te tekenen. Haar pogingen lijken nauwelijks op wat ze moeten weergeven. Het is allemaal zielloos, niet meer dan wat lijntjes en vlakken.

Ze laat haar blik door de klas gaan. Iedereen is druk bezig. Die gemeenschappelijkheid vindt ze prettig aan de tekenlessen. Het idee dat je samen iets aan het maken bent, ieder op een eigen manier. Alsof je wordt aangemoedigd om veel uit jezelf te putten.

Een paar tafeltjes verderop zit Noor ingespannen te tekenen, met het puntje van haar tong uit haar mond. Zelfs zonder op te staan, weet Fieke al dat Noors tekening precies en raak is, bijna een spiegelbeeld van het werkelijke stilleven.

Al zolang Fieke zich kan herinneren, is Noor gek op tekenen. Elke dag is ze wel bezig met dat schetsblok van haar, ze heeft er inmiddels tientallen van vol getekend. De resultaten zijn ernaar, want Noor heeft onmiskenbaar talent voor het vastleggen van de realiteit op papier.

Annabel heeft zich tegenover haar weleens beklaagd over de enorme aandacht die Noor altijd krijgt voor haar tekenwerk. Fieke voelt ook wel een vleugje afgunst, maar dan alleen op de schijnbaar moeiteloze vaardigheid waarmee Noor dingen kan vastleggen met enkel potlood en papier. Daar heeft ze de diepste bewondering voor.

Opnieuw kijkt Fieke naar haar eigen werk. Ze heeft altijd moeite gehad met realistische weergaven. Haar tekeningen zijn nooit precies of gedetailleerd genoeg; vaak is er iets mis met de proporties, of kloppen de perspectieven niet helemaal. Het is alsof haar handen niet kunnen uitdrukken wat haar ogen zien.

Noors tekeningen zijn zo levensecht, doordat ze heel exact neerzet wat ze ziet en dat dan reliëf en inhoud geeft door te werken met licht en schaduw. Ontzettend knap.

Fieke staart dromerig voor zich uit. Eigenlijk zijn lichtwerking en perspectief maar technieken, waarmee je dus werkelijkheid kunt brengen in tekeningen. Stel dat je ook zulke technieken zou hebben om je gevoelens weer te geven. Of je ziel, met al je dagelijkse stemmingswisselingen. Dan zou je ook je raarste gedachten en ideeën kunnen tekenen.

Terwijl Fieke zelf om dat idee moet glimlachen, komt juffrouw Mulder naast haar staan.

'Werk je wel een beetje door, Fieke?' vraagt ze. 'Je hebt nog maar een klein halfuurtje.'

Geschrokken mompelt Fieke een verontschuldiging, waarna ze meteen verdergaat, ingespannen turend naar het stilleven op het bureau.

Als ze een halfuur later de klas uitlopen, moppert Annabel: 'Ik snap echt niet wat daar nou leuk aan is, om wat bloemen en fruit na te tekenen. Dat zegt mijn vader ook altijd: "Daar hebben we tegenwoordig foto's voor, toch?" Eigenlijk is het zonde van onze tijd.'

Noor kijkt haar grijnzend aan.

'Er zijn ook al schrijfmachines, maar mensen zullen altijd wel blijven schrijven. Er zijn inderdaad fototoestellen, maar mensen zullen altijd blijven tekenen. Dus is er niks mis met tekenles, toch?'

'Hmpf,' reageert Annabel, duidelijk niet overtuigd. 'Dan nog iets: heb jij Bram eigenlijk nog gesproken?'

'Na zaterdag?' vraagt Noor. 'Nee. Hoezo?'

Annabel werpt een veelbetekenende blik op Fieke en draait met haar ogen.

'Wat?' wil Noor weten.

Ze blijven alle drie staan, midden in de gang, terwijl iedereen langs hen heen loopt.

'Je laat hem zomaar gaan, alsof er niks gebeurd is?'

Fieke schiet in de lach.

'Daar heeft Anna wel gelijk in...' begint ze tegen Noor.

Meteen valt Annabel haar in de rede. 'Ik heet geen Anna.'

'Die jongen heeft met jou opgelegd,' gaat Fieke onverstoorbaar verder. 'Hij heeft je uit het water gehaald. Het zou niet raar zijn als je...'

'Hem daarvoor bedankt?' vult Noor aan.

'Inderdaad.'

Noor zucht.

'Dat wilde ik toch al doen, als hij weer eens bij ons langskomt.'

'Is dat al gauw?' vraagt Fieke.

'Geen idee.'

Weer rolt Annabel met haar ogen.

'Goed, goed,' zegt Noor snel. 'Ik bedenk wel wat.'

Dan kijkt ze om zich heen. De gang stroomt nu snel leeg, dus moeten ze hoognodig naar hun volgende les.

'Wat hebben we zo?' vraagt ze. 'Engels?'

Annabel kijkt haar verbaasd aan.

'Nee, boekhouden. Weet je dat nou nog niet? Het rooster is nog bijna hetzelfde als dat van voor de kerstvakantie, hoor.'

Noor maakt een verontschuldigend gebaar.

'Ik ben er niet helemaal bij met m'n hoofd.'

Grinnikend loopt Fieke achter haar twee vriendinnen aan.

6

Noor

Zaandam, woensdag 24 januari 1912

Terug uit school drinkt Noor eerst een kopje thee met haar moeder, zoals altijd. Dan gaat ze naar haar eigen kamer op de bovenverdieping. Dit is haar toevluchtsoord, de plek waar ze zich kan terugtrekken om haar gedachten en dromen de vrije loop te laten.

Op de muren zit een zacht crèmekleurig behang met subtiele bloemenpatronen; samen met de openslaande ramen geeft dat de kamer een lichte en luchtige sfeer. Tegen een van de wanden staat haar bed, bedekt met een kleurige sprei, die haar grootmoeder voor haar heeft gemaakt. Aan de andere kant staat een houten bureautje, waarop haar inktpot, pennen en potloden netjes geordend liggen. Het bureau staat voor het raam, waardoor Noor tijdens haar werk naar de tuin kan kijken en de seizoenen kan zien veranderen.

Aan de zijkant van het bureau hangen een paar planken met daarop boeken en wat persoonlijke spulletjes: een foto van het gezin, een paar schelpen die ze heeft verzameld tijdens vakanties, en een kleine, maar groeiende verzameling teken- en schildermaterialen.

Noor gaat op haar bed liggen om na te denken. Annabel heeft wel gelijk: het is niet erg netjes om te wachten tot Bram een keer komt aanzeilen voordat ze hem bedankt dat hij haar gered heeft. En laat merken dat ze het erg prettig heeft gevonden om met hem handjeklap te rijden. Maar ze kan toch moeilijk bij hem langsgaan om dat te zeggen. Wat zou hij dan wel niet denken!

Natuurlijk kan ze ook niet aan Pieter vragen om haar dank over te brengen aan zijn vriend: dat moet ze persoonlijk doen. Dus is er eigenlijk maar één mogelijkheid: een brief.

Ze staat op, neemt plaats op haar bureaustoel en kijkt naar buiten. Alles is nog steeds besneeuwd, maar het begint licht te dooien.

Dit is niet makkelijk, beseft ze. Tijdens de lessen handel heeft ze al veel brieven moeten schrijven, maar die waren zakelijk. Ze correspondeert soms met haar nicht Elsbeth en heeft de nodige felicitatiebriefjes geschreven naar andere familieleden. Dat is niet hetzelfde als een brief aan Bram.

Het moet vooral een nette brief zijn, beseft ze. Toch wil ze graag op een persoonlijke manier haar warme waardering uitdrukken, vanzelfsprekend zonder de suggestie van meer. Ook al zou ze het beslist prettig vinden om meer met hem om te gaan.

Verschillende versies van de brief belanden in haar prullenbak, voordat ze er eentje heeft waar ze eigenlijk wel tevreden over is:

Beste Bram,

Ik hoop dat deze brief jou in goede gezondheid aantreft. Ik wilde je even schrijven om je te bedanken voor het gezellige samen schaatsen, afgelopen zaterdagmiddag. Het was werkelijk een plezier, en ik heb erg genoten van ons gezelschap.

Ik kan niet onder woorden brengen hoe dankbaar ik ben voor wat jij gedaan hebt toen ik door het ijs zakte. Het is een geruststellende gedachte te weten dat er mensen zijn zoals jij, die zonder aarzeling klaarstaan om te helpen in zulke angstige momenten. Jij hebt die dag echte moed getoond, en daarvoor kan ik je niet genoeg bedanken.

Ik wil je laten weten dat mijn dankbaarheid een diep gevoel van waardering is voor jouw snelle handelen en jouw vriendelijkheid. Het zou fijn zijn om onder minder spannende omstandigheden weer samen te komen, misschien voor een nieuwe schaatsgelegenheid of gewoon voor een gezellige middag met vrienden.

Nogmaals heel erg bedankt voor alles, Bram. Ik kijk uit naar onze volgende ontmoeting, in de hoop op minder avontuurlijke maar even plezierige tijden.

Met warme groeten,
Noor

Ze leest het eindresultaat een keer hardop aan zichzelf voor. Nog altijd is haar onzekerheid niet verdwenen. Is dit wel de juiste toon? Moedigt ze hem niet op een onfatsoenlijke manier aan om contact met haar te zoeken?

Wat zou Pieter hiervan vinden? Even speelt ze met de gedachte om de brief te laten lezen aan haar broer, maar die mogelijkheid verwerpt ze al snel. Stel je voor dat hij haar zou uitlachen en zou suggereren dat ze verliefd is op zijn beste vriend?

Ook haar ouders zijn natuurlijk uitgesloten, al toont haar moeder zich meestal nog zo begripvol.

Noor pakt een envelop en schrijft met sierlijke letters BRAM ALKEMADE op de voorkant, en op de flap aan de achterkant NOOR VEENSTRA. Dan vouwt ze de brief op en doet die erin.

Zal ze de envelop dichtplakken? Dan is het allemaal meteen wel heel erg definitief. Ze zucht, nog altijd niet zeker.

Weet je wat? Ze zal de brief morgen laten lezen aan Fieke en Annabel. Als die vinden dat ze hem zo kan versturen, dan doet ze het gewoon.

Ze stopt de envelop in haar schooltas en probeert verder niet te blijven denken aan de brief. En aan de mogelijke reactie van Bram.

7

Annabel

Zaandam, donderdag 25 januari 1912

Eindelijk gaat de bel en is het pauze. Annabel heeft zich het grootste deel van de les zitten vervelen. Engels is een van haar beste vakken en juffrouw Schouten heeft bijna het hele uur besteed aan uitleg over grammatica, die voor haarzelf eigenlijk overbodig was, maar voor anderen blijkbaar heel belangrijk. Ze rekt zich uit, stopt haar boeken in haar tas en zet die op de tassenplank in de gang. Dan haalt ze haar jas op en gaat naar buiten.

Een schraal zonnetje beschijnt de sneeuwhopen aan de zijkanten van het schoolplein. De tegels worden elke dag schoongeveegd, waardoor ze praktisch sneeuwvrij zijn.

Annabel staat haar jas nog dicht te knopen als Noor en Fieke naar haar toe komen.

'Kunnen jullie even meekomen?' vraagt Noor zacht, met een zenuwachtige twinkeling in haar ogen. 'Ik heb iets geschreven… en ik zou graag willen dat jullie het lezen voordat ik het verstuur.'

Vanzelfsprekend is Annabel geïntrigeerd. Fieke en zij volgen hun vriendin naar de besneeuwde schooltuin, weg uit de drukte van de andere leerlingen.

Daar haalt Noor een opgevouwen vel papier uit haar jaszak en overhandigt dat aan Annabel.

'Het is een brief aan Bram,' verduidelijkt ze. 'Als dank voor… je weet wel, afgelopen zaterdag op de ijsbaan.'

Haar wangen kleuren een beetje roze, maar Annabel doet net alsof ze dat niet in de gaten heeft. Het idee dat Noor een persoonlijke brief aan Bram geschreven heeft, stoort haar op de een of andere manier. Ze weet niet precies waarom, alleen dat er ineens een wirwar aan emoties door haar heen gaat.

Ze vouwt de brief open en begint te lezen, waarbij ze haar best doet om zo neutraal mogelijk te kijken.

Fieke komt naast haar staan en leest over haar schouder mee.

De brief is niet slecht, vindt Annabel. Noor heeft duidelijk haar best gedaan om haar dankbaarheid vriendelijk uit te drukken, zonder ongepast blijk te geven van romantische interesse. Op een keurige, beleefde manier toont ze oprechte waardering voor Brams moed. Dit had zij zelf niet veel beter kunnen doen.

'Een heel goed geschreven brief, Noor,' oordeelt Fieke met een hartelijke glimlach.

Nu kijken ze allebei afwachtend naar Annabel.

Ze knikt langzaam. Haar stem is kalm als ze antwoordt: 'Ja, heel netjes. Dit zal Bram zeker waarderen.'

Nog altijd kan ze dat vreemde onbehagen niet plaatsen. Waarom voelt ze zich hier zo ongemakkelijk bij?

Noor herademt opgelucht. Ze neemt de brief terug en stopt die in een envelop, die ze uit haar jaszak haalt.

'Hoe ga je die versturen?' wil Annabel weten.

'Weet ik eigenlijk nog niet,' antwoordt Noor. 'Om hem zelf bij hen te bezorgen, vind ik niet gepast. Stel je voor dat zijn ouders me zien, wat zouden die wel niet denken! En ik wil hem niet aan Pieter meegeven.'

'Per post?' suggereert Fieke.

Noor trekt een grimas. 'Hij woont een paar straten verderop. Is dat niet raar?'

Ook tot haar eigen verrassing steekt Annabel haar hand uit. 'Geef hem maar aan mij.'

Verbaasd vraagt Noor: 'Hoezo?'

Annabels gedachten gaan razendsnel.

Uiterlijk kalm antwoordt ze: 'Morgenmiddag is er markt. Daar gaat Bram bijna elke week naartoe, om samen met zijn vader naar de paarden te kijken.'

'Hoe weet jij dat?'

Ze kijkt Noor glimlachend aan. 'Omdat ik daar ook elke vrijdagmiddag even heen ga met mijn vader. Die wil weten wat er aan paarden wordt aangeboden en wat ze opbrengen.'

Nog iets nadrukkelijker steekt ze haar hand verder uit.

Noor aarzelt even, maar knikt dan.

Als ze aanstalten maakt om de envelop dicht te plakken, zegt Annabel snel: 'Nou zeg, je gaat hier bij de school toch niet aan zo'n plakrand staan likken! Geef maar, dan plak ik hem thuis wel dicht met een sponsje.'

Weer bloost Noor licht. Dat hebben ze inderdaad geleerd bij het vak handel: op kantoor plakt een keurige dame de brieven niet dicht door te likken aan de lijmrand van de envelop, maar door een sponsje te gebruiken.

Ze geeft de nog open envelop met haar brief aan Annabel.

8

Pieter

Zaandam, donderdag 25 januari 1912

Pieter stapt door de brede deuren van de fabriek, een plek die hem bijna net zo vertrouwd is als zijn ouderlijk huis. De zoete, rijke geur van cacao vult de lucht. Hij kijkt rond met een gevoel van trots en verwondering; dit is het domein dat hij op een dag zal gaan besturen, een rijk van traditie en innovatie.

Hij blijft een tijdje staan kijken bij de cacaopers, waar de verwarmde cacaomassa wordt ingevoerd, om vervolgens met zware metalen platen onder hoge druk te worden gezet, zodat er vloeibare cacaoboter uitkomt, die gefilterd en doorgevoerd wordt. Wat in de pers overblijft, is een droge, harde koek van cacaobestanddelen, die elders in het bedrijf wordt gebroken en vermalen tot cacaopoeder.

Ook al heeft hij het al zo vaak gezien, hij blijft het een fascinerend proces vinden. Net zoals hij nog steeds bewondering heeft voor de vakkundigheid van de mannen die de cacao persen, begeleiden en ervoor zorgen dat het gebeurt met precies de juiste temperatuur en de exact benodigde druk. Daardoor is de kwaliteit van de cacaoboter optimaal, wat belangrijk is voor de smeltbaarheid ervan en uiteindelijk voor de textuur van de chocolade. Hetzelfde geldt ook voor de smaak en kleur van de producten die ze maken op basis van het cacaopoeder. Het luistert allemaal zo nauw, waardoor vakmanschap van het grootste belang is.

Hij weet dat zijn vader daar net zo over denkt. Zijn mannen gaan voor Timmer Veenstra door het vuur, omdat ze weten dat hij hen goed behandelt en fatsoenlijk betaalt. 'Iemand die niet voor mij wil werken, moet dat ook vooral niet doen,' heeft hij hem weleens horen zeggen. Dat vindt ook hijzelf een goed uitgangspunt. Anders kun je de kwaliteit van je producten niet garanderen.

Met donderend geweld doen de drukplaten hun werk. De kracht van de hydraulische aandrijving gaat gepaard met zwaar gedreun. De werknemers zijn eraan gewend en merken het nauwelijks meer op. Voor hemzelf is dit het geluid van productiviteit en vooruitgang: het klinkt hem als muziek in de oren.

Hij heeft niet eens in de gaten dat zijn vader naast hem komt staan. Timmer Veenstra staat erom bekend dat hij nooit lang achter elkaar in zijn kantoor zit, maar zeer regelmatig de fabriek door loopt om de dagelijkse werkzaamheden te overzien.

Zijn vader stoot hem aan en steekt groetend zijn hand op. Even staan ze samen te kijken, dan wenkt Pieters vader zijn zoon dat hij moet meelopen.

In zijn kantoor aangekomen, sluit hij de deur achter hen, iets wat hij zelden doet.

Als ze allebei zitten, begint hij te praten, met een stem vol enthousiasme: 'Pieter, het moment waarop we hebben gewacht, nadert snel. De plannen voor de verhuizing naar de Achtersluispolder beginnen vorm te krijgen, dus ziet het ernaar uit dat we eindelijk kunnen beginnen met de uitbreiding van de fabriek.'

'Dat is fantastisch!' vindt Pieter.

Zijn vader knikt.

'Ik heb een mooi rechthoekig kavel op het oog, ideaal voor de bouw van fabriekshallen en de aanleg van een eigen kade langs het kanaal. Zoals we eerder besproken hebben, zocht ik naar een plek dicht bij de uitmonding van de Zaan in het Noordzeekanaal, zodat we van allebei gebruik kunnen maken.'

'En die hebt u gevonden?'

'Ja, ten oosten van de Zaan en ten noorden van het Noordzeekanaal. Precies goed voor onze behoeften. Ik denk dat we er naast de fabriekshallen en de kade misschien zelfs een klein dok kwijt kunnen, voor de reparaties of het onderhoud van de schepen.'

'Het klinkt echt geweldig. Is de grond nu nog van een boer?'

Weer knikt zijn vader, ditmaal met een ernstige trek op zijn gezicht.

'Van wat ik begrepen heb, zit deze boerenfamilie daar al sinds de drooglegging van de polder.'

'Hoelang is dat?'

'Zo'n tweehonderd jaar.'

Pieter fluit tussen zijn tanden.

'Dan willen ze vast niet graag verkopen.'

'Nee.' Zijn vader zucht. 'Het schijnt heel vruchtbare kleigrond te zijn, die ze dus al generaties lang bewerkt hebben. Er zijn in die polder al meer kavels opgekocht door industriëlen, dus die mensen zijn niet gek: die ruiken geld.'

'Hebben wij dat?'

'Hebben we genoeg, bedoel je?' Timmer Veenstra trekt een grimas. 'Onze woning en deze fabriek vertegenwoordigen natuurlijk een behoorlijke waarde. Bovendien hebben we door de jaren heen goed gespaard. We zullen behoorlijk moeten investeren: voor de aankoop van de grond, de bouw van de nieuwe fabriek, de uitbreiding van het machinepark, de inrichting van de kade en misschien dus ook het dok.'

'En een nieuw huis bij de fabriek,' vult Pieter aan.

'Je zegt het. Met grote plannen komt ook een aanzienlijke financiële verantwoordelijkheid. Ik ben al een tijdje in gesprek met de bank over de benodigde garanties en leningen. Maar het valt niet mee.'

'Hoezo niet?'

'Nou ja, ik zit met het bedrijf al zowat mijn hele leven bij de Nederlandsche Handel-Maatschappij. Die bank heeft me altijd prima geholpen, ook als het ging om het mogelijk maken van overzeese import en internationale financiering. Daar heb je een huisbank voor, en logischerwijs verdient die op zijn beurt ook weer goed aan mij. Zo werkt dat.'

'Ze adviseren toch ook, bij zo'n investering als deze?' vraagt Pieter.

'Ja, natuurlijk. Ik heb uitgelegd wat we van plan zijn met de verhuizing, die meteen ook een vernieuwing en uitbreiding van vrijwel het hele bedrijf inhoudt. Dus zijn de mensen van de bank nu druk aan het rekenen wat dat betekent voor onze toekomstige omzet en winst. Dat is allemaal van belang voor de lening, waaraan vanzelfsprekend voorwaarden verbonden zijn, zoals bankgaranties en aflossingscondities. Die aflossingen moet het bedrijf straks wel kunnen opbrengen, anders loopt zoiets uit op een faillissement.'

Pieter luistert geïnteresseerd toe.

'En hebben ze er vertrouwen in?'

'Dat is de sleutelterm in dit soort situaties,' antwoordt zijn vader. 'Een bankrelatie is een kwestie van wederzijds vertrouwen, zeker in dit soort gevallen, waarin sprake is van een samenwerking van tientallen jaren. Dan weten ze daar bij de NHM zo langzamerhand wel hoe de hazen lopen bij Veenstra.'

Hij wacht even en vervolgt dan: 'Dit is een cruciale stap, die bepalend is voor de toekomst van ons bedrijf. Jij hebt de afgelopen tijd steeds meegedacht en erover meegepraat. Deze maand word je achttien, drie jaar daarna ben je volwassen. Ik wil graag dat jij van nu af aan deelneemt aan de gesprekken met de bank, met de boer die ons zijn grond moet gaan verkopen en straks ook met de aannemer en de diverse leveranciers. Het is belangrijk dat jij de financiële aspecten van dit bedrijf begrijpt en op de hoogte bent van de stand van zaken.'

'Dank u wel, Vader! Dat doe ik graag,' antwoordt Pieter opgetogen.

Hij voelt opwinding en een zekere nervositeit bij het vooruitzicht zo direct betrokken te zijn bij de financiële beslissingen van het familiebedrijf. Hoewel hij nog niet eens zijn eindexamen gedaan heeft.

'Jij hebt een scherp inzicht, Pieter,' gaat zijn vader verder, 'en je volgt een goede opleiding. Jouw inbreng zal van onschatbare waarde zijn als we deze nieuwe fase ingaan. Samen zullen we ervoor zorgen dat ons bedrijf in deze veranderende tijden niet alleen overleeft, maar zal floreren.'

Vader en zoon blijven nog een tijd zitten praten over de technische en operationele uitdagingen die voor hen liggen.

Pieter is trots dat zijn vader zo'n waarde hecht aan zijn mening over de toekomst van het bedrijf. Hij heeft het gevoel dat de inwijding voor zijn toekomstige rol als leider van de familieonderneming nu echt begonnen is. Dat vervult hem van trots maar stemt hem ook nederig. Want hij beseft maar al te goed dat hij nog ontzettend veel moet leren.

9

Annabel

Zaandam, vrijdag 26 januari 1912

Het dooit in Zaandam. Op deze vrijdagmiddag werpt de laaghangende zon zijn stralen over de geplaveide straten. Het marktplein, gelegen in het hart van het stadje, is vol kleuren, geuren en geluiden. Vanuit hun kramen proberen handelaren om potentiële kopers naar hun uitgestalde waren te krijgen.

In de lucht hangt de geur van brood, stroopwafels en andere zoete lekkernijen. Naast de bakkerskramen staan de groenteboeren, met diverse soorten kool, wortels, bieten, aardappels, pastinaken, uien en winterhard fruit. Een slager met een wit schort verkoopt gerookte worsten en stukken gezouten varkensvlees. Er is boter, kaas en melk te koop, terwijl in een kleine, maar opvallende kraam een visser zijn vangst uitstalt: schollen, paling en glinsterende haring, rechtstreeks uit de Noordzee.

Een verkoper van stoffen en garen roept om de aandacht te krijgen van langslopende vrouwen, met boodschappenmanden aan hun arm, gevuld met zojuist ingeslagen proviand. Kinderen dartelen rond de benen van de volwassenen, af en toe stoppen ze om hun ouders smekend aan te kijken en te vragen om een koek of een stuk kaas.

De buurman van de stoffenverkoper, met zijn kleurrijke kraam, is een handelaar in houten speelgoed en gebruiksvoorwerpen, van tollen tot prachtig gesneden lepels en kommetjes, toonbeelden van het vakmanschap uit de Zaanstreek.

Aan de rand van het plein, enigszins uit de drukte, staan de bloemenverkopers. Normaal gesproken zijn hun stalletjes een explosie van kleuren, maar nu bieden ze alleen bloembollen aan. De verschillen tussen de diverse bollen zijn nauwelijks te zien; je moet de kooplieden op hun woord geloven dat die in de lente tulpen, narcissen of hyacinten in rood, geel en blauw zullen opleveren.

De markt is niet alleen een plaats van handel, maar ook een trefpunt van de bevolking uit Zaandam en de verre omtrek. De mensen komen er voor hun wekelijkse boodschappen en ook om oude bekenden te ontmoeten, nieuwtjes uit te wisselen en recepten te delen.

Annabel gaat graag naar de markt, want die is levendig en er valt altijd wel wat bijzonders te zien. Zoals ze gewend is, loopt ze na een tijdje door naar het grote grasveld vlak buiten de stadskern. Daar is de veemarkt, net ver genoeg weg van de hoofdmarkt om de activiteiten daar niet te verstoren.

In de andere seizoenen is het ook hier een drukte van belang, omdat er koeien, schapen, geiten en vaak ook pluimvee worden aangeboden. Nu zijn er alleen wat paarden. Er is ruimte genoeg voor mogelijke kopers om de dieren te bekijken en voor de verkopers om te laten zien hoe goed hun paarden kunnen draven of reageren op commando's.

Hoewel haar vader, zoals altijd, druk is met zijn bedrijf, maakt hij op vrijdagmiddagen steevast tijd om het aanbod aan paarden te komen bekijken. Annabel is vaak met hem meegelopen bij zo'n inspectierondje, als hij de tanden van paarden beoordeelt om hun leeftijd te kunnen inschatten, hun hoeven en benen controleert op mogelijke gebreken, en met zijn kennersblik observeert hoe het temperament van de dieren is.

Soms gaat hij, na zorgvuldige overwegingen, zelfs over tot de aankoop van een paard dat hem bijzonder bevalt. Dan volgt een vaak zeer uitgebreide onderhandelingsfase, waarin hij het eens moet zien te worden met de verkoper. Als de opeenvolgende biedingen en tegenbiedingen uiteindelijk zo dicht bij elkaar komen dat er een overeenstemming bereikt wordt, betaalt hij dan ter plekke met een handvol bankbiljetten. Daarna wordt het paard officieel overgedragen en drinken de oude en de nieuwe eigenaar meestal nog staand een borreltje op de goede afloop.

Vandaag is Annabel eerder dan haar vader. Ze komt dan ook niet in de eerste plaats voor hem, maar vooral om Bram te treffen. Ook die is hier vrijwel elke vrijdagmiddag met zijn vader.

In haar jaszak houdt ze de brief van Noor vast.

Daar heeft ze gisteravond nog behoorlijk wat werk aan gehad.

Ze weet eigenlijk niet eens goed hoe ze daartoe kwam. Was het uit jaloezie? Dat kan toch niet, want zijzelf is helemaal niet gek op Bram. Het ging meer om het idee dat Noor iets met hem zou kunnen krijgen.

Want iedereen heeft altijd als vanzelfsprekend aangenomen dat Annabel de eerste van De Drie Vriendinnen zou zijn die aan de man kwam. Zij is altijd degene geweest naar wie de jongens kijken. Die de meeste aandacht krijgt van de leukste jongens uit hun omgeving. Zelfs als die al een paar jaar ouder zijn dan zij.

En nu zou Noor ineens iets kunnen krijgen met Bram, een knappe jongen die twee hele jaren ouder is dan zij. Een jongen van de hbs, ook nog eens de zoon van de eigenaar van scheepswerf Alkemade. Een goede vangst, zou haar vader zeggen.

Toen Noor haar brief liet lezen aan Fieke en aan haar, was bij Annabel daarom ineens het idee opgekomen dat ze iets moest doen. Dat ze misschien subtiel invloed kon uitoefenen, waardoor ze een wig zou kunnen drijven tussen Noor en Bram. Die gedachte was zowel schokkend als opwindend. Hoewel ze zichzelf ervan probeerde te overtuigen dat ze alleen maar de positie beschermde die haarzelf toekwam, wist ze diep vanbinnen dat ze een gevaarlijk spel begon te spelen.

Eerst was ze van plan om de brief stomweg te vernietigen. Om net te doen alsof ze die bij Bram bezorgd had, zodat Noor vergeefs zou wachten op een antwoord.

Uiteindelijk verwierp ze dat idee, want stel je voor dat Noor erachter kwam dat er nooit een brief bij Bram was aangekomen. Door er bijvoorbeeld via Pieter naar te informeren. Dat risico kon ze niet lopen.

Dus bedacht ze iets beters. Ze voegde iets aan de brief toe: een postscriptum.

Nu kwam het goed uit dat Annabel al die jaren naast Noor in de klas heeft gezeten, want daardoor weet ze genoeg om haar handschrift goed te kunnen nabootsen. Eerst probeerde ze het een paar keer in klad, totdat het resultaat haar beviel.

Allemaal hadden ze op de lagere school eenzelfde schrijfmethode aangeleerd. Toch zijn er kleine kenmerken die Noors handschrift uniek maken. De manier waarop ze haar 'r' een beetje langer doortrekt dan gebruikelijk, bijvoorbeeld. Hoe ze in plaats van een punt een cirkeltje op haar 'i' zet. En de sierlijke krul in haar 'g'.

Annabel heeft haar uiterste best gedaan om die nuances toe te passen in haar eigen handschrift, in de hoop dat het door deze toevoegingen geloofwaardig zal overkomen.

Het was al ruim na haar gebruikelijke bedtijd toen ze genoeg had geoefend om uiteindelijk zorgvuldig onderaan Noors briefje te schrijven:

PS Terwijl ik mijn dank uitdruk, realiseer ik me dat het belangrijk is om duidelijke grenzen aan te geven tussen ons. Ik waardeer onze vriendschap zeer, maar ik zou niet willen dat mijn woorden van dankbaarheid verkeerd worden geïnterpreteerd als iets meer dan dat. Ik heb groot respect voor de vriendschap die jij en mijn broer delen, en het laatste wat ik zou willen, is dat ik onbedoeld verwarring of ongemak veroorzaak. Laten we ons deze gebeurtenis herinneren als een mooi moment van kameraadschap en niets meer dan dat.

Tevreden had ze de brief dichtgeplakt.

Nu duurt het vrij lang – naar haar gevoel een eeuwigheid – voordat Bram en zijn vader de veemarkt op komen lopen, druk in gesprek.

Opgelucht gaat ze naar hen toe.

'Ha, Bram. Dag meneer Alkemade,' groet ze.

Nadat ze haar groet beantwoord hebben, haalt ze de brief uit haar jaszak. Die overhandigt ze vervolgens aan Bram.

'Noor vroeg me of ik deze aan jou wilde geven,' legt ze uit.

Waarna ze zich snel omdraait en over haar schouder 'Tot ziens!' roept, zonder een antwoord af te wachten.

Haar vader is inmiddels ook gearriveerd, ziet ze.

Bijna huppelend gaat ze naar hem toe.

'Hoi Pap,' roept ze. 'Ik was er al!'

'Ja, dat zie ik.'

De grote man slaat zijn armen om haar heen en omhelst haar hartelijk.

'Heb je al mooie paarden gezien?' vraagt hij.

'Niet echt.'

'Laten we toch even gaan kijken.'

Daar heeft ze geen bezwaar tegen.

Uit haar ooghoek ziet ze dat Bram de envelop verbaasd bekijkt en dan in zijn broekzak steekt.

10

Noor

Zaandam, dinsdag 13 februari 1912

Omdat het buiten kil is, heeft Moeder het haardvuur al vroeg aangemaakt. Dat vindt Noor nooit erg, want de haard, met zijn decoratieve Oudhollandse tegels, wordt dan automatisch het middelpunt van het gezin, waar ze allemaal bij willen zitten. Dat maakt het 's avonds vaak gezellig.

Als Moeder niet heen en weer loopt, of met van alles bezig is, zit ze te lezen in een van de twee grote fauteuils die met hetzelfde dieprode fluweel overtrokken zijn. De andere stoel is gereserveerd voor Vader. Daar tegenover staat de bordeauxrode bank met de stevige houten poten.

De centrale hanglamp en een paar andere gaslampen aan de muren verlichten de kamer, zodat de ingelijste familieportretten goed zichtbaar zijn. De zware gordijnen zijn al dichtgetrokken, om hen af te sluiten van de koude wereld daarbuiten.

Noor zit aan het grote eikenhouten bureau van haar vader, dat is ingesloten tussen de hoge staande kast aan de ene kant en aan de andere kant de oude piano waar nooit iemand op speelt. Ze heeft de pennen, de inktpot en de vloeipapierhouder opzijgeschoven om plaats te maken voor haar tekenblok.

Al tekenend laat ze haar gedachten gaan. Het is al bijna twee weken geleden dat ze haar brief aan Bram heeft geschreven. Hij heeft op geen enkele manier gereageerd en is ook niet meer bij hen thuis langsgekomen. Dat zit haar behoorlijk dwars.

Blijkbaar is Bram niet echt in haar geïnteresseerd. Dat is wel duidelijk. Anders had hij immers de moeite genomen om haar iets te laten weten. Zou het door haar rode haar komen? Door haar sproeten? Sommige mensen vinden dat lelijk.

Ze denkt er even over na en neemt dan de beslissing dat ze hem verder maar niet meer zal lastigvallen. Met een diepe zucht zet ze zich weer aan het tekenen.

Aan het gerommel in de hal en het dichtgaan van de voordeur is te horen dat Vader en Pieter zijn thuisgekomen. Ze waren na het eten nog even weggegaan voor een gesprek met meneer Du Fossé, die bij de Nederlandsche Handel-Maatschappij de huisbankier van het familiebedrijf is.

Als ze binnenkomen, kijkt ze even op. Een slecht teken: Vaders gezicht staat op onweer. Ze legt haar potlood neer en draait haar stoel een kwartslag.

Pieter ploft neer op de bank.

'Potverdorie, dat is toch te zot voor woorden!' foetert Vader, terwijl hij in zijn stoel gaat zitten. 'Die man is zo soepel als een ijzeren staaf bij vriesweer.'

'Alsof we door een muur heen probeerden te breken!' beaamt Pieter.

Moeder zet een kop koffie voor hen neer, waarna ze plaatsneemt in de andere leunstoel.

'Dus het liep niet zoals jullie gehoopt hadden?' veronderstelt ze.

'Nee, dat kun je wel zeggen,' antwoordt Vader. 'De bank toont begrip voor de omvang van de investeringen die we nodig gaan hebben om de uitbreiding te laten slagen en ziet ook voldoende mogelijkheden voor het bedrijf, maar ze blijven aarzelen.'

'Waarom?' vraagt Moeder.

'Omdat ze ervoor terugschrikken om in hun eentje dat hele bedrag te leveren,' vertelt Pieter. 'Zulk soort risico's spreiden ze liever.'

Moeder kijkt verbaasd van de een naar de ander.

'Maar we hebben toch garanties? Dit huis...'

'... en het fabrieksgebouw,' gaat Vader verder. 'En onze grond. En het bedrijf. En ons spaargeld. Ja, dat is allemaal waar. Als er één partij is die hier risico's neemt, dan zijn wij dat wel. Wij stoppen onze hele ziel en zaligheid in deze stap.'

'Klopt,' valt Pieter hem bij. 'Dat ziet Du Fossé ook wel, maar toch blijft hij een beetje huiverig. Het lukt maar niet om hem over de streep te trekken.'

Vader trekt een grimas.

'Terwijl wij zo langzamerhand een definitief "ja" nodig hebben om verder te kunnen. Dat contract voor de kavel ligt klaar, maar zo'n boer wacht natuurlijk ook niet eeuwig. Als wij de zaak niet rondmaken, zoekt hij gewoon een ander. Kandidaten genoeg in deze tijd. Het lijkt wel alsof alle bedrijven met groeiplannen zich in die polder willen vestigen, als je dat zo hoort.'

'Wat zou er nog nodig zijn om de bank over de streep te trekken?' vraagt Moeder.

'Pff,' doet Vader. 'Het gaat echt om veel geld, hè! Meer dan ik ooit bij elkaar heb gezien. Op zich valt de aankoop van dat boerenland nog wel mee, maar de nieuwe machines zijn duur. Voor de aanleg van de kade en dat dok is baggerwerk nodig en zullen er stevige fundamenten moeten worden gelegd. Dan moeten we dus nog gaan bouwen! De fabriekshallen, het dok, het huis... Al met al zijn we zo'n vier ton kwijt.'

'Vierhonderdduizend gulden,' stamelt Moeder en ze slaat een hand voor haar mond.

'Wij brengen zelf, alles bij elkaar, al wel zo'n twee ton mee,' vervolgt Vader. 'Dus zou de bank ons ongeveer de helft moeten lenen.'

'Banken zijn gewend om risicodragend kapitaal in te brengen,' gaat Pieter verder. 'Du Fossé verwacht ook echt dat zo'n financiering zal gaan renderen, maar hij wil van onze kant eigenlijk zien dat we nog wat extra zekerheid inbrengen.'

Vader knikt.

'Inderdaad. Het komt er dus op neer dat hij wil dat er nog een externe partij komt, die zich garant stelt voor minimaal een halve ton, en liefst een hele. Dan durft de bank de sprong wel aan.'

'Jeetje,' verzucht Moeder.

Een tijdje zwijgt iedereen.

Dan vraagt Moeder zacht: 'En als we dat dan toch eens aan mijn familie zouden vragen?'

De daaropvolgende stilte is daverend.

Allemaal kijken ze naar Vader, die zijn blik strak gericht houdt op de ingewikkelde patronen in het zware tapijt.

Dit is bijzonder pijnlijk, weet Noor, want Vader en de familie van Moeder zijn water en vuur. De familie Veenstra moet ooit vanuit het noorden naar de Zaanstreek zijn gekomen, maar bestaat in ieder geval al generaties lang uit protestante Zaankanters. Moeders familieleden, de Van Eersels, zijn katholieke middenstanders uit Amsterdam.

Toen haar ouders elkaar leerden kennen, tilden ze zelf niet zwaar aan hun religieuze verschillen. Hun families des te meer. 'Twee geloven op één kussen, daar slaapt de duivel tussen,' had haar grootmoeder van vaderskant gezegd. Ook haar Amsterdamse grootouders waren onverzoenlijk geweest: hun Geertruida kon niet met een gereformeerde man trouwen. Het jonge stel mocht zelfs niet meer met elkaar omgaan.

'Dan kenden ze jullie moeder en mij nog niet,' had Vader weleens verteld. Op de een of andere manier waren ze erin geslaagd elkaar toch te blijven zien. Ze waren vastbesloten om te trouwen. Met of zonder familie.

Het huwelijk was er uiteindelijk toch gekomen, hoewel de ruzie daarmee niet uit de lucht was. De onderlinge verhoudingen bleven moeilijk, al kon dat het jonge bruidspaar niet echt schelen. Ze trokken hun eigen plan, vestigden zich in Zaandam en kregen uiteindelijk zelfs de zegen van Vaders ouders om het familiebedrijf voort te zetten.

Omdat de problemen begonnen waren door religieuze verschillen, had Vader een rigoureuze keuze gemaakt: hij ging nooit meer naar de kerk. Ook Moeder nam afstand van het geloof van haar ouders, al bezocht ze op hoogtijdagen nog weleens een enkele mis. Pieter en Noor waren dan ook niet gedoopt.

Vooral de familie van Moeder had daar grote bezwaren tegen. Dat zorgde voor steeds meer verwijdering. Na de dood van Moeders ouders hadden de Veenstra's zelfs helemaal geen contact meer gehad met het Amsterdamse deel van de familie. 'Dat scheelt een boel onmin,' zegt Vader steevast, als het onderwerp ter sprake komt – wat niet vaak is.

Gespannen wacht Noor nu de reactie van haar vader af.

Timmer Veenstra blijft naar de grond kijken, terwijl hij langzaam zegt: 'Weet je, Trui...'

Oei, denkt Noor, dat voorspelt niet veel goeds. Bij haar huwelijk heeft Moeder haar voornaam definitief gewijzigd van Geertruida, zoals ze in haar gezin genoemd werd, in Truus. Heel soms bezigt Vader nog de afkorting Trui: onder die naam heeft hij haar leren kennen, en die gebruiken Moeders broers en zussen ook voor haar. In hun eigen huis gebeurt dat meestal alleen als Vader en Moeder ruzie hebben.

Vader zucht en gaat dan verder: '... van die kant heb ik nooit veel hoeven verwachten; dat is door de jaren heen niet veranderd. Die Amsterdammers weten het altijd beter en hebben altijd hun oordeel klaar over ons, over onze manier van leven, over ons bedrijf en over alles wat met ons te maken heeft.'

'Maar het zijn geen slechte mensen,' werpt Moeder tegen, nog steeds met zachte stem.

Het duurt even voordat Vader opkijkt, met een flauwe glimlach om zijn lippen.

'Dat kan ook haast niet, want ze zijn familie van jou.'

Zo makkelijk laat Moeder zich niet afschepen.

'Wat vind je, zal ik het vragen? Aan Anna en Hendrik bijvoorbeeld?'

De gelaatstrekken van Vader verharden en zijn blik gaat naar het vuur in de haard.

'Wat mij betreft kun jij je die moeite besparen, dat weet je,' antwoordt hij.

'Maar je vindt het niet erg als ik het probeer?' dringt Moeder aan.

Hij haalt zijn schouders op.

'Dat is aan jou. Ik hou me erbuiten.'

'Goed.' Moeder staat op. 'Wil er nog iemand koffie?'

11

Pieter

Zaandam, donderdag 15 februari 1912

De lucht boven Zaandam is grijs, met een vage belofte van sneeuw, maar voor Pieter voelt de koude februaridag verrassend warm aan. Vanuit school loopt hij mee met Bram, die al sinds de kleuterschool zijn beste kameraad is. Vandaag gaan ze, zoals zo vaak, naar de scheepswerf van Brams vader, waar Pieter kind aan huis is.

De werf van Alkemade ligt aan de Zaan, ingeklemd tussen oude pakhuizen en een paar nieuwere fabrieken, die er de laatste jaren zijn gebouwd. Ondanks de opkomst van moderne industrie in de omgeving, heeft de scheepswerf zijn authentieke karakter behouden. De geur van teer, hout en metaal mengt zich met de frisse rivierlucht, een combinatie die Pieter altijd bijzonder aangenaam heeft gevonden.

Nu ze het terrein van de werf oplopen, begroeten een paar van de werknemers hen. Iedereen kent Pieter en Bram hier; ze hebben vele zomers op de werf doorgebracht, spelend tussen de schepen en luisterend naar de verhalen van oude zeelui.

De scheepswerf zelf is vol activiteit. Overal liggen houten planken en balken, zorgvuldig opgestapeld naast rollen touw en metalen onderdelen. In het midden van de werf staat het skelet van een schip in aanbouw; de houten ribben ervan steken uit als de botten van een gigantisch beest.

De werkplaats van Alkemade – een groot, enigszins bouwvallig pand met grote ramen, die uitkijken over de rivier – is het hart van de werf. Daar binnen hangt de zware lucht van zaagsel en olie. Verspreid door de ruimte zijn allerlei gereedschappen, van zware hamers tot fijne beitels, elk met hun eigen plek aan de muur of op een van de werkbanken.

Jan Alkemade zelf, een man met een robuust postuur en handen die een leven van arbeid verraden, is meestal achter in de werkplaats te vinden, gebogen over bouwtekeningen of in gesprek met zijn medewerkers. Hij heeft altijd wel een vriendelijk woord voor Pieter, die hij beschouwt als een tweede zoon.

Terwijl ze over de werf lopen, praten Pieter en Bram over het eindexamen, dat ze dit voorjaar zullen doen.

'Denk je dat we er klaar voor zijn?' vraagt Bram, terwijl hij een stuk hout oppakt en de nerf ervan bestudeert.

Pieter haalt zijn schouders op, zijn blik dwaalt af naar het half afgebouwde schip. 'We hebben nog een paar maanden, toch? We redden het wel.'

Ze nemen het pad langs de waterkant. Op de achtergrond horen ze het geluid van hamers op hout en soms geroep van werklui. Hier komen de twee jongens vaak: het is ver van school en huis, en toch vertrouwd. Aan de oever van de Zaan kunnen ze vrijuit praten en delen wat hen bezighoudt.

'Dit is al de tweede keer deze week dat ik met jou meega,' zegt Pieter, zonder zijn vriend aan te kijken. 'Normaal gesproken kom je ook regelmatig mee naar ons huis. Maar nu ben je daar al wekenlang niet geweest.' Hij wacht even en vraagt dan rechtuit: 'Is er iets? Wat ik moet weten?'

Bram blijft staan.

'Tja, hoe moet ik dat zeggen?' Omdat Pieter blijft afwachten, vertelt hij dan toch: 'Eigenlijk gaat het om Noor.'

'Om Noor?' vraagt Pieter, met verbaasd opgetrokken wenkbrauwen. 'Jij bent toch goed met Noor?'

'Dat dacht ik ook, ja. Zeker na die middag op de ijsbaan.'

'Net wat ik wou zeggen,' valt Pieter hem bij. 'Jullie hebben nog samen geschaatst. Je hebt zo'n beetje haar leven gered, toch?'

Bram grinnikt.

'Nou maak je het allemaal wat erger dan het was. Hoewel je wel gelijk hebt. Ik dacht zelfs dat het misschien wel iets zou kunnen worden tussen die rooie en mij.'

'Maar?'

'Maar toen kreeg ik een brief van haar.'

'Ze heeft jou een brief geschreven?'

Bram knikt, pakt een platte steen op en laat die met een welgemikte worp over het water stuiteren, tot bijna aan de overkant.

'Een vriendelijke brief, hoor. Vooral... heel beleefd.'

'Oei.' Pieter trekt een grimas.

'Zeg dat wel. Ze bedankte me keurig voor mijn inbreng op die middag. Vervolgens liet ze me doodleuk weten dat ze niet echt zit te wachten op een verdere uitbouw van onze relatie. Al heeft ze wel veel "respect" voor de vriendschap tussen jou en mij.'

'Respect?'

'Ja, dat schreef ze. Omdat ze er kennelijk niet naar uitkijkt om mij weer te zien, blijf ik daarom maar liever weg bij jullie. Al vind ik het wel jammer.'

'Ik ook, ja.' Nadenkend kijkt Pieter een tijdje over het water. 'Eerlijk gezegd, vind ik dit niks voor onze Noortje. Ik zal er eens bij haar naar vragen.'

'O, voor mij hoef je dat niet te doen, hoor.'

'Maar ik doe het toch,' verzekert Pieter hem. 'Ik wil hier eigenlijk zelf ook meer over weten. Want dit is echt vreemd.'

12

Noor

Zaandam, donderdag 15 februari 1912

Het begint al behoorlijk te schemeren. In de woonkamer zit Noor aan tafel onder het warme licht van de staande lamp naast haar. Ze heeft het oude zakhorloge van haar grootvader, een erfstuk, opengeklapt voor haar liggen. Met een setje kleine schroevendraaiers en een fijn pincet maakt ze het mechanische binnenwerk los: een precisiewerkje dat veel geduld vereist.

De stilte wordt doorbroken als Pieter het huis en vervolgens de kamer binnenkomt. Hij groet Moeder, die in de keuken met het eten bezig is. Zijn wangen zijn nog rood van de kou. Hij wrijft in zijn handen om ze op te warmen, terwijl hij Noor opmerkt, helemaal verdiept in haar taak.

'Hé, wat heb je daar?' vraagt hij nieuwsgierig.

Noor kijkt op, er breekt een glimlach door op haar geconcentreerde gezicht.

'O, dit oude ding? Ik probeer het horloge van opa weer aan de praat te krijgen. Het heeft al jaren niet meer gelopen, maar ik dacht: misschien als ik het schoonmaak. Dus moet het eerst open, anders kan ik niet bij het binnenwerk.'

Pieter loopt naar haar toe en buigt over haar schouder.

'Dat ziet er ingewikkeld uit. Ik wist niet dat jij zulke dingen kunt.'

'Er zijn wel meer dingen die jij niet van me weet, Pieter

Veenstra,' antwoordt Noor speels, terwijl ze hem een plagende blik toewerpt.

Ze legt het horloge en het gereedschap zorgvuldig neer op de tafel en draait zich om naar Pieter.

'Je bent laat. Ben je op de werf geweest?'

'Zeker.'

'En, nog nieuws?'

'Niet echt. Daar zijn ze altijd met van alles tegelijk bezig. Bram en ik zijn natuurlijk vooral druk met ons eindexamen.'

Dat is logisch, vindt Noor, want het examen komt nu wel erg dichtbij.

Ze wacht even of hij nog meer te vertellen heeft. Dan ziet ze de aarzeling in zijn ogen. Er is nog iets.

'En?' vraagt ze.

Met een lichte zucht gaat Pieter naast haar aan tafel zitten. Zijn blik is vriendelijk, maar serieus.

'Noortje, er is eigenlijk ook iets anders wat ik met je wil bespreken.'

Pieter is de enige die haar soms nog Noortje noemt, zoals haar moeder regelmatig Nora tegen haar zegt. Eigenlijk heeft ze een hekel aan haar naam uit haar vroege jeugd, die doet denken aan een klein meisje. Maar dit is niet het moment om daartegen te protesteren, beseft ze.

'Over die brief aan Bram,' vervolgt Pieter, terwijl hij haar behoedzaam aankijkt.

Ze trekt haar wenkbrauwen hoog op.

'Wat is daarmee?'

'Daar was Bram niet zo blij mee.'

Geschokt kijkt ze hem aan.

'O, hoezo?'

'Hij... vond het niet zo aardig van je.'

Noors gedachten tuimelen door haar hoofd. Koortsachtig probeert ze te bedenken wat Bram onaardig kan hebben gevonden aan haar brief. Heeft ze soms iets onhandig geformuleerd, waardoor hij zich eraan gestoord heeft? Terwijl ze juist zo haar best had gedaan om te laten zien dat ze graag verder zou willen gaan met hun prettige omgang.

'Ik begrijp het niet, Pieter. Ik...'

Voordat ze verder kan gaan, heft hij verdedigend zijn beide handen op en leunt achteruit.

'Ik breng alleen maar de boodschap over, hè! Verder is het aan jou. Ik wil hier op geen enkele manier tussen gaan zitten.'

Hij staat op en gaat naar zijn kamer.

Noor blijft nog even aan tafel zitten. Ze voelt zich verslagen, weet niet wat ze moet doen.

Dan staat ze resoluut op, doet het horloge en haar gereedschap in een doos en gaat naar de keuken.

'Moeder, ik ben nog even weg.'

'Niet te lang, hè. Je weet dat we bijtijds eten. Als Vader terug is, zal hij meteen aan tafel willen.'

'Het duurt niet lang,' belooft Noor.

Ze pakt haar jas en gaat naar buiten.

Eigenlijk zou ze nu eerst graag met Annabel praten, maar die woont nu buiten de stad, helemaal aan het eind van de Westzijde. Dus gaat ze met snelle pas naar Fieke, die vlak bij de Zaan woont, niet ver van de werf.

Daar aangekomen, loopt ze om het huis heen en gaat ze via de bijkeuken naar binnen, zoals altijd.

Fiekes moeder staat aan het fornuis en kijkt op bij haar binnenkomst.

'Ha, Noor. Fieke is in haar kamer, geloof ik. Maak je het niet te lang, want we gaan zo eten.'

'Ja, wij ook. Ik ben zo weer weg, mevrouw Ten Hertog.'

Ze loopt direct door naar de kamer van Fieke, klopt op de deur en gaat meteen naar binnen als ze 'Ja?' hoort.

In de kleine, strak ingerichte kamer ligt Fieke op haar bed te lezen. Zodra ze haar vriendin ziet, komt ze overeind.

'Noor!' zegt ze verrast. 'Dat is onverwacht.' Ze bekijkt haar onderzoekend. 'Is er iets?'

Met een zucht gaat Noor naast haar op het bed zitten.

'Fieke, jij hebt mijn brief aan Bram toch ook gelezen?'

'Ja, hoezo?'

'Vond jij die brief onaardig?'

'Onaardig?' echoot Fieke. Er verschijnt een frons tussen haar wenkbrauwen. 'Totaal niet. Heel aardig, juist. Ik zou niet weten...'

'Nou, Bram vindt dat blijkbaar wel,' onderbreekt Noor haar. 'Dat kwam Pieter me net vertellen. Geen wonder dat ik nog steeds niks terug heb gehoord.'

Fieke kijkt nadenkend voor zich uit.

'Ik kan me niet voorstellen dat hij zich ergens aan gestoord heeft. Het was gewoon een goede brief.'

'Ja, dat vond ik ook. Wat moet ik nu? Ik kan hem moeilijk nog een brief gaan sturen om te zeggen dat het me spijt als er iets mis was met de vorige, toch?'

Dat lijkt Fieke inderdaad ook niet verstandig.

'Maar wat dan?' vraagt Noor, licht wanhopig.

Op dat moment wordt er geklopt en steekt Fiekes moeder haar hoofd om de hoek van de deur.

'Dames, ik moet jullie onderbreken, ben ik bang. We gaan nu echt eten.'

Meteen staat Noor op.

'Goed, mevrouw Ten Hertog. Excuus dat ik nog zo laat langskwam.' En tegen Fieke: 'Ik zie je morgen.'

'Ja, tot morgen,' antwoordt Fieke automatisch, terwijl ze haar vriendin nadenkend nakijkt.

13

Pieter

Zaandam, vrijdag 16 februari 1912

Zoals wel vaker op vrijdagavond, heeft Moeder extra werk gemaakt van de maaltijd: hutspot met klapstuk en als bijgerecht gestoofde rode kool met appeltjes. Ook staat er een mandje met dikke plakken donker roggebrood op tafel. De geur van het malse rundvlees, dat urenlang gestoofd heeft, hangt in de hele woonkamer.

Alle familieleden schuiven aan de ruime eettafel. Iedereen heeft ervoor gezorgd om op tijd thuis te komen. De gaslampen zijn al aangestoken.

Moeder schept op en al gauw zitten ze allemaal met smaak te eten.

'Het is heerlijk, lieve,' zegt Vader.

Noor en Pieter vallen hem direct bij.

Moeder neemt de complimenten minzaam in ontvangst.

Na een tijdje is zij, verrassend genoeg, de eerste die het woord neemt.

'Muizende katjes mauwen niet,' zegt ze glimlachend. 'Dus kan ik mooi van de gelegenheid gebruikmaken om iets bijzonders mee te delen.'

Ze haalt een envelop uit de zak van haar schort en legt die naast haar bord.

'Na ons gesprek heb ik besloten om een brief te schrijven

aan mijn zus Anna in Amsterdam,' vertelt ze. 'Dat was niet makkelijk... Want we hebben al zoveel jaren geen contact meer gehad.'

Haar stem trilt een beetje.

Pieter en Noor wisselen een snelle blik, verrast door deze onverwachte onthulling.

Vader legt zijn bestek neer.

'Ik wist niet wat ik mocht verwachten,' gaat Moeder verder. 'Eigenlijk hield ik er rekening mee dat Anna niet eens zou antwoorden. Maar vandaag kwam deze brief.'

Ze pakt de envelop en haalt diep adem. Haar ogen zijn vochtig.

'Mijn zus... ze is blij dat ik geschreven heb. Ze wil graag dat we elkaar weer ontmoeten.'

Even is het stil, terwijl de betekenis van haar woorden bezinkt.

Vader knijpt in Moeders hand en glimlacht naar haar.

Pieter ziet aan haar hoe belangrijk het aanhalen van de verloren familiebanden voor haar is, en zegt met een stem vol oprechte blijdschap: 'Dat is geweldig nieuws, Moeder.'

'Wanneer gaan we naar Amsterdam?' vraagt Noor enthousiast.

Grijnzend kijkt Pieter haar aan. Zo kent hij Noortje weer: altijd voortvarend.

'Misschien wil Moeder die eerste afspraak liever in haar eentje maken,' suggereert hij.

Ook Moeder glimlacht. 'Het lijkt me inderdaad verstandig en goed als ik eerst zelf met mijn zus ga praten. Zo snel mogelijk daarna spreken we met het hele gezin af. Het is tijd om de familie weer bij elkaar te brengen.'

Pieter let scherp op zijn vader, maar ziet zelfs geen zweem van ongenoegen of onwil: hij lijkt echt blij te zijn dat Moeder deze stap gezet heeft.

De rest van de maaltijd verloopt vrolijk.

'Wie wil er gortepap?' vraagt Moeder, als de borden leeg zijn.

'Met bessenjam?' wil Noor weten.

'En kaneel,' antwoordt Moeder.

'Natuurlijk!' zegt Pieter.

Het ontgaat hem niet dat zijn ouders elkaar even aankijken met een blik vol blijdschap en genegenheid.

14

Fieke

Zaandam, zaterdag 17 februari 1912

Nadat eindelijk de laatste schoolbel van de zaterdagmorgen heeft geklonken, haast Fieke zich naar huis. Ze eet wat brood met haar moeder, doet een uurtje huiswerk en gaat dan weer naar buiten. Nog voordat ze haar jas dicht heeft, trekt ze de voordeur achter zich dicht.

Ze is op een missie, want ze wil kijken of het lukt om iets op te lossen. Die drang heeft ze al sinds haar gesprek met Noor. Want ze maakt zich zorgen. Steeds weer gaan haar gedachten naar de brief aan Bram, die blijkbaar zo verkeerd is gevallen. Dus heeft ze besloten om zelf actie te ondernemen.

De scheepswerf ligt op korte afstand van haar huis, een route die ze bijna met gesloten ogen zou kunnen afleggen, zo vaak heeft ze deze wandeling al gemaakt. Haar vader werkt er als timmerman, dus heeft Fieke er van jongs af aan vele uren doorgebracht, spelend tussen de schepen in aanbouw en kijkend naar de werklui.

Moeiteloos vindt ze haar weg door het doolhof aan paden tussen de stapels hout. Het geluid van hamerslagen vermengt zich met het gekrijs van zeemeeuwen. Ze ademt de vertrouwde geur van teer en rivierwater diep in.

Deze keer is ze niet op zoek naar haar vader, maar naar Bram. Die vindt ze bij een van de dokken, zijn blik gericht op een half afgebouwd schip. Hij lijkt verdiept te zijn in zijn gedachten, de mouwen van zijn dikke trui opgerold, een potlood achter zijn oor.

'Hé, Bram,' groet ze, terwijl ze naar hem toe loopt.

Hij draait zich om en kijkt haar verrast aan.

'Hoi, Fieke. Wat brengt jou hier?'

Zijn stem is warm en verwelkomend. Ze kennen elkaar al zo lang, dat ze bijna familie zijn.

'O, ik kom gewoon even langs,' antwoordt ze zo laconiek mogelijk. 'Weer eens even op de werf kijken. Hoe gaat het met de voorbereidingen voor het examen?'

'Prima, eigenlijk.'

Al pratend neemt hij haar mee naar een rustiger gedeelte van de werf, waar ze niet zo hard hoeven te spreken en ook geen last hebben van nieuwsgierige meeluisteraars.

Het gesprek gaat een tijdje over school, totdat Fieke vindt dat het juiste moment is gekomen. Ze schraapt haar keel en zegt: 'Eigenlijk hoopte ik dat we ook even konden praten over... Noor.'

Bram kijkt haar verrast aan, terwijl ze verder lopen.

'Natuurlijk, wat is er met haar?'

Fieke zoekt even naar woorden.

'Nou ja, ze was pas een brief aan het schrijven. Aan jou. Ik vroeg me af of jij die wel ontvangen hebt.'

'Ja, die heb ik gekregen.'

Ze merkt de ernst in zijn stem op.

'En wat vond je ervan?'

Bram blijft staan en kijkt over het water van de Zaan, alsof hij overweegt hoeveel hij moet vertellen.

Ze dringt expres niet aan, maar wacht.

Het duurt even voordat hij zegt: 'Ik was blij dat ze me schreef, maar minder blij toen ik die brief gelezen had.'

'Hoezo?'

'Tja, ze bedankte me wel...'

Omdat hij niet verdergaat, zegt Fieke snel: 'Ze is ook echt

dankbaar voor je hulp, Bram. Volgens mij heeft ze... eh... heel vriendschappelijke gevoelens voor je.'

Hij lacht schamper.

'Nou, dat zou je niet zeggen, als je leest wat ze schrijft. Ze is er heel duidelijk in dat ze liever heeft dat ik me voortaan op een afstand houd.'

Fieke kijkt hem stomverbaasd aan.

'Wat?' vraagt hij.

'Eh... eerlijk gezegd heeft ze mij de brief laten lezen, voordat die naar jou toe ging. En volgens mij was ze alleen maar hartelijk en vriendelijk. Kan het zijn dat je het verkeerd begrepen hebt?'

Weer lacht hij die schampere lach.

'Hier was weinig verkeerd aan te begrijpen, hoor.'

'Maar Bram, echt... ik...' stamelt ze.

'Wacht maar,' zegt hij dan resoluut. 'Ik haal hem wel even.

Op een holletje gaat hij naar hun woonhuis, dat vlak naast de werf staat. Een minuut later is hij weer terug, met een envelop in zijn hand.

Als hij weer naast haar staat, haalt hij er een opgevouwen vel papier uit, dat hij zorgvuldig openvouwt.

'Hier. Het is allemaal heel aardig, maar dan schrijft ze dit.' Hij houdt zijn vinger bij een stuk tekst en leest voor: 'PS Terwijl ik mijn dank uitdruk, realiseer ik me dat het belangrijk is om duidelijke grenzen aan te geven tussen ons. Ik waardeer onze vriendschap zeer, maar ik zou niet willen dat mijn woorden van dankbaarheid verkeerd worden geïnterpreteerd als iets meer dan dat. Ik heb groot respect voor de vriendschap die jij en mijn broer delen, en het laatste wat ik zou willen, is dat ik onbedoeld verwarring of ongemak veroorzaak. Laten we ons deze gebeurtenis herinneren als een mooi moment van kameraadschap en niets meer.'

Fieke is er stil van. Daar kan ze zich niks van herinneren.

'Mag ik eens zien?' vraagt ze.

Bram aarzelt even, en overhandigt haar dan de brief.

Onderzoekend bekijkt Fieke de brief. Die is duidelijk in

Noors handschrift geschreven. Ook het postscriptum, al komt haar dat helemaal niet bekend voor.

'Dat is duidelijk genoeg, toch?' vraagt Bram.

Fieke kan het moeilijk ontkennen, en dat doet ze dan ook niet, ook al hoort ze de teleurstelling in zijn stem wel degelijk.

Ze geeft de brief terug.

'Het spijt me, Bram,' zegt ze met een verontschuldigende grimas. 'Ik meende me echt te herinneren dat ze iets veel positievers geschreven had.'

Hij haalt zijn schouders op.

'Het is niet anders. Ik waardeer het echt dat je hierheen gekomen bent om erover te praten. Al kun jij er ook niet veel aan veranderen.' Met een blik naar het dok voegt hij daaraan toe: 'Maar ik moet weer verder. Tot gauw.'

Samen lopen ze terug naar de werf, waarna Fieke afscheid neemt.

Op weg naar huis denkt ze na over de brief: hoe is het mogelijk dat ze zich daar zo in vergist heeft?

Moet ze Noor daarover aanspreken? Dat is waarschijnlijk niet zo'n goed idee, want ze zal best haar redenen gehad hebben om zoiets te schrijven.

Hoofdschuddend loopt ze door. Sommige dingen begrijpt ze echt niet. Ze kent Noor al zo lang.

15

Pieter

Zaandam, woensdag 21 februari 1912

Pieter zit met zijn vader te praten in het kantoor op de fabriek, als zijn moeder binnenkomt.

'Moeder!' zegt hij verrast.

'Ha schat, hoe ging het in Amsterdam?' vraagt Vader.

Dat is waar ook, beseft Pieter: ze zou vandaag haar zus opzoeken. Daar was ze gisteravond nog vrij zenuwachtig over geweest.

Moeder doet haar hoofddoek af en trekt haar natte mantel uit, die ze over de staande kapstok uithangt.

'Het regent,' meldt ze. 'Eigenlijk al de hele dag. Echt rotweer.'

'Wil je thee? Of koffie?' vraagt Vader, die een van de stoelen aan de vergadertafel voor haar achteruitschuift.

Ze komt bij hen zitten.

'Nee, laat maar. Om antwoord te geven op je vraag: het ging ontzettend goed.'

'Daar ben ik blij om!' zegt Vader.

Moeder knikt.

'Het was net alsof we elkaar een paar weken geleden nog gezien hadden en of al die rottigheid er niet geweest is. We hebben samen echt even gehuil toen we elkaar omarmden. Eigenlijk merkte ik toen pas hoe erg ik haar gemist heb. De anderen natuurlijk ook, maar vandaag heb ik alleen Anna gezien.'

'Dus het was alleen jullie tweeën,' begrijpt Vader.

'Ja. Hendrik was aan het werk en de kinderen naar school. Dat was prima, want we hadden elkaar zoveel te vertellen. Er is geen onvertogen woord gevallen, hè! Zo fijn!'

Pieter ziet dat ze ontroerd raakt. Hij wil haar al zijn zakdoek aanbieden, maar inmiddels haalt ze er een uit haar tas.

'En ik heb goed nieuws,' kondigt ze aan, terwijl ze haar ogen dept. 'Dat zal jullie beslist interesseren.'

Ze wacht even voordat ze verdergaat.

'Timmer, je weet dat Hendrik bij een importmaatschappij werkte en altijd bezig was met cursussen, zelfs toen Anna zwanger was?'

Dat herinnert Vader zich nog wel.

'Iets met de boekhouding, toch?'

'Klopt. Anna vertelde dat hij een jaar of tien geleden is overgestapt naar de Amsterdamsche Bank, waar hij nu een goede positie vervult. Daarom wonen ze nu ook op stand, in de buurt van het Concertgebouw, in een heel groot huis.'

Pieter fluit tussen zijn tanden.

'Dat is niet mis. Dan heeft hij goed geboerd.'

'Geboerd is niet het goede woord,' zegt Moeder glimlachend. 'Die man doet misschien wel zaken met boeren, maar is nu echt bankier.'

Meteen ziet Pieter de interesse opflikkeren in de ogen van zijn vader.

'Ik vertelde Anna over onze uitbreidingsplannen in de Achtersluispolder, en daar was ze erg van onder de indruk. Ze heeft me beloofd om erover te praten met Hendrik. Uit wat ze mij vertelde, begrijp ik dat hij veel bezig is met financiering van handel en industrie.'

'Allemachtig, dus zou hij ons misschien kunnen helpen met die lening,' zegt Vader hoopvol.

'Daar durf ik nog niks over te zeggen. Ze zal het er dus met hem over hebben, en daarna laat ze mij zo snel mogelijk iets weten,' antwoordt Moeder.

Vader gaat achteroverzitten in zijn stoel.

'Als dat toch eens waar mocht zijn,' verzucht hij. Dan zegt hij tegen zijn vrouw: 'Meid, wat ben ik blij dat jij naar Amsterdam bent gegaan.'

'Je moet nooit op de zaken vooruitlopen,' houdt ze hem streng voor.

Toch ziet Pieter ook in haar ogen pretlichtjes.

Een paar weken geleden zou hij niet geloofd hebben wat er nu gebeurt: de onverzoenlijke Timmer Veenstra is blij dat zijn vrouw weer contact heeft opgenomen met haar familie. De wonderen zijn de wereld nog niet uit.

Misschien komt het allemaal toch nog goed met hun toekomstplannen. Daar begon hijzelf, eerlijk gezegd, een hard hoofd in te krijgen.

16

Fieke

Zaandam, woensdag 21 februari 1912

Toch zit het Fieke niet lekker. Ze heeft al een paar keer op het punt gestaan om Noor aan te spreken over haar brief aan Bram, ook al weet ze dat het niet verstandig is.

Ze ligt op haar bed met haar handen onder haar hoofd naar het plafond te staren.

Noor had die brief geschreven en was er onzeker over. Daarom had ze die op school laten lezen aan Annabel en aan haar. Natuurlijk kan ze er naderhand nog wat aan hebben toegevoegd: dat zou dan het postscriptum moeten zijn, waardoor Bram zich nu zo geraakt voelt.

Maar wanneer heeft ze dat dan gedaan? Want nadat Annabel en zij de brief gelezen hadden, had Noor toch besloten om die zo te versturen? En omdat ze hem niet zelf bij Bram in de bus wilde doen en ook niet per post wilde verzenden, had Annabel de envelop met de brief toch meegenomen?

Was Noor dan misschien nog naar Annabel gegaan om iets aan de brief toe te voegen? Of om hem te vervangen door een uitgebreider exemplaar? Hoe dan ook, dat zou dan nog diezelfde dag gebeurd moeten zijn, want Annabel had de brief de volgende dag op de markt aan Bram gegeven. Dat had ze zelf verteld.

Hoe is dat dan gegaan?

Zoiets kan ze moeilijk aan Noor zelf vragen, want die zit al genoeg met deze hele kwestie in haar maag.

Even overweegt ze om het vraagstuk te laten rusten, maar ze kan het niet uit haar gedachten zetten. Uiteindelijk neemt ze een besluit: ze gaat het aan Annabel vragen.

Fieke meldt bij haar moeder dat ze naar haar vriendin gaat, en trekt dan de voordeur van hun rijtjeshuis achter zich dicht. Ze slaat de kraag van haar jas omhoog tegen de kille februarilucht.

Hoewel ze deze wandeling al vaak gemaakt heeft, vervult het vooruitzicht om naar Annabels huis te gaan haar elke keer weer met een lichte nervositeit. Ze loopt door de straten van Zaandam naar de westelijke rand van de stad, waar de bebouwing van dicht op elkaar gepakte arbeidershuizen overgaat naar ruimere woningen.

Op de Westzijde wordt ze getroffen door het contrast tussen haar eigen bescheiden wijk en de prachtige nieuwe huizen die hier recent zijn gebouwd. Annabels huis is ronduit imposant, op een rustige plek, niet ver van de straat en dicht bij het water. Huize Van Loon is een staaltje moderne architectuur, met een frisse uitstraling, die in schril contrast staat met de traditionelere huizen in de omgeving.

Terwijl ze het grindpad oploopt, raakt Fieke opnieuw onder de indruk van de brede, elegante voordeur, omlijst door fijn bewerkte pilaren. Het huis heeft grote ramen, die een uitnodigende gloed uitstralen.

Ze weet dat achter die ramen een wereld van luxe schuilt: ruime kamers met hoge plafonds, kunstig vervaardigde meubels en de nieuwste snufjes op het gebied van comfort en technologie. Annabels vader is een succesvol zakenman, dat blijkt wel, en hij heeft duidelijk niet bezuinigd op zijn nieuwe woning.

Ze belt aan en er wordt opengedaan door een jong dienstmeisje. Binnen verwelkomt de warmte haar, samen met de uitnodigende geur van versgebakken brood. Het zachte tapijt dempt haar stappen, er hangen kunstwerken aan de muren.

Elke keer dat Fieke dit huis bezoekt, kan ze een zekere trots niet onderdrukken dat ze bevriend is met iemand uit zo'n verfijnde omgeving. Tegelijkertijd herinnert het haar ook aan de verschillen tussen de wereld van Annabel en die van haarzelf. Toch zet ze deze gedachten nu opzij, want ze heeft een belangrijke missie.

Het dienstmeisje gaat haar voor naar de ruime, lichte woonkamer. Daar schijnt de waterige middagzon door de hoge ramen naar binnen, wat de ruimte een bijna etherische kwaliteit geeft. Die doet prettig aan.

Op een fraaie sofa zit Annabel te lezen. Ze kijkt op en groet haar verrast.

'Ha, Fieke! Wat leuk. Was je in de buurt?'

'Zoiets, ja.'

'Wil je wat drinken? Thee?' vraagt Annabel.

'Ja, lekker.'

Annabel knikt naar het dienstmeisje, dat meteen weet wat haar te doen staat en naar de keuken verdwijnt.

'Ga zitten,' nodigt Annabel haar uit. 'Zeg niet dat je vragen hebt over ons huiswerk.'

Fieke grijnst.

'Nee, hoor. Als dat zo was, zou ik er niet mee naar jou komen.'

'Oho!' doet Annabel beledigd. 'Je weet best dat ik altijd de beste cijfers heb van ons drieën.'

'Behalve voor tekenen dan.'

'Behalve voor tekenen,' beaamt Annabel. 'Bedankt dat je me er even aan herinnert.'

In afwachting van de thee kletsen ze wat over de school en medeleerlingen. Nadat het dienstmeisje twee kopjes thee en een schaaltje koekjes heeft gebracht, en vervolgens de kamer weer verlaten heeft, kijkt Annabel haar vriendin afwachtend aan.

Fieke neemt een klein slokje van haar zeer hete thee, voordat ze vertelt: 'Ik was aan het nadenken.'

'Dat is dan voor het eerst,' grapt Annabel.

Zonder zelfs maar te glimlachen, vervolgt Fieke: 'Over de brief van Noor aan Bram.'

Meteen heeft ze Annabels volle aandacht.

'Noor heeft ons die laten lezen op school. Toen wij zeiden dat het een goede brief was, heb jij die voor haar meegenomen om hem bij Bram te bezorgen.'

'Dat klopt.'

'Nu was ik afgelopen zaterdag bij Bram,' gaat Fieke verder. 'Omdat hij tegen Pieter gezegd had dat hij zich afgewezen voelde door die brief.'

Annabel schuift wat ongemakkelijk heen en weer op de bank en zet haar kopje op tafel.

'Ja?' zegt ze afwachtend.

'Daar ging ik dus met Bram over praten. Hij heeft me laten zien wat hem zo stoorde in die brief. Er stond een postscriptum in waarin Noor zei dat hij vooral niet moest denken dat ze iets meer wilde dan vriendschap. Of kameraadschap zelfs.'

'Tjonge, dan is ze in ieder geval wel duidelijk geweest,' vindt Annabel.

'Dat zeker. Maar het rare is: dat postscriptum stond er helemaal niet in toen Noor ons die brief liet lezen. Wanneer heeft ze dat er dan bij gezet?'

Tot haar verrassing ziet ze dat Annabel plotseling rood wordt.

En dan beseft Fieke ineens wat er gebeurd moet zijn.

Door de schrik laat ze wat thee over de rand van haar kopje op het schoteltje lopen. Dat heeft ze niet eens in de gaten.

'Lieve hemel,' stamelt ze. 'Annabel...'

Haar vriendin slikt moeilijk.

'Ik weet wat je nu denkt, maar ik wil er niet over praten, hoor je!'

Zwijgend zitten ze een tijdje bij elkaar: Annabel achterovergezakt op de bank en Fieke op het puntje van een leunstoel.

Dan zegt Annabel schor: 'Wat je ook doet, dit mag Noor nooit te weten komen. Nooit! Beloofd?'

Fieke kijkt haar ongelovig aan. Zoiets kan ze toch niet serieus menen?

'Dat zou het einde betekenen van De Drie Vriendinnen!' waarschuwt Annabel. 'Je moet het me beloven!'

Aarzelend knikt Fieke. Dan zet ze haar nauwelijks aangeroerde kopje thee op tafel en staat op.

Annabel loopt zwijgend met haar mee naar de voordeur en kijkt haar na, maar Fieke keurt haar geen blik meer waardig.

Als Fieke de Westzijde bereikt en weer in de richting van de stadskern loopt, staan de tranen in haar ogen.

Natuurlijk heeft Annabel gelijk. Als ze dit aan Noor vertelt, is dat het einde van hun vriendinnengroepje. Ze kan toch niet net doen alsof er niets gebeurd is? Wat moet ze nu?

17

Pieter

Zaandam en Amsterdam, zaterdag 24 februari 1912

Meteen na schooltijd gaat Pieter met zijn vader naar het kleine treinstation van Zaandam. De middag is grijs en mistig, de winter lijkt te aarzelen of het al tijd is om te wijken voor de naderende lente.

Pieter heeft zijn beste jas aan. Zijn vader loopt naast hem met een vastberaden blik in zijn ogen.

Vader koopt de treinkaartjes en ze wachten samen op een houten bankje, op enige afstand van de andere wachtende reizigers. Om hen heen klinkt het geluid van aankomende en vertrekkende treinen en de bedrijvigheid van het station. Mensen haasten zich langs hen heen.

'Wie had een paar maanden geleden kunnen denken dat wij tweeën naar Amsterdam zouden gaan om familie van je moeder te gaan bezoeken?' vraagt Vader met een wrange glimlach.

Pieter grijnst.

'Het zou best eens kunnen dat we daarmee de toekomst van het bedrijf zeker stellen. Dus hopelijk is het de moeite waard. Anders hebben we in ieder geval een familiebezoek afgelegd, toch?'

Vader grinnikt wel, maar lijkt niet echt geamuseerd. Hij oogt nerveus.

De trein arriveert bij hun perron. De machtige stoomlocomotief maakt met zijn luide gefluit even elk gesprek onmogelijk. Ze hebben kaartjes voor de eersteklaswagon. Volgens Vader is daar altijd plaats. Op deze zaterdagmiddag willen blijkbaar veel mensen naar Amsterdam. Met enige moeite vinden ze een coupé voor hen alleen.

Langzaam zet de trein zich in beweging, om dan steeds sneller te gaan. Pieter staart naar buiten. Het landschap glijdt voorbij: van de overbekende contouren van Zaandam naar uitgestrekte weilanden. Hij denkt na over de situatie waarin zijn gezin zich bevindt: het is een tijd van verandering, zowel binnen de familie als daarbuiten.

Ze passeren dorpjes, elk met één of meer kerktorens, die zich aftekenen tegen de wazige lucht. Allebei zijn ze in gedachten verzonken. Pieter zit vol vragen over de hem onbekende familieleden, maar vindt het beter om die nu niet te stellen. Zijn vader heeft nu iets anders aan zijn hoofd, want het gesprek van vanmiddag is cruciaal.

Als de trein de buitenwijken van Amsterdam binnenrijdt, maken de open velden plaats voor een dichte bebouwing van huizen en fabrieken. Uiteindelijk bereiken ze de imposante gebouwen van de binnenstad, met levendige straten en grachten.

Ze komen aan op het Centraal Station van Amsterdam, met zijn statige architectuur. Pieter en zijn vader stappen uit en worden onmiddellijk opgenomen in een stroom reizigers, die zich een weg baant door het stationsgebouw.

Ineens staan ze buiten en ligt de stad voor hen. Zijn vader loopt doelbewust vooruit, het drukke Damrak op. Tussen haastige stadsbewoners en rinkelende trams komen ze langs kleine kiosken, waaruit de geur van versgebakken stroopwafels en andere lekkernijen opstijgt.

Het verbaast Pieter niet eens dat zijn vader precies lijkt te weten waar ze heen moeten. Hoewel hij oom Hendrik naar eigen zeggen nooit bezocht heeft in zijn huidige woning, heeft hij zich goed voorbereid. Zoals altijd.

Overal zijn mensen! Zoveel heeft Pieter er in Zaandam nog

nooit bij elkaar gezien, zelfs niet bij festiviteiten. Deftige dames lopen met kleine hondjes aan een lijn, terwijl even verderop verkopers met hondenkarren luidkeels melk, brood en kool proberen te slijten. De paardentrams en de elektrische trams zitten allemaal goeddeels vol. Overal klinkt het hoefgetrappel van paarden en het geratel van met metaal beslagen wielen over de bestrating. Daar tussendoor is soms het getoeter van auto's te horen.

'Deze moeten we hebben,' zegt Vader, wijzend op een tram, die bellend tot stilstand komt.

Meteen stappen ze in. Er zijn alleen nog staanplaatsen over, dus moet Pieter zich een beetje vooroverbuigen om naar buiten te kijken.

Dit is zijn eerste keer in een elektrische tram. Hij voelt zich als een kind dat iets nieuws meemaakt. Een beetje betrapt kijkt hij om zich heen, maar niemand lijkt zijn onervarenheid in de gaten te hebben. De mensen hebben het te druk met zichzelf.

'Hier gaan we eruit,' meldt zijn vader op een gegeven moment.

Ze stappen uit en Pieter kijkt om zich heen naar de statige herenhuizen en de brede, met bomen omzoomde straten. Dit is totaal anders dan Zaandam.

'Daar is het Concertgebouw,' wijst Vader.

Pieter bekijkt het grote gebouw met de elegante, rijk gedecoreerde gevel, de grote boogvensters en de ontzagwekkende entree. Hij kent het alleen van een foto en heeft erover gelezen: hier treden het Concertgebouworkest en allerlei andere musici van wereldfaam op. Het heeft een grandeur die je normaal alleen schijnt tegen te komen in internationale hoofdsteden.

Diep onder de indruk blijft Pieter staan. Zijn vader loopt alweer verder, een zijstraat in. Pieter kijkt zijn ogen uit naar de enorme huizen met imposante gevels die ze passeren. Hij voelt een steek van ontzag, maar ook een lichte ongerustheid. De wereld van oom Hendrik lijkt hem mijlenver verwijderd van de zijne, terwijl ze hooguit een kilometer of veertig verwijderd zijn van Zaandam.

Ze komen nu in straten die bijna plechtig rustig zijn. Hun stappen weerklinken hol op het trottoir.

Vader kijkt omhoog naar een straatnaambord en constateert tevreden: 'Hier is het.'

Vervolgens passeert hij huisnummer na huisnummer, totdat hij blijft staan voor een klassiek, vrijstaand herenhuis.

'Nummer veertien,' zegt Vader. 'Hier wonen ze.'

Pieter fluit zachtjes tussen zijn tanden.

De woning is hooguit enkele tientallen jaren oud, met een sierlijke gevel en grote ramen, die uitzicht bieden op een zorgvuldig onderhouden voortuin.

'Kom,' wenkt Vader, die het gietijzeren tuinhek opent.

Terwijl ze over het pad naar de voordeur lopen, kijkt Pieter naar de versieringen in het smeedwerk en de gloed van lampen achter de gordijnen.

Kort nadat Vader de trekbel heeft laten klinken, wordt de deur geopend door een huishoudster, die hen vriendelijk begroet. Ze neemt hun jassen aan en begeleidt hen naar een ruime, elegant ingerichte ontvangstkamer. Pieter ziet schilderijen, zware gordijnen en comfortabele meubels, die getuigen van een verfijnde smaak.

Even later komt oom Hendrik hen begroeten bij de entree. Hij is een man van middelbare leeftijd, met een zelfverzekerde uitstraling en een warme glimlach.

'Timmer, Pieter, welkom,' zegt hij hartelijk en schudt hun handen. 'Het is lang geleden. Veel te lang.'

De manier waarop hij hen ontvangt, stelt Pieter enigszins gerust. Ondanks de pracht en praal van deze woning, heeft oom Hendrik in zijn manier van doen een eenvoudige hartelijkheid die hem doet denken aan familiebijeenkomsten van lang geleden, toen zijn grootouders nog leefden.

Toch voelt hij ook een zekere spanning, niet alleen bij Vader en hemzelf.

Oom Hendrik gaat hen voor naar zijn studeerkamer. Bij binnenkomst wordt Pieter onmiddellijk getroffen door de warme, uitnodigende sfeer ervan. De muren zijn bekleed met donkerhouten lambrisering, die de ruimte een gevoel van diepte geeft. Een groot, massief notenhouten bureau domineert het midden van de kamer. Erop liggen stapels mappen, een inktpot met pen, en er staat ook een telefoon.

Er komt buitenlicht binnen door een gebrandschilderde raampartij, tussen zware, gedrapeerde gordijnen. Een staande lamp met een geribbelde lampenkap zorgt voor een diffuus licht. De open haard is ingelegd met witte tegels waarop blauwe figuurtjes staan. Aan drie van de muren hangen schilderijen van landschappen, terwijl de muur achter het bureau vrijwel geheel wordt ingenomen door tot aan het plafond reikende boekenkasten, die vol staan met in leer gebonden boeken. Het tapijt is dik en zacht.

Met een gebaar naar drie gestoffeerde leunstoelen, die bij de haard geplaatst zijn om een kleine, ronde tafel, nodigt oom Hendrik hen uit te gaan zitten.

Zodra ze hebben plaatsgenomen, pakt hun gastheer een belletje van de tafel, waarmee hij even klingelt. Al snel verschijnt de huishoudster.

'Willen jullie koffie?' vraagt hij.

Nadat ze allebei hebben ingestemd, kijkt oom Hendrik even naar de huishoudster, die knikt en de kamer verlaat.

Oom Hendrik verliest geen tijd aan onnodige omwegen.

'Vertel eens hoe het ervoor staat, Timmer,' zegt hij ernstig. 'Anna heeft het een en ander verteld wat ze van Trui gehoord heeft, maar ik hoor het liever rechtstreeks uit jouw mond.'

Vader legt de situatie uit: de plannen voor de uitbreiding en de daarvoor benodigde verhuizing van de fabriek, de noodzaak van een bankgarantie, en hun teleurstelling over de houding van de huisbank. Steeds noemt hij nadrukkelijk details en getallen.

Oom Hendrik luistert aandachtig, knikt af en toe, zijn gezicht ondoorgrondelijk.

'De tijd is rijp, Hendrik,' zegt Vader, die zijn woorden zorgvuldig kiest. 'In de Achtersluispolder liggen, vooral sinds de opening van het Noordzeekanaal, nieuwe kansen voor onze productie en handel. Om die kansen te benutten, is het zaak dat we nu moderniseren en uitbreiden.'

Langzaam knikkend laat oom Hendrik zijn blik heen en weer gaan tussen vader en zoon. 'Ik begrijp het,' antwoordt hij bedachtzaam. 'Ik waardeer jullie ondernemersgeest. Plannen maken is goed, als je tenminste voorzichtigheid in acht houdt. Maar, zoals jullie weten, zijn de banken tegenwoordig terughoudend met investeren. Zo gaat dat in tijden van onzekerheid – denk alleen maar aan de internationale situatie.'

Al pratend staat hij op. Dan loopt hij naar zijn bureau, waar hij een map van een stapel haalt.

Er wordt op de deur geklopt en de huishoudster komt binnen met een dienblad. Ze serveert hen alle drie koffie en zet suiker, melk en koekjes op tafel, om vervolgens met een knikje weer te vertrekken.

Pieter kijkt even naar zijn vader en ziet bij hem de opkomende vrees dat ze straks naar Zaandam zullen moeten terugkeren zonder de broodnodige steun.

Oom Hendrik slaat de map open en bladert door zijn papieren.

'Kijk, jullie bank is de NHM,' zegt hij, zonder op te kijken. 'Jullie moeten goed begrijpen dat wij als Amsterdamsche Bank niet kunnen interfereren bij een beslissing over de toekenning van een lening door de NHM.'

'Daar gaat het ook niet om,' werpt Vader tegen. 'Wij willen alleen...'

Oom Hendrik legt hem het zwijgen op door zijn hand op te steken.

'Sterker nog, zelfs als de Amsterdamsche jullie hele portefeuille zou overnemen en daardoor voor een vergelijkbare beslissing zou komen te staan, ben ik bang dat jullie dan met eenzelfde probleem geconfronteerd zouden worden. Veenstra's Zaandamsche Cacao en Chocolade Fabriek biedt in de huidige marktverhoudingen en met de huidige stand van zaken simpelweg niet genoeg zekerheden om zo'n omvangrijke lening te verstrekken. In mijn positie als bankier kan ik jullie dus niet helpen.'

Pieter hoort zijn vader zuchten en ziet uit zijn ooghoeken dat hij zijn hoofd buigt. Zelf blijft hij naar zijn oom kijken.

'Maar,' gaat oom Hendrik verder, terwijl hij een paar vellen papier uit de map op zijn schoot haalt. 'Ik heb wat nazoekwerk gedaan en het lijkt mij dat de cacaoverwerkende industrie zowel in eigen land als internationaal aanzienlijke potentie heeft. Persoonlijk beschouw ik de expansieplannen van Veenstra's als een solide investering.'

Zowel Pieter als zijn vader luisteren, tot het uiterste gespannen.

Na wat een eeuwigheid lijkt te duren, kijkt oom Hendrik op.

'Daarbij neem ik niet alleen de verwachte winstgevendheid in overweging, maar ook de familieband. Ik heb de verwijdering tussen Anna en haar zus – jullie vrouw en moeder – altijd betreurd. Tot nu toe was het niet aan mij om te proberen daar verbetering in te brengen. Die kans krijg ik nu wel. Let op: dat is dus beslist geen liefdadigheid. Ik geloof in de kracht van familie en het ondersteunen van elkaar. Toch zou ik daar nooit financiële consequenties aan verbinden als ik niet overtuigd was van de zakelijke mogelijkheden van jullie bedrijf.'

Vader kijkt zijn zwager nu aan met een hoopvolle blik.

'Houdt dat in...?'

Oom Hendrik glimlacht welwillend.

'Jazeker, Timmer. Via de Amsterdamsche kan ik dan wel niks doen, maar ik wil me persoonlijk garant stellen voor een bedrag van maximaal honderdduizend gulden, zodat de NHM jullie toch de gevraagde lening zal kunnen verstrekken. Dat heb ik ook al aan Anna verteld, en die was het er volkomen mee eens.'

De opluchting die Pieter voelt, is bijna tastbaar. Dit aanbod zou weleens de redding van het bedrijf kunnen betekenen.

Het is te zien dat zijn vader zulke zelfde gevoelens heeft, want hij staat op, met tranen in zijn ogen.

'Dit is meer dan we hadden durven hopen,' stamelt hij. 'Dank je, Hendrik. Jouw steun betekent veel voor ons, en voor ons gezin.'

Ook oom Hendrik staat op. Hij schudt Vaders uitgestoken hand met beide handen.

'Laat dit een nieuwe start zijn,' zegt hij warm. 'Niet alleen voor het bedrijf, maar ook voor onze familiebanden.'

'Dat komt goed, dat komt goed,' belooft Vader. 'Ik zal Truus vragen om een afspraak te maken met Anna. Dan komen wij met ons hele gezin naar Amsterdam.'

Nadat ze nog een tijdje gepraat hebben over de inhoud van de garantstelling en de verwachtingen dat het bedrijf nu tot grote bloei zal komen, brengt oom Hendrik hen naar de hal. Terwijl Vader en Pieter hun jassen aantrekken, wordt hij nog even zakelijk.

'Ik zal mijn advocaat opdracht geven om de nodige documenten op te stellen om onze overeenkomst te formaliseren,' zegt hij, hen allebei de hand schuddend. 'Dat zal binnen een paar dagen zijn. Daarna kunnen jullie de lening zo snel mogelijk rond maken met de NHM.'

Nogmaals bedanken ze hem hartelijk, om vervolgens in een opperbeste sfeer afscheid te nemen.

Bij het verlaten van het huis voelt Pieter dankbaarheid en bewondering. Het vertrouwen dat oom Hendrik in hen stelt, doet hem de waarde beseffen van familiebanden.

De terugweg door de boomrijke straten van de Concertgebouwbuurt gaat gepaard met een gevoel van overwinning, alsof elke stap hen verder wegvoert van de onzekerheden die hen naar Amsterdam hadden geleid.

Pieter kijkt om zich heen, naar de gezichten van de mensen die ze passeren, de trams die luidruchtig knarsend hun sporen volgen, de paard-en-wagens en de auto's, en de fietsers die behendig tussen het verkeer door manoeuvreren. De energie van de stad lijkt de nieuwe mogelijkheden te benadrukken die hun jonge bondgenootschap met zijn oom biedt.

Tijdens de treinreis naar Zaandam verkeert Pieter in een

dromerige toestand. Hij blijft denken aan oom Hendrik, met zijn succes in de financiële wereld en zijn bereidheid om hen in moeilijke tijden te helpen: het is dus mogelijk om tegelijkertijd succesvol en genereus te zijn. Die gedachte raakt hem diep, het is een les in trots en in nederigheid.

Hij kan zich nauwelijks indenken wat de gebeurtenissen van deze dag zullen betekenen voor de toekomst van hun familie. Voorzichtig zijn bij het maken van plannen, had oom Hendrik gezegd. Daar zal Pieter op letten, neemt hij zich voor.

Als ze uiteindelijk in Zaandam aankomen en hij de vertrouwde contouren van hun stad ziet opdoemen, heeft hij een gevoel van thuiskomen, maar met een vernieuwd begrip van doel en richting. De reis naar Amsterdam, die begon met onzekerheid en een zekere mate van angst, heeft Vader en hem niet alleen dichter bij het realiseren van hun zakelijke ambities gebracht, maar ook bij hun familie.

Tegelijkertijd voelt hij een diepe band met niet alleen zijn vader, maar ook met de generaties Veenstra's die hen voorgingen. Zij hebben alles gegrondvest waar de generatie van Vader en die van hemzelf nu op voortbouwen. Pieter is zelf verwonderd over dit idee, dat nooit eerder bij hem is opgekomen.

Ze stappen uit en lopen over het perron.

Verbaasd merkt Pieter dat zijn vader een arm om zijn schouders slaat. Dat gebeurt zelden of nooit.

'Hoop en vertrouwen,' zegt Vader. 'Dat heb ik nu, jongen, en ik ben blij dat jij er vandaag bij was. Alles komt goed. Er is werkelijk niks wat wij samen niet kunnen overwinnen. Onthoud dat.'

Ontroerd bijt Pieter op zijn lip.

18

Annabel

Zaandam, maandag 26 februari 1912

Er zijn een paar dagen en een heel weekend voorbijgegaan sinds het verontrustende bezoekje van Fieke. Nog steeds heeft er geen woedende Noor bij haar op de stoep gestaan.

Toch is Annabel er niet gerust op dat Fieke haar mond zal houden.

Ze heeft zich al allerlei voorstellingen gemaakt van wat er zou kunnen gebeuren als Noor te horen krijgt dat zij met haar brief geknoeid heeft. Dat ze alles glashard zou ontkennen en gedwongen zou worden om mee te gaan naar Bram, omdat Noor die brief met eigen ogen wil zien. Dat ze schuld bekent en dat Noor nooit meer met haar wil praten. Dat ze probeert om het allemaal iemand anders in de schoenen te schuiven…

Geen van die scenario's zal goed aflopen, dat beseft ze maar al te zeer. Dus kan ze alleen maar hopen dat Fieke haar niet verlinkt.

Onderweg naar school ziet ze een eindje voor zich Noor en Fieke lopen, druk in gesprek. Op een holletje gaat ze achter hen aan, om zich vervolgens tussen hen te dringen en haar armen om hun schouders te slaan.

'Daar zijn mijn beste vriendinnen van de hele wereld!' roept ze uitgelaten.

Links en rechts van haar kijken haar beste vriendinnen van

de hele wereld lichtelijk verbaasd naar haar.

'Ik zag jullie lopen en bedacht ineens hoe ontzettend belangrijk ik onze vriendschap vind,' legt Annabel uit. 'En dat ik zo blij ben om een van De Drie Vriendinnen te zijn. Dat is echt heel bijzonder.'

Een van Noors wenkbrauwen gaat omhoog terwijl ze grinnikend zegt: 'Heeft iemand jou weleens verteld dat jij waarschijnlijk een van de raarste meisjes van de hele wereld bent?'

'Dat zou ik dan weleens geweest kunnen zijn,' suggereert Fieke.

Lachend leggen ze samen de laatste paar honderd meter naar het schoolgebouw af.

Annabel laat daarbij expres haar armen om de schouders van haar vriendinnen liggen. Al gauw legt Noor haar arm ook om haar schouder, waarna Fieke haar voorbeeld volgt. Zo gaan ze gedrieën door het schoolhek. De andere leerlingen kijken er niet eens van op.

Als ze elkaar weer loslaten en bij het belsignaal naar binnen lopen, kijkt Annabel Fieke even aan.

Aan haar gezicht is niets af te lezen.

Maar Annabel hoopt dat de boodschap is overgekomen: ze zou het heel erg vinden als hun vriendengroepje uiteenvalt.

19

Noor

Zaandam, vrijdag 1 maart 1912

De schemering zet al in nu het gezin aan tafel gaat zitten voor het avondeten.

Noor heeft trek en ziet met genoegen dat Moeder stoofpot van rundvlees gemaakt heeft, met pastinaken en winterpenen uit eigen tuin, en natuurlijk met aardappels. Ook is er een mandje met dik gesneden brood, waar Pieter al stiekem een stukje van afbreekt.

Normaal gesproken zegt Vader daar wat van, omdat niemand wat mag eten voordat Moeder ook zit. Maar nu ziet Noor aan zijn gezicht dat hij iets te vertellen heeft: hij kijkt ernstig en is tegelijkertijd ergens heel blij over.

Vader wacht tot iedereen opgeschept heeft gekregen, voordat hij aankondigt: 'Er is iets wat ik met jullie wil delen.' Hij kijkt de tafel rond. 'Zoals jullie weten, heeft oom Hendrik afgelopen week een persoonlijke garantstelling toegezegd voor de lening die wij bij onze bank wilden sluiten. Eergisteren kwam daar de schriftelijke bevestiging van binnen, die hij heeft laten opstellen door zijn advocaat. Daar ben ik meteen gisteren mee naar Du Fossé bij onze huisbank gegaan, die vervolgens direct een gesprek heeft aangevraagd met de hoofddirectie van de NHM.'

Weer kijkt hij hen één voor één even aan, waarna hij met zichtbare trots vertelt: 'Daar was vanzelfsprekend nog wat overleg voor nodig, maar vanochtend heeft de directie van de NHM eindelijk ingestemd met de lening.'

'Wat fijn, lieverd!' zegt Moeder opgetogen.

'Is het contract ook meteen getekend?' wil Pieter weten.

'Ja, dat heb ik aan het begin van de middag gedaan. Eigenlijk had ik jou daar graag bij willen hebben, maar je zat nog op school en ik wilde liever geen andere afspraak maken, want dan zou het volgende week worden.'

Pieter heft zijn handen.

'O, nee, het is geen verwijt, hoor! U hebt groot gelijk dat u meteen getekend hebt. Dit heeft al veel te lang geduurd. Hartstikke goed dat het gelukt is.'

'Ja, dat is echt fijn, Vader,' valt Noor hem bij.

Vader knikt.

'Nu het contract getekend is, zijn onze plannen daarmee ook definitief geworden. Ik heb vanmiddag direct laten weten dat we de aankoop van de kavel in de Achtersluispolder willen afronden. Als het goed is, wordt de koop dinsdag gesloten. Dan kunnen we zo snel mogelijk beginnen met de nieuwbouw.'

Daar is iedereen even stil van. Hier hebben ze al jaren over gepraat en nu wordt het allemaal ineens werkelijkheid.

Moeder glimlacht naar Vader en buigt over de tafel heen om hem in zijn hand te knijpen.

'Dit is echt geweldig nieuws, lieverd,' verzekert ze hem. 'We zijn allemaal ontzettend trots op je. En ook op jou, natuurlijk, Pieter. Dit hebben jullie toch maar mooi voor elkaar gekregen!'

Noor hoort haar stem trillen van emotie. Zijzelf is ook zo blij, dat ze als een kind zou kunnen janken, maar dat doet ze niet. Die leeftijd heeft ze gehad, vindt ze.

Pieter lacht stralend.

'Dan gaat het avontuur nu echt beginnen!' constateert hij. 'We gaan verhuizen! Naar de polder. Het bedrijf en wij! Is het niet... ongelooflijk?'

Naast vreugde voelt Noor nu plotseling ook iets anders. Iets treurigers. Weemoed. Ze realiseert zich dat haar hele leven, zoals ze dat kent, op het punt staat om drastisch te gaan veranderen.

Op haar lip bijtend kijkt ze de tafel rond. Haar familieleden zijn allemaal enthousiast. Logisch. Toch heeft het nieuws voor haar ook een bitterzoete bijsmaak. Straks verlaten ze dit huis, waar ze altijd gewoond heeft. Ze vertrekken zelfs uit Zaandam. Naar een polder.

De plek waar ze over uiterlijk een paar jaar zullen wonen, bestaat nu nog uit boerenland. Als ze afscheid hebben genomen van hun vertrouwde omgeving en al die mensen die ze hier kennen, komen ze terecht in nieuwbouw, waar nog vrijwel niemand woont.

'Hoe moet het dan met school?' Haar stem klinkt zacht, tussen alle vrolijkheid. 'Zullen we daar... zullen we daar gelukkig worden, denk je?'

Even is ze bang dat haar vragen verloren gaan in de opgewonden gesprekken.

Maar haar vader kijkt haar begripvol aan.

'Tegen de tijd dat alles daar klaar is en we er kunnen gaan wonen, ben jij al van school af, meisje. Wees maar niet bang, want we zullen er ons thuis van maken. Samen. Dit is een geweldige kans voor ons allemaal, een nieuw hoofdstuk waar we als gezin aan beginnen. Niemand van ons zal er alleen voor staan. Onthoud: geluk is waar we samen zijn, niet waar we wonen.'

Noor knikt en laat die woorden tot zich doordringen, terwijl ze wat stoofvlees aan haar vork prikt. Haar gedachten gaan naar haar kamer, hun huis, haar school, de straten van Zaandam, waar ze is opgegroeid. Zo moet ze niet denken, houdt ze zichzelf voor: ze moet vooral de mogelijkheden zien. De open ruimte in de polder, de frisse lucht, de kans om iets nieuws op te bouwen. En natuurlijk heeft Vader gelijk: ze zullen daar samen zijn. Zolang zij vieren bij elkaar blijven, kan het gewoon niet verkeerd aflopen.

Tijdens de rest van de maaltijd gaat Pieter zo gedetailleerd in op de plannen voor de nieuwe locatie, dat Vader zich op een gegeven moment gedwongen ziet om hem af te remmen.

'Ho, ho, jongen! De eerste dingen eerst, hè! Eerst gaan we het land kopen, dan laten we de bouwtekeningen maken en gaan we machines bestellen. Dan komt de bouw zelf, waar ook nog de nodige tijd in gaat zitten.'

'Maar daar mag ik toch al wel over nadenken?' protesteert Pieter.

Vader en Moeder kijken elkaar even glimlachend aan, waarna Moeder zegt: 'Jij en je zus hebben voorlopig andere taken. Haal jij dit jaar nou eerst maar eens je eindexamen, en Noor volgend jaar. Daar hebben jullie voorlopig nog je handen vol aan.'

'En als het eenmaal zover is, dan zijn jullie vanzelfsprekend van harte welkom om mee te helpen,' voegt Vader daaraan toe. 'Want reken maar dat wij genoeg te doen zullen hebben met deze verhuizing.'

Moeder kijkt om zich heen.

'Ik zie er nu al tegenop.'

Noor legt haar hand op de arm van haar moeder.

'Het wordt vast geweldig!' zegt ze met een brede glimlach.

Ze gelooft het zelf ook, al voelt ze nog steeds een knagende onzekerheid.

20

Fieke

Zaandam, zaterdag 2 maart 1912

Als Noor het nieuws in de pauze vertelt, zijn Fieke en Annabel er allebei stil van.

Ze zijn expres op een rustig plekje aan de zijkant van het schoolplein gaan staan, omdat Noor het nog niet nodig vindt dat anderen dan zij tweeën het ook al weten.

'Het zal snel genoeg bekend worden,' zegt ze, bijna samenzweerderig, 'maar we willen wel graag dat mijn vader dit zelf naar buiten kan brengen. Ook vanwege de personeelsleden van het bedrijf, natuurlijk. Die moeten het van hem horen. Dus voorlopig nog even mondje dicht.'

'Wanneer gaat hij het aan die mensen vertellen?' vraagt Fieke.

'Maandag, dan zijn ze er bijna allemaal.'

Dat lijkt Fieke inderdaad een verstandige aanpak.

'Maak je geen zorgen, wij houden onze mond wel,' belooft ze, om er met een korte blik op Annabel aan toe te voegen: 'Daar zijn we goed in.'

'Waar ligt die Achtersluispolder eigenlijk?' vraagt Annabel snel.

Noor wacht even tot er een paar druk pratende tweedeklassers voorbij zijn gelopen, voordat ze antwoordt: 'Vlak bij de plek waar de Zaan uitkomt in het Noordzeekanaal, heb ik begrepen. Ik ben er zelf nog niet geweest. Vader heeft beloofd dat we er met z'n allen heen gaan als de koop van de grond is afgerond. Hopelijk komende week al.'

‘Wel spannend,’ vindt Fieke.

‘Vind ik ook,’ antwoordt Noor met een wat trieste glimlach. ‘Het is natuurlijk wel een beetje een sprong in het diepe. We laten alles hier achter en gaan daarheen. Ik moet zelf nog wel wennen aan dat idee.’

‘Hoe moet dat dan met je eindexamen?’ wil Annabel weten.

‘Dat kan ik eerst nog gewoon doen, hoor. Volgens mijn vader duurt het nog wel zo’n twee jaar voordat alles daar in de polder is opgebouwd en wij erheen verhuizen.’

‘Kunnen jullie het huis hier in Zaandam niet aanhouden?’ suggereert Annabel. ‘Dan hebben jullie twee woonplekken, waar je tussen kunt kiezen.’

Noor grinnikt.

‘Leuk bedacht, maar de verkoop van het huis en de fabriek is nodig voor de financiering van alles wat we in de polder gaan neerzetten. Net als al onze grond hier, die al heel lang in onze familie is.’

Fieke kijkt haar meelevend aan.

‘Oei, dat lijkt me best moeilijk voor je ouders.’

‘Nee hoor, die zijn ervan overtuigd dat we hiermee een grote stap vooruit doen. Ook al kost dat wel wat.’

‘Dat hadden wij ook, toen mijn vader ons nieuwe huis liet bouwen,’ beaamt Annabel. ‘Ik vond het toen wel naar dat we het huis waar we altijd gewoond hadden, moesten achterlaten, maar kijk eens wat we ervoor hebben teruggekregen! Nu zou ik niet meer terug willen.’

Noor kijkt naar Fieke.

‘Nou moet eigenlijk alleen jij nog gaan verhuizen.’

De bel gaat, dus de pauze is voorbij.

Terwijl ze teruglopen naar het schoolgebouw, zegt Fieke: ‘Ik zal het aan mijn ouders voorstellen, al denk ik niet dat ze staan te trappelen. Volgens mij willen die hun hele leven in dit huis blijven wonen.’

Vrolijk pratend en lachend gaan ze naar binnen.

21

Pieter

Zaandam, dinsdag 21 mei 1912

De schemering spreidt zich langzaam uit over Zaandam. Pieter zit in zijn kamer, omgeven door de stille getuigen van zijn jeugd: foto's, tekeningen en een plankje met trofeeën van grotere of kleinere overwinningen. Hier hebben zijn dromen vorm gekregen en heeft hij angsten overwonnen. Zijn bureau, waarop boeken en schriften vol aantekeningen een geordende chaos vormen, vangt het laatste licht van de dag.

De afgelopen maanden hebben hem tot het uiterste gedreven en zijn juist daardoor als een wervelwind voorbijgegaan. Vaak heeft hij het gevoel gehad dat hij voortdurend op zijn tenen moest lopen. Lange avonden, en zelfs halve nachten, heeft hij doorgehaald met zijn studieboeken, de eindeloze herhaling van feiten en formules, de onophoudelijke druk om te moeten presteren.

Maar Pieter is niet iemand die snel opgeeft. Ondersteund door zijn leraren en gemotiveerd door zijn eigen onwrikbare wil om te slagen heeft hij zich door de studiestof heen gewerkt. De lange reeks tentamens en voorbereidende examens, die de aanloop vormden naar het echte eindexamen, hebben zijn zelfvertrouwen gesterkt. Zijn resultaten waren boven verwachting, en nu de eindstreep in zicht komt, voelt hij dat zijn harde werk op het punt staat om vruchten af te werpen.

In deze periode komen de schriftelijke examens, onder leiding van een externe examinator. Wanneer die achter de rug zijn, volgen kort daarop de mondelinge examens. Als hem de marteling van één of meer herexamens bespaard blijft, is er eind juni de diploma-uitreiking. Hij heeft het idee dat daarna zijn leven pas echt begint. Alsof zijn echte leven zal inzetten bij het in ontvangst nemen van zijn hbs-diploma.

Het zou allemaal nooit zo voorspoedig zijn verlopen als Bram er niet bij geweest was. Samen hebben ze middagen en avonden doorgebracht aan de keukentafels in hun ouderlijke huizen, omgeven door stapels boeken, aantekeningen en oefenexamens. De twee vrienden delen een scherpe intelligentie en een onverzadigbare honger naar kennis. Ze hebben een systeem opgezet waarbij ze elkaar testen op verschillende vakken, van wiskunde en natuurkunde tot geschiedenis en talen. Bram heeft een bijna fotografisch geheugen voor historische data en feiten, dus helpt hij Pieter om complexe tijdslijnen en belangrijke gebeurtenissen te onthouden. Op zijn beurt legt Pieter, met zijn natuurlijke aanleg voor de exacte wetenschappen, aan Bram de principes uit van krachten en beweging, op een manier die zelfs de ingewikkeldste formules toegankelijk maakt.

In de aanloop naar het eindexamen was er een serie tentamens, bedoeld om de leerlingen te testen op hun kennis en voorbereiding. Pieter herinnert zich nog levendig het tentamen wiskunde, een vak waar hij normaal gesproken in uitblinkt. Toch had de complexiteit van de vragen hem even van zijn stuk gebracht. Dankzij de talloze uren die hij samen met Bram had besteed aan het oplossen van vergelijkbare problemen, wist hij zijn zenuwen te bedwingen en de opgaven systematisch aan te pakken. Het gevoel van opluchting en voldoening toen hij uiteindelijk vrijwel alle oplossingen vond, was bijna euforisch.

De studiebijeenkomsten met zijn oudste en beste vriend waren meer geweest dan alleen voorbereiding: ze vormden ook een bevestiging van het nut van hun samenwerking. Bram is voor hem niet alleen een studiepartner, maar ook een bondgenoot bij de uitdagingen die het leven op hun pad brengt. Pieter weet dat het eindexamen voor hen allebei de ultieme proef zal zijn; het besef dat zij zich samen tot het uiterste hebben ingespannen, geeft hem diep vertrouwen in hun succes.

Hoewel zijn vader hem steeds nadrukkelijk voorhoudt dat het eindexamen nu het belangrijkst is en dat hij zich alleen daarop moet concentreren, begint Pieter toch steeds vaker te denken aan wat daarna zal komen. De voorbereidingen voor de nieuwbouw in de polder vormen voor hem een constante bron van opwinding en afleiding.

Kort na de afronding van de aankoop van de kavel, begin maart, hebben ze met het hele gezin een bezoek gebracht aan het stuk land in de polder, dat nu van hun is. Het was een kille dag met een scherpe, koude wind. Daar letten ze verder alle vier niet op, toen ze uit hun koets stapten om het kale, open stuk land te bekijken, dat het toneel zal worden van hun nieuwe begin.

Het had voor Pieter bijna onwerkelijk gevoeld om daar te staan, uitkijkend over het uitgestrekte polderlandschap, waar nu alleen nog gras en wat lage struikjes waren. Je hoorde er niets anders dan het ruisende riet en het kabbelen van het nabijgelegen water.

Zijn vader wees naar de plek waar de nieuwe bedrijfspanden zullen komen en naar een ander deel van het land, waar hun woonhuis zal verrijzen. Aan de waterkant worden een kade en een klein dok aangelegd. Pieter wist het allemaal al, maar kon zich moeilijk voorstellen dat op dit nog zo lege en ongetemde stuk land straks hun hele toekomstige verblijf komt te staan.

In de weken die volgden, werd Pieter door zijn vader nauw betrokken bij elke stap van het vervolgtraject. Ondanks zijn drukke schoolwerk maakte Pieter tijd vrij om samen met zijn vader gesprekken te voeren met architecten, aannemers en uitvoerders. Hij leerde over bouwplannen, vergunningen, en de uitdagingen van het leggen van funderingen in polderland.

Elke bespreking, elk bezoek aan de kavel, maakte het toekomstige beeld van hun bedrijf en hun woning levendiger en concreter. Door het intensieve werk met de bouwtekeningen, krijgt het hele project in de Achtersluispolder in zijn hoofd steeds meer vorm, ook al is er in de polder zelf nog geen heipaal de grond in geslagen.

Naast de technische en praktische aspecten van het bouwproces, is Pieter tegelijkertijd ook getuige van de passie en de toewijding van zijn vader. Hij voelt respect en bewondering voor de intensieve manier waarop Timmer Veenstra elk detail overweegt en elk opkomend probleem meteen aanpakt, met een onwrikbaar geloof in het eindresultaat.

Pieter vindt al deze ervaringen bijzonder leerzaam. Hij ontwikkelt zo een dieper begrip voor het bedrijf en voor wat er nodig was om een visie tot werkelijkheid te maken. Dit doet hem ook beseffen dat hij nog veel te leren heeft. Hij weet dat zijn toekomst bij het familiebedrijf ligt en is vastbesloten om alles te doen wat nodig is om hem daar zo goed mogelijk op voor te bereiden.

Daarom overweegt hij nu om na zijn eindexamen een korte opleiding – misschien een avondcursus – te gaan doen. Niet alleen om meer theoretische kennis op te doen, maar ook om praktische vaardigheden te verwerven die van pas zullen komen bij de dagelijkse leiding van het bedrijf. Want hij beseft dat hij simpelweg te weinig weet van bijvoorbeeld financiële planning, personeelsbeheer en promotietrategieën. Ook al zal het combineren van zijn werk voor het bedrijf met een avondstudie een zware opgave zijn, hij is bereid om ook die uitdaging aan te gaan.

Na het gesprek met oom Hendrik over diens garantstelling, was Pieter voor het eerst bekropen door het idee dat hij een diepgaande verbinding heeft met de generaties Veenstra's die er vóór hem zijn geweest. Inmiddels heeft hij daar meer over nagedacht. Bij geschiedenis hoorde hij dat sommige middeleeuwers vonden dat ze dwergen waren die op de schouders van reuzen staan, omdat ze zoveel te danken hadden aan hun voorouders uit de klassieke oudheid. Dat geldt ook voor hem, vindt hij. Daarom is hij vastbesloten om de erfenis van de Veenstra's uit het verleden voort te zetten. Volgens hem is de beste manier om dat te doen, nieuwe wegen inslaan om zo het familiebedrijf naar ongekende hoogten te leiden.

Pieter heeft er al ideeën over hoe hij het bedrijf wil helpen groeien en ontwikkelen. Hij heeft gezien hoe snel de wereld verandert, en wil ervoor zorgen dat Veenstra's cacaoverwerking niet achterblijft. Daarom moeten ze voortdurend blijven investeren in het moderniseren van de productielijnen. Ook zijn er nieuwe markten te verkennen, in en buiten Nederland, onder meer door het assortiment uit te breiden.

Dat kan allemaal alleen maar als ook de arbeidsomstandigheden voor de werknemers verbeteren, want een bedrijf dat goed zorgt voor zijn werknemers, heeft een betere kans op langdurig succes. Zijn vader heeft hem dat zelf geleerd, dus verdient dit principe een nog betere toepassing.

Met een zucht leunt Pieter achterover in zijn stoel. Hij weet dat hij zich op een kruispunt in zijn leven bevindt, terwijl hij nog maar net achttien is. Op deze leeftijd mag hij trouwen, al duurt het nog bijna drie jaar voordat hij de echte volwassenheid bereikt. De weg vooruit zal niet gemakkelijk zijn, er zal hard gewerkt moeten worden en er zullen ongetwijfeld uitdagingen en obstakels opdoemen. Toch gelooft hij er klaar voor te zijn.

De zware voorbereidingen voor zijn eindexamen vormden een les in zelfdiscipline en doorzettingsvermogen. Elk opgelost probleem, elke overwonnen uitdaging, heeft zijn zelfvertrouwen gestaag opgebouwd. Hij heeft de indruk dat hij ook als persoon gegroeid is.

Wat automatisch inhoudt dat hij ook veel gaat achterlaten. Deze kamer, dit huis, de omgeving van zijn jeugdjaren: binnenkort maakt dat allemaal deel uit van het verleden. De nieuwbouw in de Achtersluispolder, het symbool van hun vooruitgang en de nieuwe mogelijkheden, markeert ook het einde van een tijdperk.

Het belangrijkste vindt Pieter nu dat hij bijna zover is om een centrale rol te gaan spelen in de toekomst van het familiebedrijf. Dat vooruitzicht geeft hem een niet onprettig gevoel van verantwoordelijkheid. Hij heeft er het volste vertrouwen in dat hij zal kunnen bijdragen aan een verdere bloei van Veenstra's Zaandamsche Cacao en Chocolade Fabriek.

Inmiddels is de duisternis definitief ingevallen. Pieter overweegt even om naar beneden te gaan en een deel van de avond door te brengen met zijn ouders en zijn zusje. Dan ziet hij daar toch van af en buigt zich weer over zijn boeken.

22

Noor

Aan de noordkant van Zaandam, zaterdag 25 mei 1912

Het is een heldere, zonnige middag, na de vaste zaterdagmorgenlessen. Noor besluit dat het tijd wordt om wat afstand te nemen van het schoolwerk en de beslommeringen rond het familiebedrijf, die bij haar thuis elke dag onderwerp van gesprek zijn. Ze spreekt af met Fieke en Annabel voor een gezamenlijk uitje aan de oever van de Zaan.

Zoals wel vaker gaan ze naar het Guisveld, een veenweidegebied aan de noordkant van Zaandam, waar bijna geen mensen, maar des te meer vogels en vlinders zijn. Ze vinden een mooi plekje bij het riet, met aan de overkant van de rivier grazende koeien en schapen, en in de verte draaiende molens.

Een briesje brengt wat verkoeling, terwijl ze de voorbereidingen treffen voor hun picknick. De Drie Vriendinnen hebben een mand bij zich met sandwiches, zelfgemaakte appeltaart en limonade. Ze spreiden een kleed uit op de plaats waar ze gaan zitten en zetten daar vervolgens alles op neer. Met veel smaak eten en drinken ze het vervolgens bijna allemaal op.

Dan stelt Fieke, de energieke creatieveling, voor om kransen te maken van de wilde bloemen die langs de oever groeien. Binnen de kortste keren zijn de meisjes druk in de weer, plukkend en vlechtend, terwijl ze elkaar plagen bij hun pogingen om de mooiste bloemenkrans te maken.

Annabel, altijd de avontuurlijkste van de drie, daagt de anderen uit voor een wedstrijdje langs de waterkant. Met bloemenkransen in hun haar en een onbezorgde lach op hun gezichten, rennen ze over het pad, waarbij de wind met hun rokken speelt.

Noor, die meestal de stille en bedachtzame van het stel is, laat zich meeslepen door de aanstekelijke vrolijkheid van haar vriendinnen. Hoewel ze normaal gesproken wat terughoudend is, voelt ze een zeldzame vreugde en vrijheid terwijl ze rent, een gevoel van onbegrensde mogelijkheden dat haar hart sneller doet slaan.

Na een tijdje ploffen ze moe maar uitgelaten neer op het gras, om te genieten van de rest van hun picknick. Als er echt helemaal niets meer over is, stoppen ze het kleed, de fles en hun bekertjes weer in de mand.

Lui gaan ze achteroverliggen, kijkend naar de wolken die langs de blauwe hemel drijven. De zon laat hen baden in zijn koesterende stralen.

'Stel je voor,' begint Fieke plotseling, haar blik nog steeds op de lucht gericht, 'dat we konden vliegen zoals die vogels daar.' Ze wijst naar een paar meeuwen die sierlijk boven hen zweven. 'Waar zouden jullie dan heen gaan?'

'Ik zou de hele wereld over vliegen,' antwoordt Annabel met een dromerige stem. 'Alle landen bezoeken, alle wereldwonderen bezichtigen, en natuurlijk zou ik overal chocolade proeven!' Haar ogen twinkelen bij de gedachte.

Noor lacht. 'Dat klinkt heerlijk. Ik... ik denk dat ik gewoon al blij zou zijn om ons Zaandam vanuit de lucht te bekijken. Ons kleine stadje lijkt misschien niet veel, vergeleken met de grote wereld daarbuiten, maar het is ons thuis.'

Fieke draait haar hoofd om haar aan te kijken.

'Dat is waar. Er is schoonheid in het bekende, in de plekken waar we vertrouwd mee zijn.'

'Ik vind het niet zo'n avontuurlijke gedachte,' zegt Annabel, waarna ze ineens opvallend ernstig wordt. 'Noor, je moet ons wel beloven dat je, waar het leven je ook brengt, altijd ruimte zult vinden voor je twee vriendinnen.'

Noor pakt de handen van hen allebei.

'Dat beloof ik. Waar ik ook heen ga, ik draag een stukje van jullie met me mee.'

Een tijdje zwijgen ze alle drie. Ze beseffen dat dit een van die zeldzame momenten is die ze zich altijd zullen blijven herinneren.

Dan zegt Noor plotseling: 'Dit moeten we vaker doen.'

'Absoluut.' Annabel staat op en rekt zich uit. 'Volgende keer ben jij weer aan de beurt om de appeltaart te bakken, Noor, want deze was onovertroffen.'

Terwijl ze zich klaarmaken om te vertrekken, barst Fieke ineens uit in een spontaan onzinliedje met een grappige melodie, over de middagavonturen van drie heldhaftige vriendinnen in een ver weiland. Annabel valt al snel in, haar stem overdreven dramatisch, terwijl Noor niet anders kan dan toegeven aan een onontkoombare slappe lach.

'Wacht, wacht,' hijgt Noor tussen een paar lachbuien door, 'ik heb een idee.' Ze pakt een stokje van de grond en begint ermee te dirigeren, om haar vriendinnen zo aan te sporen tot nog theatraler gedrag. 'Nu een solo van de grote Annabel, de chocoladegek!'

Annabel, altijd klaar voor een uitdaging, laat meteen een overdreven lofzang horen over de verschillende soorten chocolade die ze ooit hoopt te proeven. 'Donkere chocolade, melkchocolade, witte chocolade met een snufje zeezout – o, wat een zoete maaltijd zal dat zijn!'

Fieke valt haar bij met achtergrondzang en danspasjes. Noor valt bijna om van het lachen, maar is nu natuurlijk aan de beurt. Met gespeelde ernst neemt ze een positie in als van een operazangeres, haar stem trilt van een ingehouden lach.

'O Zaandam, met je molens zo trots en je rivier zo koen, geen chocolade kan op tegen jouw schoonheid, zo puur en zo... groen?'

Haar gedicht ontspoort als ze worstelt om goede rijmwoorden

te vinden, wat leidt tot meer gegiechel en toejuichingen van haar tweekoppige publiek.

Totaal onverwacht worden ze onderbroken door een paar regendruppels, die hen gillend naar hun spullen doen grijpen, in een komische, chaotische dans om droog te blijven. Om te schuilen voor het miezerige buitje, rennen ze met de picknickmand naar de dichtstbijzijnde boom. Nog steeds stralen hun gezichten van plezier.

'Stel je voor,' begint Fieke weer, haar ademhaling nog steeds onregelmatig van het lachen, 'dat we dit moment konden bevriezen, net als chocolade, om voor altijd te bewaren.'

'Dat kan Noor het beste doen,' grapt Annabel, 'want haar hart is het koelst!'

Noor rolt met haar ogen, maar kan zich niet weerhouden om te glimlachen. 'Alleen maar omdat ik jullie moet redden van jullie eigen gekkigheid.'

Het regenbuitje vermindert tot een zachte motregen, maar de meisjes blijven nog lang staan onder hun boom. Alsof ze deze middag daardoor voor altijd kunnen laten voortduren.

23

Pieter

Zaandam, vrijdag 5 juli 1912

Sinds enkele dagen ziet de wereld er heel anders uit. Eerst kwam het bericht dat zowel Pieter als Bram hun eindexamen hadden gehaald. Ook al hadden ze dat al verwacht, de vreugde was er niet minder om.

Gisteren was de uitreiking. De gymzaal van de Zaanstreek Hogereburgerschool voor Jongens was onherkenbaar veranderd voor de ceremonie. Er stonden lange tafels, bedekt met witte tafellakens, en overal vazen met verse bloemen. Aan de muren hingen portretten van de afgestudeerden, ook al omlijst met bloemen.

De hele zaal zat vol met familieleden van de geslaagden, en met docenten en plaatselijke hoogwaardigheidsbekleders, allemaal gekleed op hun zondagse best. Natuurlijk begon de schooldirecteur met een welkomstwoord, waarop zes opeenvolgende leraren een toespraakje hielden.

Enkele speciale gasten, onder wie de burgemeester, spraken hun felicitaties uit aan de afgestudeerden, gekoppeld aan enkele wijze woorden van advies voor hun levenspad. 'Jullie vertegenwoordigen de toekomst van Zaandam,' had de burgervader gezegd, en Pieter kon niet ontkennen dat hij daarvan onder de indruk was.

Na de toespraken volgde de eigenlijke uitreiking, waarbij de afgestudeerden één voor één naar voren werden geroepen om hun diploma in ontvangst te nemen, onder applaus. Logischerwijs vormde dit moment, waarbij soms tranen van vreugde vloeiden, het hoogtepunt van de avond. Voor sommigen waren er speciale prijzen voor uitmuntendheid in verschillende vakken: voor Bram was er een oorkonde voor geschiedenis en Pieter kreeg er een voor wiskunde, die hij trots omhooghield.

De avond werd afgesloten met een receptie, waarbij alle aanwezigen in de gelegenheid werden gesteld om de afgestudeerden persoonlijk te feliciteren. Er werd thee geschonken en taart geserveerd, en de gymzaal gonsde van de gesprekken en het gelach.

Vandaag was Vader eerder van zijn werk gekomen om deze belangrijke mijlpaal in het leven van zijn zoon te vieren. Hij had een fles echte champagne gekocht, waarmee het hele gezin proostte op zijn diploma. Als cadeau kreeg Pieter een stijlvol zilveren zakhorloge met de inscriptie VAN JE LIEFHEBBENDE OUDERS, 5-7-1912.

Noor had een notitieboekje met een leren kaft voor hem gekocht: ze droeg hem op daar zijn dromen en doelen in op te schrijven, en had op de eerste bladzijde een tekening van hun woning gemaakt.

Moeder had de eettafel feestelijk gedekt met het beste tafellinnen en het servies dat alleen op hoogtijdagen uit de kast werd gehaald. In het midden stond een prachtig boeket wilde bloemen uit de eigen tuin. Het eten, een heerlijke stoofschotel, had al uren op het fornuis geprutteld, wat een onweerstaanbare geur opleverde in het hele huis.

Zijn vader, een man van weinig woorden, had hem met een trotse glimlach op de schouder geklopt. 'Goed gedaan, jongen,' zei hij, en Pieter was nog blijer met deze erkenning dan met het horloge.

Tijdens de maaltijd had Vader een fles wijn ontkurkt – iets wat zelden voorkwam bij de Veenstra's. Als vijftienjarige mocht Noor een half glaasje meedrinken. Natuurlijk was er Pieters favoriete dessert: wentelteefjes met veel kaneel en poedersuiker.

Nu de maaltijd achter de rug is, haalt Pieter eerst Bram op en gaan ze dan samen naar de grote, vrijstaande schuur bij het huis van de ouders van Theodor de Vries, een van hun klasgenoten.

Daar staan tafels met eten en drinken langs de kant en is in het midden met strak aan elkaar geschoven planken een dansvloer gemaakt. Achter in de schuur spelen een pianist, een violiste en een fluitist een mix van populaire melodieën.

Al voordat de eindresultaten bekend waren, had hun klas afgesproken om op deze manier een feestelijke afronding te maken van de spanning en de druk uit de examenperiode.

Pieter en Bram inspecteren samen de tafels: er is gezorgd voor taart en hapjes, en er staan diverse soorten frisdranken, waaronder een vruchtenbowl in een grote glazen kom.

'Ziet er niet slecht uit,' vindt Bram.

'Klopt, maar ik hoef voorlopig nog geen taart,' antwoordt Pieter. 'Had jouw moeder zich ook zo uitgesloofd?'

Bram wrijft met zijn hand over zijn buik.

'Ze zijn altijd bang dat we doodgaan van de honger, toch?'

Intussen komen steeds meer klasgenoten binnen, onder wie zelfs Simon van Kouteren.

'Jou had ik niet verwacht,' zegt Pieter verbaasd tegen hem. 'Jij hebt volgende week toch twee herexamens?'

De lange jongen knikt, met een sip gezicht.

'Ja, maar ik word helemaal gek van al dat geleer. Ik wilde jullie eigenlijk ook nog wel even zien.'

'Welke vakken moet je doen?' wil Bram weten.

'Wiskunde natuurlijk, en scheikunde.'

Hij spreekt de woorden met walging uit.

Pieter schiet in de lach.

'Met wiskunde kan ik je wel helpen, als je dat wilt.'

Simon kijkt hem schuin aan.

'Is dat niet te veel gevraagd?'

'Nee, anders zou ik het niet aanbieden.'

'Dan graag, want sommige dingen snap ik gewoon niet.'

'Goed, dan kom ik zondagmiddag wel even langs,' belooft Pieter.

'Bedankt!'

Simon snijdt een groot stuk taart af en neemt er meteen een flinke hap van. Hij ziet er ineens een stuk vrolijker uit.

Het wordt steeds drukker, ook omdat sommige afgestudeerden vrienden of vriendinnen hebben meegenomen. De band speelt vol inzet door: afwisselend walsen en foxtrots en een paar oude volksmelodieën, die iedereen kent.

De sfeer wordt almaar vrolijker en de muziek weet al wat durfals de dansvloer op te krijgen. Vanzelfsprekend behoort Bram bij de eersten die hun dansvaardigheden tonen. Hij wenkt naar Pieter, maar die blijft liever staan praten.

Als de band soms even pauzeert, zet Theodor de grammofoon van zijn vader aan, die hij in een hoek heeft opgesteld. De geluidsweergave kraakt wat, maar laat wel heel andere nummers horen dan er tot nu toe gespeeld zijn: zelfs een paar ragtimestukken uit Amerika.

Naarmate de avond vordert, wisselen snelle dansnummers af met langzamere melodieën, waardoor zelfs de mindere dansers de kans krijgen om de dansvloer op te gaan. Pieter walst met een paar meisjes, zijn rug keurig recht. Ondertussen blijft Bram de onbetwiste ster van de dansvloer: zijn enthousiasme en energie werken aanstekelijk voor iedereen om hem heen.

Terwijl het dansen soms uitbundig gaat, worden de gesprekken rustiger, intiemer. Met verschillende klasgenoten delen Pieter en Bram hun toekomstverwachtingen. Pieter spreekt over zijn plannen om het familiebedrijf te moderniseren en uit te breiden. Bram vertelt dat hij eerst verder wil studeren en misschien de wereld wil verkennen, om daarna bij de werf van zijn vader te gaan werken. Anderen delen hun eigen ambities en dromen. Lachend halen ze herinneringen op uit hun voorbije schooljaren.

Als Pieter een glaasje bowl pakt, is hij verbaasd om ineens Annabel naast zich te zien staan.

'Hé, wat doe jij hier? Noor is er niet, hoor.'

Ze trekt haar wenkbrauwen op.

'Nou en? Noor is nog maar net vijftien, hè. Ik ben al bijna zestien. Eind van de maand.'

Hij grinnikt.

'Dat scheelt. Maar wat raar, ik dacht dat jullie al sinds de kleuterschool altijd in dezelfde klas hadden gezeten.'

'Is ook zo. Ik ging wat later naar school dan anderen. Kinkhoest. Dat duurde vrij lang.'

'O, wist ik niet. Wil je misschien ook wat bowl?'

'Ja, lekker.'

Hij schept voor haar ook wat bowl in een glaasje, dat ze met een knikje aanneemt.

'Kijk eens. Met wie ben je hier?' vraagt hij.

'Met Bert.'

Pieter knikt begrijpend. De vader van Bert van de Wal werkt bij de NHZM, het bedrijf van de vader van Annabel. Meteen verbaast het hem niet meer dat Annabel een uitnodiging heeft weten te bemachtigen voor dit eindexamenfeest, waarvoor ze eigenlijk te jong is.

'Gefeliciteerd met je diploma!' zegt ze. 'Je had hartstikke goede cijfers, hoorde ik van Noor.'

'Dat is waar. Gelukkig. We hebben er ook hard genoeg voor gewerkt.'

'Je hebt veel samen gestudeerd met Bram, toch?'

Allebei kijken ze naar Bram, die op de dansvloer bij een foxtrot een aantrekkelijk donkerharig meisje op aanzienlijk minder dan de gebruikelijke halve arm afstand houdt.

'Dat was wel erg prettig, ja. Ik had er niet aan moeten denken om dat allemaal alleen te doen. Hoe heeft Gerard dat destijds voor elkaar gekregen?'

Bij het horen van de naam van haar broer betrekt Annabels gezicht.

'Geen idee,' zegt ze, een beetje kortaf. 'Hij heeft het gehaald. Nu studeert hij in Leiden.'

Pieter kijkt haar onderzoekend aan. Hij heeft weleens gehoord dat Gerard van Loon en zijn zusje erg slecht met elkaar kunnen opschieten, al weet hij niet hoe dat komt. De situatie lijkt hem in ieder geval niet erg fijn. Stel je voor dat Noor zo'n gezicht zou trekken als iemand zijn naam noemde!

'Heb je zin om te dansen?' vraagt Annabel.

Geamuseerd kijkt Pieter haar opnieuw aan. Dit meisje blijft hem verbazen. Hij kent haar letterlijk al vanaf haar vroegste jeugd en heeft haar zien opgroeien, samen met Noor en Fieke. Annabel is inmiddels best een aantrekkelijke meid geworden. Dat weet ze ook wel, waarschijnlijk.

'Ja, waarom niet?' antwoordt hij vrolijk.

Even later beginnen de muzikanten de zachte, meeslepende tonen van een wals te spelen, een tijdloze melodie die perfect past bij de nostalgische sfeer van de avond. Zodra ze samen op de dansvloer staan, vindt Pieters hand aarzelend een plek om haar slanke middel, terwijl Annabel haar ene hand op zijn schouder legt en de andere in de zijne. Ze bewegen op het ritme van de muziek.

Haar hand is klein en zacht, haar bewegingen zijn soepel en ze volgt hem moeiteloos in hun dans. Ze wisselen een paar zinnen, maar blijven elkaar aankijken.

De versierde zaal om hen heen en de andere dansparen lijken te vervagen, zelfs de muziek klinkt ver weg. Pieter weet niet wat hem overkomt. Het is niet alleen de lichamelijke aanraking, maar vooral een soort vertrouwdheid, een vonk van intimiteit die hem onverwacht overvalt. Hij zou het niet precies onder woorden kunnen brengen, behalve dat het bijzonder is.

Na de paar minuten die de wals duurt, maken ze zich van elkaar los. Meteen lijkt het gevoel van verbinding te vervliegen.

'Dank je voor de dans,' zegt hij, een beetje schor.

Ze glimlacht en slaat haar ogen neer.

Hij kijkt haar na, als ze weer naar het groepje met Bert loopt.

Stel je niet aan, houdt hij zichzelf voor. Ze is een vriendin van Noor.

Maar toch blijft hij nog even naar haar staren, al staat ze met haar rug naar hem toe. Totdat Bram zijn aandacht vraagt en de twee vrienden al gauw weer in een vrolijk gesprek verwikkeld zijn.

24

Noor

Zaandam, dinsdag 16 juli 1912

Het is sinds het begin van de zomervakantie pas de eerste keer dat Noor naar de fabriek gaat. Dat is niks voor haar, want ze komt hier al jarenlang minstens één keer per week. Het familiebedrijf hoort bij haar, ze is er volkomen mee vertrouwd.

Ze glimlacht automatisch als ze bij binnenkomst overspoeld wordt door de geur van rauwe cacaobonen: een mix van hout, aarde en een vleugje bitterheid. De robuuste machines stampen en malen met bonkende metaalgeluiden.

Het geeft Noor een gevoel van intense voldoening als ze de bonen vermalen ziet worden tot een glanzende vloeistof, die stapsgewijs en langzaam transformeert in de romige melkchocolade waar hun bedrijf bekend om staat. Ze steekt haar hand op naar een paar zwetende arbeiders die hard aan het werk zijn met het roosteren van een nieuwe lading cacao. Allemaal groeten ze terug.

Binnen twee jaar zal dit allemaal verplaatst worden, beseft ze. Hoewel ze met het hele gezin in de polder is gaan kijken naar het stuk grond waar de fabriek en hun nieuwe huis terecht zullen komen, is het allemaal nog erg onwezenlijk voor haar.

In gedachten verzonken loopt ze naar het kantoor. De deur staat open, en ze ziet dat haar vader en haar broer druk in gesprek zijn. Ze staan bij de vergadertafel, waarop grote papieren uitgespreid liggen. Al pratend gebaren ze ernaar. Zodra Noor binnenkomt, kijken ze allebei op.

'Noor!' zegt haar vader, blij verrast. 'Goed dat je er bent. We zijn net aan het kijken naar de blauwdrukken van de nieuwe fabriek.'

'Het wordt geweldig, Noortje!' verzekert Pieter haar. 'Moet je kijken, we gaan de productielijnen helemaal moderniseren, zodat we de kwaliteit en de kwantiteit kunnen verbeteren, en ook ons assortiment kunnen uitbreiden.'

Hij wijst naar de vellen gerasterd papier, waarop allerlei blokken en lijnen zijn ingetekend, sommige gearceerd.

Ze schiet in de lach om zijn enthousiasme. Vervolgens slaat ze haar armen over elkaar en zegt spottend: 'Het zal allemaal best, maar ik heb geen idee wat je daarmee bedoelt.'

'Pieter bedoelt dat we beter en sneller gaan werken, en tegelijkertijd door goede controles zorgen dat onze chocoladeproducten van de hoogste kwaliteit blijven,' legt haar vader uit.

'Precies!' valt Pieter hem bij. 'Omdat wij nu zo veel mogelijk automatiseren, kunnen onze mensen zich straks meer richten op gespecialiseerde onderdelen van het productieproces.'

'Dat klinkt als iets wat je op school hebt geleerd,' vindt Noor.

'Ik heb inderdaad veel geleerd wat we nu gaan toepassen,' geeft Pieter toe. 'Dat is ook nodig, want we moeten met onze tijd meegaan. Anders zijn we kansloos, want de concurrentie zit niet stil. Daarom moeten we ook nieuwe markten ontwikkelen, zowel nationaal als internationaal.'

'We gaan proberen meer te verkopen aan meer mensen,' verduidelijkt Vader.

'Ja, dat begreep ik ook nog wel. Wat gaan we dan maken wat we nu nog niet hebben?' vraagt Noor.

'Luxe chocoladeproducten, bijvoorbeeld,' antwoordt Pieter. 'Nieuwe smaken en soorten, van de beste kwaliteit.'

'Lijkt me lekker,' reageert ze droog.

'Dus moeten we ook met machines werken die een hogere productie leveren en de kwaliteit van onze producten verbeteren,' gaat Pieter verder, alsof ze niks gezegd heeft. 'Bij de voorbehandeling van de bonen komt een balkbrander.' Hij wijst op een blok dat is ingetekend op de blauwdruk. 'Daarmee worden de cacaobonen veel gelijkmatiger en beter geroosterd dan dat tot nu toe gebeurt.'

'Dit is echt een verbetering,' geeft Vader toe.

'Er komt ook een heel moderne cacaowals,' vervolgt Pieter. 'Daarmee maken we de textuur van de chocolade veel fijner en gladder. En een tempeermachine, waardoor de chocolade meer glanst en een stevige "knak" krijgt. En een vormmachine voor chocoladerepen...'

'We gaan dus eigenlijk alle machines vervangen,' begrijpt Noor.

'Nee, nee, niet allemaal,' zegt haar vader. 'Mijn concheermachine is natuurlijk nog niet zo oud; die behoort nog steeds bij het beste wat er leverbaar is. Dus die gaat mee naar het nieuwe pand.'

Pieter knikt. 'Dan komen we ook nog met een gloednieuwe verpakkingslijn, waarmee we allerlei soorten chocoladeproducten veel sneller en beter kunnen inpakken.'

Noor is onder de indruk.

'Dat klinkt goed.'

Ze blijft nog een tijdje en laat zich door Pieter en haar vader uitgebreid bijpraten over wat er allemaal gaat veranderen in het bedrijf.

Dan glimlacht ze en kondigt aan: 'Ik vertrek weer, want ik heb met Fieke afgesproken. Maar ik ben wel blij dat jullie hier zo goed mee aan het werk zijn. De nieuwe fabriek wordt vast fantastisch.'

Terwijl ze wegloopt, merkt Noor dat ze een vreemd gevoel van lichte teleurstelling heeft. Hoewel ze het zojuist toch echt meende, toen ze haar waardering uitsprak voor de plannen die Pieter en haar vader lieten zien.

Als ze de fabriekspoort uit gaat, weet ze het ineens onder woorden te brengen: ze voelt zich een beetje buitengesloten. Alsof de nieuwe richting van het bedrijf eigenlijk niets met haar te maken heeft.

25

Fieke

Zaandam, dinsdag 16 juli 1912

De zon staat hoog aan de hemel. Fieke en Noor zijn naar een rustig plekje in de tuin achter Fiekes huis gegaan. Daar zitten ze nu op een oud, maar comfortabel bankje, omgeven door de geur van bloeiende bloemen en het zachte gezoem van bijen.

Noor heeft haar schetsboek op schoot en bladert er al pratend doorheen, terwijl Fieke naast haar een beetje afwezig met de pluim van een grasspriet speelt.

'Dus eigenlijk had ik het gevoel dat ik er niet meer bij hoor,' rondt Noor haar verhaal over het bezoek aan de fabriek af. 'Wel bij mijn familie, natuurlijk, maar niet bij het bedrijf.'

Fieke knikt langzaam.

'Op zich is dat niet zo gek. Pieter weet wat hem te wachten staat: die zal de rest van zijn leven met de fabriek bezig zijn, en daar zet hij zich ook volledig voor in. Jij doet komend jaar eindexamen en gaat dan misschien een heel andere kant op.'

Met haar potlood zet Noor wat lijnen en schaduwpartijen op papier, die al snel de vorm krijgen van de schutting tegenover hen, compleet met de bloemranken die er tegenop groeien.

'Ja, daar moeten we zo langzamerhand serieus over gaan nadenken,' zegt ze een beetje somber. 'Nog maar een jaar, dan is het al zover.'

'Heb je al een idee wat je daarna wilt gaan doen?'

Noor trekt een grimas.
'Ik weet het niet, op een kantoor werken of zo.'
Fieke gooit haar grasspriet op de grond en kijkt Noor aan.
'Weet je, jij kunt zo goed tekenen. Je hebt echt talent. Daar zou je iets mee moeten doen.'
'Kunstschilder worden, soms?' Noor lacht. 'Nee, dat is niks voor mij!'
'Dat bedoel ik niet. Jouw techniek is zo geweldig. Stel je voor dat je anderen zou kunnen leren om zo te tekenen.'
Noor lijkt verrast door dat idee, maar haar ogen twinkelen.
'Tekenlerares... Daar heb ik nog nooit over gedacht. Eigenlijk zou dat best leuk kunnen zijn.'
'Ja, vind je niet?' Fieke wijst enthousiast naar het schetsboek. 'Dan kun je van je passie je werk maken, en heel veel kinderen inspireren.'
Even staart Noor voor zich uit.
'Dan zou ik dus naar de kweekschool moeten?'
'Ik denk het. Volgens mij zou dat perfect zijn voor jou. Jij wordt vast een geweldige lerares.'
Met een stralende lach zegt Noor: 'Bedankt, hier heb je me echt verder mee geholpen.'
'Graag gedaan, maar eigenlijk verbaast het me dat je daar zelf niet opgekomen bent.' Fieke kijkt naar haar eigen schetsboek en slaat het open. 'Weet je, ik vind het zo knap, zoals jij alles zo... levensecht weet vast te leggen. Jij kunt gewoon alles tekenen wat je ziet. Ik wou dat ik dat ook kon, maar mijn tekeningen eindigen altijd als een warboel.'
Noor glimlacht naar haar vriendin en legt haar eigen schetsboek weg. Ze wijst naar een van de tekeningen in Fiekes schetsboek.
'Een warboel? Ik vind zoiets juist bijzonder, alsof je een spontane explosie van kleuren en leven hebt getekend.'
Fieke werpt een onderzoekende blik op haar vriendin, maar die lijkt volkomen ernstig te zijn.
'Vind je dit mooi?'

'Mooi is het woord niet, denk ik.' Noor trekt een wenkbrauw omhoog. 'Het heeft wel iets… Het trekt de aandacht. Het is een soort verhaal zonder woorden.'

'Zit je me nou voor de gek te houden?' vraagt Fieke argwanend.

'Nee, helemaal niet.'

'Een soort verhaal,' herhaalt Fieke, terwijl ze haar eigen tekening nu met andere ogen bekijkt. 'Wel een heel rommelig verhaal dan.'

'Dat kan niet bommen,' vindt Noor. 'Toch?'

'Je hebt gelijk. En het is ook nog eens leuk om te doen.'

Een tijdje blijven ze stil naast elkaar zitten, genietend van de zon.

Het gesprek blijft in de warme lucht hangen en dwarrelt in Fiekes gedachten neer, als zaden die worden geplant in vruchtbare grond. Zou ze met haar tekeningen soms onbedoeld een vorm van schoonheid hebben gemaakt? Ergens diep binnen in haar ontkiemt iets kleins, iets nieuws.

'Maar ik kan gewoon niet zo goed… zo precies tekenen als jij, Noor,' zegt ze uiteindelijk.

Noor haalt haar schouders op.

'Nou en? Als mensen iets willen zien wat "precies" zo is, kijken ze wel naar een foto; dat zei Annabel toch ook? Een foto is altijd nog beter en mooier dan wat ik ook maar kan tekenen. Dus is mijn tekenwerk eigenlijk overbodig. Misschien gaat het wel helemaal niet om perfecte nabootsing van iets wat je ziet.'

'O, nee? Waar gaat het dan wel om?'

'Om expressie. Dat zeggen schilders toch altijd? Iets uitdrukken wat binnen in jezelf zit. Dat kan een foto niet.'

Zwijgend kijkt Fieke voor zich uit.

'Daarom wordt mijn aandacht misschien wel getrokken door die tekeningen van jou,' gaat Noor verder. 'Jij tekent wat je voelt. Goed, daar zit dan wel iets in wat chaotisch is en niet perfect. Juist daardoor kan het mooi zijn.'

Inmiddels is op Fiekes gezicht lichte verbijstering te lezen.

'Denk je dat echt? Ik heb nooit gedacht dat... Misschien moet ik wel iets meer gaan doen met mijn tekeningen.'

'Absoluut een goed idee,' vindt Noor. 'Als ik jou was, zou ik juffrouw Mulder er eens over aanspreken.'

Fieke knikt peinzend.

'Dat doe ik,' belooft ze.

26

Noor

Zandvoort, donderdag 18 juli 1912

Er was wat overreding voor nodig, maar het is gelukt. Met goedkeuring van hun ouders en onder begeleiding van Fiekes moeder, gaan De Drie Vriendinnen een dagje naar Zandvoort.

Vanaf het station lopen ze opgewonden door de straatjes van Zandvoort, langs gezellige cafés en winkels, naar het strand. Na een korte wandeling over de boulevard vinden ze op het uitgestrekte zandstrand een vrij rustige plek, niet ver van de waterlijn. Daar spreiden ze hun badlakens uit en leggen ze hun spullen neer.

Mevrouw Ten Hertog heeft begrip voor de waarde van onafhankelijkheid en avontuur in het leven van tienermeisjes. Dus huurt ze een strandstoel en een parasol, die ze met hulp van de verhuurder opzet bij de duinen.

'Ga maar plezier maken, meiden,' zegt ze. 'Als jullie me nodig hebben, zit ik hier. Geniet van het strand!'

Ze maakt het zich gemakkelijk met een boek en haar tas vol met eten en drinken, terwijl ze van een afstandje in de gaten houdt of het drietal geen rare dingen doet.

De meisjes ploffen neer en trekken hun schoenen uit, om vervolgens met hun tenen te wriemelen in het warme zand. De zee ruikt zilt en het geluid van kabbelende golven vermengt zich met het geschreeuw van meeuwen.

Dan rennen ze eerst naar de zee. Als ze tot hun kuiten in de branding staan, voelen ze luid lachend hoe het water het zand onder hun voeten vandaan zuigt. Vrolijk pratend gaan ze terug naar hun badlakens, waar ze zich koesteren in de warme zon.

Annabel haalt sandwiches en koude limonade uit haar tas. Fieke pakt haar schetsboek om een impressie van de zee en de duinen vast te leggen. Noor richt een dromerige blik op de horizon, die wat mistig lijkt.

'Niet te geloven dat we de derde klas ook alweer gehad hebben, hè? Volgend jaar eindexamen, en dan...'

Annabel zegt: 'Fieke vertelde dat je het idee hebt om tekenlerares te worden. Is dat nieuw? Daar heb ik je nooit eerder over gehoord.'

Noor glimlacht en laat wat zand tussen haar vingers door lopen.

'Eigenlijk was het Fiekes idee, om eerlijk te zijn. Inderdaad: het is nieuw, maar het lijkt me wel wat. Eerst de kweekschool en dan kinderen leren tekenen.' Ze kijkt even opzij. 'Heeft Fieke ook verteld dat zij misschien ook wat met haar tekenwerk gaat doen?'

Annabels verbaasde blik zegt genoeg.

'Dat weet ik helemaal nog niet, hoor,' verzekert Fieke haar snel. 'Ik ga na de vakantie alleen even praten met juffrouw Mulder. Die kan me vast wel advies geven.'

Met haar blik op de blauwe hemel gericht, leunt Annabel achterover.

'Jullie hebben er blijkbaar al goed over nagedacht. Nou, ik ben echt niet van plan om te gaan studeren, in ieder geval niet direct na m'n examen. Mijn vader zegt dat ik altijd in het bedrijf kan komen werken, als ik dat wil. Misschien doe ik dat ook wel. Hij zegt ook dat ik...' Ze pauzeert even en kijkt hen beurtelings aan, met een speelse twinkeling in haar ogen. '... later een goede partij zal worden voor een rijke, hoog aangeschreven man.'

De andere twee barsten in lachen uit, deels om de manier waarop Annabel het zegt, deels omdat het zo typisch iets voor haar is om het te zeggen.

Nog steeds lachend pakt Noor Annabels hand vast: 'Wat je ook besluit te doen, ik weet zeker dat je er geweldig in zal zijn.'

'Dank je,' antwoordt Annabel, quasi verlegen. 'Misschien ga ik nog wel iets anders doen, hoor. Naar het buitenland, bijvoorbeeld.'

'En daar trouwen?' vraagt Fieke, zonder op te kijken van de schets die ze maakt van een vlak bij hen over het zand lopende meeuw.

'Kan me niet schelen.' Annabel neemt een hap van een sandwich en vervolgt met volle mond: 'Zolang ik maar eerder getrouwd ben dan Gerard, vind ik alles best.'

Nu kijkt Fieke toch op.

'Wat is dat toch altijd tussen jou en Gerard?'

Onwillig draait Annabel haar hoofd weg.

'Die jongen is gewoon een kwal. Niet te geloven dat hij mijn broer is! Ik ben blij dat hij helemaal in Leiden zit en dat ik hem bijna nooit meer zie. Verder wil ik er niet over praten.'

Het duurt even voordat ze zich weer omdraait en vrolijk zegt: 'Maar eerst is er... deze zomer!'

De vrolijkheid is terug. Ze kletsen nog lang door, waarbij ze luchtige grappen afwisselen met serieuze overpeinzingen over hun toekomst.

In de loop van de middag besluiten ze om een duik te nemen in het verfrissende zeewater. Schaterlachend en spetterend dagen ze elkaar uit in de golven, waarna ze zich op hun badlakens door de zon laten drogen.

Alle drie vinden ze het jammer dat Fiekes moeder op een gegeven moment komt melden dat het zo langzamerhand tijd wordt om naar huis te gaan. Dat ze vervolgens voorstelt om eerst nog wat te gaan drinken in een strandpaviljoen, maakt de teleurstelling meteen een stuk draaglijker.

Ze pakken hun spullen bij elkaar, doen hun schoenen aan en lopen mee. Aan een tafeltje met uitzicht op de Noordzee neemt mevrouw Ten Hertog een kopje thee, terwijl de meisjes nog wat koude limonade drinken.

‘Het was fijn om jullie zo te zien genieten, meiden,’ zegt Fiekes moeder. ‘Onthoud dat zulke momenten kostbaar zijn.’

‘Dat zal niet moeilijk worden, want dit was echt een prachtige dag, mevrouw Ten Hertog,’ antwoordt Noor warm.

Op weg naar het station lopen De Drie Vriendinnen een stukje voor hun begeleidster uit.

‘Weet je,’ zegt Annabel na een tijdje, op een samenzweerderige toon. ‘Ik ben dus een paar weken terug naar een paar eindexamenfeesten geweest.’

‘Naar “een paar” nog wel,’ reageert Fieke spottend.

‘Jazeker! En daar heb ik weer de nodige romances gezien!’

Even wacht Annabel op een reactie, maar als die naar haar zin niet snel genoeg komt, gaat ze verder, met een ondeugende grijns: ‘Weten jullie bijvoorbeeld dat Bram een vriendin heeft? Een meisje van een andere school. Ik kende haar niet, maar hij leek haar… graag wat beter te leren kennen.’

Noor voelt dat haar gezicht betrekt en ze ziet ook meteen de geschrokken reactie van Annabel.

Fieke kijkt Annabel bestraffend aan en de twee wisselen een blik die Noor niet kan duiden.

Even hangt er een ongemakkelijke stilte, die Fieke echter snel verbreekt door te zeggen: ‘Ach, zo gaat dat bij zulke feestjes. Dan probeert iedereen weleens iets nieuws. Zijn we trouwens nog op tijd voor de trein?’

Noor is dankbaar voor Fiekes poging om de sfeer weer lichter te maken. Annabels woorden blijven wel in haar achterhoofd hangen. Natuurlijk heeft Bram zijn eigen leven en is hij haar niets verschuldigd, maar toch…

De rest van de terugreis is Noor stiller dan normaal. Ook al probeert Annabel haar tevergeefs op te vrolijken.

Mevrouw Ten Hertog heeft kennelijk iets in de gaten, want ze kijkt haar een paar keer onderzoekend aan. Toch vraagt ze niets.

27

Annabel

Aan de zuidkant van Zaandam, zaterdag 20 juli 1912

Op een van de zwoele zaterdagen in juli, wanneer Zaandam baadt in het gouden licht van de late namiddag, maakt Annabel een wandeling langs de Zaan. De rustige stroom van de rivier en het zachte geruis van een briesje door de bomen vormen een prettige ontsnapping aan de warmte van de dag.

Het pad vanaf de zuidkant van de stad voert langs karakteristieke Zaanse huizen van groengeverfd hout en biedt uitzicht op uitgestrekte velden, met in de verte traag draaiende molens.

Hier loopt Annabel wel vaker, alleen al omdat je hier rond deze tijd weinig stadgenoten tegenkomt. Vandaag kruist haar pad dat van een bekende. Vanaf de andere kant ziet ze een vertrouwde gestalte in haar richting komen. Het is Pieter.

De altijd zo zelfverzekerde broer van Noor lijkt een beetje nerveus te reageren, nu hij haar herkent.

Annabel kan een glimlach niet onderdrukken. Het komt wel vaker voor dat jongens zich zenuwachtig gedragen in haar nabijheid, want ze is nu eenmaal een van de mooiste meisjes van Zaandam. Dat kan niemand ontkennen. Pieter kent haar al zo lang en heeft haar altijd als een goede kennis behandeld.

Zelf heeft ze altijd bewondering gehad voor Pieters ernstige natuur. Het idee dat hij nu wat ongemakkelijk op haar reageert, amuseert haar. Zou het komen door hun dans op het eindexamenfeestje?

Pieter blijft voor haar staan en probeert duidelijk nonchalant te lijken.

Hij zegt: 'Hé, Annabel. Mooi moment voor een wandeling, niet?'

Zijn stem klinkt een beetje hoger dan anders, en kennelijk weet hij niet goed wat hij met zijn handen aan moet. Annabel is gewend om zulke subtiele signalen van nervositeit op te pikken, en besluit het spel mee te spelen.

'Zeg dat wel, Pieter. Ik probeer eigenlijk alleen te ontsnappen aan de hitte. En jij?'

Ze merkt dat hij krampachtig moeite doet om ontspannen over te komen, wat haar nog meer charmeert.

'Ja, ik ook...' brengt hij moeizaam uit. 'Ik dacht dat een beetje frisse lucht wel goed zou zijn.'

Er valt een korte, ongemakkelijke stilte.

Annabel ziet dat Pieter die maar al te graag zou doorbreken, terwijl hij de woorden ervoor niet kan vinden. Dat laat ze even voortduren voordat ze hem te hulp schiet om de situatie niet onprettig te maken.

'Ik denk dat we bij een hete zomer als deze allemaal wel wat afkoeling kunnen gebruiken. Misschien is het dan zelfs wel beter om bij de rivier te gaan zitten in plaats van te lopen.'

Pieter glimlacht dankbaar en knikt. Ze praten nog even verder over de zomer, de komende verhuizing van de fabriek en de woning van de Veenstra's en hun plannen voor het komende seizoen.

Uiteindelijk gaan ze elk hun eigen weg.

Als Annabel over haar schouder kijkt, ziet ze dat Pieters stap aanzienlijk lichter is dan toe hij naar haar toe liep.

Ze grinnikt. Dit had ze niet verwacht. De grote broer van Noor heeft een oogje op haar. Misschien biedt dat wel perspectieven. Je weet maar nooit.

Nog vrolijker vervolgt ze haar pad langs het water. De zon gaat nog lang niet onder.

28

Noor

Zaandam, maandag 22 juli 1912

Het avondlicht valt door de ramen van de woonkamer, terwijl de geur van het nog maar pas afgelopen avondmaaltijd er nog hangt.

Noor wacht al een tijdje op een goed moment om rustig in gesprek te kunnen gaan met haar ouders. Vanavond is ideaal, want Pieter is zojuist vertrokken naar Bram.

Ze kan over alles praten met haar ouders, dat weet ze. Toch klopt haar hart in haar keel als ze zegt: 'Moeder, Vader, ik wil graag even met jullie praten over… nou ja, over volgend jaar, en wat daarna komt.'

Haar vader kijkt op van zijn krant en wisselt een blik met haar moeder, die in de keuken bezig is.

'Natuurlijk, lieverd,' zegt Moeder, terwijl ze haar handen afdroogt en naar de eettafel loopt. 'Wij luisteren.'

Vader legt de krant weg en gaat ook aan tafel zitten, naast zijn vrouw.

Noor neemt tegenover hen plaats en aarzelt, omdat ze niet weet hoe ze moet beginnen.

Om de druk van de ketel te halen, neemt Vader het woord: 'Het wordt een belangrijk jaar. Zoals jullie allebei weten, staan ons grote veranderingen te wachten. De nieuwbouw in de polder gaat na de zomer beginnen, en met het geld van de bank zijn we nu nieuwe machines aan het bestellen. Dat zijn enorme investeringen: een grote stap voor ons naar modernisering en uitbreiding. Dan moet de verhuizing dus nog beginnen.'

Met haar blik op haar vader gericht, knikt Noor. Ze heeft dit natuurlijk allemaal al eerder gehoord, maar is blij dat het gesprek op gang komt.

Moeder kijkt haar aan met een milde glimlach.

'Het is een nieuw hoofdstuk voor ons allemaal. Bij alle plannen voor het bedrijf zal Pieter een belangrijke rol spelen.'

Die gedachte brengt een glimlach op Noors gezicht.

'Pieter is grondig voorbereid op die rol,' zegt ze. 'Hij heeft er hard voor gewerkt en veel voor geleerd. Ik weet zeker dat hij er klaar voor is.'

Daar zijn haar ouders het mee eens.

Noor bijt even op haar lip en vermant zich dan.

'Het is volkomen duidelijk dat Pieters toekomst bij de fabriek ligt, maar ik heb de afgelopen tijd ook veel nagedacht over mijn eigen toekomst,' vertelt ze. 'Daar heb ik het ook al met Fieke en Annabel over gehad.'

'Logisch,' vindt haar moeder. 'Jullie staan alle drie voor jullie eindexamenjaar.'

'Daarom wil ik dus graag met jullie praten,' gaat Noor wat nerveus verder. 'Want ik denk dat ik weet wat ik na de mulo wil gaan doen.'

'Nou?' vraagt haar vader.

'Ik zou graag tekenlerares willen worden.'

Vader leunt voorover, zijn gezichtsuitdrukking vertoont een mengeling van verrassing en bewondering.

'Dat is een nobel beroep, Noor. We weten allemaal dat jij een talent voor tekenen hebt. Het delen van die passie met anderen zou volgens mij een prachtige manier zijn om je leven vorm te geven.'

Moeder reikt over de tafel en pakt Noors hand. Haar ogen glinsteren van trots.

'We hebben altijd geweten dat jij je pad zou vinden. Wij steunen je, Nora, wat je ook kiest.'

Het is alsof er een steen van Noors hart af wordt gerold. Opgelucht haalt ze diep adem.

'Moet je voor een opleiding tot tekenlerares naar de kweekschool?' vraagt Vader.

'Ja,' antwoordt Noor. 'De dichtstbijzijnde kweekscholen zijn in Utrecht of Haarlem, geloof ik. Dat moet ik nog verder navragen.'

Haar ouders kijken elkaar even aan, waarna Moeder zegt: 'Daar zullen je vader en ik het onderling ook nog over moeten hebben. Dat hoor je nog.'

'Maar we steunen je hoe dan ook,' verzekert Vader haar.

'Het is belangrijk dat jij je hart volgt, lieverd,' voegt haar moeder daaraan toe. 'Wij hebben er alle vertrouwen in dat jij een fantastische lerares zult worden.'

Er komt een grote blijdschap in Noor op. Dit gesprek is veel beter verlopen dan ze vooraf had durven hopen.

29

Fieke

Zaandam, donderdag 5 september 1912

In de eerste schoolweek na de vakantie kan Fieke haast niet wachten om met juffrouw Mulder te gaan praten. Omdat de tekenlerares niet elke dag op school is, duurt het uiteindelijk tot donderdag voordat ze een goede mogelijkheid ziet.

Na de lessen wacht Fieke in de gang tot iedereen het lokaal voor tekenen en handvaardigheid heeft verlaten. Juffrouw Mulder, een vrouw van middelbare leeftijd met slordig opgestoken haar, zit nog aan haar bureau. Snel gaat Fieke naar binnen.

De lerares is net een paar kunstboeken in haar tas aan het doen. Fieke heeft altijd bewondering voor haar gehad, omdat ze zoveel weet van een wereld die zijzelf slechts van verre kent en ongelooflijk fascinerend vindt.

'Juffrouw Mulder, hebt u even?' vraagt ze.

De tekenlerares kijkt op.

'Ja?'

'Ik wil graag... ik zou graag met u willen praten over mijn toekomst.'

Ze hoort zelf hoe aarzelend haar woorden klinken, die haast verloren gaan in het grote, stille lokaal.

De gelaatstrekken van de lerares verzachten.

'Maar natuurlijk, Fieke. Doe de deur achter je dicht en kom

zitten.' Ze wacht even tot Fieke plaats heeft genomen. 'Zeg maar wat je op je hart hebt.'

Fieke haalt diep adem en vertelt dan van haar gesprek met Noor.

'Voor Noor is het inmiddels allemaal duidelijk,' vertelt ze. 'Die wil tekenlerares worden, net als u. Mijn tekenwerk is... anders. Dat vindt Noor ook. Ik weet nog niet goed wat ik er verder mee kan. Of wil. Maar wel dat het nog moet groeien, en dat ik daaraan wil werken. Echt, ik weet het nog niet, snapt u?'

'Je wilt dus niet het onderwijs in?'

'Nee,' antwoordt Fieke met een vastbeslotenheid die haarzelf ook verbaast. 'Eigenlijk wil ik vooral kijken wat ik uit mezelf kan halen. Met mijn tekeningen. Of misschien zelfs schilderijen.'

Juffrouw Mulder kijkt haar opmerkzaam aan.

'Kunst, bedoel je?'

'Misschien wel, maar daar ben ik nu nog helemaal niet zeker van.'

De lerares zucht en kijkt uit het raam.

Na een tijdje zegt ze: 'Fieke, je hebt talent. Dat is mij volkomen duidelijk. Jij stelt je niet tevreden met figuratief tekenen, je doet dingen die ik andere leerlingen niet zie doen. Je hebt een zeldzaam uitdrukkingsvermogen, ook al is dat nog heel ruw.'

Fieke gaat rechtop zitten en vraagt hoopvol: 'Ja?'

'Maar de kunstwereld is heel... veeleisend,' gaat juffrouw Mulder verder, terwijl ze een langs haar gezicht vallende lok achter haar oor veegt. 'Niet iedereen die de kunst in wil zal daar een plek in krijgen. De onderlinge concurrentie is moordend. En jouw techniek...'

Een beetje geschrokken gaat Fieke achteruit zitten. Ze had wel wat terughoudendheid verwacht, maar niet zoveel.

'Wat is er met mijn techniek?' wil ze weten.

De lerares glimlacht.

'Tja, je hebt nog veel oefening nodig. Vooral in de basisbeginselen van het tekenen. Daarin valt voor jou nog veel te winnen.'

'En schilderen?'

'Tot nu toe heb je voornamelijk met potlood gewerkt. Begrijp me goed: dat is prachtig en daar toon je een zekere begaafdheid in, maar verf... verf is een heel ander medium. Verf vraagt een heel andere techniek, een totaal andere benadering. En verf is duur!'

Het voelt voor Fieke alsof haar droom aan stukken wordt geslagen.

'Maar ik ben bereid om hard te werken,' werpt ze tegen. 'Ik wil dit echt.'

'Ik twijfel niet aan je inzet, Fieke.'

Die woorden klinken als een afwijzing, ook al weet Fieke dat de lerares het goed bedoelt.

'Echt, ik hoef niet zo nodig kunstenares te worden, als u dat soms denkt,' dringt Fieke aan. 'Ik wil de wereld verkennen met mijn tekeningen. Liefst ook met schilderijen, want dat lijkt me geweldig. Maar ik weet niet waar ik moet beginnen, en hoe. Wat raadt u me aan?'

De blik van juffrouw Mulder rust een tijdje op haar, voordat ze antwoordt: 'Ik zou zeggen, concentreer je eerst op het verbeteren van je tekentechniek. Misschien kun je extra lessen nemen, buiten school. Bouw een portfolio op. Als je echt met verf wilt werken, begin dan klein. Goede olieverf is echt ontzettend duur, maar er zijn wel manieren te bedenken om ermee te experimenteren zonder je helemaal blauw te betalen.'

Met een brok in haar keel knikt Fieke langzaam. Ze neemt de woorden van de tekenlerares in zich op. Dit is niet het antwoord dat ze gehoopt had te horen, maar misschien wel het antwoord dat ze nodig had.

'Bedankt, juffrouw Mulder. Ik... ik zal nadenken over wat u gezegd hebt,' zegt Fieke, terwijl ze opstaat.

'Graag gedaan, Fieke. Als je nog vragen hebt, kun je altijd bij me terecht,' zegt juffrouw Mulder.

Met een zwaar hart verlaat Fieke het lokaal. Foeterend op zichzelf loopt ze de gang door.

Wat dacht je wel niet, Fieke? Dacht je nou echt dat jij, als dochter van een arbeider uit Zaandam, zomaar verder zou kunnen gaan met tekenen en schilderen? Als verf al te duur is, wat denk je dan eigenlijk wel? Je bent geen rijkeluiskind, voor wie geld geen probleem is!

Toch weigert ze zich erbij neer te leggen.

We zullen het nog weleens zien, houdt ze zichzelf voor. *Ik ga zorgen dat ik het beste uit mezelf haal. Als dat niet genoeg is, dan weet ik het tenminste. Opgeven is in ieder geval geen optie. Ik zal zelf gaan uitvinden wat ik kan en niet kan. Stap voor stap, tekening voor tekening.*

Met een verbeten trek om haar mond verlaat ze het schoolgebouw.

30

Pieter

Zaandam, maandag 9 september 1912

Na zijn eindexamen heeft Pieter twee weken vrij gehad. Sindsdien is hij iedere werkdag en vaak ook nog op zaterdag te vinden in de fabriek. Inmiddels is dat al bijna anderhalve maand zo.

Merkwaardig genoeg heeft hij de indruk dat hij bij het maken van plannen voor de modernisering, uitbreiding en verhuizing van de fabriek overal over kan meedenken en meepraten. Maar als het gaat om de dagelijkse gang van zaken in de fabriek, heeft hij nog steeds het idee dat hij een beginner is die allerlei belangrijke informatie mist. Alsof het hem ontbreekt aan cruciaal begrip voor wat er op de werkvloer gaande is.

Peinzend komt hij uit de fabriekshal, te midden van het ritmische geratel en gestamp van de machines, die onvermoeibaar hun werk doen. Hij sluit de deur van het kantoor achter zich, waardoor het ineens een stuk stiller wordt.

Zijn vader staat bij de muur waar ze de blauwdrukken van de nieuwe fabriek hebben opgehangen. Hij kijkt op en zegt, met een stem vol enthousiasme: 'Pieter, moet je eens zien!' Hij wijst naar een van de nog te bouwen fabriekshallen. 'We hebben vandaag de bevestiging binnengekregen van de bestellingen van de nieuwe persen. Nu kunnen we de details van de grootte en zwaarte ervan intekenen in de assemblage. Dit gaat onze productie enorm verhogen!'

Pieter bekijkt hem met een warme glimlach. Deze man heeft zijn hele leven in dienst gesteld van het familiebedrijf, en weet werkelijk alles van de grondstoffen, de machines, het productieproces, de werknemers, de cacaoproducten en het hele verkooptraject. Daar kan hijzelf alleen maar bewondering voor hebben.

Hij gaat naast zijn vader staan.

'Het ziet er indrukwekkend uit, Vader. Echt een grote stap vooruit.'

Timmer Veenstra pakt een lijst en begint de bestelde machines door te nemen: 'Hier, de cacaowalsen, die zijn van het allernieuwste model, ongeëvenaard in snelheid en werking. Zulke vernieuwingen kunnen onze productietijd halveren en de kwaliteit van onze chocolade verder verhogen. Het zal alleen wel even duren voordat onze mensen weten hoe ze ermee moeten werken.'

Er gaat een steek van onzekerheid door Pieter heen. Hij weet het een en ander van bedrijfsvoering, maar merkt steeds weer dat hij niet optimaal is voorbereid op het complexe karakter van een groeiend bedrijf. Al zal dat natuurlijk wel zijn verantwoordelijkheid worden. Kan hij dat allemaal wel aan? Natuurlijk kent hij Veenstra's goed, maar de fijne kneepjes van het regelwerk en de technische nuances van het inpassen van nieuwe machines, dat is een heel ander verhaal.

'Vader, ik... ik vraag me af,' zegt hij in een poging zijn twijfel onder woorden te brengen. 'Ik weet al wel veel van het bedrijf, maar dit... dit is allemaal zo nieuw. Ik ben er niet zeker van of ik wel helemaal klaar ben voor deze stap.'

Zijn vader draait zich naar hem toe en strijkt nadenkend over zijn indrukwekkende bakkebaarden.

'Pieter, jongen, het is heel normaal dat je zo denkt. Dit is een grote verandering, niet alleen voor jou, maar voor ons allemaal. Het is belangrijk dat we daarop zijn voorbereid, dat we groeien en leren.'

De woorden van zijn vader bieden troost, maar Pieter weet dat er meer nodig is dan alleen geruststelling.

'Misschien moet ik... meer leren over bedrijfsvoering en over de technische kanten van het hele productieproces,' zegt hij voorzichtig. 'Ik wil zorgen dat ik volledig ben toegerust om daar goed mee om te gaan.'

'Een uitstekend idee,' vindt zijn vader. 'Er zijn opleidingen die je kunt volgen. Avondcursussen. Dat zal hard werken worden, naast je taken hier, maar gezien jouw schoolresultaten en de inzet die je hier in het bedrijf laat zien, denk ik dat je het wel aankunt.'

'Dat zou me inderdaad de kennis bieden die ik zoek,' antwoordt Pieter verheugd.

Hij is vastbesloten om de uitdaging aan te gaan, ook al zal dat de komende tijd een behoorlijke extra belasting voor hem vormen. Toch heeft hij dat er graag voor over om zijn rol in het bedrijf met meer vertrouwen te kunnen vervullen.

'Ik zal gaan informeren bij de handelsschool,' kondigt hij aan.

'Mijn steun heb je, dat weet je.' Timmer Veenstra loopt naar hem toe en slaat hem op zijn schouder. 'De kosten van zo'n opleiding zijn natuurlijk voor het bedrijf, maar dat dacht je al.'

Pieter grijnst breed.

'Ik had, eerlijk gezegd, niet anders verwacht.'

31

Noor

Zaandam, maandag 9 september 1912

Aan het eind van de middag zit Noor aan de keukentafel, met haar huiswerk verspreid voor zich.

Haar moeder komt met twee kopjes thee naar haar toe en gaat tegenover haar zitten.

'Nora, lieverd, er is iets wat ik met je wil bespreken,' zegt ze bedachtzaam. 'Je vader en ik hebben nagedacht over jouw plannen voor na de mulo, over de kweekschool.'

Meteen is Noor een en al aandacht.

'Amsterdam heeft een uitstekende kweekschool, zoals je misschien gehoord hebt,' gaat Truus Veenstra verder. 'Maar de afstand is gewoon te groot om elke dag heen en weer te reizen, en...' Ze pauzeert even, zoekend naar de juiste woorden. '... ik wil gewoon niet dat jij op zo'n jonge leeftijd al alleen op kamers gaat.'

'Maar...' begint Noor.

Haar moeder steekt haar hand op om het bezwaar af te kappen en vervolgt: 'Dus heb ik mijn zus geschreven, jouw tante Anna. Je hebt gezien wat een groot huis zij en oom Hendrik hebben in Amsterdam. Ik heb Anna uitgelegd hoe het zit, en zij heeft het er met Hendrik over gehad. Nu heeft ze me geschreven dat zij het erg fijn zouden vinden als je bij hen komt logeren wanneer je naar de kweekschool gaat.'

Een paar maanden daarvoor zijn ze met het hele gezin op

bezoek gegaan bij haar oom en tante en hun kinderen. Het idee om bij hen te gaan wonen, in Amsterdam nog wel, roept in Noor zowel opwinding als zenuwachtigheid op.

'Echt waar?' vraagt ze, met ogen die groot zijn van verbazing.

'Ja, lieverd. Het zou betekenen dat je door de week daar bent en in de weekenden thuis. Vader vindt het ook een goed idee. Hoe denk je er zelf over?'

Haar moeder kijkt haar vragend aan, duidelijk benieuwd naar Noors reactie.

Die heeft een moment nodig om aan de gedachte te wennen.

Met een brede glimlach om haar lippen zegt ze uiteindelijk: 'Ik... ik vind het geweldig!'

Ook haar moeder lacht, blij dat haar voorstel zo goed valt.

'Dan ga ik verder alles regelen. Dit kan een mooie kans voor je zijn, Nora.'

Ze staat op en begint aan de voorbereidingen van de avondmaaltijd.

Noor blijft zitten en staart voor zich uit. Haar huiswerk kan haar even niet veel meer schelen. Naar Amsterdam... Op kamers bij haar oom en tante... Naar de kweekschool... Het klinkt als een avontuur, een stap dichter naar zelfstandigheid, naar het volgen van haar dromen. Dit is het begin van haar reis om lerares te worden!

32

Annabel

Zaandam, maandag 9 september 1912

De herfstwind huilt om Huize Van Loon.

Met lood in haar schoenen gaat Annabel naar de studeerkamer van haar vader. Onder het eten heeft hij aangekondigd dat hij met haar wil praten. Dus daar komt ze niet onderuit. Wat zou hij willen?

Ze klopt op de deur.

'Binnen.'

Jan van Loon zit achter zijn massief eiken bureau, omringd door boekenkasten en archiefkasten. Hij is een indrukwekkende man met een indrukwekkende gestalte en een nog indrukwekkendere reputatie in de zakenwereld, waar hij zich heel goed van bewust is.

Er hangt een geur van sigarenrook in de kamer, het haardvuur brandt en het is aangenaam warm.

Na een uitnodigend gebaar van haar vader neemt Annabel plaats op de stoel aan de andere kant van zijn bureau.

Het gezicht van Jan van Loon is gehard door een jarenlange zakenpraktijk en verzacht zelden, ook niet als hij praat met familieleden.

'Annabel, laten we het hebben over je leven na je eindexamen,' zegt hij, zonder tijd te verspillen aan formaliteiten.

Zijn stem heeft de autoriteit van een man die het gewend is

om beslissingen te nemen. Dat weet Annabel maar al te goed. Ze wacht af wat er komen gaat.

'Ik waardeer het dat je al een paar keer hebt geholpen bij de administratie op ons kantoor,' vervolgt Jan van Loon. 'Je inzicht en je intelligentie hebben me aangenaam verrast.'

Als dat een compliment moest voorstellen, werd het teniet-gedaan door zijn zakelijke toon.

'Pap, ik vind het fijn dat u mij een kans hebt gegeven bij het bedrijf. Ik heb er veel van geleerd en denk echt dat ik na mijn schooltijd een bijdrage kan leveren,' zegt ze, zo zelfverzekerd mogelijk.

Haar vader schudt beslist zijn hoofd.

'Nee, jouw toekomst ligt niet in het zakenleven, en al helemaal niet in de bedrijfsleiding. Ik heb grotere plannen voor je, plannen die niet alleen jou ten goede zullen komen, maar ook ons bedrijf en onze familie.'

Annabel is gewend aan haar vaders directe manier van doen, maar nu voelt ze toch een knoop in haar buik. Dit klinkt niet goed.

'Wat bedoelt u, Pap?' vraagt ze, licht argwanend.

Jan van Loon zet de toppen van zijn vingers tegen elkaar en kijkt haar recht aan.

'Je bent nu op een leeftijd dat we moeten gaan denken aan een geschikte huwelijkskandidaat voor jou, Annabel. Iemand die niet alleen past bij jouw status als Van Loon, maar ook strategische voordelen biedt voor ons bedrijf. Laten we eerlijk zijn: jouw aantrekkelijke voorkomen biedt ons een breed scala aan opties.'

Annabel bevriest. Het is net alsof hij het heeft over een zakelijke transactie, in plaats van het leven van zijn dochter.

'Pap, ik wil mijn eigen keuzes maken,' protesteert ze. 'Over mijn carrière, over met wie ik zal trouwen...'

Meteen onderbreekt hij haar: 'Dat zijn geen keuzes die jij alleen maakt. Denk aan de familie. Aan het bedrijf.'

Vol woede en ongeloof kijkt ze hem aan. Ze had gehoopt

dat haar vader wat vooruitstrevender zou zijn. Diep gekwetst recht ze haar rug.

'Ik wil niet worden uitgehuwelijkt alsof we in de middeleeuwen leven, Pap. Ik heb mijn eigen dromen en ambities, ik wil zelf iets bereiken en geen onderdeel zijn van een zakelijke overeenkomst.'

Jan van Loons gezicht is een masker van ongenaakbaarheid als hij antwoordt: 'Annabel, je begrijpt het niet. Dit is hoe onze wereld werkt. Het is mijn taak als vader om te zorgen voor jouw toekomst, en dit is de beste manier. Voor ons allemaal.'

'En Gerard dan?' vraagt ze verontwaardigd. 'Die heeft de vrijheid om in Leiden te studeren. Die kiest zijn eigen pad. Waarom gelden er dan andere regels voor mij?'

Ze beseft heel goed dat ze hiermee een onderwerp aansnijdt dat heel gevoelig ligt in Huize Van Loon. Gerard, de enige zoon, is al jarenlang een bron van zorgen en conflicten.

Dat is te zien aan haar vader, want zijn gezicht betrekt.

'Gerard...' zegt hij langzaam, terwijl hij een sigaar uit de doos op zijn bureau haalt. 'Gerard heeft zijn eigen keuzes gemaakt. Dat is niet zonder gevolgen, want daardoor heeft hij zich afgekeerd van het bedrijf... en van ons gezin.' Hij snijdt een stukje van het uiteinde van de sigaar af, schuift een asbak naar zich toe, steekt de sigaar aan met een lucifer en neemt een trek, waarna hij rustig de tijd neemt om de rook naar het plafond te blazen. 'Wil jij datzelfde doen, Annabel?'

Als ze niet direct antwoord geeft, voegt hij daaraan toe: 'Je moet goed begrijpen dat ik de hele situatie met Gerard zeer betreur. Hij heeft me ernstig teleurgesteld en het hart van je moeder gebroken. Ik kan niet toestaan dat jij diezelfde fouten maakt.'

Annabel kan niet geloven wat ze hoort. Haar stem trilt van frustratie en verdriet als ze zegt: 'Fouten? Gerard heeft voor zichzelf gekozen. Hij wil zijn eigen leven leiden. Is dat zo verkeerd? Moet ik mijn eigen dromen opgeven omdat ik uw dochter ben?'

Met elk woord lijkt de kloof tussen Annabel en haar vader groter te worden.

Jan van Loon zucht en legt met een vermoeid gebaar zijn sigaar in de asbak.

'Je begrijpt het niet, Annabel. Gerard heeft gekozen voor een leven zonder verplichtingen tegenover de familie. Wil jij dat echt ook? Wil jij alles opgeven wat wij voor je hebben opgebouwd?'

Ze staat op, met tranen in haar ogen.

'Misschien... misschien is Gerard niet gevlucht voor zijn verantwoordelijkheden, maar om iets te zoeken wat echt van hem is. Niet van de familie en niet van het bedrijf. En ja, ik wil ook mijn eigen weg zien te vinden, net als hij. Ik wil niet gevangenzitten in zakelijke overeenkomsten en uw beslissingen.'

Huilend holt ze de studeerkamer van haar vader uit. Eigenlijk wil ze de deur achter zich dichtslaan, maar dat durft ze niet.

33

Noor

Zaandam, dinsdag 10 september 1912

Omdat Annabel aangaf dat ze graag even rustig wilde praten, hebben De Drie Vriendinnen na schooltijd afgesproken bij de oude molen. Daar komen ze wel vaker om ongestoord onder elkaar te zijn, ver weg van nieuwsgierige klasgenoten en mogelijk bemoeizuchtige leraren.

Na de laatste schoolbel heeft Noor haar schooltas thuisgebracht. Aangekomen bij de molen, ziet ze dat ze de eerste is. Ze gaat in de late zomerzon zitten op een grasveldje met uitzicht op het kabbelende water van een kanaal dat naar de Zaan voert. Af en toe glijdt er een platte schuit voorbij. Een briesje laat de molenwieken traag en krakend ronddraaien.

Niet veel later komen haar vriendinnen aanlopen, Annabel met haar schooltas over haar schouder. Ze komen bij Noor in het gras zitten.

Vrijwel meteen barst Annabel los.

'Ik heb gisteravond een gesprek met mijn vader gehad,' vertelt ze, spelend met de zoom van haar rok. 'Over mijn toekomst... en wat hij daarvoor in gedachten heeft.'

'Wat zei hij?' wil Noor weten.

Annabel haalt diep adem. 'Nou ja, het komt erop neer dat ik na school wat mag werken in het kantoor van het bedrijf... totdat ik trouw.'

Ze probeert luchtig te klinken, maar haar vriendinnen kennen haar goed genoeg om haar teleurstelling op te merken.

Noor en Fieke wisselen een snelle blik.

Dan vraagt Fieke: 'Daar was jij natuurlijk niet blij mee.'

'Nee, wat wil je?' zegt Annabel fel. 'Het voelt alsof hij alles al heeft uitgestippeld, zonder te vragen wat ik wil. Niet dat ik ertegen ben om in ons bedrijf te komen werken, maar het idee dat het allemaal al vastligt... dat is nogal verstikkend.'

Fieke kijkt haar ernstig aan.

'Dat klinkt alsof je er zelf niks in te zeggen hebt.'

Annabel zucht diep voordat ze antwoordt: 'Daar komt het eigenlijk wel op neer. Hij had het er zelfs over dat hij een passende echtgenoot voor me gaat zoeken.'

Die laatste woorden komen vol afkeer over haar lippen.

'Dat klinkt nogal... bepalend,' vindt Noor.

Met haar blik op de grond gericht knikt Annabel.

'Hij praat alsof hij weet wat het beste voor me is. Dat ziet hij allemaal voor zich.'

'Als je daarin meegaat, heb je geen enkele zeggenschap in je eigen leven,' zegt Fieke.

Annabel kijkt op, met een wrange glimlach op haar gezicht.

'Daar komt het wel op neer. Maar genoeg over mij. Laten we het over iets vrolijkers hebben. Hoe staan de zaken er bij jullie voor?'

Noors blik volgt een eend, die op het water landt.

'Bij ons thuis is het anders. Mijn ouders zeggen altijd dat Pieter en ik moeten nastreven wat we zelf willen, ook als we daarvoor langer moeten doorleren.'

'Hm,' humt Fieke instemmend. 'Volgens mijn ouders moet ik mijn hart volgen. Ook nu ik zelf nog niet weet wat dat zal gaan betekenen. Mijn vader heeft het in ieder geval nooit over trouwen of zo. Meer over... ontdekken waar ik goed in ben.'

'Mijn hart volgen.' Annabel lacht schamper. 'Dat zou mooi zijn. Mijn vader lijkt precies te weten wat mijn hart wil.'

Even is alleen het gekraak van de molenwieken te horen.

‘Het is vreemd dat onze levens zo kunnen verschillen,’ mijmert Noor. ‘Als ik hoor over jouw vader, Annabel, en dan bedenk dat mijn eigen moeder gisteravond voorstelde dat ik de kweekschool kan gaan doen in Amsterdam, en dan door de week bij mijn oom en tante kan logeren…’

‘Dat vertelde je al in de pauze, ja!’ Fieke kijkt haar enthousiast aan. ‘Dat is toch geweldig! Dan kun jij je eigen pad gaan volgen.’

‘Al maakt het me wel een beetje nerveus,’ bekent Noor. ‘Naar Amsterdam gaan, helemaal alleen. Ik weet dat ik bij familie terechtkom, maar het is toch een grote stap.’

Fieke glimlacht.

‘Wel spannend, om zoiets nieuws te beginnen, in een andere stad.’

‘Net als Gerard,’ zegt Annabel. ‘Die is gewoon naar Leiden gegaan en trekt zich niks aan van mijn vader.’

‘Ja, hoe gaat het eigenlijk met hem?’ vraagt Noor.

Annabel haalt haar schouders op en antwoordt kortaf: ‘O, zoals gebruikelijk. We zien elkaar nauwelijks. Hij is druk met zijn studie in Leiden, en met zijn eigen leven.’

Zoals steeds wanneer Annabels broer ter sprake komt, voelt Noor dat er meer aan de hand is. Daar blijft ze nieuwsgierig naar, maar ze respecteert de terughoudendheid van haar vriendin.

‘Je hebt het niet vaak over hem,’ merkt Fieke op.

Haar toon is zacht, ze wil duidelijk niets forceren.

‘Er is ook niet veel over hem te zeggen.’

Aan haar gezicht is af te lezen dat het beter is om dit onderwerp verder te laten rusten.

Ze blijven nog een tijdje zitten kletsen, tot de schemering inzet en het tijd wordt om naar huis te gaan.

Samen lopen ze terug naar de stad, waarna ze afscheid nemen bij de driesprong. Achter hen baadt de molen in het licht van de ondergaande zon.

Het gesprek laat Noor niet los. Hoe onzeker ze zich ook voelt over alles wat haar na het eindexamen wacht, ze is zonder meer blij dat ze niet in Annabels schoenen staat.

34

Pieter

Zaandam, woensdag 11 september 1912

Na het ontbijt vertrekt vader. Pieter heeft alle tijd om rustig de ochtendkrant te lezen, want de plaatselijke handelsschool opent pas om negen uur de deuren.

Het is hooguit tien minuten lopen naar het schoolgebouw, maar toch staat Pieter al om even over halfnegen met zijn jas aan.

Zijn moeder geeft hem een kus en zegt: 'Iedereen is er trots op dat je dit doet, jongen. Ik ben benieuwd wat het allemaal inhoudt.'

Hij drukt een kus op haar voorhoofd en verzekert haar dat het wel zal loslopen.

Dan trekt hij de deur achter zich dicht. Het is een heldere ochtend. Met stevige pas beent hij door de straten van Zaandam.

Uit advertenties in de krant weet Pieter dat de handelsschool onder meer deelopleidingen biedt voor mensen die, net zoals hij, overdag werken en mogelijkheden zoeken om 's avonds hun kennisniveau op te vijzelen.

De school staat aan de rand van de stadskern, een statig gebouw met een gevel van bakstenen en hoge ramen.

Pieter gaat door de houten openslaande deuren naar binnen en komt in een ruime hal met een marmeren vloer en een grote houten trap, die naar de bovenverdiepingen leidt. Aan de muur hangen portretten van ernstig kijkende mannen.

Hij wordt begroet door de conciërge, een oudere, kalende man. Die wijst hem de weg naar het kantoor van de directeur Avondonderwijs, verderop in de gang.

Meneer Verhoeven is mager, goedgekleed en op een beroepsmatige manier vriendelijk. Hij nodigt Pieter uit om te gaan zitten en luistert aandachtig naar zijn uitleg over zijn gewenste vervolgopleiding. Af en toe maakt hij een aantekening.

Als Pieter klaar is, haalt Verhoeven een voorbedrukt vel papier en een vulpen uit zijn bureaula.

'Heel verstandig om naar ons te komen,' zegt hij. 'Wij bieden een curriculum dat uitstekend aansluit op uw hbs-opleiding.'

Hij schuift het papier en de vulpen naar Pieter toe.

'Dit is het inschrijfformulier voor ons lesprogramma,' vertelt Verhoeven. 'Onze serie lessen is zorgvuldig samengesteld om deelnemers, zoals u, een grondig inzicht te geven in de fundamenten van een goede bedrijfsvoering. Het programma beslaat drie lesavonden in de week – met daarbovenop nog de huiswerkopdrachten, natuurlijk – en zal uw volledige toewijding vereisen. U zult zien dat u een uitstekende keuze hebt gemaakt.'

Hij staat op en vervolgt: 'Vult u het formulier maar in. U kunt daar gaan zitten.'

Pieter gaat naar de tafel die de man hem aanwijst en begint het inschrijfformulier zorgvuldig en netjes in te vullen.

Bij het punt 'Reden voor deelname' aarzelt hij even, voordat hij opschrijft: 'Om de kennis en vaardigheden te verwerven die nodig zijn om mijn familiebedrijf effectief te leiden in een snel veranderende markt.'

Nadat hij alles heeft ingevuld en het allemaal nog een keer heeft overgelezen, geeft hij het formulier en de vulpen terug aan de directeur Avondonderwijs.

Verhoeven bekijkt het formulier even, knikt dan goedkeurend en noemt het bedrag voor de inschrijving en de lessen van de eerste schoolperiode, tot de kerst.

Pieter pakt zijn portefeuille, telt het benodigde aantal bankbiljetten uit en overhandigt die.

'Alles in orde, meneer Veenstra,' concludeert Verhoeven, nadat hij het geld in ontvangst heeft genomen en geteld. 'Dan verwelkomen wij u volgende week graag bij de eerste lesavond.'

Eenmaal weer buiten loopt Pieter met een verende tred naar het bedrijf. Het bewijs van inschrijving zit in zijn binnenzak. De eerste stap is gezet!

35

Annabel

Zaandam, donderdag 12 september 1912

Sinds het gesprek met haar vader loopt Annabel al een paar dagen met haar ziel onder haar arm. Nu ze uit school komt en haar vader nog niet thuis is, besluit ze om met haar moeder te gaan praten. Misschien begrijpt die haar wel.

Haar moeder zit in de woonkamer met een boek, haar leesbril laag op haar neus.

'Mam,' zegt Annabel, terwijl ze in de leunstoel tegenover haar gaat zitten. 'Ik… ik heb van de week met Papa gepraat.'

Thea van Loon legt haar boek neer en zet haar bril af. Ze draagt haar grijzende haren zorgvuldig opgestoken. De fijne lijntjes rond haar ogen en haar mond geven haar een milde uitstraling.

'Ja, dat vertelde je vader, Annabel. Ik vroeg me al af wanneer je naar mij toe zou komen.'

Annabel kijkt zwijgend voor zich uit.

De middagzon valt door de vitrages, waardoor er allerlei stofdeeltjes door de keurig schoongehouden kamer lijken te dansen. De stilte wordt slechts onderbroken door het zachte tikken van de klok op de schoorsteenmantel, en zo nu en dan door de geluidjes die hun slapende rode kater op de vensterbank maakt in zijn slaap.

'Dus u weet ook wat hij gezegd heeft?' vraagt ze.

Er glijdt een glimlach over het gezicht van haar moeder.

'Je vader en ik vertellen elkaar altijd alles, dat weet je toch wel? En over jullie gesprek wil ik eigenlijk maar één ding zeggen: je moet goed beseffen dat je vader alleen het beste voor je wil.'

'Maar Mama,' werpt Annabel tegen. 'Wat als... dat pad niet het juiste voor mij is? Misschien wil ik wel meer dan alleen maar in het bedrijf werken... totdat ik trouw.'

Met een zucht vouwt Thea van Loon haar handen.

'Annabel, mijn lief, je vader heeft hier goed over nagedacht. Hij heeft jouw toekomst voor ogen, en die van onze familie, ons bedrijf. Zo gaat dat soms, in onze wereld. Het is belangrijk om stabiliteit en zekerheid in je leven te hebben.'

De woorden van haar moeder vallen Annabel zwaar. Ze realiseert zich dat de steun waarop ze gehoopt had, niet zal komen.

'Maar betekent mijn geluk dan helemaal niets?' vraagt ze, licht wanhopig. 'Ik wil...'

'Jouw geluk is juist waarom we dit doen,' onderbreekt haar moeder haar, zacht maar resoluut. 'Soms kunnen we maar beter ware tevredenheid zien te vinden in de rol die ons gegeven is, en het beste maken van de kansen die we krijgen.'

Kennelijk ziet ze Annabels teleurstelling, want ze voegt daaraan toe: 'Weet je, Annabel, toen ik zo oud was als jij, of misschien iets ouder, stond ik voor een soortgelijke beslissing. Ik had dromen, net als jij, maar de omstandigheden vroegen erom dat ik zou inschikken en zou accepteren wat het leven mij bood.'

Haar blik richt zich in de verte, alsof ze terugkeert in de tijd.

'Wat voor dromen?' wil Annabel weten.

'O, ik had willen studeren. Talen willen leren. Meer van de wereld willen zien. Maar ik was al met je vader, en hij was natuurlijk volkomen gebonden aan het familiebedrijf. Met handen en voeten. Dus heb ik er uiteindelijk voor gekozen om je vader te volgen en zijn ambities te ondersteunen. Dat was geen gemakkelijke keuze, maar kijk nu eens naar ons! We hebben een stabiel leven, een liefdevol gezin en een bloeiend bedrijf. Inmiddels heb ik mijn eigen manieren gevonden om mijn interesses te volgen en mijn passies na te jagen, ook al gaat dat nu natuurlijk heel anders dan ik oorspronkelijk had gedacht.'

Annabel kijkt met andere ogen naar haar moeder.

'Dat wist ik niet.'

Thea van Loon lacht vreugdeloos.

'Je weet wel meer niet, lieverd. Dat is niet erg. Als je maar begrijpt dat ik, door een stap terug te doen en het grotere geheel te zien, een plaats heb gevonden binnen de vaste, goede structuur die nu ons leven vormt. Ik geloof oprecht dat er, ongeacht de keuzes die je maakt, altijd wegen zijn om geluk te vinden. Zelfs binnen de grenzen die het leven ons stelt.'

Het is Annabel inmiddels overduidelijk dat haar moeder achter de beslissing van haar man zal blijven staan. Ze probeert haar verslagenheid en moedeloosheid te verbergen door met een glimlach op te staan.

'Ik hoop echt dat je hier iets aan hebt,' zegt haar moeder warm.

'Ik ook,' is alles wat Annabel weet uit te brengen.

Als ze bij het verlaten van de kamer omkijkt, ziet ze dat haar moeder het boek weer oppakt om verder te lezen.

36

Pieter

Zaandam, maandag 16 september 1912

De hele dag heeft Pieter gewerkt en na het avondeten moest hij alweer snel verder, want vandaag begint zijn avondopleiding.

Terwijl Pieter naar de handelsschool loopt, voelt hij zich licht opgewonden en een beetje nerveus. Onder zijn arm klemt hij zijn oude schooltas – eigenlijk had hij niet gedacht die na zijn eindexamen ooit nog nodig te hebben, maar nu zitten er wat hagelnieuwe schoolschriften in: twee met blanco bladzijden, twee gelinieerd en twee met ruitjes. Daarnaast heeft hij ook nog een boekhoudschrift met harde kaft bij zich, en natuurlijk de nodige pennen en inkt. Plus potloden, een puntenslijper en een gum. Niemand zal kunnen zeggen dat hij zich niet goed heeft voorbereid.

Overdag zal het vast druk zijn in de handelsschool, maar nu is het er rustig. De avondlessen vinden plaats in een groot lokaal aan de achterkant van het gebouw, waar de houten banken en het krijtbord een vertrouwd schoolgevoel geven.

Hoewel hij ruim op tijd is, zitten er al een tiental andere mannen en een paar vrouwen, sommigen van zijn leeftijd en anderen aanzienlijk ouder. Allemaal hebben ze dezelfde gedreven oogopslag: ze zijn hier om te leren, om te groeien, net als hij.

Met deze mensen zal hij de komende maanden lessen volgen en misschien wat groepsopdrachten moeten uitvoeren. Hij kijkt om zich heen. Zijn blik wordt door een enkeling beantwoord met een vriendelijk knikje, anderen kijken strak en soms nerveus voor zich uit.

Pieter heeft inmiddels de benodigde boeken besteld en de informatiefolders van zijn opleiding grondig doorgewerkt. Hij weet wat er van hem verwacht wordt. De komende maanden zal hij, naast zijn dagelijkse werk in de fabriek, vrijwel elk vrij moment moeten besteden aan zijn studie. Wat inhoudt dat hij erg weinig tijd zal overhouden voor vrienden en ontspanning.

Het is een rigoureus schema, maar tegelijkertijd ook een uitdaging die Pieter bewust en gretig aangaat. Hij kijkt ernaar uit om de nieuwe informatie die hij krijgt te kunnen verbinden met de praktijk van het familiebedrijf.

De docent, meneer De Jong, is een oudere man met een schat aan ervaring in het bedrijfsleven. Hij begint de eerste lesavond met een overzicht van wat ze in zijn verschillende lesblokken zullen gaan leren: de principes van bedrijfsvoering, de basisbeginselen van financieel beheer en een introductie in de wereld van promotie voor bedrijven en organisaties van verschillende grootte.

Pieters pen danst over het papier van zijn schrift. Hij schrijft elke uitspraak, elke anekdote op, bang om iets belangrijks te missen.

37

Fieke

Zaandam, donderdag 19 september 1912

Fieke is er nogal van geschrokken hoe verschillend de gesprekken van Noor en Annabel met hun ouders zijn verlopen. Daarom heeft ze het voor zich uit geschoven om tegenover haar eigen ouders te beginnen over haar toekomst.

Vanavond zijn haar twee jongere zusjes na het eten naar hun kamer gegaan om huiswerk te maken, dus ziet ze haar kans schoon. Nadat ze samen met haar moeder de afwas heeft gedaan, wacht ze tot de koffie geserveerd is voordat ze in de woonkamer bij haar ouders op de bank gaat zitten.

'Mama, Papa,' begint ze, terwijl ze haar handen om haar koffiekopje vouwt, 'ik heb de laatste tijd veel nagedacht over mijn toekomstplannen. Annabel en Noor hebben daar de afgelopen weken met hun ouders over gepraat, dus leek het me goed om dat ook te doen.'

Fiekes vader leunt achterover in zijn stoel, met een blik van aandachtige nieuwsgierigheid op zijn gezicht. De glimlach op het gezicht van haar moeder is voor Fieke een aanmoediging om door te gaan.

'Jullie hebben altijd gezegd dat ik mijn hart moet volgen, zelfs als ik nog niet precies weet wat dat inhoudt,' vervolgt Fieke. 'Eerlijk gezegd weet ik het nog steeds niet helemaal, terwijl het eindexamen dit jaar al is. Ik heb bedacht dat ik me moet richten op waar ik goed in ben, zoals jullie me altijd hebben aangeraden. Toen ik daar verder over nadacht, besefte ik dat ik meer wil leren over tekenen en schilderen. Over kunst.'

Het woord 'kunst' blijft even in de lucht hangen. Daarom gaat Fieke snel verder, met een stem die zacht, maar vastberaden is.

'Daar heb ik het een paar weken geleden al over gehad met juffrouw Mulder, de tekenlerares. Die zegt dat ik eerst mijn techniek zal moeten verbeteren, voordat ik verder kan gaan in die richting.'

'En wat zou je dan willen?' vraagt haar moeder.

'Misschien kan ik uiteindelijk wel naar een kunstschool of een academie in Amsterdam. Maar dan moet ik wel een stuk verder zijn dan nu, want daarvoor gelden hoge toelatingseisen. Dan moet ik eigenlijk al een portfolio hebben om te laten zien. Die heb ik nu nog helemaal niet.'

Haar ouders kijken elkaar even aan.

'Fieke, lieverd,' zegt haar moeder ernstig. 'Voor ons is altijd maar één ding echt belangrijk geweest: dat jij en je zusjes gelukkig zijn en dat jullie je dromen kunnen volgen. Laten we kijken hoe we dit kunnen realiseren. Binnen onze mogelijkheden.'

Haar vader knikt.

'We hebben altijd geweten dat er iets speciaals in jou schuilt, meisje. Jouw creativiteit, de manier waarop jij naar de wereld kijkt... dat is uniek. Het laatste wat wij willen, is die vonk in jou doven, maar we moeten er wel realistisch in zijn wat wij als gezin aankunnen.'

'We zijn niet rijk, maar proberen jullie wel te geven wat binnen onze mogelijkheden ligt,' gaat haar moeder verder.

'Dat weet ik heel goed,' antwoordt Fieke. 'En dat waardeer ik ook enorm.'

'Misschien zijn er beurzen of fondsen die jonge kunstenaars ondersteunen,' oppert haar vader, steevast op zoek naar praktische oplossingen. 'Ook kunnen we rondkijken of er hier in de buurt betaalbare tekenlessen zijn. Het hoeft natuurlijk niet meteen een kunstacademie in Amsterdam te worden.'

'Precies,' valt Fiekes moeder hem bij. 'Misschien zul je zelf ook een bijdrage moeten leveren. Om te beginnen nu iets wat je naast je schoolwerk kunt doen, of in het weekend? Dat zou je niet alleen helpen om te sparen voor je lessen, maar je ook alvast waardevolle ervaring en zelfstandigheid geven.'

Fieke glimlacht, blij dat haar ouders haar plannen serieus nemen en proberen haar verder te helpen.

'Dat lijkt me een goed idee. Dan zou ik bijvoorbeeld in de weekeinden in een winkel kunnen gaan werken. Daar zal ik wel niet veel mee verdienen, maar alle beetjes helpen. Zo kan ik dan misschien alvast gaan beginnen met tekenlessen.'

Haar vader antwoordt: 'Dat lijkt me een goed plan, Fieke. Ik vind het bewonderenswaardig dat jij je hier zo voor wilt inzetten.'

'Precies, lieverd,' valt Fiekes moeder hem bij. 'Natuurlijk zullen we je helpen waar dat maar kan. We hebben wat gespaard, en we kunnen samen kijken naar mogelijkheden voor passend werk in het weekeinde.'

'Misschien bij een kruidenier, of bij een boekhandel in de stad,' stelt haar vader voor. 'Die zijn vaak op zoek naar hulpen op de zaterdagmiddag.'

'En ik zal met mevrouw Janssen van het naaiatelier gaan praten,' belooft haar moeder. 'Die vertelde me pas dat ze soms wat extra handen kan gebruiken voor kleine taken.'

Fieke is dankbaar voor de suggesties.

'Dat klinkt goed. Ik zal zelf morgen beginnen met rondvragen. Dan maak ik ook een briefje om mijn diensten aan te bieden voor tekenwerk of klusjes.' Ze wordt meteen enthousiast bij het idee dat ze haar tekenvaardigheden zou kunnen inzetten, al is het maar op kleine schaal. 'Misschien kan ik wat bijverdienen door portretten te tekenen of speciale wenskaarten te maken.'

Haar ouders knikken instemmend bij dit creatieve initiatief.

'Dan zullen we meteen ook gaan kijken naar tekenlessen, hier in Zaandam. Dat zou een goede eerste stap zijn op weg naar de kunstacademie. Weet je daar trouwens al wat meer over?'

'Jazeker. Ik ben naar de bibliotheek gegaan en heb daar informatie opgezocht. In Amsterdam zit een opleiding voor kunstenaars, de Rijksacademie van Beeldende Kunsten. De toelatingseisen zijn heel streng, vooral als het gaat om tekenvaardigheden. Als ik me daar wil inschrijven, moet ik eerst "bewijzen van artistiek talent" kunnen laten zien, en waarschijnlijk ook een toelatingsexamen afleggen. O ja, het schoolgeld is nogal hoog.'

Omdat ze ziet dat haar ouders schrikken bij die laatste mededeling, vervolgt ze snel: 'Natuurlijk begrijp ik ook wel dat daar nog kosten bij komen, voor het huren van een kamer en voor levensonderhoud. Daarom had ik al bedacht dat ik na mijn eindexamen ga werken, eerst hier in Zaandam en later in Amsterdam, zodat ik dan al vlak bij de opleiding zit. Op die manier moet ik genoeg geld bij elkaar krijgen om die opleiding te kunnen volgen. Als ik aangenomen word, tenminste.'

'Daar heb je goed over nagedacht, Fieke,' vindt haar vader. 'We zullen je zo veel mogelijk helpen, en we zijn er echt trots op dat je op deze manier je eigen weg zoekt.'

'Maar dan wel stap voor stap,' waarschuwt haar moeder, voorzichtig als altijd. 'Richt je nu eerst maar eens op het vinden van dat zaterdagmiddagbaantje, op je tekenlessen en op het succesvol afronden van je school. De rest komt daarna wel.'

Fieke glimlacht.

'Ik kan jullie niet genoeg bedanken. Al weet ik dat het niet makkelijk zal zijn en dat er veel van me verwacht wordt, ik ben blij dat jullie achter me staan. Dat maakt alles een stuk minder beangstigend.'

Haar vader staat op, loopt naar haar toe en legt geruststellend een hand op haar schouder.

'Wij geloven in je, Fieke, we zijn er zeker van dat jij geweldige dingen gaat bereiken. Onthoud dat hard werken en doorzettingsvermogen de sleutel zijn en dat je, ongeacht wat er gebeurt, altijd een thuis hebt om naar terug te komen.'

Ook haar moeder staat op. Ze omhelst Fieke en zegt: 'Vergeet niet om onderweg ook een beetje plezier te maken. Het leven is niet alleen studeren en werken. Vind tijd voor je vrienden, voor je kunst, en voor alle andere dingen die je gelukkig maken.'

Fiekes onderlip begint te trillen en ze voelt tranen branden in haar ooghoeken.

'Dank jullie wel,' brengt ze gesmoord uit, terwijl ze haar hoofd tegen haar moeders schouder drukt.

38

Noor

Zaandam, vrijdag 20 december 1912

Het vriest al bijna een week hard en er ligt een dikke laag sneeuw. 's Middags hebben De Drie Vriendinnen vervroegd vrij gekregen. Om het begin van de kerstvakantie en de vrijheid van hun schoolverplichtingen te vieren, gaan ze samen naar de kerstmarkt in hartje Zaandam. Gehuld in warme jassen, met sjaals om hun nek en handschoenen aan, komen ze aan op het marktplein, dat voor de gelegenheid feestelijk is getransformeerd.

Overal staan sfeerrijke kraampjes, versierd met lichtjes en dennentakken. Er wordt van alles in verkocht, van kerstdecoraties en geschenken tot heerlijke lekkernijen, zoals poffertjes, oliebollen, kerstkransjes en warme chocolademelk. Het ruikt er naar dennennaalden, gloeiwijn en van die onweerstaanbare zoete wafels.

Het sneeuwvrij geveegde plein is levendig, vol mensen van alle leeftijden, die lachend langs de kraampjes wandelen en kinderen die opgetogen rondrennen. Er klinken liedjes van een koortje waarvan de leden kerstmutsen dragen.

Noor ondergaat het allemaal vrolijk. Ze houdt wel van deze donkere tijd van het jaar, als er vrijwel overal kleurige lichtjes zijn.

Al gauw trekt Fieke haar vriendinnen mee naar een kraam die haar aandacht heeft getrokken: een houten hutje vol handgemaakte kerstversieringen. Ze bewonderen het vakmanschap waarmee de houten figuurtjes, de glazen ornamenten en de gevlochten kransen vervaardigd zijn.

'Kijk eens naar die kleine engeltjes,' zegt Fieke, wijzend naar een groepje minutieus gesneden poppetjes.

Met haar gebruikelijke oog voor detail signaleert Annabel dat elke versiering een eigen verhaal lijkt te hebben, waardoor ieder figuurtje een ander onderdeel van de kerstsfeer symboliseert.

'Ik hou zo van kerst,' verzucht ze. 'Dan lijkt alles net iets magischer.'

Samen struinen ze door de menigte, van kraam naar kraam. De kerstmarkt in Zaandam mag dan kleiner zijn dan de beroemde markten in de grotere steden, voor hen heeft die elk jaar weer een eigen charme, versterkt door de gezelligheid van hun kleinstedelijke gemeenschap en de sprookjesachtige sfeer die Kerstmis met zich meebrengt.

Lachend staan ze bij een kraam met allerlei soorten en maten kerstmutsen, waar ze elkaar proberen te overtuigen wie welke rare muts moet kopen. Natuurlijk kopen ze er uiteindelijk niet een, want geen van hen wil er belachelijk uitzien.

Net als veel van hun stadsgenoten maken ze een stop bij een kraam die versgebakken stroopwafels aanbiedt, nog warm en kleverig. De geur ervan alleen al is genoeg om het water in je mond te brengen, vindt Noor.

'We willen één zo'n heel grote delen met ons drieën,' zegt ze tegen de verkoper, die druk in de weer is met een groot, ronddraaiend wafelijzer.

De Drie Vriendinnen kijken toe hoe de man hun stroopwafel ter grootte van een pannenkoek behendig bereidt, waarbij hij de rijke, goudkleurige stroop perfect tussen de twee dunne lagen wafel smeert. Het eindresultaat snijdt hij voor hen in drie gelijke stukken. Elke hap ervan smelt in hun mond, een zoete traktatie in de vrieskou.

Als ze een kraam passeren met een breed aanbod aan zelfgebreide wanten en sjaals, weet Noor al wat er zal gebeuren. En jawel: Fieke, met haar zwak voor ambachtelijk werk, kan het niet laten om de verschillende patronen en kleuren te bewonderen.

'Deze zijn perfect voor de lange wintermaanden,' merkt ze op, terwijl ze een paar zachte wollen wanten aanpast.

Hoewel Fieke nog aan het afrekenen is, gaat Annabel alweer door naar een volgende kraam, die vol staat met huisgemaakte potten jam en honing.

'Moet je zien, ze hebben braambessenjam,' roept ze enthousiast, wijzend naar de rijen kleurrijke potten. 'Die is zo lekker!'

Ze besluiten een pot te kopen om te delen, omdat ze nieuwsgierig zijn naar de smaak. Annabel doet die in haar zak en belooft de inhoud ervan thuis voor hen te verdelen over drie kleinere potjes.

Al lopend en rondkijkend praten ze natuurlijk ook over school.

'Dit eindexamenjaar is toch zwaarder dan ik verwacht had,' vertelt Noor. 'Daarom ben ik wel blij dat we het eerste deel nu achter de rug hebben. Ik kijk uit naar wat er na de examens gaat komen. Daar heb ik echt zin in.'

'Ik begrijp wat je bedoelt,' zegt Fieke. 'Nu ik ben begonnen met mijn zaterdagwerk en de tekenlessen, wordt het ineens allemaal veel echter. Ik merk dat ik beter en creatiever word, nu ik zo aan mijn techniek werk. Dat geeft me veel vertrouwen, ook al ben ik er natuurlijk nog lang niet.'

Het is aan Annabel te zien dat ze een beetje onrustig wordt door dit gesprek, dus vragen ze haar ernaar.

'Als ik jullie zo hoor, voel ik me een beetje verloren,' geeft ze toe. 'Jullie krijgen van je ouders alle kansen die je wilt, en ik... ik zal me moeten schikken naar de verwachtingen die mijn vader van me heeft.'

Daarbij kijkt ze zo somber, dat het Noor een goed idee lijkt om voor te stellen wat warme chocolademelk te gaan drinken. Ze kopen een paar bekers vol en gaan zitten op een houten bank aan een houten tafel, waar de uitbaters van de kraam theedoeken over hebben uitgespreid.

Het duurt niet lang voordat Annabel weer het hoogste woord heeft.

'Hé, hebben jullie al gehoord dat Bram verloofd is?' vraagt ze, op een haast samenzweerderige toon. 'Met Cora, dat meisje met wie hij al wat heeft sinds de eindexamenfeesten. Ik kwam erachter via Laura, die het van haar broer hoorde.'

Fieke reageert met een verrast 'Echt waar?', maar haar blik zoekt meteen die van Noor.

Noors eerste gedachte is: *dat had Pieter me weleens mogen vertellen. Maar ja, die is de laatste tijd avond aan avond zo druk met zijn avondopleiding, zowel met de lessen als met het huiswerk, dat hij nauwelijks meer tijd heeft voor zijn vrienden.*

Ze kan niet ontkennen dat het nieuws over Brams verloving haar steekt. Hoewel ze weet dat haar gevoelens voor Bram iets uit het verleden zijn, iets wat ze achter zich heeft gelaten, brengt dit bericht toch een oud verdriet naar boven.

Even valt er een ongemakkelijke stilte.

Omdat Noor zich ervan bewust is dat haar vriendinnen willen zien hoe ze reageert, zegt ze met een zo vast mogelijke stem: 'Daar had ik geen idee van. Ik wens ze het beste.'

Die woorden meent ze oprecht, al kost het haar wel moeite om ze uit te spreken.

'Ja, het is voor iedereen een verrassing,' zegt Annabel. 'Ik denk dat ze de periode vlak voor kerst een mooi moment vonden om het bekend te maken.'

Fieke, die altijd probeert om de sfeer licht te houden, wisselt snel van onderwerp.

'Weten jullie al van meneer Van der Linden en zijn hond?'

Waarna ze uitgebreid een luchtige anekdote vertelt over een van hun leraren, die samen met zijn trouwe huisdier in de Zaan terecht was gekomen.

Noor schenkt haar een dankbare glimlach.

Het ene grappige verhaal lokt het andere uit en ze lachen alle drie vrolijk.

Ineens pakt Fieke een hand van zowel Noor als Annabel vast.

'Weet je,' zegt ze zacht, zodat de mensen om hen heen het niet kunnen horen. 'Ik ben altijd zo blij als ik met jullie tweeën ben.

Wij delen alles, in goede en slechte tijden. Wat er ook gebeurt, wat er na dit jaar ook voor veranderingen of verrassingen in ons leven komen, we hebben elkaar. Dat is het belangrijkste.'

Geraakt kijkt Noor haar aan.

'Je hebt gelijk,' antwoordt ze. 'Ik zou niet weten wat ik zonder jullie zou moeten.'

Annabel knikt instemmend.

'Laten we afspreken dat we er altijd zullen zijn voor elkaar, door dik en dun. Wie weet wat de toekomst brengt? Misschien wachten er wel geweldige dingen op ons.'

De schemering valt in en de markt begint langzaam leeg te lopen. Omdat hun chocolademelk op is, leveren De Drie Vriendinnen hun bekers in en besluiten ze dat het tijd wordt om naar huis te gaan.

Aan de rand van het plein pakken ze elkaar nog even vast in een groepsomhelzing en spreken ze af om elkaar morgen weer te zien, 's middags op de ijsbaan. Daarna gaan ze alle drie hun eigen weg door de sneeuw.

Op weg naar huis bedenkt Noor dat ze zich, na het onverwachte nieuws over Bram, toch gesterkt voelt door de steun van haar vriendinnen. Hun vriendschap is voor haar een anker, een vast punt in een wereld vol veranderingen.

39

Annabel

Zaandam, vrijdag 20 december 1912

Annabel stapt Huize Van Loon binnen, haar wangen rood van de vrieskou en haar humeur vrolijk door de gebeurtenissen op de kerstmarkt. Ze schudt de sneeuwvlokken van zich af en hangt haar jas en muts aan de kapstok.

Vanuit de woonkamer komt de geur van dennentakken en het brandende haardvuur haar uitnodigend tegemoet. Haar moeder weet rond de feestdagen altijd een gezellige sfeer te creëren in het grote huis.

Bij binnenkomst wordt ze getroffen door een opvallende stilte. Er klopt iets niet, weet ze meteen. Normaal gesproken zitten haar vader en moeder voor de maaltijd bij het haardvuur en de kerstboom te praten en te lachen. Met een licht verontrust gevoel in haar buik gaat ze naar de eetkamer.

In het schemerige licht van de moderne eetkamer zitten haar ouders al aan tafel. De sfeer is bedrukt. Er volgt geen warme begroeting, ze vragen niet hoe het op de kerstmarkt is geweest. In plaats daarvan ontvangen ze haar met afgemeten knikjes, zonder een spoor van de gebruikelijke jovialiteit.

Stil neemt Annabel bij hen plaats. Ze durft niet goed te vragen wat er is, bang dat het om iets ergs gaat. Koortsachtig probeert ze te bedenken of ze misschien iets verkeerds heeft gedaan.

Ellis, het dienstmeisje, serveert haastig het eten en maakt zich dan direct uit de voeten. De stilte is gruwelijk. De moeder van Annabel probeert een glimlach te forceren, maar haar ogen lachen niet mee. Van het vrolijke karakter van haar vader is niets te zien; hij houdt zijn blik strak op zijn bord gericht en eet met hoekige bewegingen.

Vragend kijkt Annabel naar haar ouders, op zoek naar een aanwijzing voor wat er aan de hand is. Ze heeft geen idee. Gisteravond zaten ze nog levendig te praten over de plannen voor vandaag en voor de kerst, maar het enige wat nu te horen is, zijn de geluiden van het bestek op de borden.

Alle drie gebruiken ze de avondmaaltijd mechanisch, alsof ze mijlenver van elkaar verwijderd zijn, opgesloten in hun eigen wereld, met onzichtbare muren tussen hen in.

Tot twee keer toe probeert Annabel de sfeer te breken met een luchtige opmerking over de kerstmarkt, maar het is alsof haar woorden vervliegen in de ruimte tussen hen, zonder echt gehoor te vinden.

Haar moeder schuift wat afwezig met het voedsel op haar bord, zonder echt te eten. Deze lieve vrouw, die altijd het hart van dit huis is, de stuwende kracht van het gezinsleven, zit met een verloren blik voor zich uit te kijken.

En haar stoere vader, doorgaans een bron van vrolijkheid en soms scherpe humor, hult zich met een strak, ondoorgrondelijk gezicht in stilzwijgen.

Ellis ruimt de borden af en trekt zich terug. Vreemd genoeg lijkt de lucht in de kamer daardoor alleen nog maar dikker te worden, geladen met onuitgesproken emoties. Annabels hart is zwaar van een ondefinieerbare angst, nu ze naar haar ouders kijkt. Wat is de oorzaak van deze plotselinge verandering in hun gedrag?

Ineens staat haar vader op. Zijn stoel schuift hard achteruit over de houten vloer. Zonder een woord te zeggen beent hij de eetkamer uit, met gespannen schouders. Boven horen ze de deur van zijn studeerkamer met een klap achter hem dichtslaan.

Zijn norse actie maakt een even abrupt einde aan de stilte.

Annabels moeder laat haar hoofd vooroverzakken. Haar lichaam schokt van de ingehouden snikken.

Annabel hurkt bij haar neer en slaat een arm om haar schouder.

'Mam, wat is er?' vraagt ze met trillende stem. 'Waarom is Papa zo... Waarom huil je?'

Haar moeder kijkt op, haar ogen rood en betraand.

'Het is Gerard,' vertelt ze, diep verdrietig. 'Hij komt met kerst niet naar huis. Je weet wel waarom.'

Annabels hart slaat een slag over. Ze weet hoe complex en pijnlijk de relatie met Gerard toch al is, maar dit zorgt voor een heuse familiecrisis.

Het pijnlijkst is dat in de woorden van haar moeder een bijna verwijtende toon doorklinkt. Alsof Annabel hier de oorzaak van is. Een lang onderdrukt schuldgevoel borrelt bij haar op.

Even blijft ze bij haar moeder zitten, maar als die alleen maar zachtjes doorgaat met snikken, mompelt ze een verontschuldiging en vlucht ze naar haar kamer.

Daar ploft ze verslagen neer op de rand van haar bed. Vanuit haar openstaande kast komt de indringende geur van lavendel, die haar moeder altijd tussen het linnengoed legt. Haar kamer is Annabels heiligdom, haar plek van rust en persoonlijke ruimte, maar zelfs hier voelt ze nu de beklemmende sfeer die aan tafel heerste.

Ze sluit haar ogen, perst haar lippen op elkaar en denkt terug aan de gebeurtenissen die hebben geleid tot deze rotsituatie. Aan die ene impulsieve daad van haar, die het gezin tot op de dag van vandaag achtervolgt.

Het was twee jaar geleden gebeurd, in het jaar van Gerards eindexamen. Een klasgenote die een broer had die bij Gerard op school zat, vertelde Annabel dat Gerard verkering had. Niet met zomaar een meisje. Nee, met Monica de Bruin. De dochter van Anton de Bruin, de directeur van de Algemeene Zaansche Oliepers Coöperatie. Dat was nu net de grootste concurrent van het bedrijf van hun eigen vader.

Natuurlijk was Annabel toen ook een paar jaar jonger. Ze was al wel geïnteresseerd in jongens, maar daar bleef het bij. Als ze er nu op terugkijkt, ziet ze het zelf als een daad van kinderlijke wrok tegen haar broer, jaloezie misschien. Ze hield zich voor dat het vertellen van de waarheid het belangrijkst van alles was, al is ze daar nu niet meer zo zeker van.

Hoe dan ook: ze had haar vader ingelicht over Gerards geheime relatie met de dochter van zijn concurrent. Indertijd had ze de naïeve overtuiging gehad dat ze daarmee het juiste deed, dat ze opkwam voor de belangen van hun familiebedrijf en daarmee ook voor die van hun hele gezin.

Nadat bleek wat haar onthulling voor gevolgen had, zou ze die graag ongedaan hebben gemaakt. Maar toen was het al te laat.

Haar vader was altijd zo trots op Gerard geweest: zijn zoon deed het uitstekend op school en was zijn beoogde opvolger in het bedrijf. Nu hij hoorde dat Gerard een relatie had met de dochter van een man met wie hij een groot conflict had, en daar ook nog eens stiekem over gedaan had, ontstak hij echter in grote woede en verweet hij zijn zoon niets minder dan verraad. Hij dwong hem om de relatie onmiddellijk te beëindigen en behandelde hem nog wekenlang als een verstoteling.

Gerard, die altijd zo aanwezig en levendig was, werd een schim van zichzelf. Hij hield zich afzijdig, nam nauwelijks meer deel aan de gesprekken. Na zijn eindexamen was hij vrijwel direct naar Leiden vertrokken, om daar te gaan studeren. Vanzelfsprekend betaalden hun ouders zijn studie nog wel, maar de afstand tussen de oudste zoon en de rest van het gezin was onoverkomelijk geworden.

De woede en de teleurstelling van haar vader waren niet zo erg geweest als de afkeer die Gerard sindsdien tegenover haar getoond had. Hij vermeed en negeerde haar volkomen, de spanning hing als een dikke mist tussen hen in.

Annabel beseft maar al te goed dat ze haar broer pijn heeft gedaan. Ze heeft zijn hart gebroken en zijn toekomstplannen geruïneerd. Haar jeugdige fout heeft onomkeerbare gevolgen gehad, omdat ze Gerards ooit zo hechte band met zijn familie volkomen uiteen heeft laten vallen.

Een stille traan loopt over haar wang.

'Annabel, je moet het proberen goed te maken!' zegt ze hardop. Ook al is ze er allerminst zeker van dat dit haar ooit nog zal lukken.

Nadenkend haalt ze het potje braambessenjam tevoorschijn, een behoorlijk gewicht in de zak van haar vest. De jam moet ze nog in drie gelijke porties verdelen, voor Fieke en Noor. Haar vinger gaat over het lint dat om de deksel zit.

'Wij delen alles, in goede en slechte tijden,' mompelt ze.

Misschien is het wel goed als ze haar vriendinnen er toch van op de hoogte stelt wat er gebeurd is tussen Gerard en haar. Noor en Fieke weten wel dat Gerard door Papa gedwongen werd om zijn verkering met Monica de Bruin te beëindigen, maar niet dat zijzelf haar broer verklikt heeft. Waarom de situatie bij haar thuis nu zo naar is. Hoe het komt dat de vervelende spanningen binnen haar familie steeds verder oplopen. Als ze dat vertelt, lucht het haarzelf vast op, en ze weet zeker dat haar twee vriendinnen haar zullen steunen.

Toch schaamt ze zich er stomweg te veel voor om dit allemaal uit te spreken. Zelfs tegenover Fieke en Noor.

40

Noor

Zaandam, vrijdag 20 december 1912

Als Noor terugkomt van de kerstmarkt, zijn Vader en Pieter er ook al. De hele woonkamer baadt in het vrolijke licht van kaarsen en geurt naar de dennenboom en de aan de muren hangende dennentakken.

De tafel is al gedekt, maar het eten moet nog even wachten, want Vader schenkt eerst glazen met mousserende wijn in. Ook een glas voor Noor, wat anders alleen op feestdagen voorkomt.

'Pieter heeft belangrijk nieuws,' kondigt Vader aan. 'Hij wil ons iets laten zien.'

Noor kijkt benieuwd naar Pieter, die uit zijn aktetas een koker tevoorschijn haalt, waaruit hij een opgerold vel dik papier trekt, dat hij vervolgens omhooghoudt. Het is een getuigschrift, met daarop geschreven zijn naam, in sierlijke letters.

'Ik heb het eerste lessenblok van mijn avondopleiding gehaald,' vertelt hij, zichtbaar trots.

'Geweldig, jongen!' roept Moeder opgewonden, waarna ze hem zo onstuimig omhelst, dat de wijn bijna over de rand van zijn glas klotst. 'Een geweldige prestatie!'

Ook Noor kust hem.

'Goed gedaan, Pieter!' zegt ze, oprecht blij.

Haar vader neemt het getuigschrift van zijn zoon over en bekijkt het glunderend.

'Dit is een tastbaar bewijs van jouw harde werk en toewijding!' vindt hij.

Pieters gezicht is één grote glimlach.

'Dit is nog maar het begin,' kondigt hij aan. 'De afgelopen maanden zijn veeleisend geweest, maar het voelt goed om dit eerste deel afgerond te hebben. Ik heb zoveel geleerd en in het nieuwe jaar ga ik door met deze opleiding. Echt, ik verheug me er enorm op om al deze nieuwe kennis toe te passen in ons familiebedrijf.'

Hij heft het glas. Allemaal klinken ze en nemen een slok.

'Dit is een mijlpaal op het traject van een lange reis, zoon,' zegt Vader ontroerd. 'Ik wil graag drinken op de groei van ons bedrijf en op de vele zakelijke successen die nog komen gaan, na de verhuizing. Jij bent de toekomst van ons bedrijf, Pieter. Ik zou niet weten wat ik zonder jou moet.'

Staand voor de kerstboom heffen ze andermaal het glas en drinken ze op Pieter.

Al pratend gaan ze aan tafel. Ook onder het eten raakt Pieter niet uitgepraat over zijn ideeën voor het bedrijf, waar hij grote plannen voor heeft. Allemaal luisteren ze aandachtig.

Noor kijkt naar haar ouders en de trotse uitdrukking op hun gezichten. Er gaat een geweldige golf van verbondenheid door haar heen. Zelden heeft ze zich zo één gevoeld met de rest van het gezin.

41

Fieke

Aan de noordkant van Zaandam, zaterdag 21 december 1912

Op de kerstmarkt hebben ze afgesproken dat ze de volgende dag zullen gaan schaatsen. Nu kan het nog, want de dooi zet inmiddels in, al ligt de schaatsbaan op de Zaan er nog mooi bij. Maar als het zo doorgaat, hebben ze straks geen witte kerst.

Tussen de middag hangt er een frisse, bijna voorjaarsachtige geur in de lucht. Het ijs van de glinsterende ijsbaan is nog stevig genoeg om de massaal opgekomen schaatsers te kunnen dragen.

Fieke is bijna een uur te vroeg voor hun afspraak, zodat ze eerst een paar rondjes in haar eentje kan rijden, voordat haar vriendinnen komen. Wat haar betreft mag het weer stevig gaan vriezen, want zij vindt dit de perfecte besteding van haar kerstvakantie.

Omdat ze haar bontgekleurde winterjas, een paar wanten en een dikke sjaal draagt, voelt Fieke weinig van de decemberkou. Ze heeft twee paar sokken over elkaar aangetrokken, zodat haar schoenen nog maar net dicht konden. De eerste slagen op haar Friese doorlopers zijn wat onwennig, maar al gauw zwiert ze over het ijs.

Bij het uitrijden van haar tweede rondje ziet ze haar vriendinnen. Ze zitten druk te praten op de oever, terwijl ze hun schaatsen aantrekken.

Fieke glimlacht bij de aanblik van Annabels kunstschaatsen.

Wat is ze toch een aanstelster! Alsof zij met die dingen pirouettes en andere figuren kan rijden. Ze kan Noor en haarzelf nauwelijks bijhouden!

'Kijk eens!' zegt Noor, achter zich wijzend.

Ze heeft een slee meegenomen, waarop twee tassen zitten vastgesnoerd. Uit de ene tas komen twee thermosflessen met warme chocolademelk, uit de andere een volle trommel met kerstkransjes en andere koekjes, die Noors moeder voor hen gebakken heeft. De Drie Vriendinnen besluiten om eerst wat te gaan rijden, voordat ze daaraan beginnen.

In vergelijking met het tempo dat Fieke in haar eentje aanhield, gaan ze met z'n drieën langzaam rond. Dat komt vooral door Annabel, die voortdurend zwaait naar bekenden en soms ook snel een paar woorden met hen wisselt, terwijl de twee anderen ongeduldig wachten om door te kunnen rijden.

Fieke is vastbesloten zich daar niet aan te ergeren. Ze is aan het schaatsen, dus wat wil ze nog meer? De frisse winterlucht, de schoonheid van de nu nog met sneeuw bedekte oevers van de Zaan: daar wordt ze elk jaar weer ontzettend vrolijk van.

Na een uurtje ploffen ze neer op de oever bij de plek waar ze de slee hebben geparkeerd, waar nu ook de schoenen van Annabel op liggen. Ze nemen een beker met nog behoorlijk warme chocolademelk en elk een paar koekjes.

Terwijl ze daar al pratend van zitten te genieten, houden ze in de gaten wie er voorbijkomen. Fiekes blik gaat naar Bram, die hand in hand langsrijdt met een jonge vrouw van een jaar of achttien. Haar donkere haren komen onder een elegant rood ijsmutsje uit en boven haar roodgele sjaal parelt een vrolijke lach. Bram ziet er gelukkig uit.

Noor niet, merkt Fieke al snel. Ze bijt op haar lip, nu ze die twee nakijkt.

Meteen schuift Fieke wat dichter naar haar toe en slaat een arm om haar schouder. Annabel draait zich naar hen toe en Fieke werpt haar een ernstige blik toe, om te laten weten dat ze nog niet vergeten is wat Annabels rol is geweest in de mislukte romance tussen Bram en hun vriendin.

Maar al gauw is de sfeer weer vrolijk en wisselen ze rondjes schaatsen af met het consumeren van de rest van de chocolademelk en alle koekjes.

Intussen is Noors broer Pieter al een paar keer langsgereden en heeft hij naar hen gezwaaid. Nu ze weer op de oever zitten, komt hij zelfs naar hen toe.

'Ha, dames,' groet hij opgeruimd. 'Vermaken jullie je een beetje?'

'Lekker schaatsen,' zegt Noor. 'Wat wil je nog meer?'

Annabel schenkt hem haar liefste glimlach.

'Gefeliciteerd, Pieter. Noor vertelde dat jij een diploma hebt behaald.'

'Ja, gefeliciteerd,' valt Fieke haar bij.

Pieter grijnst breed.

'Het is maar een getuigschrift van mijn eerste blok avondopleiding, hoor. Maar toch bedankt.' Dan buigt hij zich naar Annabel en steekt zijn hand uit. 'Zullen wij een rondje opleggen?'

'Graag,' antwoordt Annabel meteen, waarna ze zich door hem omhoog laat trekken.

Fieke werpt een stomverbaasde blik op Noor, terwijl Annabel door Pieter elegant het ijs op wordt geholpen, waarna ze hand over hand wegrijden.

'Wat krijgen we nou?' vraagt Fieke.

'Ik weet het ook niet,' moet Noor toegeven. 'Al vind ik het, eerlijk gezegd, wel grappig.'

Hun verbazing wordt zelfs nog groter als het tweetal na dat rondje nog een keer rondgaat, en daarna nog een keer.

Dan brengt Pieter Annabel terug naar haar vriendinnen. Hij maakt een galante buiging als groet, waarna hij wegrijdt.

Vol verwachting kijken Fieke en Noor naar hun vriendin.

Annabel kijkt Pieter nog even na en draait zich dan naar hen toe, met een grijns op haar gezicht die bijna triomfantelijk te noemen is.

'Zal ik jullie eens wat vertellen?' vraagt ze, om daar vervolgens direct aan toe te voegen: 'Ik ga morgen met Pieter een tochtje maken in een arrenslee.'

'Nee...' stamelt Noor verbijsterd.

'Jawel, hoor,' antwoordt Annabel vrolijk. 'En jullie mogen niet mee.'

Fieke trekt haar wenkbrauwen op, maar zegt niets.

42

Noor

Aan de noordkant van Zaandam, zaterdag 21 december 1912

'Wat lief! Dank u wel!' zegt Noor blij, als ze ziet wat haar moeder heeft klaargezet.

Omdat ze weet dat Noor vanmiddag met haar vriendinnen gaat schaatsen, heeft Moeder een paar thermosflessen met warme chocolademelk gevuld en zoveel koekjes gebakken dat ze er een hele trommel mee kon vullen.

Noor haalt de slee uit de schuur, waarna ze deze schatten er voorzichtig op vastbindt. Dan roept ze een groet naar haar moeder en vertrekt ze naar de schaatsbaan ten noorden van de stad, waar ze ieder jaar wel een paar heerlijke dagen doorbrengen.

Het is al behoorlijk druk, ziet ze bij aankomst. Aan de overkant van de baan rijdt Fieke in haar eentje, zoals ze dat wel vaker doet.

Noor zet haar slee bij de oever van de Zaan en gaat ernaast zitten om haar schaatsen aan te doen. Even later staat Annabel naast haar.

'Hoi, is Fieke al aan het schaatsen?' vraagt ze.

'Wat dacht jij dan?' Noor knikt lachend in de richting van hun vriendin, die duidelijk herkenbaar is in haar felgekleurde jas. 'Die heeft ons helemaal niet nodig om zich hier te vermaken.'

Toch komt Fieke al naar hen toe terwijl ze hun schaatsen nog aan het aantrekken zijn.

Noor wijst naar de slee.

'Kijk eens!' zegt ze trots.

Haar vriendinnen zijn zeer te spreken over deze traktatie van Noors moeder. Ze besluiten om eerst wat te gaan schaatsen voordat ze erop aanvallen.

Het is de eerste keer dat Noor rijdt dit jaar. Het ijs ligt er nog maar kort, al heeft het hard gevroren. In de laatste schoolweek was het gewoon te vroeg donker om nog te gaan schaatsen, en nu zet de dooi alweer in, net nu hun kerstvakantie is begonnen.

Niet getreurd, zegt ze tegen zichzelf. *In januari of zeker in februari komt er vast nog wel een vorstperiode. Op Hollandse winters kun je rekenen.*

Echt hard doorrijden is er niet bij, maar dat wist ze van tevoren al. Annabel zorgt, zoals gewoonlijk, voor oponthoud, omdat ze altijd tegen iedereen wat wil zeggen.

Noor ademt de scherpe winterlucht in en voelt de spanning van de afgelopen schoolweken van zich afglijden. De kerstmarkt van gisteren was al een welkome afleiding, maar schaatsen in het besneeuwde landschap van de Zaan laat pas echt een frisse wind door je hoofd waaien.

Veel te snel naar Noors zin gaan ze weer op de kant zitten, al biedt dat haar de mogelijkheid om uit te delen wat er op de slee ligt te wachten.

Ze spoelt net de laatste kruimels van een koekje weg met een slok chocolademelk, als er een schok door haar heen gaat. Ineens komt Bram voorbij schaatsen. Hij houdt de hand vast van een zo te zien erg mooi meisje. Dat moet Cora zijn, beseft ze. Het lijkt wel alsof ze over het ijs zweven.

Noor bijt op haar lip, nu ze bedenkt dat het nog maar een jaar geleden was dat Bram en zijzelf bijna... Maar dat 'bijna' was vervlogen, want hij wilde haar blijkbaar niet. Daar heeft ze zich al een tijd geleden bij neergelegd. Toch treft het zien van hem en Cora haar harder dan ze verwacht had.

Fieke schuift naar haar toe en slaat een arm om haar heen. Dat lieve gebaar van steun ontroert haar zo, dat ze daardoor haast echt in huilen uitbarst. Ze weet zich in te houden. Annabel kijkt ook naar haar, merkt ze.

Snel neemt ze nog een slok chocolademelk. Alsof er niets gebeurd is, praat en lacht ze met haar vriendinnen.

Alle koekjes gaan op, ziet ze, nadat ze nog wat geschaatst hebben. De chocolademelk natuurlijk ook. Dat zal haar moeder plezier doen.

Logischerwijs heeft ze Pieter al een paar keer zien langskomen. Hij is nu eenmaal een van de beste schaatsers van de stad. Tot haar verbazing rijdt hij nu recht naar de plek waar zij drieën zitten.

'Ha, dames. Vermaken jullie je een beetje?'

Hij klinkt heel vrolijk, wat niet zo raar is, want sinds hij gisteravond zijn getuigschrift heeft laten zien, is zijn glimlach niet meer van zijn gezicht weggeweest.

Dus antwoordt ze al even opgewekt: 'Lekker schaatsen, wat wil je nog meer?'

Annabel lacht naar hem met die innemende lach die ze reserveert voor jongens die ze leuk vindt.

'Gefeliciteerd, Pieter,' zegt ze. 'Noor vertelde dat jij een diploma hebt behaald.'

Ook Fieke feliciteert hem.

'Het is maar een getuigschrift van mijn eerste blok avondopleiding, hoor,' antwoordt Pieter, gemaakt bescheiden. 'Maar toch bedankt.'

Dan gebeurt er iets wat Noor niet had zien aankomen.

Hij biedt Annabel zijn hand en vraagt: 'Zullen wij een rondje opleggen?'

Annabel zegt direct: 'Graag.'

Pieter helpt haar omhoog en ze rijden samen weg.

Fieke is al net zo verbaasd als zij, want ze vraagt: 'Wat krijgen we nou?'

'Ik weet het ook niet,' stamelt Noor. 'Al vind ik het, eerlijk gezegd, wel grappig.'

Het wordt zelfs nog grappiger als Pieter niet één, maar drie rondjes handjeklap rijdt met Annabel, voordat hij haar weer bij hen tweeën aflevert. Daarna maakt hij ook nog een rare buiging.

Annabel draait zich met een stompzinnige grijns om naar Fieke en Noor.

Ze zegt uitdagend: 'Zal ik jullie eens wat vertellen? Ik ga morgen met Pieter een tochtje maken in een arrenslee.'

Noors mond valt open.

'Nee...'

Daar wordt de grijns van Annabel alleen nog maar breder van.

'Jawel, hoor. En jullie mogen niet mee.'

43

Annabel

Aan de noordkant van Zaandam, zaterdag 21 december 1912

Annabel loopt het hele eind vanaf Huize Van Loon door de sneeuw. Ze denkt nog steeds na over Gerards afzegging voor Kerstmis en de pijn die dat bericht veroorzaakt heeft in haar ouderlijk huis. Al voelt ze zich vreselijk schuldig, ze kan er stomweg niks aan doen.

Nu ze bij de schaatsbaan op de Zaan aankomt, ziet ze te midden van de drukte Noor op de oever zitten. Ze is bezig haar schaatsen onder te binden. Blijkbaar heeft ze een slee meegenomen, die achter haar staat. Als ze maar niet denkt dat Annabel haar gaat trekken, want daar begint ze niet aan.

Ze gaat naast haar staan en vraagt: 'Hoi, is Fieke al aan het schaatsen?'

Noor kijkt lachend op en wijst naar de overkant, waar Fieke net voorbij schaatst. 'Wat dacht jij dan? Die heeft ons helemaal niet nodig om zich hier te vermaken.'

Fieke is niet te missen, in die rare jas van haar, die eruitziet als een lappendeken. Wat ze er zo leuk aan vindt om alleen te schaatsen, zal Annabel nooit begrijpen.

Ze gaat naast Noor zitten en haalt haar schaatsen tevoorschijn. Gelukkig heeft zij niet van die lompe dingen die je onder je schoenen moet binden. Annabel vindt het onbegrijpelijk dat haar vriendinnen inmiddels ook geen kunstschaatsen hebben gekocht. Daar kun je tenminste mee voor de dag komen.

Nadat ze haar schoenen heeft uitgetrokken, zet ze die op de slee. Dan is die toch nog ergens goed voor. Vervolgens doet ze haar kunstschaatsen aan. Die zijn nu al twee jaar oud, dus beginnen ze wat te knellen. Daar moet ze het met haar vader over hebben. Als hij in een beter humeur is dan nu, natuurlijk. Dat zal wel na Kerstmis worden.

Fieke komt naar hen toe en Noor wijst naar de slee.

'Kijk eens!'

Annabel had niet gezien dat er in de tassen op de slee een trommel met koekjes en thermosflessen met chocolademelk zitten. Dat is niet slecht, moet ze toegeven.

Hoewel zijzelf er liever meteen wat van zou proeven, willen de anderen eerst schaatsen. Dus zit er weinig anders op dan met hen mee te gaan.

Op de baan komt ze een paar schoolgenoten en andere kennissen tegen, met wie ze maar kort kan praten, want Fieke en Noor staan natuurlijk alweer ongeduldig te wachten.

Het is bijna een jaar geleden dat Annabel geschaatst heeft en de schoenen van haar kunstschaatsen zitten niet echt lekker. Ze is blij dat haar vriendinnen er na een rondje of zes eindelijk mee instemmen om terug te gaan naar de slee om even rustig te zitten.

Met de chocolademelk en de koekjes kan ze nu dan toch eindelijk ongestoord kijken wie er allemaal rondrijden. Omdat het net kerstvakantie is en de dooi al begint, zijn er vanzelfsprekend veel stadsgenoten op het ijs. Ze signaleert diverse bekenden, onder wie Noors broer Pieter, die naar hen zwaait. Annabel zwaait terug – niet te enthousiast, want anders denkt hij er misschien wat van.

Even later komt Bram langsrijden. Hij houdt de hand vast van het meisje met wie ze hem eerder al gezien heeft op het eindexamenfeest. Die Cora weet zich wel te kleden, want ze heeft net zo'n getailleerde rode winterjas aan als Annabel zelf. Al draagt ze daar wel een vrij gewone sjaal bij, heel wat minder stijlvol dan haar eigen bontje.

Pas dan beseft ze dat het voor Noor misschien niet zo leuk is om Bram daar zo te zien langsrijden met zijn verloofde. Ze kijkt over haar schouder en ziet net dat Fieke haar arm om hun vriendin heen slaat. Daarna kijkt ze Annabel ook nog een moment doordringend aan, overduidelijk om het er even in te wrijven dat ze het niet vergeten is wat zij met die brief heeft gedaan.

Gelukkig gaat dat vervelende moment snel voorbij.

Na het volgende rondje schaatsen heeft Annabel er wel genoeg van. Ze gaat bij de slee zitten en is blij dat haar vriendinnen haar komen vergezellen. Al gauw hebben ze alle resterende chocolademelk en koekjes opgemaakt.

Net als ze op het punt staat om te vertellen dat ze naar huis wil gaan, rijdt Pieter naar hen toe.

Natuurlijk is het haar niet ontgaan dat hij inmiddels al wel drie keer in hun richting gezwaaid heeft.

Zodra hij voor de oever tot stilstand is gekomen, zegt hij: 'Ha, dames. Vermaken jullie je een beetje?'

Met hetzelfde vrolijke toontje dat hij aanslaat, antwoordt Noor: 'Lekker schaatsen, wat wil je nog meer?'

Annabel beseft maar al te goed dat hij hen niet opzoekt om met zijn zus te praten, dus zet ze haar liefste glimlach op.

'Gefeliciteerd, Pieter. Noor vertelde dat jij een diploma hebt behaald.'

Meteen vindt Fieke het nodig om hem ook te feliciteren. Annabel houdt zijn blik vast.

'Het is maar een getuigschrift van mijn eerste blok avondopleiding, hoor. Maar toch bedankt.'

Hij doet net alsof het allemaal niet zoveel voorstelt, maar hij vindt het zelf juist reuze belangrijk, weet Annabel. Daarom lacht ze aanmoedigend naar hem. Het is haar niet ontgaan dat hij een zwak voor haar lijkt te hebben.

En jawel, hij hapt toe.

'Zullen wij een rondje opleggen?' biedt hij aan.

Daarbij steekt hij meteen zijn hand uit, alsof hij erg zeker van zichzelf is. Gelijk heeft hij, want ze laat hem natuurlijk niet zo staan.

'Graag.'

Terwijl Pieter haar overeind helpt, constateert Annabel tevreden dat haar twee vriendinnen stomverbaasd toekijken. Die hebben blijkbaar nooit iets in de gaten gehad van de grappige spanning die al een tijdlang tussen hen beiden hangt.

'Jij noemt het opleggen, hè?' vraagt Annabel, nu ze samen wegrijden, met hun armen gekruist. 'Wij zeggen altijd handjeklap.'

Ze houdt hem strak vast, deels uit noodzaak om niet te vallen, maar ook omdat zijn nabijheid haar een aangenaam gevoel geeft. Al schaatsend praten en lachen ze ongedwongen, alsof ze al jarenlang met elkaar omgaan – wat op een vreemde manier natuurlijk ook zo is. Het verrast Annabel hoe gemakkelijk het gesprek verloopt en hoe natuurlijk het aanvoelt om hier zo met Pieter te zijn.

Een beetje spijtig merkt ze dat het einde van hun rondje in zicht komt. Dan stelt Pieter haar echter voor om nog een keer rond te gaan. Annabel stemt zonder aarzeling in, want iedere meter die ze samen rijden, lijkt hen dichter bij elkaar te brengen.

Al wordt ze wat moe, ze gaat na dat tweede rondje ook meteen akkoord als hij oppert om er nog eentje te doen.

Tijdens dat derde rondje vraagt hij: 'Zou je het misschien leuk vinden om morgen met mij een ritje met de arrenslee te maken?'

'Met Noor erbij?'

Hij glimlacht en kijkt haar van opzij aan.

'Nee, alleen wij tweeën over de Zaan. Het wordt vast prachtig.'

'Ben je niet bang dat het ijs te slecht wordt, door de dooi?' wil ze weten.

'Nee, hoor,' wuift hij haar bezwaar luchtig weg. 'Als blijkt dat het ijs te dun is, dan vinden we wel een andere manier om van de middag te genieten. Zullen we om één uur wegrijden, hier bij de ijsbaan?'

'Dat lijkt me hartstikke leuk,' antwoordt ze naar waarheid.

Ze kan haast niet wachten om dit nieuws aan haar vriendinnen te vertellen.

Zodra Pieter haar heeft teruggebracht en na een buiginkje weer is weggereden, draait ze zich vol voldoening om naar Fieke en Noor.

'Zal ik jullie eens wat vertellen? Ik ga morgen met Pieter een tochtje maken in een arrenslee.'

Ze geniet van de stomme verbazing op de gezichten van haar vriendinnen.

Noor laat zelfs haar mond op een weinig damesachtige manier openzakken, voordat ze uitbrengt: 'Nee...'

De overwinning kan gewoon niet groter en zoeter zijn voor Annabel.

Om dat nog duidelijker te maken, voegt ze eraan toe: 'Jawel, hoor. En jullie mogen niet mee.'

Op weg naar huis is Annabel een stuk opgewekter dan op de heenweg. Pieter, een jongen – nee, een jongeman – die ouder is dan zij, die zijn eindexamen heeft gedaan en die zelfs al in het familiebedrijf van zijn vader werkt; Pieter, de broer van Noor, die ze al zo lang kent; Pieter heeft haar gevraagd om handjeklap met haar te schaatsen. Terwijl iedereen het kon zien. En hij heeft haar zelfs gevraagd om morgen met hem een arrensleetocht te gaan maken!

Annabel voelt zich ontzettend gevleid. Ze is zo gelukkig dat ze het iedereen wel zou willen vertellen. Maar ze bedenkt meteen dat het waarschijnlijk verstandig is om hierover voorlopig nog niets tegen haar ouders te zeggen. Zeker nu niet, na dat rotbericht van Gerard: dan zou ze om moeilijkheden vragen. En dat wil ze absoluut niet.

44

Pieter

Aan de noordkant van Zaandam, zaterdag 21 december 1912

Met krachtige slagen glijdt Pieter over de bevroren Zaan. Hij voelt zich sterk, want hij is een goede schaatser en is in zijn element. Gisteren heeft hij samen met zijn ouders en zusje gevierd dat hij het eerste lessenblok van zijn avondstudie succesvol heeft afgerond, dus zijn humeur kan niet meer stuk.

Pieters adem vormt wolkjes in de koude lucht terwijl hij de vrolijke menigte observeert. Het is een prachtige winterdag, perfect om te schaatsen, ook al begint het jammer genoeg al een beetje te dooien. Hopelijk blijft er nog wat sneeuw en ijs over voor de kerst, dat is altijd wel zo gezellig.

Zijn blik glijdt langs de mensen die hij passeert. Overal zijn bekende gezichten, soms als nieuwe stelletjes, die lachend hun rondjes maken.

In het voorbijgaan steekt hij zijn hand op naar Bram en Cora. Ze zien er gelukkig uit, zo hand in hand. Pieter is oprecht blij voor zijn beste vriend dat hij zo'n leuke verloofde heeft gevonden. Hij weet dat Bram na hun eindexamen meteen op de werf van zijn vader is gaan werken. Ook van hem wordt verwacht dat hij later het familiebedrijf zal gaan leiden. Pieter weet dat Bram zich behoorlijk bezwaard voelt door dat vooruitzicht.

Omgaan met de verwachtingen van de mensen om je heen is niet altijd makkelijk, weet Pieter uit ervaring. Ook Bram heeft twijfels over zijn eigen geschiktheid. Pieter zelf wil daar een einde aan maken door zijn avondstudie; Bram heeft zich vol overgave in het werk gestort en probeert zo veel mogelijk te leren in de praktijk.

Vorig jaar was er even sprake van dat er iets zou ontstaan tussen Bram en Noor, al heeft Pieter er nooit het fijne van gehoord hoe dat precies gelopen is – of eigenlijk: misgelopen is. Nu heeft Bram dus Cora, op wie hij stapelverliefd is. Ze willen nog voor de zomer trouwen. Pieter kan ze geen ongelijk geven, want het lijkt hem heerlijk om iemand te hebben met wie je alles kunt delen.

Hij is nu al drie keer langs Noor en haar twee vriendinnen gereden, en heeft alle keren groetend zijn hand opgestoken. Dat komt vooral door Annabel, beseft hij maar al te goed. Sinds zijn dans met haar op het eindexamenfeest merkt hij zelf dat hij steeds meer interesse in haar krijgt.

Na zijn volgende rondje geeft hij toe aan een impuls om naar de drie vriendinnen toe te gaan. Het is een plotselinge beslissing. Terwijl hij tot stilstand komt voor de oever, voelt hij een lichte nervositeit in zijn maag.

Hij probeert zijn lichte opwinding te maskeren met een joviale lach en vraagt: 'Ha dames. Vermaken jullie je een beetje?'

Hun eerste reactie is hartelijk, wat hem bemoedigt.

Noor antwoordt vrolijk: 'Lekker schaatsen, wat wil je nog meer?'

En Annabel glimlacht allerliefst naar hem, waardoor zijn hart een slag overslaat.

'Gefeliciteerd, Pieter,' zegt ze, ontzettend aardig. 'Noor vertelde dat jij een diploma hebt behaald.'

Pieter hoort dat Fieke hem ook feliciteert, maar zijn blik blijft gericht op Annabel.

Bijna automatisch reageert hij door te zeggen: 'Het is maar een getuigschrift van mijn eerste blok avondopleiding, hoor. Maar toch bedankt.'

Annabel kijkt hem nog steeds recht aan, met die onweerstaanbare lach van haar.

Hij moet nu iets doen, beseft Pieter. Dus vraagt hij haar: 'Zullen wij een rondje opleggen?'

Om zijn vraag kracht bij te zetten, steekt hij meteen zijn hand uit.

Gelukkig stemt ze in.

'Graag.'

En ze pakt zijn hand.

Galant trekt Pieter haar omhoog. Daarna houdt hij haar vast, zodat ze met haar charmante kunstschaatsjes goed op het ijs komt te staan.

Als ze samen wegrijden, ziet hij nog dat Noor en Fieke hen verbaasd nakijken. Hij moet er zelf bijna om lachen.

Terwijl ze hun armen over elkaar leggen, vraagt Annabel: 'Jij noemt het opleggen, hè? Wij zeggen altijd handjeklap.'

'Ja, dat hoor je allebei wel,' antwoordt hij.

En voor hij het weet, zijn ze aan het praten. Moeiteloos. Hij hoeft niet naar gespreksonderwerpen te zoeken, hij kan gewoon zichzelf zijn. Ze lacht tegen hem, vertelt over grappige voorvallen, het voelt allemaal vertrouwd en prettig. Zijn vrolijkheid neemt alleen nog maar toe.

Hij geniet van de lichamelijke nabijheid van dit aantrekkelijke meisje. Eigenlijk had hij gevraagd om één rondje, maar nu dat bijna voorbij is, wil hij van haar weten of ze er misschien nog eentje wil doen. Ze zegt ja! Het lijkt alsof zijn hart opspringt van vreugde. Hij houdt haar nog steviger vast.

Na het tweede rondje volgt vrijwel automatisch nog een derde. *Dit is mooi, dit is echt,* beseft Pieter. Hij kan moeilijk met haar blijven rondrijden, ook al zou hij dat eigenlijk wel willen, want hij merkt best dat ze niet zo goed kan schaatsen als hij. Dat is niet erg. Dan verzint hij wel iets anders.

Voordat hij zich kan bedenken, vraagt Pieter: 'Zou je het misschien leuk vinden om morgen met mij een ritje met de arrenslee te maken?'

Ze kijkt hem onderzoekend aan.

'Met Noor erbij?'

Onwillekeurig moet hij lachen.

'Nee, alleen wij tweeën over de Zaan,' antwoordt hij. 'Het wordt vast prachtig.'

Ze stemt niet direct toe, zoals hij gehoopt had. In plaats daarvan vraagt ze: 'Ben je niet bang dat het ijs te slecht wordt, door de dooi?'

Dat is nu wel het laatste waar hij zich druk om maakt. Het belangrijkste is dat ze met hem meegaat!

Daarom zegt hij: 'Nee, hoor. Als blijkt dat het ijs te dun is, dan vinden we wel een andere manier om van de middag te genieten. Zullen we om één uur wegrijden, hier bij de ijsbaan?'

Ineens zijn haar bezwaren verdwenen, want ze glimlacht weer en verzekert hem: 'Dat lijkt me hartstikke leuk.'

Er gaat een golf van blijdschap door hem heen.

Inwendig jubelend brengt hij Annabel terug naar Noor en Fieke. Hij is zo ontzettend vrolijk, dat hij bij het afscheid zelfs een wat onbeholpen buiging naar hen maakt. Dan schaatst hij snel weg.

Hij heeft een afspraakje! Met een meisje dat zijn hart sneller laat kloppen! Ze is mooi. En lief. En grappig. En hij voelt zich bij haar op zijn gemak. En hij moet steeds denken aan haar glimlach. En aan haar ogen. En aan haar schattige gezicht en aan haar blonde haren. En...

Nu moet hij eerst wat gaan regelen voor morgen, want hij heeft haar nu wel heel impulsief een ritje met de arrenslee beloofd, maar hij heeft nog helemaal geen arrenslee.

Dat hoeft geen probleem te zijn, weet hij. In het verleden heeft hij samen met Bram en een paar andere vrienden weleens een arrenslee gehuurd van Gerben van de Water, een oud-werknemer van Veenstra's. Die woont niet ver van de Zaan.

Pieter trekt zijn schoenen aan, hangt zijn schaatsen om zijn nek en gaat meteen op pad.

Als hij het terrein op loopt, is de oude Van de Water net bezig bij zijn stallen.

'Goedemiddag!' roept Pieter al van ver.

'Pieter Veenstra! Goeiedag. Dat is een tijd geleden.'

'Zeg dat wel.' Pieter schudt hem de hand. 'Twee jaar terug, volgens mij. Het leek me een goed idee om zo vlak voor de kerst nog een keer uw arrenslee te huren.'

'Nu nog?'

'Voor morgen. Morgenmiddag.'

'Morgenmiddag. Wil je ermee het ijs op?'

'Ja, natuurlijk.'

De oude man trekt een bedenkelijk gezicht.

'Pieter, jongen,' zegt hij bezorgd. 'Het zal je toch niet ontgaan zijn dat de dooi al is ingezet. Ik weet niet of het nog wel veilig is.'

Maar Pieter is vastbesloten om zijn sleetochtje met Annabel te laten doorgaan.

'Ik heb net nog geschaatst. Het ijs op de Zaan wordt hooguit ietsje minder, maar is nog altijd erg stevig. Vergeet niet dat het hard gevroren heeft, de afgelopen dagen. Er ligt echt een grote ijsklomp in de rivier.'

Van de Water is niet overtuigd.

'Echt, Pieter, ik weet het niet. Het zou niet voor de eerste keer zijn dat...'

'Ik betaal u dubbel,' biedt Pieter.

Het is aan de oude man te zien dat hij zo'n aanbod eigenlijk niet kan afslaan.

'Maar ik wil er niet verantwoordelijk voor zijn als er iets misgaat met jou of met mijn paard.'

'Ik neem alle verantwoordelijkheid op me,' zegt Pieter onmiddellijk. 'Als u dat wilt, zal ik dat zelfs op papier zetten.'

'Dat zou wel een hele geruststelling voor me zijn,' antwoordt de man.

'Dus zijn we akkoord?' vraagt Pieter hoopvol.

Van de Water steekt een vinger op.

'Onder één voorwaarde, Pieter, en ik sta erop dat jij je daaraan houdt. Je moet beloven dat je mijn slee alleen op de Zaan gebruikt. Niet op de zijkanalen of de sloten, want daar kan het ijs nu al verraderlijk zijn.'

'Dat beloof ik,' antwoordt Pieter snel. 'Die voorwaarde lijkt me niet meer dan redelijk.'

Samen gaan ze door een lage deur naar binnen. In de oude boerderij pakt Van de Water een vel papier uit de schuiflade van een bureautje. In het licht van een olielamp stelt hij een eenregelig briefje op: *Hierbij verklaar ik, Pieter Veenstra, dat ik alle verantwoordelijkheid op mij neem voor de huur en het gebruik van de arrenslee van Gerben van de Water.*

Daaronder zet hij de datum, waarna hij het briefje door Pieter laat lezen en ondertekenen.

Tevreden doet Pieter wat hem gevraagd wordt.

'Is het goed als ik morgen bij het afhalen betaal?' vraagt hij.

'Mij best,' bromt de oude man, terwijl ze weer naar buiten lopen. 'Hoe laat kom je?'

'Uiterlijk halfeen.'

Van de Water knikt.

'Dan zorg ik dat mijn trouwe merrie Zilver ingespannen staat. Die is gewend aan de slee.' Hij legt zijn hand op Pieters arm. 'Zorg goed voor haar, jongen. En voor mijn slee.'

'Dat komt voor elkaar, meneer Van de Water,' zegt Pieter ernstig.

Met een verende pas loopt hij door de opgevroren sneeuw naar huis. Morgen wordt een prachtige dag, weet hij zeker. Je zult zien dat het wat wordt tussen hem en Annabel. Iets nieuws. Iets moois!

Opgewekt begint hij een vrolijk liedje te fluiten, dat scherp doorklinkt in de koude wind.

45

Noor

Aan de noordkant van Zaandam, zondag 22 december 1912

Tussen de vele mensen die nu snel het ijs van de schaatsbaan afkomen, ziet Noor ook Bram met zijn Cora. *Moeten die nu echt voortdurend elkaars hand vasthouden,* vraagt ze zich een beetje korzelig af. Tegelijkertijd vindt ze het kinderachtig van zichzelf dat ze zo denkt.

Net als alle anderen richt ze vervolgens haar aandacht op de arrenslee, waarmee Pieter nu nadert. Er gaat een opgewonden geroezemoes door de toeschouwers, die reikhalzend toekijken. De tijd schijnt even stil te staan bij deze pittoreske aanblik, die zo uit een schilderij van een wintertafereel lijkt te komen, met de restanten van de sneeuw die glinsteren in de bleke zon.

Het paard dat de slee trekt is een prachtige, sterke merrie met een glanzende vacht en een volle, zwierige staart, constateert Noor. Het dier ziet er goed verzorgd uit.

Pieter was gisteravond naar haar toe gekomen om te vertellen dat het hem gelukt was om een arrenslee te huren bij meneer Van de Water. Die man heeft vroeger in hun fabriek gewerkt. Jaren geleden had Vader ook een keer een slee bij hem gehuurd. Zou dit dezelfde zijn? Zij hebben er destijds met het hele gezin in ieder geval een erg gezellig familie-uitje mee gehad op de Zaan. Daar denkt Noor nog regelmatig aan terug.

Ze weet dat Pieter goed is met paarden, en toch kijkt ze

net als alle anderen om haar heen bewonderend toe naar het gemak waarmee hij de slee bestuurt en die vlak bij de ijsbaan tot stilstand brengt.

Vrolijk lachend zwaait Pieter naar de omstanders, waarna hij van de bok afspringt en naar Annabel toeloopt, die al een tijdje op hem staat te wachten. Hij buigt uitnodigend voor haar en neemt haar dan mee naar de slee. Dan helpt hij haar met instappen en geeft hij haar een warme deken voor over haar benen.

Er klinkt applaus op terwijl hij om de slee heen loopt, nogmaals zwaait en dan zelf ook weer op de bok gaat zitten. Hij pakt de teugels, klakt met zijn tong en de slee komt langzaam op gang.

Annabel en Pieter kijken over hun schouders en zwaaien nog eenmaal. Iedereen zwaait terug. Het is een sprookjesachtig gezicht, bijna te perfect. Er klinken enthousiaste kreten uit het publiek.

'Veel plezier!' roept Noor de slee na.

Als alles anders was gelopen, zat ik nu misschien met Bram in zo'n slee, denkt ze een beetje somber, terwijl ze haar broer en haar vriendin uitzwaait.

Pieter heeft haar gisteravond ook gevraagd om nog maar niets aan hun ouders te vertellen over zijn tochtje met Annabel. 'Ik wil niet op de zaken vooruitlopen,' had hij gezegd. Hoewel ze niet precies begreep wat hij daarmee bedoelde, had ze zich een goede zus betoond door te beloven dat ze erover zou zwijgen. Voorlopig.

De menigte lost op en ze ziet dat Bram en Cora weer gaan schaatsen, opnieuw hand in hand. Zij vormen het levende bewijs hoe snel dingen kunnen veranderen.

Precies op dat moment voelt Noor een hand op haar schouder. Meteen weet ze dat het Fieke is. Op haar kan ze altijd rekenen als ze het moeilijk heeft.

Noor draait zich om en probeert haar beste glimlach op te zetten.

'Laten we gaan schaatsen,' stelt ze voor, met een stem die sterker klinkt dan ze zich voelt.

'Daar zijn we hier toch voor?' zegt Fieke vrolijk. 'Vandaag kan het nog. Over een paar dagen is het ijs misschien al te erg gesmolten.'

Genietend ademt Noor de winterlucht in. Fieke en zij binden hun schaatsen onder, zodat ze zo snel mogelijk rondjes kunnen gaan draaien. Eindeloos veel rondjes.

46

Pieter

De Zaan, aan de noordkant van Zaandam, zondag 22 december 1912

De zondagochtend is tergend traag voorbijgegaan, maar Pieter was in een opperbest humeur toen hij bij het huis van Gerben van de Water aankwam om de arrenslee op te halen.

De oude man had niet te veel gezegd, want de arrenslee stond klaar, piekfijn in orde. De merrie was al ingespannen en duwde haar neus stevig tegen zijn hand toen hij die voor haar hield. Het was alsof ze zijn prettige spanning aanvoelde.

Pieter had de huursom betaald en nogmaals beloofd dat hij zich aan de gestelde voorwaarde zou houden.

'Ik ben voorzichtig, meneer Van de Water,' had hij de oude man verzekerd. 'We gaan alleen op de hoofdstroom van de Zaan, het dikste ijs.'

De man had hem op zijn schouders geslagen en een mooie, behouden middag toegewenst.

Na een laatste controle van de teugels, de riemen en het onderstel stuurt Pieter de arrenslee nu door de sneeuw naar de ijsbaan, waar Annabel op hem wacht. De winterlucht is fris, maar niet echt koud. Aan de hemel staat een bleek zonnetje en het is droog: wat wil hij nog meer?

De tientallen mensen die bij en op de ijsbaan bezig zijn, zien de arrenslee al van verre aankomen. Iedereen gaat de rivier af om ernaar te kunnen kijken.

Pieter vuurt Zilver aan, zodat ze met enige vaart aankomen. Hij laat de belletjes rinkelen en zet de slee vervolgens moeiteloos stil naast de wachtende menigte. Hij voelt dat alle blikken op hem gericht zijn, maar dat vindt hij minder belangrijk dan het glinsteren van Annabels ogen, die hem vol verwachting aankijken. Daardoor verspreidt zich een warme gloed in zijn borst.

Hij zwaait naar de mensen en springt dan soepel van de slee af. Bij Annabel aangekomen maakt hij een buiging en een gebaar in de richting van de slee. Vervolgens houdt hij haar hand vast terwijl ze instapt. Er ligt een warme deken voor haar klaar, die hij haar nu aanreikt, zodat ze die over haar benen kan spreiden.

Ze ziet er prachtig uit, vindt hij. Dat rode mutsje op haar blonde haren staat haar goed. Haar rode jas en haar bontje accentueren haar lieve gezicht en haar stralende glimlach.

Snel loopt hij om de slee heen, waarbij hij even naar zijn zusje kijkt, dat tussen de vele toeschouwers in staat. Dan zwaait hij nogmaals en neemt plaats op de bok, naast Annabel.

Pieter voelt zich als de held in zijn eigen avontuur. Hij klakt met zijn tong, spoort de merrie even aan met de teugels, en ze vertrekken.

Annabel en hij draaien zich allebei om en wuiven naar de achterblijvers, die allemaal zwaaien en joelen. Pieter laat de bellen nog een keer rinkelen, en dan zijn ze weg.

Het eerste stuk gaan ze door de sneeuw. Een eind verderop weet Pieter een plek waar de oever zo laag is, dat ze makkelijk de Zaan op kunnen glijden. Dat doet hij uiterst voorzichtig, met de rem erop, om te zorgen dat de slee niet tegen de achterbenen van het paard aan komt.

'Wat goed!' roept Annabel opgetogen, nu het is gelukt om op de Zaan te komen. 'Dit is veel mooier dan op het land!'

Daar heeft ze gelijk in, vindt hij. Het Zaanse landschap is op zich al mooi, maar vanaf het water zelfs ronduit betoverend. Vooral in de winter, op een fraaie dag als deze.

Ook Zilver heeft er zin in, want de merrie gaat als vanzelf

naar het nog altijd stijf bevroren midden van de rivier en onderhoudt een stevig tempo.

'Waar gaan we naartoe?' vraagt Annabel.

'Naar Zaandijk,' vertelt hij. 'Daar keren we dan om, want anders rijden we alleen tussen de huizen, en we willen natuurlijk het liefst door de vrije natuur rijden. Kijk eens!'

Hij draait zich om en haalt een picknickmand omhoog uit de bergruimte achter de bok.

'O, wat leuk!' roept Annabel verrukt. 'Mag ik erin kijken?'

'Straks,' belooft hij, waarna hij de mand weer terugzet.

Genietend rijden ze door het besneeuwde landschap. Al gauw kruipt Annabel tegen hem aan, waar hij op reageert door een arm om haar schouder te slaan.

Zo rijden ze bijna een uur lang tot ze bij het schilderachtige Zaandijk aankomen, het plaatsje met de oude molens en de groene houten huizen.

Hier is Pieter ooit een keer met het hele gezin Veenstra geweest, dat weet hij nog goed. Toen had Vader de slee ook gehuurd bij Van de Water, die hij nog kende uit de tijd dat deze man een arbeider was in zijn fabriek.

Het moment waarop hij een paar groepen wandelende mensen op de oevers ziet, die naar hen zwaaien, is voor Pieter een teken dat het tijd wordt om terug te gaan.

'Nu al?' vraagt Annabel teleurgesteld, als ze merkt dat ze gaan omdraaien.

'Ik heb op de terugweg nog een verrassing,' kondigt hij aan. 'Wacht maar.'

Hij heeft allang bedacht waar ze straks gaan pauzeren: in de Kalverpolder staat een oude schuur, niet ver bij de Zaan vandaan. Daar is Pieter al wel vaker geweest, met Bram en soms met meer vrienden, bijna altijd in de zomermaanden. Dat is de ideale plek om even met z'n tweeën te zijn.

De schuur is al van verre te zien: een overblijfsel van een oude boerderij, die ooit gefloreerd moet hebben aan de vruchtbare oever van de Zaan. Het is een robuust bouwwerk van verweerd hout, dat de tand des tijds verbazingwekkend goed heeft doorstaan. Het dak is bedekt met mos en er missen enkele dakpannen, maar de constructie staat nog stevig.

Op nog geen vijftig meter afstand van de schuur is aan de waterkant een houten steiger gebouwd, die jaren geleden door de boer moet zijn gebruikt voor het laden en lossen van graan en andere landbouwproducten, die over de Zaan werden vervoerd. Tegenwoordig is het 's zomers een favoriete plek voor jongeren om te zwemmen of gewoon te luieren in de zon.

Vandaag is de steiger vooral goed om uit de slee te stappen. Pieter bindt de merrie stevig vast aan een steigerpaal en gooit een paardendeken over haar rug. Dan helpt hij Annabel aan land en neemt hij de picknickmand en de deken mee.

Annabel kijkt om zich heen naar het weidse landschap.

'Wat mooi is het hier,' zegt ze. 'En we zijn hier helemaal alleen.'

'Ja, fijn, hè?' antwoordt hij goedgemutst.

Ze lopen door de hier nog ongerepte sneeuw naar de schuur. De deuren hangen wat scheef in hun hengsels, maar bieden beschutting tegen de elementen.

Pieter houdt de schuurdeur voor Annabel open en gaat na haar naar binnen, waarna hij de deur zo goed mogelijk achter hen sluit.

Tussen de kieren van de houten wanden komt licht naar binnen, wat de schuur een magische aanblik geeft. Er staan een eg, een ploeg, een wagen met slechts drie houten wielen en nog wat andere werktuigen, die zo te zien al heel lang niet meer gebruikt zijn.

'Een beetje stoffig,' vindt Annabel. 'Maar wel leuk, en lekker rustig.'

Pieter glimlacht.

'Boven is een hooizolder. Daar zal het misschien nog wel stoffiger zijn, maar we zitten er waarschijnlijk wat zachter dan hier.'

Meer aanmoediging heeft Annabel niet nodig: ze klimt meteen langs de gammele oude ladder naar boven.

Pieter is zo fatsoenlijk om zijn blik af te wenden tot ze boven is, zodat hij niet onder haar rok kan kijken. Dan gaat hij meteen achter haar aan, waarbij hij de picknickmand steeds rechtop houdt.

47

Annabel

De Zaan, aan de noordkant van Zaandam, zondag 22 december 1912

Nog steeds kan Annabel het nauwelijks geloven. Dat Pieter haar vroeg voor een rondje handjeklap had haar al verrast, maar zijn uitnodiging om samen met hem een tochtje met de arrenslee te gaan maken, vervulde haar met opgetogenheid en ongeloof.

Ze had er die nacht lang over liggen nadenken voordat ze eindelijk in slaap viel. Het was net alsof ze plotseling de hoofdrol speelde in een van de romantische verhalen die ze vaak stiekem las in haar kamer en waarvan haar moeder altijd zei dat ze 'rommel' waren.

Het leek allemaal zo onwerkelijk, maar nu ze hier staat te wachten, wordt het toch waar. Haar ouders hadden niet eens in de gaten dat ze zonder haar kunstschaatsen naar de ijsbaan ging en wensten haar veel schaatsplezier. Bij aankomst zag ze Fieke en Noor al wel, maar is ze niet naar hen toe gegaan. Daar komt ze vandaag niet voor.

Ze merkt pas dat Pieter er met de arrenslee aankomt, als er gejoel opgaat om haar heen. De opwinding giert door haar heen terwijl ze tussen een snel aangroeiende menigte staat te kijken naar de naderende slee.

Het is een betoverend gezicht, zoals de slee eraan komt. Het gerinkel van de bellen en het gestamp van de paardenhoeven laten haar hart sneller kloppen.

Pieter zit op de bok. Met zwier zet hij de arrenslee stil bij de samengestroomde mensen, waarna hij lachend naar iedereen zwaait en lenig de sneeuw in springt.

Dan loopt hij op haar af en buigt hij voor haar als een prins. Iedereen kijkt naar haar. Pieter begeleidt haar naar de arrenslee en houdt galant haar hand vast als ze instapt. Als ze eenmaal zit, krijgt ze van hem een deken om over haar knieën te leggen. Ze voelt zich gekoesterd en speciaal.

Om hen heen wordt er geklapt nu Pieter naast haar komt zitten. Hij pakt de teugels en klakt met zijn tong. Gehoorzaam begint het paard te lopen.

Heel even is het alsof ze alleen op de wereld zijn, samen op pad, het winterlandschap in. Zo wil Annabel niet vertrekken. Ze draait zich om en zwaait. Meteen doet Pieter met haar mee. Iedereen zwaait terug en juicht hen toe.

Eenmaal op weg, denkt ze eerst dat ze naast de Zaan zullen blijven rijden. Maar als ze een stuk verder zijn, weet Pieter een plek waar ze de rivier op kunnen. Ze krijgt niet eens de tijd om zich af te vragen of dat wel goed gaat, want hij manoeuvreert het paard en de slee vakkundig het ijs op.

Helemaal enthousiast roept Annabel: 'Wat goed! Dit is veel mooier dan op het land!'

Door de manier waarop hij vervolgens naar haar kijkt, voelt ze zich mooier dan ooit tevoren. Annabel merkt dat ze bloost.

Dat heeft Pieter gelukkig niet in de gaten. Hij is veel te druk bezig met het paard, dat eigenlijk geen aanwijzingen nodig lijkt te hebben, zo vanzelfsprekend beweegt het dier zich over de ijsvlakte.

Annabel wil weten waar ze naartoe gaan, en vraagt dat ook.

Weer kijkt hij haar zo lief aan, nu hij antwoordt: 'Naar Zaandijk. Daar keren we dan om, want anders rijden we alleen tussen de huizen, en we willen natuurlijk het liefst door de vrije natuur rijden. Kijk eens!'

Blij verrast ziet ze dat hij ergens achter hen vandaan een picknickmand pakt en omhooghoudt.

Ze slaat haar handen in elkaar.

'O, wat leuk! Mag ik erin kijken?'

Maar dat mag ze nog niet.

'Straks,' zegt hij.

De bevroren Zaan, de besneeuwde weilanden om hen heen, de molens in de verte, hun slee met dat sterke paard en de tinkelende belletjes: het is allemaal zo mooi.

Te midden van dit alles voelt Annabel zich meer aangetrokken tot Pieter dan ze ooit had gedacht. Ze wil zijn nabijheid nog meer voelen, dus schuift ze naar hem toe totdat ze tegen hem aan zit. Een groot geluksgevoel overvalt haar als hij zijn arm om haar heen slaat en haar nog dichter tegen zich aan trekt.

Af en toe kraakt het ijs vervaarlijk onder hun slee, maar Pieter lijkt zich daar niets van aan te trekken, wat haar volkomen geruststelt. Ook al omdat de merrie totaal niet onder de indruk is van de geluiden onder haar. Het is allemaal veilig, natuurlijk en juist, en Annabel geniet er met volle teugen van.

Er doemt een leuk plaatsje op aan de oevers, dat eruitziet als een ouderwetse ansichtkaart, met allerlei soorten molens en Zaanse huisjes. Vlak bij de rivier lopen ook mensen rond, maar Annabel let niet echt op hen, ook al zwaaien sommigen. Het voelt alsof ze in een magische bol zit, afgesloten van de rest van de wereld, alleen zij met Pieter.

Ze schrikt een beetje als Pieter aan de teugels trekt en de merrie een draai laat maken.

'Nu al?'

Hij kijkt haar glimlachend aan.

'Ik heb op de terugweg nog een verrassing. Wacht maar.'

Hoewel Annabel nieuwsgierig is, vraagt ze niet door. Ineens is ze weer een klein kind, dat uitkijkt naar een onverwacht cadeau.

De onthulling van de verrassing komt al sneller dan ze verwacht had. Pieter zet de slee stil bij een soort kade. Hij laat haar uitstappen en zet het paard vast aan een paal. Samen lopen ze met de picknickmand door een laag sneeuw naar een oude schuur, vlak bij de Zaan.

De schuur ziet er doorleefd en karaktervol uit. Dat spreekt tot haar verbeelding, want ze voelt zich altijd aangetrokken tot plekken die hun eigen verhaal te vertellen hebben. Dit oude, verlaten bouwsel lijkt er vol mee te zitten. De krakkemikkige schuurdeuren, die eruitzien alsof ze het elk moment kunnen begeven, voegen alleen nog maar toe aan het gevoel dat ze een vergeten wereld betreden, die ze met zijn tweeën voor een tijdje kunnen opeisen.

Als ze niet ver bij de schuur vandaan zijn, merkt Annabel op: 'Wat mooi is het hier. En we zijn hier helemaal alleen.'

Zijn antwoord komt meteen: 'Ja, fijn, hè?'

Pieter houdt de deur voor haar open en ze loopt meteen naar binnen. De geur van oud hout in combinatie met de roestige machines die hier zijn opgeborgen, doet iets in Annabel ontwaken. Het is niet alleen het plezier van dit uitstapje of de opwinding van een ongewoon avontuur; ze voelt een verbondenheid met Pieter die ze nog niet eerder zo intens heeft ervaren.

Ze hoort dat Pieter de schuurdeur achter hen dichtdoet. De intimiteit van dat gebaar ontgaat haar niet.

De stilte in de verlaten schuur is als een warme deken. Het is er helemaal niet donker, omdat het daglicht op allerlei plekken naar binnen dringt.

Vrolijk kijkt ze om naar Pieter.

'Een beetje stoffig. Maar wel leuk, en lekker rustig.'

Met een glimlach zegt hij: 'Boven is een hooizolder. Daar zal het misschien nog wel stoffiger zijn, maar we zitten er waarschijnlijk wat zachter dan hier.'

Dat laat Annabel zich geen twee keer zeggen. Op de vliering wacht hen blijkbaar een nog onbekende hoek van hun tijdelijke koninkrijk, dus ze is al onderweg. Zonder aarzelen beklimt ze de ladder, die er niet erg stevig uitziet en nogal kraakt onder haar gewicht. Ze weet dat Pieters blik haar volgt tot ze veilig boven is.

Eigenlijk voelt ze zich een beetje een inbreker, nu ze op deze oude hooizolder staat. Er zitten hier en daar wat gaten in de planken, maar het hout lijkt haar niet vermolmd. Het licht dat door het dak komt, is diffuus en dromerig, alsof ze een andere wereld is binnengestapt.

Ook Pieter komt boven. Hij heeft de picknickmand meegenomen, en ook de deken, die ze in de arrenslee om haar benen geslagen had. De deken spreidt hij uit over de vloer, waarna ze zich erop nestelen. Om hen heen liggen verdroogde plukjes hooi. Annabel voelt zich volkomen op haar gemak.

Pieter haalt allerlei lekkernijen uit de mand, die hij uitstalt op de deken. Als laatste pakt hij een fles bruiswijn en twee glazen.

Terwijl hij de wijnfles opentrekt, vraagt Annabel verrast: 'Gaan wij hier echt wijn drinken?'

Glimlachend knipoogt hij naar haar.

'Alleen als jij dat wilt. Het leek me wel toepasselijk voor zo'n speciale gelegenheid.'

Dat kan ze niet ontkennen.

Gretig steekt ze haar hand uit.

48

Pieter

Kalverpolder, zondag 22 december 1912

Op de hooizolder aangekomen, zet Pieter de picknickmand neer. Hij kijkt even wat de geschiktste plek is en spreidt dan de deken uit de arrenslee uit op de planken vloer. Dan nodigt hij Annabel uit om erop te gaan zitten. Terwijl ze dat doet, begint hij de mand uit te pakken.

Zijn moeder zal er geen idee van gehad hebben dat hij vandaag met een meisje weg zou gaan, maar ze heeft wel allerlei lekkernijen voor twee personen meegegeven: stevig roggebrood, een paar sneetjes witbrood, boter en kaas, gerookte haring, zelfgemaakte pasteitjes, stukken ontbijtkoek, handappels en een thermosfles met gezoete koffie. Daarbij nog een paar borden, een houten snijplank en twee messen.

Eerst zet hij dit allemaal neer op de deken, genietend van de waarderende blik van Annabel. Als laatste haalt hij twee glazen, een kurkentrekker en een fles mousserende wijn tevoorschijn: die heeft hij zelf toegevoegd aan de picknickmand.

Tijdens het ontkurken van de fles blijft hij Annabel glimlachend aankijken.

'Gaan wij hier echt wijn drinken?' vraagt ze verbaasd.

Hij geeft haar een knipoog.

'Alleen als jij dat wilt. Het leek me wel toepasselijk voor zo'n speciale gelegenheid.'

Even denkt hij dat ze zal weigeren. Dan steekt ze haar hand uit.

Nadat hij hun glazen goed vol heeft geschonken, beginnen ze te eten.

Annabel laat het zich goed smaken en verzekert hem wel een keer of drie dat het allemaal zo lekker is. Gezien haar eetlust is daar niets van gelogen, constateert hij, inwendig grinnikend.

'Die moeder van jou heeft het beste met je voor,' zegt ze, terwijl ze goedkeurend op de mand klopt.

'Waarom denk je dat dit niet mijn werk is?'

'Is dat dan zo?'

Lachend geeft hij toe dat ze gelijk heeft.

'Maar de wijn heb ik zelf meegenomen.'

'Goed gedaan,' vindt ze. 'Lekkere wijn.'

En ze neemt nog een slok.

Pieter gaat liggen, leunend op één arm, met zijn hoofd vlak bij haar. Hij vertelt over de feestmaaltijd die ze thuis hebben gehad nadat hij zijn getuigschrift heeft gekregen. Omdat ze zo oplettend luistert en hem lijkt uit te nodigen om door te gaan, filosofeert hij ook over zijn toekomstperspectief: eerst de verhuizing, dan zal hij stapsgewijs de leiding over het familiebedrijf overnemen en daarna komt zijn eigen periode, waarin hij nieuwe producten wil gaan leveren aan veel meer markten.

'Ik zal ervoor zorgen dat de fabriek enorm gaat groeien,' voorspelt hij. 'Mijn vader zal trots op me zijn.'

Annabel lacht haar parelende lach.

Als hij haar wat verbaasd aankijkt, legt ze uit: 'Ik vergelijk jouw vader even met de mijne. Die van jou wil dat jij alle kansen krijgt die je nodig hebt om je te ontwikkelen. Dat geldt ook voor Noor.'

'En wat wil jouw vader dan?' vraagt Pieter.

Met een plotseling trieste blik in haar ogen zegt Annabel: 'Mijn vader? Die zou het liefst hebben dat Gerard weer terugkwam om hem op te volgen in het familiebedrijf, maar dat zie ik niet meer gebeuren. Voor mij heeft hij eigenlijk maar één plan:

ik ben er alleen maar goed voor om te worden uitgehuwelijkt. Liefst aan een rijke, hoog aangeschreven man.'

Die laatste woorden spreekt ze uit met bittere spot.

Pieter laat ze rustig wegsterven, voordat hij oppert: 'Met mij misschien?'

Weer die onweerstaanbare lach.

'Jij? Nou, misschien zou je wel in aanmerking komen. Je bent nu nog niet rijk, maar dat komt vast nog wel. Als je een beetje je best doet, als toekomstig directeur van jullie bedrijf, ben je over een tijdje ongetwijfeld ook hoog aangeschreven.'

'En ik ben een man,' voegt hij eraan toe.

'O ja, dat was ik bijna vergeten.'

Het is even stil.

De wind waait om de schuur, maar komt niet echt binnen. Ze hebben de hooizolder helemaal voor zich alleen, de rest van de wereld blijft buiten.

'Maar ja, dan zou je mij ook nog als man moeten willen,' zegt Pieter, met iets wat op een glimlach moet lijken.

Zijn stem klinkt een beetje schor. Hij houdt haar blik gevangen met de zijne.

Annabel zet het wijnglas, dat ze al twee keer geleegd heeft, naast zich neer.

'Of ik jou zou willen? Het gaat er meer om of je mij wil.'

Pieter durft haast niet te ademen. Hij wil haar vastpakken. Haar tegen zich aan drukken. Haar kussen. Haar verzekeren dat hij op dit moment met haar zou trouwen, als ze dat vroeg.

In plaats daarvan fluistert hij alleen maar: 'Ja.'

Het volgende moment is haar hoofd vlak boven het zijne.

Hij slaat zijn vrije arm om haar heen, trekt haar naar zich toe en drukt zijn voorhoofd tegen dat van haar. Een moment lang kijkt hij indringend in de peilloze diepte van haar blauwe ogen. Dan vinden hun lippen elkaar.

49

Annabel

Kalverpolder, zondag 22 december 1912

Het eten, het drinken, het praten: alles is fijn en mooi. Het allermooist is dat ze hier nu met zijn tweeën zijn op deze zolder. Al het andere hebben ze achter zich gelaten.

Annabel geniet van het heerlijke uitstapje dat Pieter voor haar bedacht heeft, van de aandacht die hij haar geeft, van de manier waarop hij haar aankijkt, alsof hij er alleen maar naar hunkert om bij haar te mogen zijn.

Ze wil het allemaal indrinken, zoals ze de wijn drinkt: met smaak, met overgave, gulzig.

Pieter vertelt over zijn harde werk, zijn plannen, zijn ideeën. Dat wil ze allemaal weten. Eerlijk gezegd wil ze alles wel van hem weten. Ze wil hem beter leren kennen, ze wil bij hem zijn, ze wil alles horen wat hij haar te zeggen heeft.

Nu ze Pieter liefdevol en trots hoort vertellen over zijn vader, moet ze lachen.

Omdat hij haar zo verbaasd aankijkt, heeft ze geen andere keus dan uit te leggen wat er zo mis is tussen haar eigen vader en haarzelf.

'Ik vergelijk jouw vader even met de mijne,' zegt ze met een verontschuldigend lachje. 'Die van jou wil dat jij alle kansen krijgt die je nodig hebt om je te ontwikkelen. Dat geldt ook voor Noor.'

Hij vraagt ernstig: 'En wat wil jouw vader dan?'

'Mijn vader?' Annabel kan wel huilen, maar ze houdt haar tranen in. 'Die zou het liefst hebben dat Gerard weer terugkwam om hem op te volgen in het familiebedrijf, maar dat zie ik niet meer gebeuren.' Ze slikt moeizaam voordat ze verdergaat: 'En voor mij heeft hij eigenlijk maar één plan: ik ben er alleen maar goed voor om te worden uitgehuwelijkt.' Ze spuugt de woorden bijna uit: 'Liefst aan een rijke, hoog aangeschreven man.'

Het blijft even ontzettend stil, waarna Pieter vraagt: 'Met mij misschien?'

Er barst een bevrijdende lach uit haar los.

'Jij?' vraagt ze vrolijk. 'Nou, misschien zou je wel in aanmerking komen. Je bent nu nog niet rijk, maar dat komt vast nog wel. Als je een beetje je best doet, als toekomstig directeur van jullie bedrijf, ben je over een tijdje ongetwijfeld ook hoog aangeschreven.'

Ze bedoelt het grappig, maar hij blijft volkomen serieus.

'En ik ben een man.'

Annabel reageert lacherig: 'O ja, dat was ik bijna vergeten.'

Weer maakt hij geen gebruik van de mogelijkheid om dit alles luchtig en vrijblijvend te houden. Hij trekt een rare grimas.

'Maar ja, dan zou je mij ook nog als man moeten willen.'

De ernst in zijn ogen vertelt dat hij het meent.

Haar hart bonkt in haar keel. Annabel wil nog een slok wijn nemen, maar haar glas is leeg. Alweer. Dus zet ze het naast de deken op de planken vloer.

Met een onzekere glimlach en een klein stemmetje zegt ze: 'Of ik jou zou willen? Het gaat er meer om of je mij wil.'

Als hij haar echt wilde, zou hij haar nu omhelzen. Toch blijft hij daar maar naast haar liggen, met zijn hoofd op zijn hand, zijn elleboog op de grond. Zou ze hem dan zo verkeerd begrepen hebben?

Ineens zegt hij toch iets, heel zacht.

'Ja.'

Annabel aarzelt niet meer. Ze buigt naar hem toe, zodat hun gezichten vlak bij elkaar zijn.

Eindelijk komt hij in actie. Hij trekt haar tegen zich aan, hun voorhoofden raken elkaar. Dan kijkt hij haar aan en kust hij haar, eerst een beetje schuchter en daarna steeds heftiger, ronduit hartstochtelijk.

Ze gaat erin mee. Volkomen. Het heerlijke gevoel van zijn armen om haar heen, zijn lippen op de hare, zijn tong die de hare opzoekt, steeds weer.

Even blijft ze geknield naast hem zitten, dan komt ze bij hem liggen. Hij kust haar, kust haar, kust haar, en ze wil alleen maar meer, meer, meer.

Zijn hand in haar nek houdt haar hoofd dicht bij het zijne, zijn andere hand glijdt over haar lichaam, dat zich kromt onder zijn aanraking.

Als ze merkt dat hij aarzelt, duwt ze hem een moment lang terug, zodat ze haar jas kan openknopen. Dan brengt ze zijn hand naar haar borst en trekt ze zijn hoofd weer naar zich toe.

Maar de blik in zijn grote ogen vraagt om een antwoord.

Zacht zegt ze: 'Ja.'

En dan kust ze hem weer, vol overtuiging.

50

Pieter

Kalverpolder, de Zaan en het Molenaarskanaal, zondag 22 december 1912

Ze zijn de tijd vergeten. Niet dat Pieter er spijt van heeft: hij zou er geen moment van gemist willen hebben.

Die eerste kus. Daarmee ging zijn wens in vervulling, dacht hij aanvankelijk. Maar dat was pas het begin. Ze lieten elkaar niet meer los, bleven kussen, kussen, kussen. Juist toen hij dacht dat ze niet meer wilde, stelde ze zich nog verder open. Ze zei: 'Ja.'

Het was alsof het allemaal zo had moeten gaan, vanaf het begin. Ze gaf zich helemaal aan hem over, en hij verloor zich totaal in haar. Nog nooit had hij zoiets meegemaakt, hij had er zelfs niet van durven dromen. Zij deden het, samen, met een ongelooflijke vanzelfsprekendheid.

Dit was goed, dit was mooi: dat wist hij zeker, toen ze op de hooizolder naast elkaar lagen na te hijgen op de deken, met alleen hun jassen over hen heen. Zo gauw ze weer op adem waren, vonden ze elkaar opnieuw, met niet-aflatende passie.

Pas toen ze elkaar eindelijk, eindelijk loslieten, merkte Pieter dat het al begon te schemeren.

'Annabel, het wordt al donker,' waarschuwde hij.

'Nou, en?' vroeg ze en kuste hem nogmaals.

Zelf wilde hij eigenlijk ook alleen maar langer blijven, om deze middag te laten voortduren – eeuwig, als dat mogelijk was.

Maar ze moesten terug.

Lacherig en regelmatig tijd makend voor vooruit-nog-één-kusje hadden ze zich aangekleed. Toen hun kleding weer toonbaar was, waren ze naar buiten gegaan, hand in hand.

Die arme Zilver stond inmiddels al behoorlijk te kleumen onder haar paardendeken, merkte hij beschaamd. Zo snel mogelijk bracht hij de slee in gereedheid en vertrokken ze. Weemoedig keken ze allebei nog een keer om naar de oude schuur, waar ze hun liefde gevonden hadden.

En nu glijden ze gehaast over de Zaan, terug naar Zaandam. Annabel zit dicht tegen hem aan gedrukt. Hij voelt de warmte van haar lieve lijf door hun beide jassen heen. Dit is geluk, beseft Pieter. Hij kust haar op haar voorhoofd.

Intussen begint Pieter zich wel een beetje zorgen te maken, want ze dreigen nu wel erg laat terug te komen. Aan het gekraak van het ijs te horen, heeft de dooi vandaag flink doorgezet.

Blijkbaar merkt Annabel iets van zijn twijfels, want ze vraagt een beetje kleintjes: 'Kunnen we niet beter van het ijs af gaan?'

Op zich is dat niet zo'n slecht idee, maar de oever is op dit stuk te hoog voor de slee. Dan krijgt hij een idee.

'Het Molenaarskanaal,' zegt hij hardop.

'Wat?'

Hij drukt haar nog wat dichter tegen zich aan en legt uit: 'Je weet toch dat we niet helemaal de Zaan kunnen blijven volgen tot in Zaandam, omdat we in ieder geval langs de schaatsbaan moeten?'

Ze kijkt hem zo aan met haar blauwe ogen, dat hij haar wel moet kussen.

'Nou,' gaat hij daarna verder, 'ruim voor de schaatsbaan kunnen we afslaan naar het Molenaarskanaal: dat gebruiken de boeren en de fabrieken vaak met hun boten, omdat het een kortere route naar de stad is, niet zo druk als de Zaan zelf. Op die manier snijden we het hele stuk met de ijsbaan af en kunnen we de arrenslee en het paard nog redelijk op tijd terugbrengen.'

'Is dat wel veilig?' vraagt ze.

'Natuurlijk!' antwoordt hij, zo overtuigend mogelijk. 'Daar vaart niemand in deze tijd van het jaar, dus het ijs is er net zo stevig als op de Zaan zelf.'

Pieter voelt zich een beetje schuldig vanwege de belofte die hij heeft gedaan aan meneer Van de Water. Tegelijkertijd houdt hij zichzelf voor dat de oude man toch al wel knorrig zal reageren wanneer hij de arrenslee pas na het invallen van de duisternis komt inleveren. Hij wil deze geweldige middag met Annabel niet verpesten.

Dus houdt hij Zilver wat in bij het Molenaarskanaal en neemt hij de afslag. Daarbij probeert hij tegenover Annabel zelfverzekerdheid en rust uit te stralen, al voelt hij zich zelf niet helemaal op zijn gemak.

In de schemering zien ze oude boerderijen staan tussen de weilanden en een paar fabrieken tussen de verder ongerepte stukken natuur aan de oever. Eigenlijk zou hij hier vaker heen moeten gaan, bedenkt hij, maar op de een of andere manier komt dat er nooit van.

Vastberaden ment Pieter het paard, dat een beetje schichtig wordt van de scheuren in het ijs en het steeds hardere gekraak onder hen.

'We kunnen nog terug,' zegt Annabel zacht.

'Nee, we gaan door,' beslist Pieter.

Iedereen waarschuwt altijd wel tegen de invallende dooi, maar zo'n vaart loopt dat niet, als er eenmaal een dikke ijslaag ligt. Daar is hij van overtuigd. Sommigen zouden het roekeloos vinden om nu verder te gaan over dit kanaal, hoewel het ijs er eigenlijk net zo goed is als op de Zaan. Misschien zelfs wel beter!

'Mooi is het hier, hè?' zegt hij, om de gespannen sfeer te breken.

Annabel antwoordt niet. Het lijkt wel of ze hem bij ieder krakend geluid nog steviger vastgrijpt.

Zelf vindt hij het ook niet prettig dat de duisternis nu snel invalt en het kanaal smaller lijkt te worden. Gelukkig zijn de eerste huizen van Zaandam al in zicht.

'We zijn er bijna!' probeert hij Annabel gerust te stellen. 'Maar nog niet hele...'

Plotseling, zonder enige waarschuwing, begeeft het ijs onder hen het, met een luid gekraak. Zilver hinnikt in paniek en de slee zakt schuin weg naar Pieters kant.

Te midden van het brekende ijs en het omhoog kolkende, donkere water is Pieters eerste reactie dat hij Annabel moet beschermen. Met een snelle beweging duwt hij haar naar rechts, weg van het gapende gat links van hem.

'Springen! Naar de kant!' brult hij.

Ze grijpt zich vast aan de zijkant van de bok, drukt zich omhoog en springt.

Pieter heeft geen tijd om te kijken of ze goed terecht is gekomen, want het zwarte water slokt de slee op en hijzelf verdwijnt er tot aan zijn middel in. Het is ijzig koud en hij hapt naar adem.

Vlak voor hem worstelt Zilver om niet te worden meegetrokken. Het arme dier spartelt in pure doodsangst, maar zit natuurlijk met het tuig vast aan de arrenslee.

Zonder zich ook maar een moment te bedenken, duikt Pieter onder. Hij kan niets zien, maar gaat op de tast met zijn hand langs de voorkant van de slee. In de chaos van het donkere, kolkende water voelt hij een van de riemen, die hij volgt tot de gesp. Omdat er zoveel druk op staat van het angstige paard, lukt het hem pas na een paar pogingen om de gesp los te krijgen. De riem schiet met een schok uit zijn hand.

Met een bonkend hart en happend naar adem komt Pieter weer boven. Nu moet de andere riem nog los, weet hij, anders is Zilver kansloos.

Hij hoort Annabel schreeuwen, maar weet dat hij moet opschieten, dus antwoordt hij niet. Naar adem happend, weet hij nog maar net de hoef te ontwijken van het wild om zich heen trappende paard.

Dan duikt Pieter opnieuw onder, wanhopig op zoek naar de andere riem. De slee is inmiddels diep weggezonken, dus kost het met zijn steeds zwaarder wordende kleding grote moeite om erbij te komen.

Hij moet eerst zijn jas uittrekken, beseft hij, anders kan hij niets. Dus gaat hij naar boven.

Op het moment dat zijn hoofd door het wateroppervlak komt, wordt hij geraakt door iets hards.

De wereld draait. Het paard hinnikt in doodsnood, Annabel gilt en nog steeds klinkt overal om hem heen het geluid van brekend ijs.

Dan zakt hij langzaam de ijzigheid van het water in en wordt het stil.

51

Annabel

De Zaan en het Molenaarskanaal, zondag 22 december 1912

Niets kan deze dag meer verpesten. Ze heeft zich aan Pieter gegeven, ze houden van elkaar, ze zullen altijd samen blijven. Annabel is dolgelukkig.

Wat haar betreft, zouden ze nog heel lang in de schuur zijn gebleven, ook al was het er niet warm. Dat zou des te meer reden zijn om dicht bij elkaar te kruipen en nog meer van elkaar te genieten.

Maar Pieter kreeg haast toen het donker begon te worden. Blijkbaar had hij afgesproken om het paard en de slee bijtijds terug te brengen.

Ze gingen in ieder geval veel te snel terug, al zal de merrie wel blij geweest zijn toen ze hen weer zag. Pieter had wel een paardendeken om het arme dier geslagen, maar dat was eigenlijk niet genoeg.

Het was fijn om samen met Pieter weer op de bok van de arrenslee te zitten. Toch voelde Annabel zich niet zo prettig als op de heenweg. Er waren scheuren zichtbaar in het ijs en er vormde zich een knoop in haar maag die bij elk gekraak strakker werd.

Pieter probeerde luchtig te blijven met grapjes en geforceerde lachjes, maar dat verminderde haar ongerustheid niet. 'Snelle dooi is zelden mooi,' zei haar grootvader altijd, als waarschuwing dat er vaak gevaren onder de oppervlakte schuilen.

Daarom vroeg ze voorzichtig: 'Kunnen we niet beter van het ijs af gaan?'

Maar Pieter had een ander idee: hij wilde naar het Molenaarskanaal, waar zijzelf nog nooit van gehoord had. Volgens hem was dat korter. Hij probeerde haar twijfels weg te kussen.

Ze wilde nog weten of het wel veilig is, waarop hij stellig antwoordde: 'Natuurlijk! Daar vaart niemand in deze tijd van het jaar, dus het ijs is er net zo stevig als op de Zaan zelf.'

Daarom slaan ze nu af naar het Molenaarskanaal.

Pieter lijkt zich nergens zorgen om te maken, maar Annabel voelt de bezorgdheid langs haar ruggengraat omhoogkruipen.

Ook aan de merrie kan ze zien dat die nerveus wordt. Dat is geen wonder, want het ijs kraakt steeds harder en bij de oevers vertoont het ijs duidelijke scheuren.

Hoewel ze vooral niet wil overkomen alsof ze hem niet vertrouwt, stelt ze Pieter voor: 'We kunnen nog terug.'

Maar daar wil hij niets van weten.

'We gaan door.'

En even later probeert hij haar op te beuren door te zeggen: 'Mooi is het hier, hè?'

Ze kan zich er niet toe brengen om daar antwoord op te geven, want inmiddels is ze echt bang. Om te proberen de wereld buiten te sluiten, houdt ze krampachtig haar ogen dicht.

'We zijn er bijna!' hoort ze Pieter even later zeggen, met duidelijke opluchting in zijn stem. 'Maar nog niet hele...'

Nu het ijs begint te breken, verstijft alles in Annabel. Het is alsof de tijd vertraagt. De arrenslee zakt door het ijs, Pieters kant eerst. Het paard hinnikt. Ze kan er alleen maar naar kijken.

Pieters snelle reactie wekt haar uit deze droomtoestand. Omdat ze wegglijdt naar zijn kant, geeft hij haar een duw omhoog en schreeuwt: 'Springen! Naar de kant!'

Annabel kan niet anders dan gehoorzamen: ze pakt zich vast, drukt zich weg van het gapende water, zet zich zo hard mogelijk af en komt terecht op het ijs, dat nog steeds luidt kraakt en breekt. Snel klautert ze de kant op, waar nog opgevroren sneeuw ligt. Meteen draait ze zich om.

Haar hart slaat over als ze ziet dat de slee bijna helemaal is weggezonken. Pieter staat tot aan zijn borst in het water naar de in paniek spartelende merrie te kijken. Dan duikt hij.

Het duurt even voordat Annabel beseft wat hij doet.

Hij probeert het paard los te maken!

Elke seconde lijkt een eeuwigheid te duren. Annabel weet niets beters te doen dan luidkeels om hulp te schreeuwen.

Het paard verdwijnt bijna onder het water, maar schiet dan ineens aan één kant los. Hinnikend en om zich heen trappend probeert het dier het ijs op te komen. De slee is inmiddels helemaal gezonken.

Daar is plotseling Pieters hoofd weer! Hij hapt naar adem.

Annabel roept dat hij naar de kant moet komen, bij haar. Maar hij duikt opnieuw. Vlak voordat hij ondergaat, wordt hij bijna geraakt door een van de hoeven van de merrie.

De schrik slaat Annabel om het hart.

Veel sneller dan verwacht komt plotseling Pieters hoofd weer boven het kolkende water. Eerst ziet ze niet goed wat hij doet, dan merkt ze dat hij zijn jas probeert uit te doen.

Intussen vecht de merrie tegen het tuig, dat haar naar beneden trekt. Het dier hinnikt met hoge uithalen en spartelt uit alle macht.

En dan gebeurt het.

Pieter wordt geraakt door een van de trappende hoeven van de in doodsangst verkerende merrie.

Annabel ziet dat er bloed uit zijn hoofd komt. Hij lijkt te verstijven in zijn bewegingen en glijdt dan traag het donkere water in.

Slechts een ogenblik later verdwijnt ook de merrie onder het oppervlak, heftig tegenspartelend.

Nog even zijn er bellen te zien, dan valt het water stil, ijzig stil.

Uit de stilte komt ineens een gegil omhoog dat door merg en been gaat.

Pas dan beseft Annabel dat ze het zelf is die gilt. Maar ze kan niet meer stoppen, zelfs niet als er eindelijk mensen naar haar toe komen en helpende handen haar vastpakken.

52

Noor

Zaandam, zondag 22 december 1912

De tafel is al gedekt als er bij de Veenstra's wordt aangeklopt.

Noor zit in de woonkamer te lezen en wil al opstaan, maar haar vader is haar voor.

'Ik ga al,' meldt hij, hoewel dat al wel duidelijk is. Dan tegen Moeder: 'Als Pieter er om zes uur nog niet is, gaan we gewoon beginnen met eten, hoor!'

Vanuit de keuken kijkt Moeder even naar Noor. Het is een ongewoon tijdstip voor bezoek.

In de gang klinken lage, zware stemmen. Vader voert zo te horen een indringend gesprek met een paar mannen.

Even later komen ze de kamer in: twee geüniformeerde politieagenten, die Noor van gezicht kent, gevolgd door Vader.

Noor schrikt van de geschokte, verslagen gezichtsuitdrukking van haar vader. Er moet iets verschrikkelijks gebeurd zijn, want zo heeft ze hem nog nooit eerder gezien.

Moeder komt uit de keuken, bezorgd kijkend, terwijl ze haar handen afdroogt.

'Wat is er aan de hand?' vraagt ze.

'Ik ben bang dat we slecht nieuws hebben,' zegt de oudste politieman, die naast de kerstboom is gaan staan.

'Nee...' stamelt Moeder. Haar ogen zoeken die van Vader, maar hij staart naar de grond. 'Nee!' roept ze dan luid.

Noor wil haar troosten, maar blijft staan, haar blik blijft strak gericht op de twee agenten.

'Wat voor nieuws?' vraagt ze schor.

De twee agenten kijken elkaar even aan, voordat de jongste van de twee meldt: 'We hebben de trieste plicht om u te vertellen dat uw zoon en broer, Pieter Veenstra, door een noodlottig ongeval om het leven is gekomen.'

Moeder barst uit in een scheurend gehuil, dat Noor nog nooit van haar gehoord heeft, en dat door merg en been gaat.

Vader blijft staan waar hij staat, bij de gangdeur. Zijn ogen zien niets.

'Hij is door het ijs gezakt tijdens een tocht met een arrenslee,' vervolgt de jongere agent. 'Door een ongelukkige samenloop van omstandigheden is hij verdronken.'

De man spreekt het nieuws zacht uit, maar elke lettergreep verzwaart het gewicht van het leed.

'Het spijt ons vreselijk dat we u dit moeten vertellen,' voegt de oudere agent daaraan toe. 'Ik bied u onze oprechte condoleances aan.'

Noor kan en wil het niet geloven. Door een waas van tranen ziet ze dat haar moeder op een stoel neerzakt.

Met een hulpeloos gebaar naar de agenten vraagt Noor: 'Waar is Pieter nu? En wat moeten we doen?'

'Uw broer is overgebracht naar het mortuarium van het Binnenziekenhuis,' vertelt de jongere agent, een man met een grote snor. 'Agterberg zal contact met u opnemen over de begrafenis en het regelwerk daarvan.'

'Agterberg?' echoot Noor.

'De begrafenisondernemer,' zegt Vader achter haar, met een toonloze stem.

Noor kijkt even naar hem, maar hij laat het bij die korte uitleg. Zijn holle blik is schrikbarend.

'Wij komen morgen ook nog even langs,' kondigt de oudere agent aan. 'Want u zult begrijpen dat er in het geval van dit soort ongevallen nader onderzoek nodig is.'

Op dit moment begrijpt Noor helemaal niks, maar ze knikt.

Weer wisselen de agenten een snelle blik.

'Dan gaan wij weer verder,' zegt de oudere agent. 'Sterkte met uw verlies.'

Geen van haar ouders reageert, dus begeleidt Noor de twee politiemannen naar de voordeur.

Teruggekomen in de kamer, ziet ze haar moeder verstijfd in haar leunstoel zitten, haar ogen leeg, starend naar een punt in de verte.

Aan tafel zit haar vader, de man die altijd zo sterk en onwrikbaar is, met zijn gezicht in zijn handen verborgen, zijn schouders schokkend van het snikken.

Ook Noor zelf is overweldigd door verdriet. Ze probeert te troosten en troost te zoeken, maar kan geen woorden vinden die recht doen aan deze tragedie.

Na een tijdje komt er een rookwolk uit de keuken, vergezeld door een enorme stank. Omdat haar ouders het niet schijnen te bemerken, haast Noor zich naar het fornuis, waar iets staat aan te branden.

Snel haalt ze alle pannen van het vuur, waarbij ze haar hand lelijk brandt. Nu ze de wond onder de kraan houdt, huilt ze onbedaarlijk door de pijn en vooral het intense verdriet.

53

Annabel

Zaandam, zondag 22 december 1912

Annabel – alleen, hevig aangedaan en totaal verkleumd – is aan de oever van het Molenaarkanaal gevonden door stadsgenoten dic op haar gegil afkwamen. Iemand sloeg een jas om haar schouders.

Eigenlijk wilde ze niet weg van de oever van het kanaal, waarin Pieter, het paard en de slee verdwenen zijn. Ze werd toch meegenomen, met zachte drang.

Op weg naar de stad stelden mensen vragen, maar ze was niet in staat iets te zeggen. Woorden waren ontoereikend voor de nachtmerrie die ze zojuist beleefd had.

Ze weet nog dat iedereen druk overlegde en dat ze vervolgens werd binnengebracht in een haar onbekend huis, niet ver van het kanaal. Daar was ze vlak bij een kachel neergezet, een vrouw had haar warme thee gegeven en er waren politieagenten gekomen die van alles wilden weten. Met veel moeite had ze iets weten te vertellen over hun tocht met de arrenslee, het brekende ijs, Pieters fatale poging om het paard te redden.

Toen ze het hele verhaal met horten en stoten had verteld, kon ze alleen nog maar huilen, ontroostbaar huilen.

Alles leek haar zo onwerkelijk. Het liefst zou ze daar gebleven zijn, bij die warme kachel, maar er waren mensen met een koetsje gekomen, die haar naar huis gebracht hadden.

Annabel huilde nog steeds toen ze werd opgevangen door haar geschrokken ouders. Ze voelde zich als verdoofd en was nog niet in staat om antwoord te geven op hun dringende vragen. Wel hoorde ze dat haar begeleiders kort vertelden wat ze tegen de politieagenten gezegd had.

Daarna had haar moeder haar mee naar boven genomen en in een bad met heerlijk heet water laten stappen, dat was klaargemaakt door Ellis. Annabel liet zich diep in die weldadige warmte zakken en had erin gelegen totdat het badwater begon af te koelen.

Intussen was haar vader naar de politie gegaan om meer informatie te krijgen en te vragen wat hij kon doen.

En nu zijn ze alle drie in de woonkamer.

Annabels moeder zit in haar leunstoel, een kop thee in haar trillende handen. Haar vader staat bij het raam; de gordijnen zijn open en hij staart naar de donkere, ijzige wereld buiten.

Met een diepe zucht gaat Annabel op de bank zitten, met haar handen in haar schoot, wachtend op wat komen gaat.

'We maakten ons al erg ongerust, Annabel,' zegt haar moeder zacht, met een bijna verontschuldigende glimlach. 'Omdat je zo laat was.'

Haar vader draait zich om, met een blik die zowel boos als teleurgesteld is.

'Je was dus helemaal alleen weg in een arrenslee met een jongeman!'

'Met Pieter,' zegt ze automatisch.

'Precies, met Pieter Veenstra.' Hij doet een stap naar haar toe. 'Zonder enige begeleiding. Een man van achttien met een meisje van zestien!'

'Bijna zestien-en-een-half,' protesteert ze zwakjes.

Daardoor wordt haar vader alleen nog maar bozer.

'Waarom wist ik hier niets van?'

'Het belangrijkste is dat je weer veilig terug bent,' neemt haar moeder het snel over.

Ze zet haar theekop op de salontafel, staat op, komt naast

Annabel zitten en slaat een arm om haar heen.

'We zijn zo ontzettend geschrokken,' zegt ze met tranen in haar ogen.

Annabel beseft dat ze haar ouders een verklaring schuldig is, want hun blikken zeggen genoeg: ze zijn boos en verward en vooral geschrokken, omdat ze hun dochter bijna verloren waren.

En dus begint ze te vertellen: over het afspraakje met Pieter, hun glorieuze vertrek bij de schaatsbaan, de zwaaiende mensen, de prachtige tocht naar Zaandijk. Hun verblijf in de schuur slaat ze over, maar ze legt wel uit wat er misging toen ze vanaf de Zaan het kanaal op gingen en het ijs hen niet meer hield. Hoe Pieter haar gered had en toen nog had geprobeerd het paard los te maken. En hoe zij daarna alleen was overgebleven en alles weg was. Ook Pieter.

Op het laatst is haar stemgeluid niet veel meer dan een fluistering.

'Ik... we dachten dat het veilig was,' brengt ze moeizaam uit. 'Het was zo mooi daarbuiten.'

Haar moeder houdt haar stevig vast, maar haar vader kan zijn woede niet inhouden.

'Veilig...' herhaalt hij bitter. 'Pieter is dood, Annabel! Dood! En jij... jij had ook dood kunnen zijn.'

Ze begrijpt maar al te goed dat hij bovenal opgelucht is dat ze het heeft overleefd. Dat hij zich vooral opwindt om de onnodige dood van een jongeman die er met zijn dochter op uit was gegaan. Zonder dat hij er iets van wist.

'Het spijt me zo,' stamelt Annabel, die voelt dat de tranen alweer over haar wangen lopen. 'Ik wist niet dat...'

Ineens zijn de harde lijnen weer terug op het gezicht van haar vader. Hij draait zich om naar het raam en kijkt weer naar buiten.

Even is alleen het getik van de klok en het geknetter van hout in de haard te horen.

Dan draait hij zich naar haar toe en zegt, met een verbeten trek om zijn mond: 'Dit... dit verandert alles, Annabel. We zullen erover moeten nadenken wat dit betekent, voor ons allemaal.'

Annabel weet niet wat ze daarop moet antwoorden.

Haar vader keert haar weer zijn rug toe en in de stilte die daarop volgt, brengt haar moeder Annabel naar haar slaapkamer, waar ze haar in bed stopt.

Ze is doodmoe en wil eigenlijk alleen maar slapen, maar of ze haar ogen nu dicht of open heeft, ze ziet het steeds weer allemaal voor zich: de winterse Zaan, in al zijn schoonheid; de meedogenloosheid van het zijkanaal; de zinkende arrenslee, het wanhopige paard, Pieters dappere poging om het dier te redden; Pieter die wegzonk in het ijzige water; de eeuwigheid die het duurde voordat ze stemmen in de verte hoorde, de mensen die haar uiteindelijk te hulp kwamen.

Het lijkt allemaal gebeurd te zijn in een andere wereld, waar Annabel zich uit verstoten voelt, achtergelaten met de echo's van een lieve lach die ze nooit meer zal horen. Hunkerend naar de liefdevolle aanrakingen die haar voor altijd ontnomen zijn.

Ze denkt aan Pieter, aan hun middag samen, aan de manier waarop ze in de schuur met elkaar versmolten, aan zijn tedere nabijheid op de slee, aan de heldhaftigheid van zijn laatste daden, die hem zijn leven kostten.

De gedachten aan deze middag, aan Pieters laatste momenten, vormen een last die ze met zich mee zal moeten dragen. Een schaduw die haar herinnering aan haar geliefde zal omhullen. Had ze kunnen voorkomen wat er gebeurd is? Had ze niet moeten instemmen met hun tochtje? Had ze er meer op moeten aandringen om terug te gaan? Het schuldgevoel is wurgend.

Zij tweeën waren bestemd om samen te zijn. Daarom probeert ze zich alle momenten te herinneren die ze samen met Pieter heeft doorgebracht. Elk lachje, elk woord, elke aanraking laat ze voorbijkomen van hun gezamenlijke verhaal, dat nu zo definitief is afgebroken. Ze zijn maar zo kort samen geweest, al was het intens, vol beloften van wat ervan had kunnen komen.

De toekomst met Pieter is haar ontrukt. Dat besef drukt als een steen op haar hart. Wat overblijft, is een koude leegte, een stille ruimte waar nog maar een paar uur geleden de warmte van mogelijkheden was. Zijzelf heeft het overleefd, terwijl Pieter in de ijzige diepte verdween. Waarom?

Tranen blijven stromen, van haar wangen op haar kussen, warme druppels in een koude, eenzame nacht. Elke ademhaling voelt alsof die haar verder wegvoert van Pieter, die dood is achtergebleven. Arme Pieter. Lieve Pieter.

Ze denkt aan zijn lach. Aan zijn plannen. Aan zijn ogen, zo vol leven, die haar aankeken alsof hij nooit genoeg van haar kon krijgen. Aan zijn aanrakingen.

Al die herinneringen zijn zowel een troost als een kwelling. Ze wil hem terug. Ze wil hem terug!

Met die steeds weer herhaalde gedachte valt ze eindelijk in een diepe, droomloze slaap.

54

Noor

Zaandam, zaterdag 28 december 1912

In het grijze ochtendlicht zit Noor aan de oude houten keukentafel wat lusteloos te prikken in het koud geworden roerei, dat haar moeder voor haar heeft klaargemaakt. Buiten probeert de zon moedig door de dikke winterwolken heen te breken, maar de stralen bleek zonlicht slagen er niet in de somberheid uit het huis te verdrijven. Het is akelig stil.

De dagen na Pieters dood waren gevuld met diepe rouw, de voorbereidingen voor de begrafenis, en bezoeken van familieleden, vrienden en buren die de gezinsleden wilden ondersteunen in deze moeilijke tijd.

Toen Noor op de dag na het ongeluk wakker werd, had ze heel even gedacht dat het allemaal slechts een nare droom was geweest. Langzaam was het besef doorgedrongen dat het maar al te waar was: Pieter, haar grote broer en toeverlaat, de steunpilaar van het bedrijf, de beoogde opvolger van haar vader, was er niet meer. Hij lag levenloos in een mortuarium.

Nadat ze naar beneden gestrompeld was, trof ze het ontbijt op tafel aan als een onaangeroerd stilleven. Haar ouders waren in de kamer, maar in plaats van de gebruikelijke ochtendgesprekken hing er een loodzware stilte.

Noor voelde zich verloren tussen de brokstukken van haar tot voor kort zo hechte gezin. Haar eigen verdriet was overweldigend en nu voelde ze ook de druk om sterk te zijn voor haar ouders. Ze probeerde de huishoudelijke taken op zich te nemen die haar moeder verwaarloosde, al kwamen al die routinehandelingen haar leeg en zinloos voor.

Het verdriet lag als een verstikkende deken over de Veenstra's heen. Noors altijd zo sterke en besluitvaardige vader dwaalde gebroken door het huis. Vaak bleef hij bij het raam staan om in de richting van de Zaan te staren, alsof hij hoopte dat Pieter op wonderbaarlijke wijze zou terugkeren.

Moeder had zich teruggetrokken in een stille rouw. Haar normaal zo levendige ogen waren dof van verdriet. Die ochtend probeerde ze het stilzwijgen te doorbreken door met trillende stem aan Noor te vragen hoe ze zich voelde.

Maar wat kon ze zeggen? Hoe kun je onder woorden brengen dat een deel van jezelf is weggerukt?

Op dat moment besloot Noor op te biechten dat ze wist van Pieters plannen. Dat hij haar de avond tevoren had verteld dat hij een arrenslee had gehuurd om met Annabel een tocht over de Zaan te gaan maken. Dat hij haar gevraagd had om dat stil te houden.

De bekentenis voelde als een grote opluchting. Dit was geen tijd om geheimen te bewaren voor elkaar. Zeker niet als het om Pieter ging. Gelukkig namen haar ouders het haar niet kwalijk dat ze hen niets verteld had.

'Het is jouw schuld niet, Nora,' hield Moeder haar voor. 'Echt niet!'

De politieagenten waren die dag teruggekomen om Noors ouders een groot aantal vragen te stellen. Daarna kwam begrafenisondernemer Agterberg, die van alles te regelen had en hen ervan overtuigde dat de vrijdag na kerst de beste dag was voor de begrafenis van Pieter.

De klok tikte onverbiddelijk door, maar de tijd leek stil te staan. Elk detail van het huis herinnerde haar aan Pieter: van de stoel tegenover haar aan tafel tot een van zijn jassen, die nog aan de kapstok hing.

Toen Noor wat boodschappen haalde voor haar moeder, bleek het dagelijkse leven in Zaandam gewoon door te gaan, alsof er niets gebeurd was. Mensen deden inkopen voor de kerst. Fluisteringen en medelijdende blikken volgen haar, een constante herinnering aan het verlies. Vrienden benaderen haar voorzichtig, maar hun woorden van troost voelden inhoudsloos. Hoe konden ze ooit begrijpen wat zij doorstond?

Kerstmis was een gruwel geweest, kaal en dof, een holle echo van de vreugde die de kerstdagen anders meebrachten. Het idee van feestdagen was betekenisloos in deze omstandigheden. Het enige wat echt leek, was de leegte die Pieter had achtergelaten. De wereld van hun gezin was veranderd, op een manier die nooit meer ongedaan gemaakt kon worden. Meer dan ooit tevoren was Noor zich bewust van de breekbaarheid van het leven.

Overal in huis werd ze opgewacht door de stille aanwezigheid van haar ouders. Door de verslagenheid van haar vader, een rots die plotseling verpulverd was onder de last van dit onverwachte verlies. Door de diepe triestheid van haar moeder, die zich traag door de woning bewoog, als een schim van haar normale zelf.

Samen probeerden ze troost te vinden, maar de kloof van hun gedeelde verdriet leek onoverbrugbaar. Moeder legde soms een hand op Noors schouder, in een onbeholpen poging om hun lotsverbondenheid uit te drukken. Vader trok zich steeds terug in zijn studeerkamertje boven, omgeven door boeken en papieren die onaangeroerd bleven liggen. Noor zocht diverse keren per dag de rust op van haar kamer, waar ze alleen kon zijn met haar gedachten.

Gisteren was de begrafenis, met een grote opkomst in de kleine kerk. Noor had zich verloren gevoeld tussen al die mensen, alsof ze gevangenzat in een droom waaruit ze maar niet kon ontwaken. De blikken van medeleven, de fluisterende stemmen die condoleances uitspraken, het voelde allemaal even onwerkelijk. Ze zat naast haar ouders en probeerde zich goed te houden toen de dominee sprak over Pieter, zijn leven en de tragische manier waarop dat veel te vroeg was geëindigd.

Na de dienst, bij het graf, had ze de winterlucht diep ingeademd, in de hoop dat de knoop in haar maag erdoor verlicht zou worden. De aanblik van de kist die langzaam in de grond zakte, was bijna meer dan ze kon verdragen. Ze had haar hand in die van haar moeder geklemd, allebei trillend en ijskoud, niet alleen door de temperatuur. Het idee van een definitief afscheid was gewoon te erg, dat kon ze nog niet bevatten.

Nu, de ochtend na de begrafenis, begint de niet te ontkennen realiteit van Pieters afwezigheid in te dalen. Noor voelt zich verloren. De ontzaglijke omvang van het verlies dringt steeds dieper door, elke herinnering aan haar broer bezorgt haar een steek van pijn. Naar haar bord starend, kan Noor zich niet losmaken van de herinnering aan Pieters lach, aan hun gezamenlijke momenten.

Er is nog zoveel te doen, nog zoveel te regelen, en toch kan ze zich niet ertoe zetten om op te staan van de tafel. Ze weet dat het leven door moet gaan, dat haar ouders haar nodig hebben, dat ze elkaar moeten steunen in deze ellendige tijd, maar de leegte die Pieters dood heeft achtergelaten, lijkt alles te overschaduwen.

De dag strekt zich voor haar uit, een eindeloze reeks lege uren die gevuld moeten worden. Nu ze daar zo zit, in de keuken die nu zoveel kouder lijkt, weet ze dat dit nog maar het begin is van wat haar te wachten staat in de komende periode van rouw. Het enige wat ze kan doen, is proberen om elke dag te nemen zoals die komt. Daardoor zal de pijn in de loop van veel tijd misschien verminderen, maar het verlies van haar broer is een wond die nooit volledig zal helen.

55

Annabel

Zaandam, zondag 29 december 1912

In de week na het ongeluk voelde elke dag voor Annabel alsof ze zich een weg moest zien te banen door een dichte mist. Tijd verloor zijn betekenis; de uren sleepten zich voort, maar tegelijkertijd leek het alsof de dagen in een oogwenk voorbijvlogen.

Annabel merkte dat ze details uit het dagelijks leven intenser waarnam: de manier waarop de winterzon door de kale takken scheen, het zachte getik van de regen tegen het raam, nu de dooi definitief doorzette.

Daarnaast had ze minder aandacht en interesse voor alledaagse dingen. De steunbetuigingen van stadsgenoten deden haar niet veel: zulke woorden en gebaren van medeleven voelden soms hol aan, alsof ze de diepte van haar verlies niet konden peilen.

Vrijwel elke nacht, in de stilte van haar kamer, lag Annabel een tijd te huilen. Niet alleen om Pieter, maar om alles wat ze niet meer tegen hem had kunnen zeggen, om al hun kansen, die nu voor altijd verloren waren. 's Ochtends stond ze op, waste ze haar betraande gezicht en ging ze verder met haar dag. Niet omdat ze dapper was, maar omdat ze niet wist wat ze anders moest doen.

Wat er met Pieter gebeurd is, bracht haar ertoe om dieper na te denken over de kwetsbaarheid van het leven en de waarde van elk geluksmoment. Ze begon te beseffen dat je de tijd die je met dierbaren doorbrengt niet als vanzelfsprekend mag beschouwen; dat elke lach, elke omhelzing, elke gedeelde intimiteit een geschenk is, dat je moet koesteren.

Met haar eigen familie lag dat momenteel moeilijk: die relatie raakte beladen met onuitgesproken emoties. Haar moeder probeerde troost te bieden met zachte omhelzingen en warme kopjes thee, maar het ravijn van onbegrip tussen Annabel en haar vader leek alleen maar verder te verbreden.

Haar vader hield zich op een afstand. Hij verborg zich vaak achter zijn krant, alsof hij hoopte dat stilzwijgen en het vermijden van het pijnlijke onderwerp hen door deze tijd heen zou helpen. Als hij al iets zei, ging het over praktische onderwerpen.

Daarom was Fiekes bezoek, op de dag voor Kerstmis, ook als een vlaag frisse lucht voor Annabel. De aanwezigheid van haar vriendin deed haar beseffen dat ze niet alleen stond. Fieke was altijd al een rots in de branding geweest, en nu had ze feilloos aangevoeld dat Annabel zich geïsoleerder voelde dan ooit.

Annabel hoeft haar niet eens zoveel te vertellen over wat er gebeurd was om zich toch begrepen te voelen. Fieke wist dat sommige wonden beter eerst konden helen en dat er soorten van verdriet waren die zich niet snel onder woorden lieten brengen.

Na dat prettige, lange gesprek besefte Annabel heel duidelijk dat zij bij Noor langs moest gaan. De gedachte daaraan maakte een vloedgolf van emoties bij haar los.

Als ze Noor en haar ouders onder ogen kwam, zou ze geconfronteerd worden met haar eigen aandeel in de tragedie. Met vragen zonder antwoord. Met de blik van Noor, die misschien wel verwijt zou uitstralen. Met de harde realiteit dat de wereld van deze drie mensen onherroepelijk veranderd was door haar uitstapje met Pieter. Met de herinnering aan dat laatste, fatale deel van hun tochtje, toen die dappere jongen zijn leven gaf om haar en dat paard te redden.

Vandaag is de dag aangebroken waarop ze naar Noor en haar ouders gaat. Deze middag. Dat heeft ze zichzelf beloofd en aan die belofte wil ze zich houden, want dat is wel het minste wat ze Pieter verschuldigd is.

Met lood in haar schoenen loopt Annabel de Westzijde af, naar de stadskern. Ze trekt haar jas dichter om zich heen, alsof die haar kan beschermen tegen de koude realiteit van haar bezoek. De wandeling naar het huis van de Veenstra's, die ze al zo vaak heeft afgelegd, voelt nu als een voettocht door drijfzand.

Bij het huis aangekomen twijfelt Annabel even voordat ze aanbelt, haar hand zweeft aarzelend boven de bel. Uiteindelijk verzamelt ze al haar moed en trekt aan de belknop. Het galmende geluid in de gang klinkt onheilspellend in haar oren.

Noors moeder doet open.

Annabel ziet de vermoeidheid in haar ogen, die getuigt van slapeloze nachten.

'Annabel, kom binnen,' zegt ze, met een stem die zachter klinkt dan Annabel zich herinnerde.

In de woonkamer komt ze een sfeer van beklemming binnen, het verdriet hangt er als een onzichtbare nevel in de lucht. Noor zit op de bank, haar gezicht bleek en haar ogen groot en zoekend.

Bij het zien van haar vriendin, zo kwetsbaar, zo verloren, voelt het voor Annabel alsof haar hart breekt.

'Ik... ik wilde alleen maar komen zeggen dat het me zo spijt,' stamelt Annabel, haar stem verstikt door tranen die ze wanhopig probeert terug te dringen.

Er volgt een ongemakkelijke stilte.

Noors vader komt binnen met een dienblad vol kopjes thee, in een duidelijke poging om iets normaals te brengen in een situatie die allesbehalve normaal is.

Zijn stem is onvast als hij zegt: 'Dank je, Annabel, voor je komst. Ga zitten.'

Annabel gaat zitten op de bank, met één zitplaats afstand tussen haar en Noor. In werkelijkheid voelt ze zich nog veel verder van haar verwijderd.

Haar theekopje laat ze onaangeroerd, de koekjes onaangeraakt.

Het moeizame gesprek tussen hun vieren – vol haperingen en gefragmenteerde, onafgemaakte zinnen – doet Annabel pijn, maar ze moet het uitzitten. Deze mensen hebben zoveel vragen, daar moet ze alle ruimte aan geven. Voor zover ze dat kan, tenminste.

Als er geen vragen meer zijn en Noors ouders in hun stoelen haar alleen nog maar zwijgend aankijken, draait Noor zich naar haar toe. Haar ogen zijn betraand, maar vastberaden.

'Het is niet jouw schuld, Annabel,' zegt ze.

Annabel kan er niets aan doen: die woorden bezorgen haar een heftige huilbui. Ze doet niet eens moeite om de tranen weg te vegen, haar ogen blijven gericht op haar vriendin.

'We kunnen niet terug in de tijd,' vervolgt Noor. 'Dat weten Vader en Moeder ook. We kunnen alleen maar... vooruit. Dat zou Pieter gewild hebben.'

Het is een aanbod van vergeving door Noor, een fragiele brug in een zee van pijn.

Annabel aanvaardt de uitgestoken hand dankbaar. Ze voelt een opluchting, maar ook een onbeschrijfelijke droefheid. Toch overheerst blijdschap dat ze gekomen is, hoe erg ze er ook tegen opzag.

Als ze eenmaal weer buiten is, bijt de koude decemberlucht in haar gezicht. Dat deert haar niet. Het is niets vergeleken met de kilte die ze vanbinnen ondergaat, de herinnering aan wat verloren is gegaan en nooit meer terug zal komen.

Gelukkig staat ze er niet alleen voor en kan ze rekenen op haar vriendinnen.

56

Fieke

Zaandam, dinsdag 31 december 1912 / woensdag 1 januari 1913

Oudejaarsavond is een van de gezelligste avonden van het jaar, zeker als die – zoals nu – begonnen is met stamppot en een stuk worst.

Na het eten hebben ze met zijn vijven rondom de kolenkachel gezeten. Fiekes moeder serveerde zelfgemaakte appelflappen, haar vaste oudejaarstraktatie, en warme chocolademelk. Fiekes vader had, zoals altijd, de leiding bij de inventarisatie van de hoogte- en dieptepunten van het voorafgaande jaar.

De sfeer was warm en vrolijk, maar werd wat somberder toen bijna aan het eind van de opsomming Pieters tragische dood genoemd werd.

Voor Fieke kwam het allemaal weer terug. De middag waarop Noor en zij hadden toegekeken hoe Pieter en Annabel in de arrenslee stapten en romantisch wegreden. Daarna waren Noor en zij gaan schaatsen, zonder ooit te kunnen vermoeden dat dit de laatste keer was dat ze Pieter nog in leven hadden gezien.

Die avond was het bericht van de ramp snel door Zaandam gegaan. Bij hen thuis kwam een buurman het vertellen. De ongelukstijding trof Fieke als een mokerslag. Eerst kon ze het niet geloven: Pieter, de broer van een van haar twee beste vriendinnen, was verdronken. Samen met haar andere vriendin was hij verwikkeld in een tragedie die meer weghad van een nare droom.

Haar eerste gedachte was dat ze direct naar Noor en Annabel toe moest, om hen te troosten. Haar moeder wist haar er echter van te overtuigen dat ze hen die avond het beste alleen kon laten met hun eigen gezinnen. Fieke voelde zich machteloos, omdat ze er juist op zulke ellendige momenten wilde zijn voor haar vriendinnen, hoe dan ook.

De dag daarna was Zaandam, normaal gesproken toch al zo'n levendige en hechte gemeenschap in deze tijd van het jaar, gedompeld in rouw. Van alle kanten werden steunbetuigingen uitgesproken voor Timmer Veenstra en zijn gezin en er was een diep medeleven merkbaar in de harten van de Zaankanters. In de kerk werd een herdenkingsdienst gehouden voor Pieter, de jonge man die tussen hen was opgegroeid en wiens leven zo abrupt was weggenomen door het ijs waar hij zo van hield.

De dagen daarna leek iedereen in Zaandam het te hebben over het ongeluk. Er werd gefluisterd en gespeculeerd over de details, wat Fieke een ongemakkelijk gevoel gaf. Ze hoorde uitingen van medelijden en nieuwsgierigheid, maar ook van afkeuring.

Sommigen hadden het erover dat Pieter een roekeloze beslissing had genomen door er met de arrenslee op uit te gaan, ondanks de dooi. Anderen speculeerden over de relatie tussen Pieter en Annabel, iets wat Fieke bijzonder ongepast vond. Ze trok zich de geruchten erg aan, omdat ze bang was dat haar vriendinnen erdoor gekwetst zouden worden.

Op maandag, de dag na het ongeluk, was Fieke meteen naar Noor gegaan, omdat ze wist dat haar vriendin haar steun hard nodig had. Noors moeder had haar met een trieste glimlach ontvangen en bracht haar naar Noors kamer.

Daar lag Noor op bed, opgerold. Toen Noors moeder hen alleen liet, hadden ze samen gehuild, hun armen om elkaar heen. Nog nasnikkend, had Noor daarna geprobeerd haar verdriet te verwoorden, met soms lange pauzes. Fieke had haar een luisterend oor geboden en een schouder om op te huilen. Ook had ze geprobeerd haar vriendin te herinneren aan de goede tijden met Pieter, aan zijn lach, zijn dromen, zijn inzet voor de familie en de mooie momenten die ze samen deelden. Dat nam de pijn vanzelfsprekend niet weg, maar zorgde soms voor een glimlach door de tranen heen.

'Je bent niet alleen,' had ze bij haar afscheid tegen Noor gezegd. 'Ik ben er voor je.'

Als antwoord had Noor alleen maar even geglimlacht. Dat was genoeg.

De dag erna was ze naar Huize Van Loon gegaan. Annabels ouders ontvingen haar beleefd, maar hun bezorgdheid en verwarring over hun dochter hing als een donkere wolk in de luxueus ingerichte kamer.

Annabel zelf was stiller dan Fieke haar ooit had gezien: haar gebruikelijke opgewektheid werd gesmoord door verdriet en schuldgevoel. Ook met haar sprak ze over Pieter, over de leegte die hij achterlaat, en over de complexe warboel van gevoelens die Annabel met zich meedraagt.

Ze bleek echt van hem te houden, merkte Fieke: dat was iets wat ze niet wist. Op Annabels aandringen belooft ze daar niets over te zeggen tegen Noor.

Fieke luisterde naar Annabel, bood haar troost waar ze kon en voelde dat ze juist door de zwaarte van dit gesprek dichter bij haar kwam te staan als vriendin. Ook aan Annabel gaf ze de verzekering dat ze er altijd voor haar zal zijn, wat er ook gebeurt.

'Wat zit je te staren, meisje?' vraagt haar vader warm.

Opschrikkend uit haar gedachten, ziet Fieke dat ze haar chocolademelk koud heeft laten worden. Er zit zelfs een vel op. Op de bank ligt de tweeling te slapen, tegen elkaar aan. Het is nog niet eens tien uur.

'Ik ga nog even naar mijn kamer,' kondigt Fieke aan.

'Niet te lang, hè,' houdt haar moeder haar voor.

'Ik ben ruim op tijd weer beneden,' belooft Fieke.

Het is koud in haar kamertje, maar dat deert haar niet. Van de plank boven haar bureau pakt ze de stapels tekeningen die ze in de loop van het jaar gemaakt heeft. Die legt ze op haar bed, waarna ze er in kleermakerszit tussen gaat zitten, precies in het midden, zodat ze het beste licht heeft van de gaslamp aan de wand.

Terwijl ze door de stapels bladert, ziet ze de ontwikkeling in haar werk. In het begin waren haar lijnen aarzelend, haar perspectieven soms wat scheef en zat er nog een duidelijke gereserveerdheid in haar gebruik van schaduwen. Naarmate ze verder kijkt, constateert ze dat haar recentere werk meer zelfverzekerdheid uitstraalt. De lijnen zijn sterker en vaster, de schaduwen dieper en meer uitgesproken, wat haar tekeningen een levensechte kwaliteit geeft.

De lessen die ze de afgelopen maanden heeft kunnen volgen, dankzij haar zaterdagwerk, hebben haar nieuwe technieken geleerd. Hoewel ze in het begin een beetje terughoudend was vanwege de kosten, heeft ze ook geëxperimenteerd met verschillende materialen: van houtskool tot inkt, en zelfs wat beginnende pogingen met waterverf – al waren die niet allemaal even goed gelukt.

Die experimenten hebben haar werk verrijkt, realiseert ze zich: ze hebben haar geholpen om meer haar eigen stijl te vinden. Daar zitten soms grote verschillen in, ziet ze nu ook. Op tweede kerstdag, slechts een paar dagen na Pieters dood, had ze 's middags een tijd zitten tekenen. Het werden donkere houtskooltekeningen, met stormachtige luchten en woeste zeeën.

Haar tekenwerk wordt steeds minder een vrijblijvende hobby en steeds meer een manier om zich uit te drukken, dingen te verwerken. Om dat nog beter te kunnen doen, zal ze haar techniek nog verder moeten verfijnen en zich serieus moeten richten op de kunstacademie als haar gedroomde toekomstpad.

Ze selecteert een paar van haar favoriete tekeningen, waaronder ook de intense houtskooltekeningen, om die in een portfolio te doen.

Onderaan de trap hoort ze haar moeder roepen.

'Ik kom eraan!' antwoordt ze, waarna ze snel haar tekenwerk opstapelt en weer op de plank legt.

Beneden blijken Iris en Margriet ook weer wakker te zijn, al wrijven ze nog wel in hun ogen. Vader schenkt appelsap in voor iedereen, waarna ze samen bij het raam gaan staan.

Om twaalf uur luiden de klokken van de kerken het nieuwe jaar in, hun zwaar beierende klanken weergalmen over de hele stad.

'Gelukkig nieuwjaar,' roepen haar ouders, de tweeling en Fieke zelf allemaal tegelijk.

Daarna is het snel gebeurd. Fiekes moeder brengt de kleine meisjes naar bed en Fieke ruimt samen met haar vader de kamer op.

'Maak wat van het nieuwe jaar, Sofieke,' zegt haar vader, als ze even later naar boven gaat.

'Dat doe ik,' belooft ze.

En dat meent ze ook oprecht.

57

Annabel

Leiden, zaterdag 15 maart 1913

Vanuit de treincoupé staart Annabel naar het voorbijglijdende landschap, terwijl de trein haar verder wegvoert van Zaandam. Elke kilometer die ze aflegt, brengt haar verder weg van de moeilijkheden in haar dagelijks leven en hopelijk dichter naar een mogelijke oplossing, of op zijn minst enige verlichting van haar zorgen.

De afgelopen drie maanden heeft ze subtiele, maar onmiskenbare veranderingen gemerkt in haar lichaam. De uitblijvende menstruaties waren een niet te negeren teken, zeker in combinatie met haar regelmatig optredende ochtendmisselijkheid en een onverklaarbare vermoeidheid.

Eerst dacht ze dat het allemaal kwam door de rouw, die haar hard raakt. Maar diep vanbinnen weet ze al een tijdje wat deze signalen betekenen. Inmiddels geeft ze toe aan de realiteit dat ze zwanger is van Pieter. Dat besef zorgt voor een maalstroom aan emoties en vragen over haar toekomst.

Dat is een van de redenen waarom ze deze treinreis onderneemt: ze is op zoek naar steun en begrip. Haar zwangerschap is nog altijd een groot geheim, waarover ze niet kan praten met haar ouders en zelfs niet met haar vriendinnen. En ze wil er juist zo graag over praten! Ze is zwanger van Pieter! Hijzelf is er niet meer, maar er groeit een wezentje in haar dat de vrucht is van hun liefde.

Hoewel Gerard afstand van de familie genomen heeft, lijkt hij haar enige mogelijkheid om zich te kunnen uitspreken. Hij is haar broer, de enige die haar situatie misschien kan begrijpen, zonder haar direct te veroordelen. Tegelijkertijd hoopt ze dat een gesprek met Gerard een brug kan slaan naar verzoening, niet alleen met haarzelf, maar ook met hun ouders.

Ze heeft haar vader en moeder niet verteld over haar reisplan, omdat die het dan ongetwijfeld verboden zouden hebben. Nu denken ze dat Annabel deze zaterdagmiddag doorbrengt met haar vriendinnen. Die ook van niets weten. Alleen Gerard zal straks van haar geheim op de hoogte zijn, want ze gaat het hem nu vertellen. Om haar komst aan te kondigen, heeft ze hem een brief gestuurd. Al heeft hij daarop niet gereageerd.

De trein baant zich een weg door het vlakke, Hollandse landschap en nadert Amsterdam. Intussen probeert Annabel haar gedachten te ordenen. Ze heeft Gerard al een tijd niet gezien, sinds maanden voor het ongeluk, en ze weet niet goed wat ze van hun ontmoeting moet verwachten. Ze hoopt op begrip, liefst ook steun, maar is ook bang voor zijn reactie. Hij heeft haar nooit vergeven dat ze hun vader over zijn verkering met Monica de Bruin heeft verteld, en hun relatie is sindsdien kil en afstandelijk.

De trein piept en kraakt bij het binnenrijden van het drukke station van Amsterdam. Annabel stapt uit, zoekt een beetje zenuwachtig naar het perron voor de trein naar Leiden. Ze neemt plaats in een bijna lege coupé.

Tijdens de hele rit kijkt ze naar buiten, maar zijn haar gedachten elders. Ze vraagt zich af of ze wel de juiste beslissing heeft genomen door te komen, of Gerard haar eigenlijk wel wil zien en hoe ze hem kan vertellen over de onrust die in haar groeit.

Als ze in Leiden uit de trein stapt, klopt haar hart in haar keel. In haar jaszak heeft ze een briefje waarop ze Gerards adres heeft genoteerd. Op het stationsplein vraagt ze een geüniformeerde man de weg, die hij haar geduldig uitlegt.

De stad is Annabel onbekend, maar bevalt haar wel. De smalle, geplaveide straatjes tussen hoge huizen met historische gevels hebben een uitstraling die Zaandam mist. Het water in de grachten glinstert onder de schaarse zonnestralen, die door de wolken heen prikken.

Sneller dan verwacht komt ze aan op het Rapenburg, een schilderachtige gracht met statige herenhuizen. Annabel neemt even de tijd om haar ademhaling onder controle te krijgen. Dan trekt ze aan de bel.

Een jongeman met donker, sluik haar en een brilletje doet open. Hij bekijkt haar van onder tot boven voordat hij vraagt: 'Ja?'

'Ik kom voor Gerard van Loon,' meldt Annabel.

'Gerard! Het is voor jou!' roept de jongeman over zijn schouder, waarna hij haar de rug toekeert.

Even later komt Gerard van de trap. Hij heeft een overhemd aan dat los uit zijn broek hangt en loopt op sokken.

'O, je bent toch gekomen,' zegt hij, niet erg enthousiast. Even lijkt hij te aarzelen of hij haar in de deuropening te woord zal staan, dan doet hij de deur wat verder open. 'Kom maar binnen.'

Hij gaat haar voor, de trap op naar een rommelige overloop, waar de deur van zijn kleine kamer al openstaat. De gordijnen zitten halfdicht, overal liggen boeken verspreid en er hangt een lichte geur van sigarenrook.

Gerard haalt wat boeken van zijn bureaustoel en gebaart dat ze daar kan gaan zitten. Zelf neemt hij plaats op zijn onopgemaakte bed, afwachtend.

'Eh... Gerard, ik... ik moest je zien,' begint Annabel. 'Thuis is alles zo veranderd sinds... sinds Pieter.'

Hij zucht.

'En daarom kom je naar mij, Annabel? Ik ben ook niet blij met wat er gebeurd is, maar daar valt weinig meer aan te doen.'

Gerard schuift achteruit en gaat met zijn rug tegen de muur zitten.

Terwijl ze een brok in haar keel probeert weg te slikken, overweegt Annabel of ze hem meteen zal vertellen wat er op haar hart ligt.

Op dat moment gaat de deur open en komt er een knappe jonge vrouw binnen. Ze is blootsvoets en draagt een lange broek onder een half dichtgeknoopt mannenoverhemd. Haar haren hangen los over haar schouders.

Ze kijkt verbaasd naar Annabel en zegt tegen Gerard: 'Hé, ik wist niet dat we bezoek hadden.'

'Dit is mijn zusje Annabel,' legt Gerard uit, zonder op te staan. 'Annabel, dit is Monica.'

Met een onzekere glimlach komt Annabel overeind en steekt haar hand uit.

'Hallo, Monica. Gerard heeft veel over je verteld.'

Monica schudt haar hand en glimlacht, waarna ze aan Gerard vraagt: 'Is dit het zusje dat...'

Gerard knikt, en richt zich vervolgens weer tot zijn zus.

'Luister, Annabel, ik weet dat het thuis niet makkelijk is, maar dit is mijn leven nu. Ik kan niet zomaar terugkomen en doen alsof alles in orde is. Hopelijk begrijp je dat.'

'Ik begrijp het, Gerard, echt,' verzekert ze hem. 'Ik had alleen gehoopt dat...'

Ze valt stil en kijkt even naar Monica, die naast Gerard gaat zitten.

Annabel verbijt zich. Ze had gehoopt steun van haar broer te krijgen. Ze wil hem zo graag vertellen van het kindje in haar buik, maar dit gesprek leidt zo nergens toe.

'Fijn jullie even gezien te hebben,' zegt ze afgemeten.

Ze staat op en verlaat meteen de kamer.

Het verbaast haar niet eens dat Gerard haar niet achterna komt.

Met een somber hart loopt Annabel terug naar het station. De gedachte aan haar zwangerschap en de onzekere toekomst weegt zwaarder dan ooit. Ze staat er helemaal alleen voor.

Ze is er niet klaar voor om haar ouders te confronteren met haar geheim, want dan wacht haar onvermijdelijk een golf van teleurstelling en afkeuring. Dus zal ze door moeten gaan alsof er niets gebeurd is.

Voorlopig stort ze zich volledig op de voorbereidingen voor haar eindexamen. Wat daarna komt, zal ze tegen die tijd wel zien.

Hoewel ze zelf ook beseft dat deze beslissing niets oplost, biedt die momenteel toch een schijnbare rust, een houvast in de tumultueuze stroom van haar gedachten.

58

Noor

Zaandam, zaterdag 15 maart 1913

De lente verdrijft de winterse kou steeds meer. In Zaandam begint het leven weer zijn normale loop te nemen.

Terwijl er steeds meer dagen verstrijken, worstelt Noor met de leegte van Pieters afwezigheid. Het verlies heeft niet alleen haar broer weggenomen, maar ook een deel van haar eigen identiteit. Ze realiseert zich dat het leven onvoorspelbaar en vaak oneerlijk is. Juist omdat het genadeloos verdergaat.

Haar zestiende verjaardag is de eerste familieverjaardag sinds de dood van Pieter. Noor heeft dan ook absoluut geen zin om die te vieren. Dat heeft ze ook aan haar vriendinnen laten weten. Toch komt er visite.

Tante Anna en oom Hendrik weten dat er geen verjaardagviering is, maar hebben aangekondigd dat ze wel even langskomen, omdat ze op deze zaterdagmiddag toevallig in de buurt moeten zijn.

Dus heeft Moeder cake gebakken.

'Het is eigenlijk wel goed dat oom en tante komen,' zei ze tegen Noor, 'want het wordt tijd om plannen te maken voor volgend schooljaar, als jij naar de kweekschool gaat en bij hen mag logeren.'

Hoewel Noor een beetje chagrijnig is omdat er tegen haar wil toch bezoekers op haar verjaardag komen, kan ze daar moeilijk bezwaar tegen hebben. Ook al omdat ze haar oom en tante sinds de begrafenis van Pieter niet meer heeft gezien.

Bij hun binnenkomst is de begroeting vriendelijk als altijd, maar niet echt vrolijk. Iedereen is er zich maar al te zeer van bewust dat het verlies van Pieter een verse wond blijft.

Tante Anna heeft voor Noor 'een kleinigheidje' meegebracht, zoals ze het zelf uitdrukt. Het is een schetsboek, waar ze haar tante en oom hartelijk voor bedankt.

Bij de koffie en de cake gaan de gesprekken eerst over Pieter en daarna over Noors eindexamen en het aanstaande schooljaar in Amsterdam. Ze krijgt allerlei praktische adviezen over de voorbereiding ervan, die ze dankbaar aanvaardt.

Het valt Noor op dat Vader moeite moet doen om betrokken te blijven bij de conversatie. Dat verwondert haar niet, want hij is in het nieuwe jaar wel weer begonnen met werken, maar eigenlijk niet meer de oude geworden.

Om in het bedrijf te helpen na het wegvallen van Pieter, is Noor in januari begonnen met administratieve werkzaamheden op kantoor. Elke dag na schooltijd, en soms ook in de weekenden, gaat ze erheen om klussen en klusjes te verrichten die anders blijven liggen.

Haar vader had daar eerst bezwaar tegen gemaakt, omdat hij bang was dat haar bezigheden in het bedrijf ten koste zouden gaan van haar schoolwerk, zeker nu het eindexamen voor de deur stond. Toch merkte ze al snel dat hij haar aanwezigheid waardeerde, en er was simpelweg ook meer dan genoeg te doen voor haar.

Daar kwam nog bij dat ze in de afgelopen maanden constateerde dat haar vader vaak ongeconcentreerd en vermoeid was, en lang niet meer de energie en de doortastendheid kon opbrengen die hem altijd zo gekenmerkt hadden. De arme man draagt zijn verdriet met zich mee als een zware last, die zelfs voor zijn sterke schouders weleens te veel zou kunnen zijn.

Nu haar oom vraagt hoe het met het bedrijf gaat, antwoordt Vader, met een grappig gebaar in haar richting: 'Nou, het is maar goed dat Noor ons tegenwoordig helpt, anders wordt het nooit meer iets.'

'Werkt Noor mee in het bedrijf?' reageert oom verbaasd.

'Jazeker, ze heeft zichzelf in korte tijd volkomen onmisbaar gemaakt,' antwoordt Vader.

Er wordt gelachen, maar Noor ziet dat haar moeder niet meelacht en bezorgd naar Vader kijkt.

Bij hun vertrek zeggen oom en tante nog eens dat ze erg uitkijken naar de komst van Noor, in september. Natuurlijk verzekert Noor hen dat zij daar minstens net zoveel naar uitkijkt.

Als ze weer terug zijn in de kamer, gaat Vader met een zucht in zijn stoel zitten.

Wees maar niet bang, Pieter, ik houd hem in de gaten, belooft Noor in gedachten.

59

Fieke

Aan de zuidkant van Zaandam, zondag 20 april 1913

Fieke gebruikt haar vrije zondagmiddag om buiten te tekenen, niet ver van de oude molen waar ze regelmatig met haar vriendinnen afspreekt.

De natuur staat in bloei, en dat inspireert haar. Ook heeft ze behoefte om er even uit te zijn, niet binnen opgesloten te zitten met haar studieboeken.

De afgelopen maanden zijn niet makkelijk geweest. Om Noor en Annabel te helpen in hun tijd van rouw, heeft Fieke allerlei leuke bijeenkomsten en uitjes georganiseerd, waar haar twee vriendinnen meestal halfhartig en soms zelfs ronduit onwillig aan deelnamen. Af en toe had Fieke het gevoel dat ze tegen de stroom in roeide, maar ze weigert op te geven.

Toch merkt ze dat de vriendschap van De Drie Vriendinnen juist door die moeilijke periode versterkt en verdiept is. Ze weten alle drie dat ze van elkaar op aan kunnen, dat ze er altijd voor elkaar zullen zijn, door dik en dun.

Ze gaat zitten op een bankje bij de Zaan, waar ze goed uitzicht heeft over de rivier en het landschap. De zon strooit zijn stralen uit, waardoor de wereld gevuld wordt met frisse kleuren en nieuwe levenskracht. Overal waar ze kijkt lopen struiken uit en staan bomen en bloemen in bloei.

Genietend laat Fieke het zonlicht even over haar gezicht

schijnen, waarna ze haar schetsboek en haar etui met kleurpotloden uit haar tas haalt.

Terwijl ze een opzet maakt, bedenkt ze dat de ingrijpende veranderingen om haar heen ook een weerslag hebben gekregen op haar teken- en schilderwerk. Ze gebruikt haar toenemende technische vaardigheden steeds meer om niet alleen af te beelden wat ze ziet, maar ook om een weerspiegeling te geven van haar innerlijke wereld, van haar gevoelens en ervaringen.

Soms gaat dat ten koste van de getrouwheid aan de werkelijkheid, al kan haar dat niet echt veel schelen: zijzelf vindt het belangrijker dat haar werk steeds persoonlijker wordt. Steeds meer iets wat alleen zij zou kunnen maken. Haar lijnenwerk wordt vloeiender, haar kleuren feller en de composities gedurfder.

Op haar schetsblok verschijnen de rivier en de molen. Het is niet zomaar een molen, hij is verweven met de rust en de onrust van de natuur, die als een woeste mengeling van kleuren weerspiegelt in het water.

Ze stopt even om naar haar werk te kijken. Er speelt een zachte glimlach om haar lippen. Nog maar een jaar geleden had ze dit niet gekund. Toen voelde het nog als haar grootste uitdaging om de wereld om haar heen op een bijna fotografische manier te tekenen. Inmiddels is ze een geheel andere weg ingeslagen. Nu wil ze niet meer terug.

Terwijl Fieke geconcentreerd werkt aan haar tekening, voelt ze plotseling de aanwezigheid van iemand achter zich. Ze draait zich om en ziet een oudere dame met vriendelijke ogen naar haar werk kijken. Ze heeft een fiets aan haar hand.

De vrouw, die zich voorstelt als Alice Krijgsman, heeft een warme glimlach. Haar zilvergrijze haar zit in een knot, de huid van haar gezicht vertoont fijne lijntjes rond haar ogen en mond. Onder haar roodbruine jas draagt ze een lange groene jurk en schoenen zonder hakken.

'Mooi werk,' zegt ze op een kalme toon die Fieke direct aanspreekt. 'Je hebt duidelijk gevoel voor compositie en kleur. Waar heb je leren tekenen?'

Fieke legt uit dat ze eindexamen op de mulo doet en naast school tekenlessen volgt.

'Heel goed. Waar volg je die lessen?'

'Op de tekenschool, hier in Zaandam,' antwoordt Fieke.

'Echt waar? En van wie krijg je daar les?'

'Van meneer Bezemer.'

'Benno Bezemer, ja.' De vrouw knikt goedkeurend. 'Die is technisch heel goed, aan zo iemand heb je veel. Ik ken hem wel: we hebben samen op de academie gezeten.'

Ze zet haar fiets tegen de leuning van het bankje en komt dan naast Fieke zitten.

'Mag ik?' vraagt ze, om vervolgens het schetsblok van haar over te nemen, zonder te wachten op antwoord.

Nadat ze de tekening van de molen en ook een paar tekeningen op andere bladzijden van het schetsboek bestudeerd heeft, constateert ze: 'Je bent goed op weg, maar je bent er nog niet.'

Fieke weet niet goed wat ze daarop moet zeggen.

De vrouw geeft het schetsboek terug, en zegt bijna achteloos: 'Ik ben op een punt in mijn leven aangekomen waarin niet alles meer draait om de meerdere eer en glorie van de grote Alice Krijgsman. Daarom ondersteun ik soms jonge kunstenaars bij wie ik talent zie. Zoals bij jou.' Ze wacht even en voegt daar dan aan toe: 'Ik zou jou kunnen helpen bij je creatieve ontwikkeling.'

Ze schiet in de lach als ze Fiekes verbaasde gezicht ziet.

'Ik weet niet wat je aan Benno Bezemer betaalt, maar dit kost je niks. Wat niet wil zeggen dat het niets waard is.'

'Wat stelt u dan voor?' vraagt Fieke verward.

'Wekelijkse lessen. Steeds één tot anderhalf uur.' Ineens is de toon van de vrouw haast zakelijk. 'In mijn atelier. Na schooltijd of soms in het weekend, dat moeten we afspreken. Ik leer je meer over verschillende technieken, maar ook kunstgeschiedenis en vooral het ontdekken van je eigen stijl.'

'En daar wilt u niks voor terug?'

Fieke is wat terughoudend, omdat ze zich niet kan voorstellen dat iemand zoiets helemaal gratis zou doen.

De vrouw lacht vrolijk, met haar hoofd in haar nek.

'Laten we het erop houden dat het goed is voor mijn karma.'

'Karma?' echoot Fieke verbaasd. Ze heeft geen idee waar de vrouw het over heeft.

'Dat leg ik je later nog wel uit. Lijkt het je wat?'

'Natuurlijk, dank u.'

'Zeg maar "je", hoor. Ik ben dus Alice, en jij?'

'Fieke.'

'Goed, Fieke. Ik woon niet in Zaandam, anders waren we elkaar misschien al weleens tegengekomen. Het kunstwereldje is maar klein, nietwaar? Mijn atelier staat naast mijn huis, in Koog aan de Zaan. Is het voor jou een probleem om daar te komen?'

'Nee, hoor,' antwoordt Fieke automatisch. 'We hebben een fiets.'

'Mooi. Welke middag komt jou het beste uit?'

'Eh... Donderdag? Dan zijn we vroeg uit.'

'Prima.'

De vrouw pakt het schetsblok en schrijft met een van Fiekes potloden haar adres op de achterkant ervan.

'Hier moet je zijn. Dan zie ik je donderdag.'

Voordat Fieke nog iets kan terugzeggen, staat ze op en stapt ze op de fiets.

'Ik zal je helpen groeien, Fieke,' belooft de vrouw. 'Dan gaat er een wereld voor je open. Jouw wereld!'

Ze steekt haar hand op en rijdt weg, richting Zaandam. Haar kleurige sjaal wappert achter haar aan.

Totaal verbluft kijkt Fieke haar na.

60

Noor

Zaandam, woensdag 23 april 1913

Omdat de bruiloft van Bram en Cora op een schooldag valt, blijft Noor de afweging bespaard of ze bij alle onderdelen ervan aanwezig wil zijn. Natuurlijk gaat ze wel naar de receptie, aan het eind van de middag in de feestzaal, vlak bij het stadhuis.

Er zijn veel mensen gekomen. Noor staat samen met Fieke aan een van de statafeltjes. Boven hun hoofden hangen lichtslingers, er zijn veel bloemen en linten. Om hen heen klinkt vrolijk geroezemoes en het zachte getinkel van glazen. Hun tafel is bedekt met een witte linnen doek, waarop een schaal met hapjes en twee glazen champagne zijn neergezet.

Noor kijkt om zich heen, op zoek naar een bekend gezicht.

'Komt Annabel niet?' vraagt ze, nog steeds rondspeurend.

Tussen twee slokjes door antwoordt Fieke: 'Nee, die had geen tijd, zei ze. Er moest nog te veel geleerd worden voor het examen.'

'Ze lijkt me wel erg zenuwachtig voor dat eindexamen,' zegt Noor met een frons tussen haar wenkbrauwen. 'Volgens mij eet ze daarom ook veel meer dan anders. Ze wordt dikker.'

'O. Dat is me nog niet opgevallen. Nu je het zegt, zal ik er eens op letten.'

Na een tijdje zien ze dat de rij voor het bruidspaar wat korter wordt, dus sluiten de twee vriendinnen zich erbij aan.

Als het hun beurt is om de bruid en de bruidegom te feliciteren, gaat Noor als eerste naar voren. Ze geeft Cora een beleefd handje en wenst haar veel geluk toe.

Dan komt ze bij Bram, die haar omhelst en haar toefluistert: 'Ach, Noor, ik had zo graag gewild dat Pieter hierbij had kunnen zijn.'

Ze laat hem los en kijkt hem triest aan.

'Ja, ik ook.'

Dan is de lach alweer terug op zijn gezicht.

'Het leven is soms raar, Noor,' zegt hij zacht. Hij leunt iets naar haar voorover, met zijn rug naar Cora gekeerd. 'Hier hadden wij tweeën ook kunnen staan, als jij me niet had afgewezen.'

Ze kijkt hem met grote ogen aan.

'Heb ik jou afgewezen? Maar jij wilde toch niet verder? Jij reageerde helemaal niet op mijn brief.'

Bram kijkt even om zich heen of er niemand meeluistert en vervolgt dan, bijna fluisterend: 'Hou op, zeg. Jij was duidelijk genoeg in die rotbrief. Je wilde beslist niets meer dan vriendschap, schreef je in dat onaardige postscriptum.'

'Welk postscriptum?'

Dat vroeg ze iets te hard, waardoor er nu allerlei mensen in hun richting kijken, onder wie de bruid.

'Er stond helemaal geen postscriptum in die brief,' voegt ze eraan toe, nu zachter.

Bram doet een stap achteruit en trekt zijn jasje recht.

'Dat heb ik toch echt niet verzonnen, Noor.'

Cora geeft hem met haar elleboog een zachte por in zijn zij, om hem te laten weten dat er nog meer gasten staan te wachten.

Hij knikt naar haar en glimlacht dan beleefd naar Noor.

Die weet niks beters te zeggen dan: 'Gefeliciteerd. Ik hoop dat jullie samen erg gelukkig worden.'

Ze stapt opzij, wacht tot Fieke ook klaar is met haar felicitaties en trekt haar dan aan haar arm naar een van de statafeltjes.

'Fieke, jij hebt die brief van mij toch ook gelezen, die ik toen aan Bram heb geschreven?'

'Eh... die brief nadat hij jou uit dat wak had gehaald?'

'Ja, natuurlijk.'

'Die heb je ons laten lezen, ja.'

Noor komt dichter bij haar staan.

'Bram vertelde me net dat daar een nogal onaardig postscriptum in stond, waarin ik schreef dat ik verder niks met hem wilde, alleen vriendschap.'

Fieke zegt niets.

'Maar in mijn brief stond toch helemaal geen postscriptum?' dringt Noor aan.

'Toen je mij die brief liet lezen, heb ik dat ook niet gezien,' geeft Fieke toe.

Noor kijkt haar onderzoekend aan.

'Fieke? Weet jij hier meer van?'

'Nee, Noor, echt, ik heb er niets mee te maken.'

Noor houdt haar blik op haar gericht, terwijl haar hersenen razendsnel werken.

Als Bram er zeker van is dat er zo'n postscriptum in de brief stond – en waarom zou hij daarover liegen – dan moet dat er later zijn bijgezet. Hoe...

Ineens weet ze wat er gebeurd moet zijn.

'Het was Annabel, hè!' zegt ze fel tegen Fieke. 'Het moet Annabel wel zijn. Die heeft mijn brief meegenomen om hem aan Bram te geven!'

Fieke kijkt wat schuchter om zich heen, omdat Noors scherpe toon de aandacht van de omstanders trekt.

'Maar waarom?' vraagt Noor zich hardop af.

Verwarring en ongeloof strijden in haar om voorrang. Hoe is het mogelijk dat een van haar twee beste vriendinnen...

'Kalm, Noor, je moet niet...' begint Fieke.

Het is te laat. Noor heeft haar besluit al genomen.

'Wat kan ze toch een jaloers kreng zijn!' foetert Noor. 'Hoe kan iemand die ik als een zus beschouw me zoveel pijn en hartzeer bezorgen?'

Meteen neemt ze een beslissing, die ze met een verstrakt

gezicht aankondigt aan Fieke: 'Ik ga vanavond nog naar haar toe om haar hiermee te confronteren.'

Fieke probeert niet eens om haar daarvan te weerhouden.

Dat is ook maar beter, vindt Noor, want dit praat niemand haar meer uit haar hoofd. Zelfs Fieke niet.

De rest van de receptie gaat aan Noor voorbij als een waas. De muziek, het gelach, de gesprekken – het is allemaal achtergrondruis. Haar gedachten zijn volledig gericht op het komende gesprek met Annabel, dat misschien wel de toekomst van hun vriendschap zal bepalen.

61

Fieke

Koog aan de Zaan, donderdag 24 april 1913

Eigenlijk had Fieke na school nog met haar vriendinnen willen praten. Maar ze had nu eenmaal een afspraak gemaakt, dus fietst ze nu langs de kabbelende Zaan. De geur van bloeiende bloemen hangt om haar heen, de pedalen draaien automatisch onder haar voeten.

Het was een afschuwelijke dag op school, want Fiekes beste vriendinnen hebben vreselijke ruzie. Dat wil zeggen: Noor heeft ruzie met Annabel. De hele dag heeft ze geen woord tegen haar gezegd en haar zelfs niet aangekeken, hoe vaak Annabel ook probeerde om het goed te maken.

Gisteravond was Noor naar Annabels huis gegaan om met haar te praten over de brief aan Bram. Ze had Annabel ervan beschuldigd dat die haar mogelijke relatie met Bram had gesaboteerd door een vals postscriptum aan Noors brief toe te voegen. Daar kon Annabel moeilijk iets tegen inbrengen, want dat was nu eenmaal zo.

Noor was in grote woede vertrokken, vol ongeloof en diep gekwetst door het verraad. Ze had geroepen dat Annabel geen vriendin meer van haar was. Dat ze haar nooit meer wilde zien.

Meteen daarna was Annabel naar Fiekes huis gekomen, ontroostbaar. Eerst had Fiekes moeder haar opgevangen en daarna had ze een hele tijd met Fieke in de kamer zitten praten. Annabel vond het afschuwelijk dat ze een zo kostbare vriendschap door een impulsieve daad van kinderlijke jaloezie in de waagschaal had gesteld. Dat ze daarmee de jarenlange, innige band met Noor onherstelbaar had beschadigd.

Snikkend had ze gezegd dat Fieke nu nog haar enige vriendin was. Dat zij het zo waardeerde dat Fieke haar nooit verraden had bij Noor. Dat het stom van haarzelf was dat ze zoiets gedaan had, en nog stommer dat ze er nooit zelf mee naar Noor was gegaan, maar dat ze gehoopt had dat het allemaal stilletjes voorbij zou gaan. En dat ze Fieke wilde vragen om er alles aan te doen om de breuk tussen haar en Noor te lijmen, alsjeblieft, alsjeblieft, alsjeblieft.

Natuurlijk had Fieke beloofd dat ze alles zou proberen wat ze kon. Ook al besefte ze maar al te goed dat het waarschijnlijk wel even zal duren voordat Noor weer bijtrekt. Maar ja, ze kon toch niet werkeloos toekijken als De Drie Vriendinnen uit elkaar vielen, toch?

Al fietsend kan ze de gedachte niet van zich afzetten hoe Annabel haar omhelsde: een breekbare figuur in haar handen, vol berouw en schuldgevoel. Overigens had Noor wel gelijk, want ze was aanzienlijk dikker geworden. Daar had Fieke niets van gezegd.

Terwijl de molens van Koog aan de Zaan dichterbij komen, neemt Fieke zich voor om alles in het werk te stellen om haar vriendinnen te helpen, om te bemiddelen en hen dan misschien, liefst zo snel mogelijk, weer bij elkaar te brengen.

Voor het adres van Alice Krijgsman hoeft ze eigenlijk alleen maar de Zaan te volgen. De kunstenares woont in het oude gedeelte van het stadje, in een pand met een karakteristieke gevel, die geschiedenis ademt.

Fieke zet haar fiets tegen het hek van de overwoekerde tuin en klopt op de voordeur.

Alice Krijgsman doet zelf open.

'Goed dat je er bent, Fieke,' zegt ze vriendelijk. 'Kom maar mee.'

Ze gaat haar voor naar een ruim atelier, dat is ondergebracht in een aanbouw van het huis. De grote ramen aan de zijkant en de achterkant ervan kijken uit op de Zaan. Er staan rekken vol met stapels schetsboeken, potten met penselen en potloden, en schildersezels met doeken in verschillende stadia van voltooiing. De geur van olieverf en terpentijn is allesoverheersend.

'Dit is mijn heiligdom,' zegt de kunstenares, terwijl ze met uitgestrekte armen een rondje draait. 'Wat vind je van het licht? Natuurlijker krijg je het niet!'

Fieke kijkt bewonderend rond en krijgt meteen een schildersschort in haar handen gedrukt. Haar gastvrouw trekt inmiddels zelf een oud, besmeurd schort aan.

'Welkom, Fieke. Ik ben echt blij dat je deze stap gezet hebt. Ben je klaar om je ware zelf als kunstenares te ontdekken?'

Druk pratend leidt de oude vrouw haar rond. Ze legt uit hoe belangrijk het is om als kunstenaar een eigen ruimte te hebben, waar je kunt experimenteren, falen en uiteindelijk jezelf kunt uitdrukken, zonder bang te hoeven zijn voor het oordeel van anderen.

Daarna gaan ze samen aan een grote, rommelige werktafel vol verfvlekken zitten. Alice moedigt Fieke aan om haar meegebrachte tekenmap open te slaan en wat recent werk met haar te delen. Terwijl Fieke haar tekeningen laat zien en er uitleg bij geeft, luistert Alice aandachtig en maakt ze af en toe een opbouwende opmerking.

'Kijk, Fieke: daar, en ook bij die tekening links, zijn er al plekken – daar en daar, en zeker ook daar – waar je kunt zien dat jouw unieke stijl aan het doorbreken is, als momenten waarop je emotie en je persoonlijkheid echt naar voren komen op papier.'

Fieke weet niet wat ze hoort. Zo heeft nog nooit iemand over haar werk gepraat.

'Het belangrijkste in de kunst is authenticiteit,' houdt Alice haar voor. 'Natuurlijk zijn technische vaardigheden essentieel, dat zul je mij niet horen ontkennen, maar wat een kunstwerk echt doet spreken, is de ziel die erin ligt. Jouw ziel, Fieke.'

De tijd vliegt voorbij met oefeningen, experimenteren met nieuwe technieken en vooral met leren vertrouwen op haar intuïtie. Alice is zowel haar lerares als haar mentrix, die probeert om het beste uit Fieke naar boven te halen.

Tegen het einde van de les buigt Alice zich naar Fieke toe en pakt haar arm.

'Fieke,' zegt ze met een zachte, maar doordringende stem, 'als jij overweegt om naar de kunstacademie te gaan, dan is er een weg die we moeten bewandelen. De toelatingsexamens zijn echt lastig. Die vereisen niet alleen technische bekwaamheid, maar ook een diep begrip van kunstgeschiedenis, een vermogen om kritisch te denken over kunst, en vooral, een duidelijke artistieke stem.'

Ze staat op van de werktafel en loopt naar een plank met boeken, waar ze een oud uitziend exemplaar vanaf haalt.

'Dit is een verzameling opdrachten voor het toelatingsexamen van de afgelopen jaren,' legt ze uit. Intussen legt ze het boek geopend voor Fieke neer. 'Ik wil dat jij begint met het bestuderen van deze opdrachten. Niet alleen omdat je moet oefenen in het maken van werk volgens specifieke richtlijnen, maar ook om te beginnen met erover na te denken hoe jij jouw unieke perspectief en stem kunt laten doorschijnen. Zelfs binnen de beperkingen van zulke opdrachten.'

Bij de gedachte aan de toelatingsexamens voelt Fieke zich wat beangstigd, maar ook opgewonden.

Haar lerares gaat weer aan de werktafel zitten en legt haar hand op Fiekes schouder.

'Ik geloof dat jij het in je hebt om deze uitdaging aan te gaan. Het zal hard werken zijn, Fieke, en soms zal het voelen alsof je niet vooruitkomt. Onthoud dat groei vaak plaatsvindt in de momenten dat we ons het meest uitgedaagd voelen. Ik ben er om jou te begeleiden, bij elke stap die daarvoor nodig is.'

Die woorden roepen een nieuw soort vastberadenheid in Fieke op. Voor het eerst begint ze te geloven dat de droom van de kunstacademie echt binnen haar bereik ligt.

Als ze uiteindelijk het atelier verlaat en weer op haar fiets stapt, voelt Fieke zich een beetje overweldigd. Door Alice durft ze nu te denken dat ze veel meer kan dan ze ooit voor mogelijk heeft gehouden.

62

Annabel

Zaandam, donderdag 24 april 1913

Bij thuiskomst na school had Annabel zich groot gehouden tijdens het zo goed als verplichte theedrinken met haar moeder. Maar zodra ze alleen was in haar kamer, had ze haar hoofd in haar kussen begraven om hard en onbedaarlijk te huilen.

Noor wilde haar niet vergeven. Na de gruwelijke ruzie van de avond tevoren had haar vriendin haar vandaag op school de hele dag behandeld alsof ze lucht was. Wanneer ze Annabel zag, draaide ze haar hoofd weg, en ze weigerde met haar te praten.

Annabel had een paar keer geprobeerd om haar excuses aan te bieden, maar Noor wilde niet luisteren. Alsof er een ijzige muur tussen hen in stond. Het was om radeloos van te worden.

Tijdens de avondmaaltijd is Annabel stil en eet ze nauwelijks wat. Haar vader schijnt het niet eens te merken, wat niet zo raar is, want hij keurt haar sinds het ongeluk toch al nauwelijks een blik waardig.

Haar moeder kijkt haar een beetje bezorgd aan en vraagt: 'Gaat het, Annabel? Je moet wel eten, hoor.'

'Die meid eet al genoeg,' bromt haar vader. 'Kijk maar eens naar haar.'

Geschrokken probeert Annabel haar buik in te houden. Voor de vorm neemt ze een paar happen.

Na het eten stormt ze meteen naar boven, waarna ze weer huilend op haar bed gaat liggen.

Alles gaat mis. Pieter is dood. Noor vindt haar een verraadster en is woedend op haar. Annabels poging om haar broer tot een verzoening te bewegen, is totaal mislukt. Nu haar buik begint te groeien, is het een kwestie van tijd voordat haar ouders erachter komen wat er met haar aan de hand is. Dan komt ze net zo buiten haar familie te staan als Gerard.

Eigenlijk heeft ze alleen Fieke nog. Toen Noor haar gisteravond de vriendschap had opgezegd, had Fieke haar opgevangen als een echte vriendin. Vanmiddag, toen Annabel zo graag met haar had willen praten over Noors nare gedrag, had Fieke echter geen tijd voor haar. Na schooltijd was ze meteen op de fiets gesprongen en vertrokken, zodat Annabel helemaal alleen achterbleef.

Hoe moet het nu verder? Al gauw zal ze haar geheim niet meer kunnen verbergen. Hoe kan ze volgende maand beginnen aan haar eindexamen, als tegen die tijd iedereen kan zien dat ze zwanger is? Wat zullen de mensen zeggen? Wat zullen haar ouders doen?

De gedachte aan wat er allemaal zal kunnen gebeuren maakt haar misselijk, een gevoel dat ze de afgelopen weken maar al te goed heeft leren kennen. Ze legt haar handen op haar buik.

Onrustig staat ze op, ijsbeert even door haar kamer, blijft dan voor het raam staan en staart naar buiten. Het wordt al donker.

Dan neemt Annabel een beslissing. Ze kan niet blijven. Ze kan geen eindexamen doen. Ze moet weg.

Resoluut draait ze zich om. Ze haalt wat kleren uit haar kast, pakt haar toiletspullen, een schrijfblok, een potlood en wat foto's en probeert dat allemaal in de enige grote tas te stoppen die ze heeft. Het past er niet allemaal in.

Even overweegt ze om een koffer te gaan halen uit de slaapkamer van haar ouders, maar dat idee verwerpt ze vrijwel meteen. Dan wordt het risico op ontdekking te groot en moet ze straks met zo'n zware koffer slepen. Met een zucht gooit ze wat van haar uitgekozen kleding op haar bed. Ze kan niet veel meenemen.

Van de plank bij haar bureau pakt ze haar spaarvarken. Dat legt ze op haar bed, met een handdoek eroverheen, waarna ze het kapotslaat met de achterkant van haar zware haarborstel. Haar handen trillen als ze het geld tussen de scherven vandaan vist en in een tasje doet.

Met tranen in haar ogen kijkt ze om zich heen. Dit gaat ze allemaal achter zich laten. Ze pakt nog een foto van zichzelf en haar twee vriendinnen van haar bureau en doet dan de tas dicht.

Zo stil mogelijk sluipt ze naar beneden. Ze grist haar jas van de kapstok. Ellis is in de keuken bezig met de vaat, dus kan Annabel niet door de achterdeur. In de woonkamer hoort ze haar vader en moeder praten.

Met haar tas en haar jas in haar hand doet ze de voordeur open. Omdat die wat kraakt, stopt ze midden in haar beweging en blijft stokstijf staan. Niemand lijkt het te hebben gehoord. Snel glipt ze naar buiten, waarna ze de deur zachtjes achter zich dichttrekt.

Dan doet ze haar jas aan en loopt met snelle pas naar het station. Ze kijkt niet meer achterom. De wandeling zal haar een halfuurtje kosten, schat ze. Hopelijk ontdekken haar ouders in de tussentijd niet dat ze weg is.

De duisternis zet definitief in. Lopend door de kille lenteavond beseft Annabel dat ze nog niet bedacht heeft waar ze heen zal gaan. Of wat ze zal gaan doen. Eigenlijk weet ze nog helemaal niets.

Ze dwingt zichzelf om na te denken. Gaan wonen in een grote stad als Amsterdam of Rotterdam is niet verstandig, omdat haar vader in zulke steden veel zakenpartners heeft. Die moet ze niet tegenkomen, als ze niet wil dat haar ouders weten waar ze is.

Maar ze moet wel een plek zien te vinden waar ze met rust gelaten zal worden. Waar niemand haar kent. Waar ze haar eigen beslissingen kan nemen zonder veroordeeld te worden.

Bij het station aangekomen, aarzelt ze even in de stationshal voordat ze naar het loket gaat. Normaal gesproken reist ze eerste klasse, maar ze heeft niet veel geld. Volgens haar vader reist alleen het schorremorrie in de derde klasse. Dus blijft er eigenlijk geen keus over.

En waar zal ze naartoe gaan? Ze ziet dat de spoorwegbeambte achter het loket naar haar kijkt. Die vraagt zich vast af waarom een meisje van haar leeftijd 's avonds nog op reis gaat. Het is niet goed als ze te veel de aandacht trekt, dus besluit ze snel en stapt naar voren.

'Een enkele reis naar Amsterdam, graag,' zegt ze, zo vanzelfsprekend mogelijk. 'Tweede klasse.'

De man bekijkt haar even van onder zijn pet, scheurt dan een kaartje voor haar af en incasseert het geld.

'Goede reis,' wenst hij, terwijl hij haar het kaartje overhandigt.

'Dank u wel. Goedenavond.'

Opgelucht loopt ze naar het perron.

Vanavond gaat ze naar Amsterdam. Daar moet ze een slaapplek zoeken, dan ziet ze morgen wel verder waar ze heen zal gaan.

Het belangrijkste is dat ze nu zo snel mogelijk weggaat uit Zaandam.

63

Noor

Zaandam, vrijdag 25 april 1913

Leunend tegen de grijze muur van de schoolgang laat Noor haar zoekende blik gaan over haar medeleerlingen. Naast haar staat Fieke, die ook om zich heen kijkt.

'Waar zou ze zijn?' verbreekt Noor eindelijk de stilte.

Ze maakt zich zorgen.

Ook in de ogen van Fieke is de onrust te lezen.

'Ik weet het niet, Noor,' verzucht ze. 'Haar vader kwam gisteravond laat bij ons aan de deur. Hij was erg bezorgd.'

Noor knikt.

'Bij ons is hij ook langs geweest. Hij vertelde dat ze allemaal kleren en zo heeft meegenomen. Dat klinkt niet alsof ze zomaar even weg is.'

Het zit Noor niet lekker. Dat is al zo sinds vanochtend, toen Annabels stoel in de klas leeg bleef.

Vanzelfsprekend had ze toen teruggedacht aan hun ruzie, eergisteravond. Na de bruiloft van Bram en Cora had Noor eerst thuis gegeten, waarna ze meteen naar Annabel was gegaan. Ze had haar verteld wat ze van Bram had gehoord en dat ze nu besefte dat Annabel een postscriptum had toegevoegd aan haar brief.

En Annabel had het toegegeven. Dat ze op die manier had willen voorkomen dat het iets zou worden tussen Bram en haar. Puur uit jaloezie.

Annabel had gezegd dat ze zich er nu enorm voor schaamde. Dat ze zou willen dat ze het ongedaan kon maken. Ze vroeg Noor om haar alsjeblieft, alsjeblieft, alsjeblieft te vergeven.

Dat kon Noor niet. Al helemaal niet op de dag waarop Bram met een ander trouwde. Ze was ziedend geweest. In haar kwaadheid had ze Annabel een slechte vriendin genoemd. Een valse verraadster. Ze had haar de vriendschap opgezegd.

Nu Annabel verdwenen is, vraagt Noor zich af of ze bij hun ruzie misschien niet wat te ver is gegaan. Of het wel verstandig is geweest dat ze veertien jaar vriendschap zo abrupt overboord heeft gegooid.

Maar ze was zo kwaad geweest! En dat was toch niet meer dan terecht? Of was ze misschien ook boos op Annabel omdat die in de slee bij Pieter had gezeten toen...

Fieke vraagt: 'Heb jij enig idee... Zou ze naar haar broer zijn gegaan?'

'Naar Gerard?' Noor schudt langzaam haar hoofd. 'Dat lijkt me niet. Die twee hebben zo'n slechte relatie. Dan zou ik, in haar geval, nooit bij hem aankloppen.'

'Dat kan ik me ook niet voorstellen,' zegt Fieke. 'Als ze er wel zit, zal haar vader dat snel genoeg in de gaten hebben.'

'Toch zou ik er heel wat voor over hebben om te weten waar ze is,' verzucht Noor.

'Ik ook.'

De twee vriendinnen kijken een tijdje zwijgend voor zich uit.

Dan vraagt Noor: 'Waar ging jij gisteren na schooltijd eigenlijk naartoe? Je fietste weg alsof je enorme haast had.'

Er speelt een glimlach om Fiekes lippen.

'O, ik was bij Alice Krijgsman. Je weet wel, die kunstenares die naar mijn werk stond te kijken, dat heb ik je verteld.'

'Ja, die had je aangeboden om je tekenles te geven, toch?'

'Dat klopt,' antwoordt Fieke. 'Ze woont in Koog aan de Zaan en ze geeft me niet alleen tekenlessen, maar leert me ook andere technieken, zoals schilderen. Plus kunstgeschiedenis. Volgens haar moet ik mijn eigen persoonlijkheid gaan ontdekken in mijn werk.'

'Dat klinkt geweldig, Fieke,' reageert Noor, oprecht enthousiast. 'Echt iets voor jou.'

De bel rinkelt, wat een einde maakt aan hun gesprek. Samen gaan ze terug naar de klas.

De plek van Annabel is nog steeds leeg.

64

Annabel

Amsterdam, Arnhem en Oosterbeek, vrijdag 25 april 1913

Het was al laat toen Annabel gisteravond in Amsterdam aankwam. Ze was daar tot nu toe alleen overdag geweest: dan was het er bruisend en vol leven. Zo laat op de avond leek de stad in slaap te zijn gevallen. Er waren slechts een paar voorbijgangers en in de verte hoorde ze een tram rinkelend zijn ronde maken.

Ze was nerveus en wilde liefst zo snel mogelijk een veilig onderkomen vinden. Haar vader heeft weleens verteld dat er in de grote steden allerlei kleine hotels en pensions zijn, waar mensen op doorreis een nacht kunnen verblijven. Daar ging ze naar op zoek.

Dwalend door zijstraatjes bij het stationsplein stuitte ze op een uithangbord met de tekst 'Pension De Rustende Reiziger'. Ze had zich geen moment bedacht en was er meteen naar binnen gegaan. In de kleine, verlichte ontvangsthal zat een bejaarde vrouw te breien. Ze bestudeerde Annabel van onder tot boven. Annabel voelde haar wangen rood worden onder die indringende blik, maar hield zich groot.

Toen ze om een kamer voor één nacht vroeg, merkte de oude vrouw op dat het wel wat laat was voor zo'n jong meisje om nog op stap te zijn. Toch had ze nog wel een kamer vrij voor haar. Al kostte die haar wel een aanzienlijk deel van haar spaargeld.

Het was een piepklein kamertje op de tweede verdieping,

met alleen een smal bed, een houten stoel en een wastafel. Maar het was er schoon en ze had niet veel nodig. Ze had zich snel uitgekleed en gewassen, waarna ze onder de dunne deken een onrustige nacht doormaakte.

Vanochtend was ze al vroeg wakker, nog voordat de stad volledig ontwaakt was. Beneden kreeg ze van de pensionhoudster een boterham en een kop thee als ontbijt. Daarna was ze direct vertrokken.

Op straat deden de winkeliers hun luiken open. De geur van vers brood hing in de lucht. Ze voelde zich verloren en alleen, maar vastberaden om door te gaan. Het slaapgebrek, haar onrustige gedachten, de harde realiteit van haar situatie, haar onbekende toekomst, het gewicht van haar beslissingen: het drukte allemaal zwaar op haar. Ze wist dat ze weg moest uit de grote stad, waar de kans dat haar vader haar zou vinden het grootst was.

Nu staat ze op het al behoorlijk drukke stationsplein en probeert ze haar gedachten te ordenen. Waar moet ze heen? Het moet ergens ver bij Zaandam vandaan zijn, waar de schaduwen van haar oude leven haar niet kunnen bereiken. Ze beseft dat ze niet veel geld heeft, maar haar drang naar vrijheid, naar een nieuwe start, is krachtiger dan de praktische bezwaren.

De mensen om haar heen gaan allemaal hun eigen weg, naar hun eigen bestemmingen, behorend bij hun eigen leven. Zij zal nog een nieuw leven voor zichzelf moeten zien te vinden.

In de stationshal kijkt ze naar het grote bord waarop de vertrekkende treinen staan aangegeven. In een opwelling kiest ze een bestemming.

Bij het loket vraagt ze de beambte om een enkeltje Arnhem, tweede klasse. Met het kaartje gaat ze in de al klaarstaande trein zitten. Zodra die het station uitrijdt, leunt Annabel achterover in haar stoel en sluit ze haar ogen, blij dat ze Amsterdam verlaat.

De trein voert haar bij haar oude leven vandaan, wat een pijnlijk gevoel is. Tegelijkertijd is ze zich scherp bewust van het wezentje dat in haar buik aan het groeien is. Voor dat kind en ook voor haarzelf hoopt Annabel dat ze onopgemerkt een nieuw begin zullen kunnen maken in Arnhem.

Eenmaal aangekomen in de haar totaal onbekende stad, voelt ze zich onzeker. Ze ontvlucht de drukte van de stationshal door naar buiten te gaan, het stationsplein op. Ook daar lopen overal mensen. Het is er ook een komen en gaan van trams – geen paardentrams, maar elektrische trams, ziet ze tot haar verbazing.

Wat moet ze nu doen? Ze kan hier wel een betaalbaar pension proberen te vinden, maar de dag is nog jong en ze heeft niet zoveel geld meer over.

Peinzend loopt ze het plein om, terwijl ze haar jas dichter om zich heen trekt. Links en rechts passeren haar mensen, in alle richtingen.

Haar oog valt op een groepje vrouwen van verschillende leeftijden, die midden op het stationsplein in een levendige discussie verwikkeld lijken te zijn. Als ze erlangs loopt, hoort ze een opvallend blonde vrouw zeggen: 'Ik ben op zoek naar werk. Weet iemand waar ik daarvoor moet zijn?'

Annabel blijft staan, nieuwsgierig of een van de anderen daar een antwoord op heeft.

Het gesprek gaat alle kanten op, de vrouwen praten door elkaar, maar niemand heeft een suggestie voor de hoogblonde vrouw.

Een man met lange jas en een platte pet lijkt de woordenwisseling ook te volgen, want hij staat naast het groepje vrouwen mee te luisteren.

Nu stapt hij naar voren en zegt beleefd: 'Goedemorgen dames. Ik ving toevallig op wat deze mevrouw hier vroeg.' Hij maakt een gebaar naar de blonde vrouw. 'Ik kan u misschien helpen.'

'O ja?' vraagt de hoogblonde vrouw argwanend. 'We kennen u niet. Ik zou niet weten waarom we naar u zouden moeten luisteren.'

Glimlachend neemt de man zijn pet af, waarna hij een lichte buiging maakt.

'Excuseer dat ik me niet heb voorgesteld. Mijn naam is Duivenkamp, Johannes Duivenkamp. Hans voor mijn vrienden. Ik ken een plek waar ze altijd op zoek zijn naar hardwerkende mensen. Een grote boerderij net buiten de stad. Ze bieden kost en inwoning, en het werk is eerlijk.'

'Hoezo kent u die plek?' wil de hoogblonde vrouw weten. Aan haar blik is te zien dat ze nog altijd niet overtuigd is.

'Dat is de Hof te Dorenweerd bij Oosterbeek, vlak buiten Arnhem. De eigenaar is meneer Van Dorp, het landgoed is al generaties lang in eigendom van zijn familie. Ik ben een plaatsgenoot: mijn huis staat niet ver van het landgoed,' vertelt de man. 'En ik doe regelmatig werk voor meneer Van Dorp. Zo help ik hem nu om goede werkkrachten te vinden. Vandaar.'

Al luisterend is Annabel bij het groepje vrouwen gaan staan.

'Goed, dat lijkt me wel wat,' zegt de hoogblonde vrouw. 'Hoe komen we daar?'

De man wijst over zijn schouder.

'Mijn kar staat een eindje verderop, volg mij maar. We vertrekken direct.'

Hij loopt weg, gevolgd door de hoogblonde vrouw en twee anderen. De drie resterende vrouwen twijfelen even en overleggen onderling. Dan gaat een van de drie ook mee, terwijl de andere twee achterblijven.

Annabel denkt er niet lang over na voordat ze ook achter de man aan gaat. Dit is een kans die ze niet mag laten lopen, beseft ze.

Het groepje vrouwen volgt de man naar een pleintje op korte afstand van het stationsplein, waar een paard-en-wagen klaarstaat. Zonder veel te zeggen, helpt de man de vrouwen in de kar en neemt dan zelf de teugels in handen.

De rit voert hen weg uit de drukte van Arnhem, door velden en over heuvels, tot ze uiteindelijk aankomen bij een grote boerderij met uitgestrekte landerijen. Het landgoed lijkt ouder dan de tijd zelf, met velden zover het oog reikt. Het statige boerderijhuis en de bijbehorende schuren staan niet ver van de weg, achter een sloot en een hoog gietijzeren hek.

'We zijn er,' zegt de man, terwijl hij de kar tot stilstand brengt. 'Welkom op de Hof te Dorenweerd. Meneer Van Dorp zal u allemaal werk geven.'

Annabel stapt uit de kar en kijkt om zich heen. Het landschap is adembenemend, maar ze kan een gevoel van onbehagen niet onderdrukken. Wat heeft ze zich op de hals gehaald?

Duivenkamp is afgestapt en wacht tot alle vijf de vrouwen bij het grote hek staan, voordat hij de bel luidt die ernaast hangt.

Al gauw komt er een potige, breedgeschouderde man uit een van de schuren naar hen toe.

'Kijk eens, Gijs, je nieuwe werkkrachten,' zegt Duivenkamp.

De man doet het hek open met een grote sleutel en monstert de vrouwen.

'Bedankt, Hans. Regel het verder maar met die ouwe.'

'Dat komt voor elkaar,' antwoordt Duivenkamp, terwijl hij weer op de kar stapt. 'Dag.'

'Tot ziens,' groet de geblokte man. En dan tegen de vrouwen: 'Dames, volg mij maar.'

Hij wacht tot de vrouwen het hek door zijn, waarna hij dat achter hen op slot doet. Daarna gaat hij hen voor naar een van de schuren achter de boerderij.

Voorin de schuur staan tafels met banken en is een keukentje ingericht. Achterin is een slaapzaal, waarin twee rijen van acht houten bedden met strozakken staan. Aan een zijmuur hangt een grote wasbak met een handpomp.

'Dit is voorlopig jullie thuis,' kondigt de man aan. 'Mijn naam is Hochstenbach, ik ben jullie voorman. Zoek een bed dat nog niet bezet is en richt je in. Straks gaan we gezamenlijk eten met de andere meiden, die nu aan het werk zijn. Jullie kunnen meteen vanmiddag aan de slag.'

Hij wil al weglopen, maar de hoogblonde vrouw roept: 'Ho even! Hoe zit het met onze betaling?'

Er verschijnt een scheve grijns op het gezicht van Hochstenbach.

'Persoonlijk vind ik dat jullie heel blij mogen zijn met kost en inwoning op dit mooie landgoed, in ruil voor jullie werk. Maar meneer Van Dorp vindt het nodig om jullie ook nog te belonen met het gulle bedrag van drie gulden per week.'

'Drie gulden?' vraagt de oudste van de vrouwen. 'Hoeveel werk moeten wij daarvoor doen?'

'Gewoon zes dagen per week,' antwoordt Hochstenbach, alsof dat volkomen vanzelf spreekt. 'Van zonsopgang tot zonsondergang. Op zondag zijn jullie vrij.'

'En als we dat te weinig vinden?' vraagt dezelfde vrouw.

Hochstenbach snuift minachtend.

'Dat mag je vinden, natuurlijk. Dan ga je gewoon weer weg.'

'Hoe kom ik dan in Arnhem?'

'Dat moet jij weten. Ik ben bereid het hek voor je open te doen, van daar af mag je het zelf uitzoeken.'

De vrouw draait zich om en loopt hoofdschuddend naar een van de bedden.

'Wat doen we eigenlijk voor werk?' durft Annabel te vragen.

Hij kijkt haar aan alsof ze iets ongelooflijk doms heeft gevraagd.

'Jij hebt zeker nog nooit een boerderij in het echt gezien? Gewoon veldwerk en dieren verzorgen. Voor degenen die heel goed hun best doen of hier al heel lang zijn, hebben we ook wat huishoudelijk werk. Is dat duidelijk?'

'Ja, meneer Hochstenbach,' antwoordt ze gedwee.

De man kijkt rond of er verder geen vragen meer zijn en vertrekt dan.

Zodra hij de slaapzaal heeft verlaten, vraagt Annabel aan de hoogblonde vrouw: 'Is dat goed betaald, drie gulden per week?'

De vrouw kijkt haar onderzoekend aan en haalt dan haar schouders op.

'Al dit soort werk is slecht betaald, maar ik heb ook weleens voor twee gulden in de week gewerkt, dus mij hoor je niet klagen.'

Annabel gaat op de rand van een van de vrije bedden zitten. De strozak maakt een krakend geluid onder haar gewicht. Ze zucht en kijkt om zich heen, naar de andere vrouwen, die hun spullen rond hun bed plaatsen.

Waar is ze aan begonnen? vraagt ze zich af.

Maar nu kan ze niet meer terug.

65

Noor

Zaandam, woensdag 21 mei 1913

In het kantoor van de fabriek is Noor bezig met de administratie van het familiebedrijf, iets wat ze steeds vaker doet sinds Pieters overlijden. Inmiddels werkt ze er elke dag minstens twee uur, ook al gaat dat een beetje ten koste van de voorbereidingen op haar eindexamen.

Het licht van de late namiddag valt in banen door de hoge ramen van het bedrijfskantoor. Buiten zijn de geluiden uit de fabriek hoorbaar, een constante herinnering aan de bedrijvigheid die zo belangrijk is voor het welslagen van de onderneming.

Binnen heerst een heel andere sfeer. Noor zit gebogen over een stapel facturen en bestellijsten, haar pen vliegt over het papier terwijl ze berekeningen maakt en gegevens noteert. Ze heeft dit werk leren waarderen, een welkome afleiding van de zwaarte die haar hart belast sinds die noodlottige decemberdag.

Door de open deur aan de andere kant van haar kamer kan ze haar vader in zijn kantoor zien zitten, aan zijn grote mahoniehouten bureau. Dat indrukwekkende meubelstuk lijkt vandaag te groot voor hem, alsof het zijn toch al fragiele aanwezigheid elk moment kan opslokken. Zijn gestalte, ooit zo vol levenskracht en besluitvaardigheid, oogt nu fragiel, zijn schouders hangen. Hij kijkt naar wat papieren die voor hem op zijn bureau liggen, maar Noor betwijfelt of hij werkelijk ziet wat erop staat.

Ze heeft hem er de afgelopen tijd al vaak op betrapt dat hij voor zich uit zit te staren, zijn blik gericht op iets wat niemand anders kan zien. Op zulke momenten verdwaalt hij in de nevelen van zijn verdriet.

Noor zucht zachtjes. De aanblik van haar vader in zo'n staat breekt haar hart. Sinds Pieters dood heeft ze hem zelden meer zien glimlachen, en de passie voor het bedrijf, die eens zo fel brandde in zijn ogen, lijkt gedoofd. Hij is oud geworden, al is hij nog geen vijftig.

Dat blijft niet zonder gevolgen. Gisterenmiddag had Noor alleen zitten werken op kantoor, toen de telefoon ging. Het was de opzichter van de nieuwbouw in de Achtersluispolder, die op verontwaardigde toon vroeg waar Timmer Veenstra bleef.

Dat wist Noor niet.

Waarop de man vertelde dat hij samen met de dijkgraaf, de architect, de technisch ontwerper, de hoofdaannemer, een paar ingenieurs en vertegenwoordigers van leveranciers ruim een halfuur had staan wachten op haar vader.

Die afspraak was al weken geleden geregeld en was van het grootste belang voor de voortgang van de nieuwbouw. De levering van de benodigde bouwmaterialen en het hele bouwschema voor de komende maanden zouden er worden besproken: allemaal dingen die onmogelijk beslist konden worden zonder zijn inbreng.

Inmiddels konden deze belangrijke mensen, die allemaal een drukke agenda hadden, niet langer wachten en vertrokken ze. Dus wilde de opzichter graag opheldering hebben over de afwezigheid van haar vader.

Die kon Noor hem niet geven. Vader zat niet in zijn kantoor. Zijn jas hing niet aan de kapstok.

Nadat ze de telefoonhoorn had neergelegd, kreeg Noor een naar gevoel in haar maag. Zo kende ze haar vader niet, want hij was altijd heel punctueel.

Ze stond op en liep de fabriekshal in. Daar trof ze haar vader aan, druk in gesprek met Egbert van Walraven, de voorman, die al jarenlang in het bedrijf werkt.

De twee mannen vielen stil toen ze naderbij kwam. De machines dreunden op de achtergrond.

'Vader, de vergadering,' zei Noor, terwijl ze haar best deed om haar stem niet verwijtend te laten klinken.

'De vergadering,' herhaalde hij, alsof hij probeerde te bevatten wat die woorden betekenden. Toen keek hij haar verslagen aan. 'Die... die ben ik vergeten.'

Juist nu ze daaraan terugdenkt, komt Egbert haar kantoor binnenlopen. Hij kijkt even naar haar vader, die nog altijd stil achter zijn bureau zit, en vraagt dan zachtjes: 'Noor, kan ik je even spreken?'

Ze knikt en volgt hem naar buiten.

Samen lopen ze langs de fabriekshal naar een rustiger plekje op het bedrijfsterrein.

Daar blijft hij staan.

'Noor,' zegt hij en trekt een wat trieste grimas. 'Je moet weten dat Timmer de beste baas is die ik ooit gehad heb. Die man heeft een hart voor zijn bedrijf en voor zijn personeel.'

Meteen is het zware gevoel in Noors maag weer terug. Ze wacht zwijgend af wat hij verder gaat zeggen.

'We hebben allebei gezien hoe kapot hij er gisteren van was dat hij zo'n belangrijke vergadering heeft laten schieten,' vervolgt Egbert. 'Ik moet eerlijk zijn: dit staat niet op zich. Mijn mannen en ik maken ons echt zorgen om hem.'

Met een ernstig gezicht kijkt Noor hem aan. Ze kent de voorman al sinds haar vroege jeugd, hij is als een soort oom voor haar. Egbert is iets ouder dan haar vader en kwam al jong bij het bedrijf werken. Deze robuuste, breedgebouwde man met zijn zachte ogen heeft zich het grootste deel van zijn leven keihard ingezet voor het familiebedrijf. Geen wonder dat Vader hem een leidende functie heeft gegeven.

'Timmer laat steeds meer van de dagelijkse taken in de fabriek aan mij over,' vertelt Egbert. 'Ook de kwaliteitscontroles, terwijl hij er altijd op stond dat hij die zelf zou uitvoeren. Hij lijkt steeds minder betrokken bij het dagelijks beheer van het bedrijf, het is net alsof hij de greep erop verliest. Je weet wat ze zeggen: als er geen stuurman is, loopt het schip op de klippen.'

Noor zucht diep, niet verrast door zijn woorden, maar wel diep getroffen.

'Ik weet het, Egbert. Ik heb het ook gemerkt. Hij is niet zichzelf sinds... sinds Pieter.'

Egbert knikt begripvol.

'We weten allemaal hoe hard de dood van Pieter jullie gezin getroffen heeft. Maar het bedrijf... we staan op een kritiek punt, Noor. De nieuwbouw, de orders, alles hangt aan een zijden draadje. Zonder sterk leiderschap...'

Hij laat de zin onafgemaakt, maar het is duidelijk wat hij wil zeggen.

'Wat stel je voor, Egbert? Ik ben maar een meisje, wat kan ik doen?'

Egbert grinnikt, maar zijn ogen lachen niet.

'Jij bent meer dan dat, Noor. Jij bent een Veenstra. Nu Pieter er niet meer is, kunnen we moeilijk van je moeder verwachten dat zij samen met Timmer de leiding in het bedrijf op zich neemt. Misschien is het tijd dat jij er meer betrokken bij raakt. In ieder geval voorlopig, totdat Timmer wat meer hersteld is. Je moet iets doen.'

Getroffen antwoordt Noor: 'Daar vraag je me nogal wat, Egbert. Ik weet niet... Hier moet ik over nadenken.'

Met een bemoedigend knikje zegt hij: 'Dat begrijp ik, natuurlijk. Als je er verder over door wilt praten, weet je met te vinden.'

Hij steekt groetend zijn hand op en verdwijnt de fabriek in.

Peinzend loopt Noor terug naar het kantoor. Ze gaat niet aan haar eigen bureau zitten, maar loopt door en neemt plaats tegenover haar vader, die verrast opkijkt.

'Vader, hoe gaat het met u? Hoe gaat het echt, bedoel ik.'

De woorden blijven even tussen hen in hangen. De klok op de kast tikt luid.

Noor merkt de vermoeide blik in de ogen van haar vader op, de man die ooit onvermoeibaar leek. Hij worstelt overduidelijk met de directheid van haar vraag.

'Het is zwaar, Noor,' verzucht hij. 'Sinds Pieter... vind ik het moeilijk om me ergens op te concentreren. Alles lijkt... minder belangrijk.'

Noors hart breekt bij het horen van dit antwoord. Ze heeft haar vader altijd gezien als de rots van de familie: onwankelbaar, onaantastbaar. Nu ziet ze een kwetsbaarheid die hij haar nooit getoond heeft.

'Ik begrijp het, Vader,' zegt ze zacht. Haar hand pakt de zijne vast. 'Het verlies van Pieter heeft ons allemaal diep geraakt, maar we hebben u nodig. Het bedrijf, ik... we kunnen dit niet zonder u.'

Haar vader kijkt naar haar hand op de zijne. Er glinstert een traan in zijn ooghoek.

'Ik weet het, Noor,' brengt hij moeizaam uit. 'Ik wil er zijn voor jullie, voor het bedrijf. Maar soms... soms is het alsof mijn verdriet alles overheerst.'

'Het is goed om te rouwen, Vader,' zegt Noor, licht verbaasd over de vastberadenheid die doorklinkt in haar eigen stem. 'Laten we dat samen doen: samen rouwen en samen verdergaan. We zullen Pieter nooit vergeten, maar we kunnen zijn nagedachtenis alleen eren door te blijven vechten, voor hem, voor het bedrijf, voor onze familie.'

Haar vader zwijgt, maar legt zijn andere hand op de hare en knijpt er zachtjes in.

Na een tijdje zegt hij: 'Dat weet ik, Noor. Echt, dat weet ik. Daar denk ik vaak over na, maar ik... ik kan het niet alleen, weet je.'

Zonder iets te zeggen blijven ze even bij elkaar zitten. Dan staat Timmer Veenstra op.

'Kom, we gaan naar huis,' stelt hij voor.

'Nee, ik moet nog wat afmaken,' zegt Noor, die ook gaat staan. 'Ga maar vast.'

Nadat hij vertrokken is, zit Noor aan haar bureau. Ze leunt achterover in haar stoel en voelt het gewicht van de stilte. Haar blik gaat over de stapels papierwerk die om haar heen liggen – facturen, contracten, orders die allemaal wachten op de goedkeuring van haar vader, op zijn aandacht.

Ze denkt aan de afgelopen maanden, waarin ze langzamerhand steeds meer verantwoordelijkheden op zich heeft genomen, eerst om de leemte te vullen die Pieter had achtergelaten, nu steeds meer uit een gevoel van verplichting, van betrokkenheid bij het bedrijf.

De nieuwbouw in de Achtersluispolder, die de droom was van haar vader en Pieter, een visie op de toekomst, lijkt nu bijna een last – een project dat niet wordt voortgestuwd door het leiderschap van haar vader, maar dat de inzet van mensen als Egbert en haarzelf nodig heeft.

Noor pakt een stapeltje facturen op en bladert erdoorheen. Ze is er altijd van uitgegaan dat haar toekomst buiten het familiebedrijf zou liggen. Dat zij naar de kweekschool zou gaan en over een paar jaar voor de klas zou komen te staan.

Door wat Egbert gezegd heeft, overweegt ze nu voor het eerst of er misschien toch een andere rol voor haar ligt dan het volgen van het pad dat ze al had uitgestippeld. Misschien moet ze nu eerst een andere roeping volgen. Uit noodzaak. Misschien moet ze zich er nu vooral op richten om haar familie te helpen om hun gemeenschappelijke erfgoed te behouden. Door het bedrijf te helpen leiden, het schip door stormachtige tijden te loodsen.

Dat is geen gemakkelijke afweging. Een deel van haar hunkert nog steeds naar de vrijheid en de mogelijkheden die de opleiding haar bieden – een eigen leven, nieuwe kennis opdoen, andere mensen ontmoeten. Na de zomer kan ze in Amsterdam wonen en snel zelfstandig worden.

Maar ze kan ook niet voorbijgaan aan de worsteling van haar vader en de droom van Pieter. Die realiteit drukt zwaar op haar plichtsbesef. Is haar plek dan toch hier?

Met een zucht staat ze op. Wat voor keuze ze ook maakt, het zal altijd meteen ook een afwijzing zijn van iets anders wat belangrijk voor haar is.

Hier moet ze grondig over nadenken.

66

Fieke

Koog aan de Zaan, donderdag 22 mei 1913

Bij het huis van Alice Krijgsman zet Fieke haar fiets tegen het groene tuinhek, zoals ze dat de afgelopen anderhalve maand elke donderdagmiddag na schooltijd heeft gedaan. En zoals iedere keer is het een grote overgang van de frisse lentelucht naar de bekende geur van olieverf en terpentijn in het atelier.

Bij binnenkomst vallen Fieke een paar nieuwe schilderijen op, die tegen een muur staan te drogen. Het werk van Alice verandert voortdurend, wat Fieke inspirerend vindt: haar mentrix blijft zichzelf vernieuwen.

Fieke loopt naar haar vaste werkplek bij een van de hoge ramen, langs de grote werktafel in het midden van de ruimte. Die ligt bezaaid met tubes verf, penselen van verschillende grootte en openliggende kunstboeken – een georganiseerde chaos die Fieke inmiddels dierbaar is geworden.

Alice, in haar karakteristieke schort vol verfvlekken, verwelkomt haar met een warme glimlach.

'Goed dat je er bent, Fieke. Klaar voor een nieuwe dag vol creatieve avonturen?' vraagt ze, terwijl ze een nieuw doek op een ezel zet.

'Natuurlijk!' antwoordt Fieke vol overtuiging.

Ze voelt zich hier thuis, in deze werkplaats vol licht, bij een kunstenares die haar in korte tijd meer heeft geleerd dan ze ooit had kunnen denken.

Terwijl Fieke haar tas uitpakt en haar schetsboek openklapt, schenkt Alice thee.

'Hoe gaat het met de eindexamens?' vraagt ze belangstellend.

'We hebben de eerste tentamens al gehad,' vertelt Fieke. 'Het komt wel goed, denk ik. Al ben ik wel nerveus.'

Alice knikt begrijpend en leunt tegen de rand van de werktafel.

'Zenuwen zijn normaal, Fieke. Die laten zien dat het je iets kan schelen, en dat is goed. Je moet onthouden dat jij meer dan klaar bent voor de afronding van je school. Je hebt hard gewerkt. Vertrouw dus op je voorbereiding en op jezelf.'

Fieke glimlacht. Alice en zij praten niet alleen over kunst. Haar lerares geeft levenslessen, verpakt in gesprekken.

'Dank je,' zegt ze. 'Daar zal ik aan denken.'

Alice geeft haar een bemoedigend klopje op haar schouder.

'Mooi, en vergeet niet: wat er ook gebeurt, het eindexamen is maar een momentopname. Jouw artistieke reis is veel belangrijker en langer. Deze examens bepalen niet wie jij bent.'

Inmiddels heeft Fieke haar werkplek ingericht, klaar voor de lessen van vandaag.

Maar daar is Alice nog niet aan toe.

'En na het eindexamen?' wil ze weten. 'Heb je daar al over nagedacht?'

Fieke kijkt haar vragend aan.

'Hoezo? Eh... doorgaan met tekenen en schilderen, denk ik. Ja, gewoon doorgaan.'

Alice leunt voorover, haar blik is intens.

'"Gewoon doorgaan" is niet genoeg, Fieke. Dit is het moment om echt te kiezen voor je kunst. Eind augustus zijn de toelatingsexamens bij de Rijksacademie van Beeldende Kunsten in Amsterdam voor het nieuwe cursusjaar, dat in september begint. Wil je daar klaar voor zijn?'

'De Rijksacademie? Ik... ik weet het niet,' stamelt ze.

Het idee om naar de kunstacademie te gaan, is nooit echt uit haar gedachten geweest, maar nu wordt het wel heel snel heel concreet.

Alice schuift wat dichter naar haar toe.

'Wat je nu doet, is een begin, Fieke. Dan is "gewoon doorgaan" niet genoeg. Kunst vraagt om meer dan dat. Kunst verlangt echte toewijding, om jezelf voortdurend verder vooruit te brengen. Als jij kans wilt maken om die toelatingsexamens te halen, vereist dat voorbereiding, veel voorbereiding.'

Fieke weet niet wat ze daarop moet zeggen.

'Luister, Fieke,' vervolgt Alice ernstig. 'Ik geloof dat jij het in je hebt. Ik zie veel potentie in je, maar je zult er hard voor moeten werken. Het gaat niet alleen om je talent, het gaat ook om techniek, om het begrijpen van kunst, om het ontwikkelen van jouw unieke stem als kunstenaar.'

'En hoe moet ik dat dan doen?' vraagt Fieke, zwaar onder de indruk.

'Dat is simpel,' antwoordt haar lerares. 'Elke dag werken, schilderen, leren. Je volledig inzetten.'

'Elke dag?' echoot Fieke.

Alice knikt.

'Je zult keuzes moeten maken, Fieke. Kunst vraagt om opoffering. Ben je daartoe bereid?'

Het is volkomen overweldigend voor Fieke. Alice gelooft dat zij naar de kunstacademie kan gaan. Dat ze een echte kunstenares kan worden.

'Ja... ik denk het wel,' zegt ze kleintjes, waarop ze, na een korte stilte, met veel meer overtuiging laat volgen: 'Ja. Ja, ik wil dit.'

'Goed zo.' Alice glimlacht. 'Dan hebben we werk aan de winkel. Veel werk.'

Ze loopt naar de andere kant van de tafel en pakt een van de kunstboeken.

'Mijn voorstel is dat je direct na je eindexamen hierheen komt, elke middag van de week, de hele zomer lang.' Ze wacht even voordat ze verdergaat. 'Dan krijg je dus lessen in mijn atelier, niet zoals nu, maar veel intensiever. Daarnaast zul je ook thuisstudie moeten doen, en zo veel mogelijk schetsen maken op locatie.'

'Elke dag, de hele zomer?' reageert Fieke verbijsterd.

Alice knikt.

'Het is niet anders, Fieke. Dit is een cruciale periode, die veel toewijding vereist. De wereld om je heen is je leermeester. Je moet leren observeren, interpreteren en uitdrukken. Als je echt kunstenaar wilt worden, is dit het pad dat je zult moeten bewandelen.'

'Maar,' sputtert Fieke tegen, 'ik zou in juli twee weken bij mijn oom en tante in Noordwijk gaan logeren. Bij de zee. Dat is al afgesproken.'

Alice is onverbiddelijk.

'Fieke, als je kunst wilt maken, zul je moeten kiezen. Kiezen voor je passie, zelfs als dat betekent dat je andere dingen moet laten liggen. Het is je vakantie... of je toekomst als kunstenaar.'

Dit had Fieke nooit verwacht toen ze aan de lessen begon. Al schrikt ze wel van de consequenties die er blijken te zijn als ze een kans wil maken om haar dromen werkelijkheid te laten worden.

'Ik weet dat het veel is om te vragen,' zegt Alice, met sympathie in haar ogen. 'Ik zou dit niet voorstellen als ik niet oprecht dacht dat jij het in je hebt. Denk erover na, Fieke, en laat het me dan weten.'

'Ik zal erover nadenken,' belooft Fieke.

'Heb je naast je school nog wekelijkse verplichtingen?' wil Alice weten.

'Ja, op zaterdagmiddag werk ik in de boekwinkel en op dinsdagavond heb ik tekenles bij meneer Bezemer.'

Alice knikt goedkeurend.

'Daar kun je mee blijven doorgaan. Werk kan een inspiratiebron zijn, en brengt natuurlijk geld binnen, dat is ook belangrijk. Je weet dat ik Benno Bezemer een goede leraar vind. Verder moet je alles aan de kant zetten, Fieke. Zoals gezegd: het is alles of niets.'

'Goed, maar hier moet ik wel met mijn ouders over praten.'

Met een geruststellende glimlach zegt Alice: 'Je bent sterker dan je denkt, Fieke. Onthoud dat.' Ze gaat bij haar schildersezel staan. 'Laat zien wat je waard bent. Discipline en gerichtheid zijn vanaf nu jouw beste vrienden.'

Als Fieke na de les het atelier verlaat, voelt ze een nieuwe golf van energie. De angst voor het onbekende is er nog steeds, maar ook de opwinding voor wat komen gaat. Ze weet dat het niet makkelijk zal worden, maar de gedachte aan wat ze kan bereiken, geeft haar moed.

De lente hangt zwaar in de lucht. Langs de kalm kabbelende Zaan fietst ze naar huis, waar ze haar ouders moet gaan vertellen over de verplichtingen die haar nieuwe koers met zich meebrengt. De weg naar de kunstacademie ligt open, en Fieke is klaar om er alles voor te doen om die af te leggen.

67

Noor

Zaandam, zondag 6 juli 1913

De diploma-uitreiking en de eindexamenfeesten zijn achter de rug. Noor heeft het gehaald, het diploma Meer Uitgebreid Lager Onderwijs is binnen!

Ze ligt met haar handen onder haar hoofd op haar bed en kijkt naar het plafond, waarop de dansende lichtvlekken van de middagzon weerspiegelen.

Eigenlijk had ze gedacht dat ze blijer zou zijn, omdat ze zo tegen het eindexamen had opgezien. Alles is nu eenmaal minder leuk sinds het verlies van Pieter. Door zijn plotselinge dood is er een stuk uit haar leven gescheurd, iets wat niet meer vervangen kon worden.

En dan volgde ook nog de verdwijning van Annabel. Noor voelt diep mee met de radeloosheid van Annabels ouders, die bij alle familieleden, vrienden en bekenden navraag hebben gedaan. Tevergeefs, Annabel is spoorloos. Iedereen die haar kent, blijft achter met onbeantwoorde vragen.

Daarnaast heeft het werk in het familiebedrijf Noor de afgelopen maanden ook vele uren gekost die ze eigenlijk aan haar eindexamen had moeten besteden. Dus al met al is het niet zo'n wonder dat haar cijferlijst uiteindelijk minder glorieus is dan in de voorafgaande jaren.

Ach, Noor, houdt ze zich voor, *dat is allemaal minder belangrijk.*

Je hebt dat diploma gewoon binnen!

Toch blijft het succes bitterzoet aanvoelen. Noor zucht diep, sluit haar ogen en probeert de knoop van emoties in haar buik te ontwarren. Daar vermengen vreugde, verdriet en een diepe sensatie van onafgemaakte zaken zich tot een onoplosbare massa, die haar zwaar op de maag ligt.

In het verleden ging ze, als ze met haar gevoelens omhoogzat, altijd tekenen. Op de een of andere manier heeft ze daar de laatste tijd stomweg geen zin meer in. Alsof dat iets is van de oude Noor, uit de tijd dat Pieter er nog was.

Noor blijft een tijdje zo liggen. Haar ouders zijn aan het wandelen, zoals elke zondagmiddag. Ze hebben haar gevraagd om mee te gaan, maar dat heeft Noor geweigerd. Ze heeft andere plannen.

Ze staat op en gaat naar de overloop. Voor de deur van Pieters kamer aarzelt ze, met haar hand op de klink. Sinds het overlijden van haar broer is deze kamer onaangeroerd gebleven, een altaar van herinneringen.

Met een zachte klik opent ze de deur. Meteen wordt ze overspoeld door een vloedgolf aan emoties. Er hangt nog steeds de karakteristieke geur van Pieters scheerzeep. Alles ligt er nog precies zo als hij het heeft achtergelaten. Het is net of hij elk moment kan binnenlopen om te vragen wat ze in zijn kamer doet.

Een beetje nerveus gaat ze naar binnen. Haar vingers glijden over de rugleuning van zijn stoel, langs de stapels boeken en mappen op zijn bureau. Ze voelt zich een indringer in Pieters privéwereld, maar ook getroost door de nabijheid van zijn spullen.

Ze gaat op zijn stoel zitten en kijkt om zich heen. Voorzichtig grasduint ze door zijn studiemappen, die ze één voor één openslaat. Op alle bladzijden heeft hij onderstrepingen, aantekeningen en soms uitroeptekens achtergelaten. De intensiteit van zijn toewijding springt van de pagina's en vervult Noor met een gevoel van trots. *Dit heeft hij toch allemaal maar gedaan en geleerd!*

Van de plank boven zijn bureau haalt ze ook een map met een etiket waarop VEENSTRA'S TOEKOMST staat. Haar hart gaat sneller kloppen als ze die opendoet. De tientallen pagina's staan vol handgeschreven teksten, schetsen en uitgewerkte tekeningen. Het is een schat aan ideeën, plannen en toekomstvisies voor het familiebedrijf. Noor weet niet wat ze ziet, want het lijkt wel alsof ze een deel van zijn ziel heeft gevonden: Pieters dromen en ambities, vastgelegd op papier.

Al bladerend en lezend realiseert Noor zich wat Pieter allemaal had willen bijdragen. Hier heeft hij grondig over nagedacht. Die openbaring raakt haar tot in haar kern. Ze voelt een intense verbondenheid met hem, niet alleen als broer en zus, maar ook als erfgenamen met een gezamenlijke opdracht.

Ineens is het haar volkomen duidelijk: het is nu aan haar om een eigen, leidende plek in het bedrijf te verwerven. Zij moet Pieters werk voortzetten. De map in haar hand lijkt haar het symbool van haar nieuwe richting, die ze tot op dit moment nog nooit serieus overwogen heeft.

Noor legt de map terug en verlaat Pieters kamer. In de deuropening kijkt ze nog even glimlachend achterom. Ze heeft haar beslissing genomen. Het is net alsof Pieter die map alleen maar heeft neergelegd zodat zij die zou vinden. Zodat zij het stokje van hem kan overnemen.

In de huiskamer wacht ze totdat haar ouders terugkomen van hun wandeling. Ze zet een pot thee en kopjes midden op de tafel.

Zodra ze binnenkomen, meldt ze eenvoudig: 'Vader, Moeder, we moeten praten.'

Aan de oude, massieve eikenhouten tafel, die al generaties lang gesprekken, besluiten en familiedrama's heeft meegemaakt, zit Noor even later tegenover haar ouders.

'Nu ik klaar ben met mijn eindexamen, wil ik het graag hebben over het bedrijf,' kondigt Noor aan.

In het licht van de namiddag lijkt Vader nog ouder en vermoeider dan normaal. Zijn eens zo levendige ogen kijken nu somber naar zijn dochter.

'Noor, het wordt inderdaad tijd om te praten,' zegt hij met een breekbare stem. 'Je hebt meer tijd in het bedrijf gestoken sinds... Pieter er niet meer is. Maar ik ben bang dat het niet genoeg zal zijn.' Hij pauzeert enkele seconden, zoekend naar de juiste woorden. 'Ik heb erover nagedacht, en misschien is dat het beste voor ons bedrijf... als we gaan kijken naar een geschikte schoonzoon. Iemand die het roer van mij kan overnemen.'

Moeder kijkt geschokt naar haar echtgenoot, haar blik vol ongeloof over zijn voorstel.

Maar voordat ze iets kan zeggen, reageert Noor al fel: 'O, gaan we op zoek naar een "geschikte schoonzoon"? U lijkt de vader van Annabel wel!'

Dat verwijt komt aan, ziet ze.

'Jij gaat toch naar de kweekschool?' vraagt Vader.

'Nee, dat kan nu niet meer,' antwoordt ze vastbesloten.

'Maar dat is allemaal geregeld met je oom en tante!' protesteert hij. 'Jij gaat in september naar Amsterdam en...'

'Nee, Vader!' onderbreekt Noor hem.

Ze leunt voorover, haar blik strak op hem gericht.

'Alles is nu anders. Ik moet kiezen. Daarom wil ik helemaal in het bedrijf komen en daar Pieters werk voortzetten, in zijn stijl. Dat kan ik, Vader. Met of zonder "geschikte schoonzoon". Ook al zal dat inhouden dat ik voorlopig, net als Pieter, het werk moet combineren met een avondopleiding. Dat heb ik ervoor over. Ik wil ons familiebedrijf voortzetten. Dat is mijn plicht. En ik vraag u om mij daarbij te helpen.'

Getroffen en een beetje sceptisch kijkt de oude man naar zijn dochter.

'Ik weet het niet...' begint hij.

Dan laat Moeder haar stem horen.

'Timmer Veenstra, als jij je dochter deze kans niet geeft, kijk ik je nooit meer aan.'

Vervolgens tegen Noor: 'Nora Maria Veenstra, als jij deze kans verprutst, krijg je met mij te maken.'

De blik van Vader gaat vol verbazing van zijn vrouw naar

zijn dochter. Hij denkt een tijdje na, zijn ogen op zijn handen gericht. Dan knikt hij langzaam.

'Goed,' zegt hij zacht tegen Noor. 'We zullen het op jouw manier proberen. Laten we samen kijken hoe we dat in de dagelijkse gang van zaken kunnen doen. Ik beloof je dat ik je alle vrijheid geef die ik Pieter ook heb gegeven.'

Noor pakt zijn handen vast.

'Dank u! We zullen veel moeten bespreken en regelen. Laten we daar meteen morgen mee beginnen. Er is geen tijd te verliezen.'

Noors moeder legt haar hand op die van hen beiden.

'Je hebt een lange en zware weg voor je, Noor, maar je bent niet alleen. We doen dit samen, als een familie.'

Er stroomt een golf van warmte door Noor heen. Ze voelt zich opgelucht en vastberaden, want ze heeft definitief besloten dat ze klaar is om te vechten voor het bedrijf en voor hun gezin. En voor Pieters nalatenschap.

68

Fieke

Koog aan de Zaan, donderdag 14 augustus 1913

In het atelier van Alice Krijgsman staat Fieke voor haar ezel. Ze concentreert zich op het doek, waarop een landschap langzaam vorm begint te krijgen. Het is een riviergezicht bij Koog aan de Zaan, waarin ze de essentie van de sfeer probeert te vangen.

'Aandacht voor detail, maar verlies het geheel niet uit het oog,' zegt Alice, die over haar schouder staat mee te kijken. 'Zie je hoe het zonlicht daar speelt op het water? Dat is wat je schilderij leven zal geven.'

Fieke knikt, doet een stap terug en bekijkt haar werk kritisch. Ze mengt een lichtere tint op haar palet en brengt deze vervolgens met zorg aan op het canvas, waardoor het water meer gaat sprankelen.

Alice knikt goedkeurend.

'Goed zo, Fieke. Je begint er echt gevoel voor te krijgen hoe je licht en kleur kunt gebruiken om een stemming neer te zetten. Denk eraan, elke penseelstreek moet een doel hebben.'

Sinds het begin van de zomer, direct na het met goed resultaat behalen van haar eindexamen, heeft Fieke zich keihard ingezet. Elke middag gaat ze naar Alice, niet alleen voor het vergroten van haar technische vaardigheden, maar ook voor de ontwikkeling van haar eigen artistieke stem.

Alice laat haar een project doen dat zowel techniek als emotionele diepgang vergt: het schilderen van een serie landschappen die de overgang van de seizoenen in de Zaanstreek weergeven. Wat ook inhoudt dat ze soms in de stralende zomerzon toch herfstkleuren of een wintertafereel moet neerzetten.

Daarom volstaat het niet om te kijken naar haar omgeving, ze moet echt observeren en vanuit haar gevoel werken. Dat leert haar om de kleine veranderingen in het licht, de subtiliteiten van de lucht, de stemming van een landschap te vangen. Hoewel die aanpak haar soms frustreert, merkt ze ook hoe ze groeit, hoe haar werk rijker en genuanceerder wordt.

Aan het einde van de sessie leunt Alice tegen een tafel, haar armen over elkaar, terwijl ze Fiekes vorderingen bekijkt.

'Je boekt echt vooruitgang,' constateert ze.

Fieke voelt een warme gloed van trots.

'Maar vergeet niet: de toelatingsexamens van de academie zijn streng,' waarschuwt Alice. 'We moeten je voorbereiden op alles wat ze van je kunnen vragen.'

Fieke knikt, vastbesloten om door te zetten.

Thuis heeft ze geen atelier, daarom heeft ze in haar kamer een werkhoek ingericht. Er staat een oude houten tafel, door haar vader zorgvuldig schoongemaakt en geschuurd, waarop stapels kunstboeken en haar tekenmaterialen liggen. Het raam ernaast verschaft natuurlijk licht en een goed uitzicht op de tuin.

Hier brengt Fieke dagelijks uren door met het doorwerken van boeken over kunstgeschiedenis, die ze leent van Alice en van de plaatselijke bibliotheek. In schriftjes maakt ze nauwgezet aantekeningen over verschillende kunststromingen en de resultaten van haar studie van de grote meesters: ze probeert hun methoden te begrijpen en te bedenken hoe hun technieken haar eigen werk kunnen verrijken.

Ook trekt ze er bijna dagelijks op uit met haar schetsboek. Een van haar favoriete plekken is het park aan de rand van Zaandam, waar oude bomen, vijvers en wandelaars een eindeloze bron van inspiratie vormen. Dan zoekt ze een rustig plekje uit – soms op het gras, soms op een bankje – en begint te tekenen.

Regelmatig kijken voorbijgangers toe hoe ze probeert vast te leggen hoe de atmosfeer in het park verandert met het verstrijken van de uren. Soms experimenteert ze met stijlen. Eerst probeert ze de fijne details scherp te krijgen van een eend in de vijver. Een volgende schets vangt in grove lijnen de dynamiek van een groep spelende kinderen.

Als ze dan bij het vallen van de avond terug naar huis gaat, met weer een paar nieuwe tekeningen in haar schetsboek, merkt ze dat haar geest zich gaandeweg steeds meer vult met nieuwe ideeën en perspectieven.

De lessen bij Alice en de theorie die ze thuis bestudeert, helpen haar om een groeiende kennis van technieken en materialen te combineren met een dieper begrip van het belang van observeren en aanvoelen, en van de vertaling van die ervaringen naar haar werk. Haar zelfvertrouwen groeit, evenals haar portfolio, die zo langzamerhand een brede waaier aan onderwerpen en invalshoeken bevat.

Na het doorwerken van een dik boekwerk over de renaissanceschilders heeft ze zich voorgenomen om meer studie te maken van de anatomische precisie en de levendigheid van figuren in haar eigen werk. Ook heeft ze een hele serie probeersels gemaakt om de principes van perspectief beter toe te passen in haar schetsen.

Alice vraagt haar regelmatig om haar schetsboeken met recente tekeningen te laten zien. Zo ook vandaag.

Fieke leeft helemaal op als ze een blik van erkenning ziet in de ogen van haar lerares.

'Kijk dit,' zegt Alice, wijzend naar de schets die ze gisteren bij de molen heeft gemaakt. 'Dit begint ergens op te lijken. Je hebt niet alleen de vormen vastgelegd, maar ook de essentie, de ziel van de Zaan. Dat is wat het tot kunst maakt.'

Zulke woorden van lof van de kunstenares die haar zoveel geleerd heeft, betekenen veel voor Fieke.

Toch blijven de zenuwen voor de toelatingsexamens knagen. De dagen tikken weg en de gevreesde datum waarop de examens zullen beginnen, komt steeds dichterbij.

Fieke kijkt naar haar portfolio, die opengeslagen op de werktafel ligt.

Alice voelt haar onrust aan en legt een hand op haar schouder.

'Iedere kunstenaar heeft angst voor het onbekende, Fieke. Dat is een natuurlijk gegeven, heel menselijk. Het gaat erom dat je die angst omzet in kracht: dat bepaalt hoe je presteert.'

'Dat klinkt goed,' vindt Fieke. 'Maar hoe doe ik dat?'

Haar lerares glimlacht.

'Daar is geen handleiding voor. Ik kan je alleen maar vertellen hoe ik het zelf heb aangepakt. Je weet dat ik graag en vaak werk met meditatie en ademhalingsoefeningen: dat is op alle niveaus heilzaam. Als het gaat om het overwinnen van angst, heb ik er altijd veel aan gehad om me het eindresultaat voor ogen te roepen. Bij een examen roep je bij jezelf dan bijvoorbeeld het beeld op: stel je voor dat ik al geslaagd ben. Hoe zie je dat? Hoe voel je dat? Houd die gedachte vast.'

Al die raadgevingen neemt Fieke in zich op.

Samen met Alice herziet ze haar portfolio zorgvuldig: ze kiezen voor werken die technisch goed zijn en haar unieke artistieke persoonlijkheid laten zien. Ook oefenen ze de mondelinge presentatie van haar werk.

'Let op je intonatie,' doceert Alice. 'Probeer je zenuwen onder controle te houden door je voor te stellen dat de examencommissie enthousiast reageert op jouw uitleg.'

Fieke knikt.

Dan buigt Alice zich naar haar toe.

'Echt, je bent er klaar voor, Fieke. Hoe het allemaal ook loopt, dit is slechts het begin van jouw reis in de kunst. Vergeet nooit wie je bent en waar je voor staat.'

Ze duwt Fiekes hoofd omhoog met een zacht tikje van haar hand.

'En denk erom: kop op,' houdt ze haar voor. 'Laat zien wie je bent, en wees daar trots op.'

'Dank je, Alice,' antwoordt Fieke met een brede glimlach. 'Voor alles.'

69

Annabel

Oosterbeek, vrijdag 15 augustus 1913

Het dagelijks werk op het landgoed is veeleisend en eentonig, een beproeving van Annabels lichamelijke uithoudingsvermogen en mentale veerkracht. Zes dagen per week staat ze op bij het krieken van de dag en moet ze naar de uitgestrekte velden, waar ze door de kille ochtendlucht pas goed wakker wordt.

Van haar wordt verwacht dat ze gewassen plant en wiedt, en het vee verzorgt. Deze taken deelt ze met vijftien andere vrouwen, elk met hun eigen verhaal van noodzaak en overleving.

Naarmate haar zwangerschap vordert, worden de fysieke eisen van het werk zwaarder. Het bukken en tillen veroorzaken pijn in haar rug en benen. Intussen speelt de vermoeidheid niet alleen meer aan het eind van de dag op, maar lijkt die inmiddels een constante metgezel te zijn, haar schaduw vanaf het moment dat ze opstaat.

Annabel probeert het tempo bij te houden, klampt zich vast aan het ritme van het werk als een manier om niet te veel na te denken over haar situatie of de onzekerheid die voor haar ligt. Toch komen er steeds meer momenten waarop haar lichaam weigert mee te werken, en ze gedwongen is te pauzeren, haar ademhaling te vertragen en de misselijkheid te bevechten die op onvoorspelbare momenten opkomt.

Hochstenbach, de breedgeschouderde voorman die gewend

is dat zijn bevelen worden opgevolgd door zowel dieren als mensen, houdt de vrouwen met een ijzeren discipline onder zijn toezicht. Hij heeft weinig geduld voor zwakte of vermoeidheid, verschijnselen die hij beschouwt als hindernissen voor het werk dat gedaan moet worden.

Al vanaf de eerste week houdt hij Annabel in de gaten. Ze ziet de argwaan sluimeren in zijn ogen. Af en toe vraagt hij hoe het met haar gaat, maar dat is meer een ondervraging dan een teken van medeleven. Annabel beantwoordt zijn vragen zo vaag mogelijk, omdat ze bang is dat de waarheid over haar zwangerschap haar werk op het landgoed in gevaar zal brengen.

In de schuur waarin alle vrouwen slapen, vindt Annabel enige troost in hun gezelschap. 's Avonds voor het slapengaan delen ze verhalen en lachen ze, wat een tijdelijke ontsnapping vormt aan de zwaarte van het werk. Op zulke kameraadschappelijke momenten voelt Annabel zich het minst alleen.

Het best kan ze opschieten met Els, de hoogblonde vrouw die tegelijkertijd met haar op het landgoed is aangekomen. Els en de andere vrouwen zien hoe hard Annabel werkt, ondanks haar vermoeidheid en haar groeiende buik. Daarom doen ze hun best om haar te ondersteunen en te beschermen waar ze kunnen. Ze gunnen haar kleine pauzes, zonder de aandacht van de voorman te trekken.

Maar Hochstenbach laat zich niet voor de gek houden. Hij is een man van weinig woorden, met een scherp oog voor details. Hij merkt de lichamelijke veranderingen bij Annabel op en confronteert haar op een warme dag, waarop de zon ongenadig brandt, rechtstreeks met zijn vermoeden. Hoewel Annabel vreest voor de mogelijke gevolgen van haar bekentenis, geeft ze haar zwangerschap toe.

De voorman reageert kortaf door te zeggen dat zwangere vrouwen niet het soort arbeid kunnen verrichten dat op het landgoed van hen wordt verwacht. Hij maakt haar duidelijk dat ze er in geen geval tot aan haar bevalling kan blijven werken.

Bij die woorden verliest Annabel alle moed, bang voor wat

de toekomst haar zal brengen. Op dat moment grijpt Els in. Ze praat met de voorman en stelt voor dat Annabel nog goed kan helpen met lichter werk, zoals koken voor de andere vrouwen en het schoonmaken van de leefruimtes.

Hochstenbach stemt met tegenzin in, onder de strikte voorwaarde dat dit slechts een tijdelijke oplossing is. Annabel is Els enorm dankbaar voor haar steun en voelt zich een beetje opgelucht dat ze nog steeds een plek om te wonen heeft, en een inkomen, hoe klein ook.

Ondanks de minder zware werkzaamheden wordt het niet makkelijker voor haar: ze voelt zich steeds meer geïsoleerd van de groep, terwijl haar zwangerschap vordert en de fysieke beperkingen duidelijker worden. Als niemand kijkt, houdt ze haar dikke buik vast, waarin ze het kindje al kan voelen bewegen. Soms huilt ze dan even, maar niet te lang, want ze moet altijd weer verder.

Al die tijd heeft Annabel geweten dat haar tijd op het landgoed beperkt is. Nu, op de wekelijkse betaaldag, valt het oordeel. Hochstenbach houdt haar de drie gulden voor die haar toekomen. Tegelijkertijd kondigt hij aan dat dit haar laatste werkweek is geweest. Uiterlijk zondag moet ze het landgoed verlaten.

Annabel sputtert nog tegen, maar de voorman is onvermurwbaar: dit is geen plek voor hoogzwangere vrouwen om te werken en te verblijven. Het is eigenlijk toch al in strijd met de goede zeden dat hier een ongetrouwde zwangere vrouw onder de andere arbeidsters verblijft. Er kan geen sprake van zijn dat meneer Van Dorp onderdak biedt aan een pasgeboren kind.

Met tranen in haar ogen kijkt Annabel naar Els, die een medelijdende grimas naar haar trekt.

70

Noor

Amsterdam, zaterdag 13 september 1913

In een zijstraat van het Leidseplein zitten Fieke en Noor aan een rustig tafeltje achter in een koffiehuis, te midden van de donkerhouten inrichting en het licht van lampen in antieke koperen houders. De stoom van hun koffiekopjes stijgt langzaam op.

Fieke leunt iets dichter naar Noor toe, met een fonkeling van opwinding in haar ogen.

'De laatste keer dat ik je zag, had ik net mijn toelatingsexamens gehaald. Dat was zo'n werveling aan emoties. Ik kan haast niet geloven dat het al een maand geleden is.'

'Je was zo zenuwachtig toen je ernaartoe ging,' herinnert Noor zich glimlachend.

'Ja, ontzettend!' Fieke lacht. 'Ik moest mijn eigen werk presenteren voor de commissie van de academie. Mijn handen beefden zo erg dat ik bang was dat ik mijn tekeningen zou laten vallen. Maar toen ik eenmaal begon te praten over mijn ideeën over kunst, over hoe ik kleuren en vormen zie, voelde ik een soort kracht in me. Ineens ging het allemaal vanzelf.'

'En toen je die brief kreeg...' voegt Noor toe, terwijl ze de spanning van dat moment herbeleefde alsof ze die zelf had doorgemaakt.

Fiekes gezicht licht op.

'Dat zal ik nooit vergeten! Toen ik las dat ik was aangenomen, was ik zo blij! Nadat ik naar jou toe was gegaan om het goede nieuws te vertellen, ben ik meteen doorgereden naar Alice in Koog aan de Zaan. Die zei dat het een bevestiging was dat ik op het juiste pad ben, dat al mijn harde werk en mijn dromen me naar dat moment hadden geleid. Ook zei ze dat ze me eventueel wel wat kan lenen, als geld een probleem vormt tijdens mijn opleiding.'

'Dat is echt geweldig van haar. Hopelijk zul je het niet nodig hebben. Hoe bevalt het op de kunstacademie?' wil Noor weten.

Het kopje waaruit Fieke net een slok wilde nemen, gaat terug naar het schoteltje.

'Het is onwerkelijk, Noor. Elke dag op de academie brengt me dichter bij wie ik echt wil zijn.'

Noor grinnikt. Hoewel ze zelf ook behoorlijk kan tekenen, heeft ze nooit de drang gevoeld om kunstenaar te worden. Daarom bewondert ze Fieke des te meer om haar moed en passie.

'Je zou de ateliers moeten zien, Noor,' vertelt Fieke, met ogen die schitteren. 'Allemaal met het mooiste noorderlicht dat iemand zich kan voorstellen, perfect voor schilders. De docenten zijn zo inspirerend; ze dwingen ons om verder te kijken dan wat we kennen, om echt te voelen wat kunst is.'

'En hoe is het met de andere studenten?' vraagt Noor. 'Kun je met ze opschieten?'

'Ongelooflijk,' antwoordt Fieke. 'Iedereen heeft een eigen stijl, een eigen visie op de wereld. We delen alles met elkaar: onze ideeën, onze twijfels, zelfs onze penselen en de verf. Het voelt alsof we samen iets groots aan het creëren zijn, iets wat veel groter is dan wijzelf.'

Terwijl ze zo druk praten, vervaagt de wereld om hen heen, het geroezemoes van Amsterdam wordt een soort achtergrondmelodie.

'Ik ben zo trots op je, Fieke. Ik kan niet wachten om te zien wat je allemaal aan het maken bent.' Noor glimlacht. 'Dat is ook een goed excuus voor me om wat vaker naar Amsterdam te gaan. Elke keer dat ik hier kom, ontdek ik weer iets nieuws.'

'En ik ben hier gewoon elke dag,' stemt Fieke in. 'Dat is toch hartstikke bijzonder! Mijn ouders vinden het een beetje vervelend dat ik niet meer ieder weekeinde thuiskom, maar hier is zoveel te doen: overal kunst en cultuur. Ik kom tijd tekort.'

'Hoe is het om bij mijn oom Hendrik en tante Anna te wonen?'

Weer buigt Fieke enthousiast naar haar toe.

'Dat was zo'n geweldig idee van jouw moeder, Noor! Daar ben ik haar zo dankbaar voor. Dit maakt alles een stuk makkelijker en aangenamer. Ook voor mijn ouders, want die vonden het helemaal niet zo'n prettig idee dat ik in mijn eentje in Amsterdam op kamers zou gaan.'

'Mijn moeder kwam zelf met het idee,' zegt Noor. 'Toen ze hoorde dat jij was toegelaten op de kunstacademie, heeft ze contact opgenomen met haar zus. Mijn tante en oom hadden zich er helemaal op ingesteld dat ik bij hen zou komen logeren tijdens mijn studie aan de kweekschool. Omdat het niet doorging, waren ze zelfs een beetje teleurgesteld. Daarom gingen ze er zo gauw mee akkoord toen Moeder voorstelde dat jij mijn plek zou innemen.'

Fieke grijnst.

'Dat had ik zelf niet beter kunnen bedenken. Hoe gaat het met jou? Ik heb je al weken niet gezien. Hoe staat het ervoor met het bedrijf en met je avondopleiding?'

Noor leunt achterover en kijkt even om zich heen, voordat ze begint: 'Het is heel intensief, maar ik leer ontzettend veel. Het zijn lange dagen in het bedrijf, samen met mijn vader, die me zoveel wil vertellen over hoe alles werkt. Bovendien heb ik dus ook drie avonden in de week de avondschool, met dezelfde leraar als Pieter destijds.' Ze valt even stil. 'Die man vertelde me met hoeveel vuur Pieter praatte over zijn plannen voor het bedrijf. Volgens hem ziet hij ook wat van dat vuur bij mij.'

'O, dat is hartstikke goed!' vindt Fieke, die haar vol ontzag aankijkt. 'Dat voelde aan als een compliment, zeker?'

Noor knikt.

'Op een onverwachte manier voelde ik me toen ineens heel erg verbonden met Pieter. Is dat raar?'

'Nee, natuurlijk niet! Dat is toch juist mooi?'

Al pratend laten ze hun koffie koud worden. Fieke wenkt de serveerster, laat de kopjes weghalen en bestelt twee nieuwe.

'En Annabel?' vraagt Fieke voorzichtig, als de serveerster vertrokken is.

'Niks,' antwoordt Noor triest. 'Niemand heeft meer iets van haar gehoord. Haar ouders zijn radeloos.'

71

Annabel

Velp, zondag 14 september 1913

Nadat Annabel van de voorman te horen had gekregen dat ze binnen twee dagen moest vertrekken bij Hof te Dorenweerd, was ze de wanhoop nabij.

Vrijwel direct kwam Els naar haar toe.

'Dit hebben we allemaal zien aankomen,' zei de hoogblonde vrouw, terwijl ze een arm om Annabels schouder sloeg. 'Er is natuurlijk geen denken aan dat die lui toestaan dat jij hier je kind krijgt. Het is niet zo raar dat ze jou voor die tijd wegsturen.'

Annabel keek haar met betraande ogen aan.

'Maar wat moet ik nu? Waar kan ik heen?'

'Hier niet ver vandaan, een stukje buiten Velp, is het Sint-Elisabethklooster,' vertelde Els. 'Daar vangen ze vrouwen zoals jij op, zonder vragen te stellen of een oordeel te vellen.'

Die avond had Annabel afscheid genomen van alle andere vrouwen en de volgende ochtend was ze van het landgoed vertrokken, met nog geen twintig gulden op zak. Het eerste stuk, tot Overbeek, mocht ze meerijden op de kar van een vriendelijke boer, die naar de markt ging.

Vanaf dat dorp had ze geen keuze en moest ze te voet verder. Haar zware lichaam protesteerde bij elke stap en ze moest steeds vaker rustpauzes nemen. Toen ze eindelijk voor de poorten van het klooster stond, was het al avond. De schaduwen van de bomen langs de oprijlaan tekenden donkere patronen op de grond.

Met hoop en vrees in haar hart klopte Annabel op de zware, houten poort. Het duurde even voordat de poortdeur langzaam openzwaaide, en er een vriendelijk ogende zuster verscheen. Haar gezicht was omlijst door de witte kap van haar habijt, haar ogen straalden een kalme, geruststellende warmte uit.

'Goedenavond, kind. Wat brengt jou hier zo laat?' vroeg de non met een zachte stem.

'Dag zuster, ik... ik ben Annabel,' begon ze aarzelend, haar stem nauwelijks meer dan een fluistering. 'Ik heb gehoord dat hier vrouwen terechtkunnen die... die in de problemen zitten. Ik heb geen plek om naartoe te gaan, en ik ben zwanger.'

De non opende de poort verder en stapte opzij om Annabel binnen te laten.

'Je bent welkom hier, Annabel. Mijn naam is zuster Martha. Het klooster biedt onderdak aan iedereen die hulp nodig heeft, zoals onze beschermvrouwe dat ook gedaan zou hebben. Kom, laat me je naar binnen brengen. Je bent veilig hier.'

Toen ze het klooster binnentrad, voelde Annabel een last van haar schouders vallen. In de kloostergangen hing een serene stilte, waarin alleen het zachte getik van hun voetstappen te horen was. De non leidde haar naar een kleine kamer met een bed, een tafel en een stoel.

'Hier kun je vannacht slapen. Morgen zullen we bespreken hoe we je verder kunnen helpen.'

Voor het eerst in maanden voelde Annabel een sprankje hoop. De barmhartige gastvrijheid van het klooster bood haar een veilige haven voor de draaikolk waarin haar leven terecht was gekomen. Terwijl ze zich vermoeid op het houten bed liet zakken, keek ze naar het kruisbeeld aan de muur en prevelde ze een stil gebed van dankbaarheid.

De volgende ochtend, na een rusteloze nacht, ontwaakte Annabel bij het ochtendgloren, zoals ze dat gewend was geraakt. Buiten hoorde ze de geruststellende, zachte geluiden van het kloosterleven. Ze zat nog op de rand van haar bed om zich heen te kijken, wennend aan de nieuwe omgeving, toen er op de deur geklopt werd.

Het was zuster Martha, die haar een blad met een eenvoudig, maar voedzaam ontbijt kwam brengen. Pas toen ze dat zag, besefte Annabel hoeveel honger ze had. Gretig viel ze aan op het brood en de havermoutpap.

Zuster Martha bleef op de stoel bij haar zitten tot ze klaar was met eten. Daarna vertelde Annabel over wat haar overkomen was en over haar angst dat ze haar kind in eenzaamheid op de wereld zou moeten brengen. De non luisterde aandachtig, zonder commentaar te geven, haar houding vol mededogen.

'Je bent hier veilig, Annabel,' verzekerde ze haar. 'Zolang je wilt, ben je onze gast. We zullen voor je zorgen, je helpen waar we kunnen, en je voorbereiden op de komst van je kind.'

In de weken die volgden, had Annabel binnen de kloostermuren een nieuw soort familie gevonden. De nonnen leerden haar van alles over de verzorging van baby's, en ze hielp elke dag mee in de keuken en de tuin.

Gaandeweg vond Annabel wat ze al die tijd had gemist: het gevoel dat ze nuttig was, een bijdrage kon leveren aan een gemeenschap die haar zonder voorbehoud had geaccepteerd. Het ritme van de gebedsdiensten en de dagelijkse taken bood haar de structuur en rust die ze zo hard nodig had.

Ze was geen buitenstaander meer. Haar angst om weer weggestuurd te worden, vervaagde met elke dag die voorbijging. De nonnen behandelden haar met een zachtheid en een zorg die haar tot dan toe vreemd waren. Voor het eerst in maanden voelde Annabel zich echt beschermd, omringd door mensen die haar welzijn vooropstelden.

Op deze rustige zondagmiddag plukt Annabel wat kruiden in de moestuin, als er ineens een scherpe pijn door haar heen gaat. Haar eerste reactie is paniek – er zal toch niets met haar kind zijn! Geschrokken gaat ze zitten op een tuinbank.

De pijn ebt weg, maar nadat ze een tijdje heeft gezeten, voelt ze opnieuw een pijnscheut. Ze realiseert zich dat de weeën zijn begonnen. Met haar hand in haar zij gedrukt loopt ze moeizaam naar de keuken, waar ze om hulp vraagt.

Zuster Martha en enkele andere nonnen snellen toe, hun gezichten strak, maar vol medeleven. Ze ondersteunen haar op weg naar haar kamer, waar ze haar zo comfortabel mogelijk op haar bed laten liggen en alles klaarmaken voor de bevalling. Hun kalmte en de vanzelfsprekendheid van hun gebaren stellen Annabel gerust: ze is in goede handen.

De uren verstrijken en de weeën nemen steeds meer toe in intensiteit. Al die tijd blijven de nonnen bij haar, biddend en verzorgend, haar moed insprekend. Hun aanwezigheid is een baken van licht in de zware storm van de bevalling.

Nadat ze door een ultieme pijngolf heen heeft geperst, hoort de uitgeputte Annabel een kindje huilen. Een van de nonnen komt haar met tranen in de ogen vertellen dat er een nieuw leven in hun midden gekomen is.

'Een meisje, Annabel! Een gezonde dochter.'

Meteen daarna wordt het kind in haar armen gelegd.

Ze is prachtig! gaat het door haar heen. *Pieter, moet je zien hoe mooi ze is!*

Annabel wordt overweldigd door een gevoel van ongekende liefde en dankbaarheid.

'Hoe ga je haar noemen?' vraagt zuster Martha.

Het gezicht van Annabel splijt open in een glimlach als ze zegt: 'Elisabeth. Hoe anders?'

72

Noor

Zaandam, maandag 8 juni 1914

Zoals iedere week geniet Noor ervan als de fabriek op maandagmorgen weer vol op stoom is. Ze loopt tussen de machines en de werkbanken door en ademt de krachtige geur van geroosterde cacaobonen en gesmolten chocolade in.

Haar blik gaat over de productielijnen, waar bonen worden getransformeerd tot de fijnste chocolade. Ze blijft staan bij de grote, bruisende concheermachine, waar cacaomassa en suiker samen langzaam verfijnd worden tot een fluweelzachte textuur. Het geluid van het roeren – een constant, geruststellend gezoem – vult de ruimte.

Al lopend begroet Noor de werknemers met een warme, vertrouwde glimlach. De meesten van hen kennen haar sinds de tijd dat ze een klein meisje was, rondrennend in de fabriek, altijd nieuwsgierig naar elk detail van het proces.

Nu, als jonge vrouw, draagt ze de verantwoordelijkheid over haar familie-erfenis, maar haar liefde voor het ambacht van het chocolade maken is onveranderd gebleven. Ze maakt grappen met de oude meesters van het vak en luistert aandachtig naar hun verhalen en adviezen, altijd leergierig, altijd op zoek naar manieren om het proces te verbeteren.

De fabriek is voor Noor meer dan een werkplaats; het is een wereld waarin haar passie voor chocolade en haar familiegeschiedenis samenkomen. Elke hoek, elke machine, en elke werknemer vertegenwoordigt een stukje van dat verhaal. Hier, in deze levendige omgeving, ligt haar hart, beseft ze inmiddels.

Bij een van de grote mengmachines, waar de cacaogeur bijna tastbaar in de lucht hangt, stuit Noor op Egbert. Het gezicht van de oude voorman draagt de sporen van zijn jarenlange toewijding aan het vak.

'Hoi Noor,' groet hij. 'Hoe is het?'

'Ach, ik ben blij dat het weekeinde weer voorbij is,' antwoordt ze vrolijk.

'Je bent druk bij je vader in de leer, hè?' vraagt Egbert, die zijn blik even afwendt van de machine om haar aan te kijken.

Daarna gaan zijn ogen, net als die van Noor, weer naar de draaiende chocolademassa.

'Al kom ik hier al zo lang, ik leer elke dag wat nieuws, Egbert. Het blijft fascinerend om te zien hoe kleine veranderingen in het proces zo'n grote uitwerking kunnen hebben op de smaak en de textuur van de chocolade.'

'Dat is waar,' beaamt Egbert. 'Chocola maken is als muziek componeren: elke noot, elk detail telt. Timmer heeft een scherp oog voor kwaliteit, net als jij.'

Dat compliment doet haar goed.

'Ik hoop dat ik kan blijven voortbouwen op wat hij en jij hier hebben opgezet. De traditie voortzetten, maar ook nieuwe wegen inslaan.'

Egbert leunt tegen de machine, zijn gezicht staat nadenkend.

'We staan op het punt om een grote stap vooruit te doen met de verhuizing naar de nieuwe fabriek. Dat biedt kansen, Noor, met al die extra ruimte: kansen om te experimenteren, om onze capaciteit te vergroten en om de kwaliteit van de chocola naar een nog hoger niveau te tillen.'

'Dat is precies waar ik op hoop,' reageert Noor enthousiast. 'De nieuwe fabriek in de Achtersluispolder biedt ons zoveel mogelijkheden. Ik ben er vorige week nog wezen kijken, en de bouwwerkzaamheden schieten nu echt hard op: de meeste gebouwen zijn al opgeleverd en alle nieuwe machines zijn al geleverd en geïnstalleerd. Volgens de bouwopzichter kunnen we binnen twee maanden helemaal klaar zijn met de verhuizing.'

De zachte ogen van de voorman houden haar blik vast.

'Dan liggen we dus twee weken vrijwel stil, heb ik begrepen.' Hij legt zijn hand op de grote machine naast hem. 'De concheermachine gaat mee, en dat is natuurlijk een monster. Denk je echt dat die in zo'n korte tijd gedemonteerd, verhuisd en geplaatst kan worden? Ik weet nog goed hoe we hem in gebruik namen: dat was een enorme klus.'

'Ze hebben mij meermalen plechtig verzekerd dat het kan, dus daar ga ik vanuit,' antwoordt Noor opgewekt. 'Verder heb ik nog allerlei ideeën hoe we daar, met het nieuwe machinepark, onze productieprocessen kunnen verbeteren… en liefst ook nieuwe producten kunnen uitproberen.'

Egbert knikt goedkeurend. 'Ik heb er alle vertrouwen in dat jouw frisse blik en jouw passie Timmer zullen helpen om ons bedrijf naar nieuwe hoogten te leiden, Noor.'

'Weet je, ik gebruik niet alleen mijn ideeën, maar ook die van Pieter,' vertelt ze. 'Hij wist veel van het bedrijf, had erg goede inzichten en had het merendeel van zijn plannen uitgeschreven. Die lees ik nog regelmatig. Juist daarom heb ik mijn verantwoordelijkheid genomen: om zijn droom, de vernieuwing van ons familiebedrijf, levend te houden. Ik wil bewijzen dat ik deze uitdaging aankan, dat ik zijn nalatenschap eer kan aandoen.'

'Je doet meer dan dat, Noor,' vindt Egbert. 'De mannen zeggen het ook: jij brengt nieuwe energie in het bedrijf. Timmer heeft je goed voorbereid, dat is duidelijk. En Pieter… die zou trots zijn als hij kon zien hoe ver jij gekomen bent.'

Ze glimlacht dankbaar.

'Het betekent veel voor me om dat te horen, Egbert, zeker van jou. Ik weet dat er nog veel te leren valt, en we zijn er nog lang niet, vooral met de verhuizing voor de boeg. Toch geloof ik echt dat we samen iets bijzonders kunnen bouwen op wat er nu al is.'

'Je weet dat ik altijd eerlijk tegen je ben, Noor,' zegt Egbert, terwijl hij zijn hand op haar schouder legt. 'Toen je me vertelde dat jij je vader wilde gaan helpen om leiding aan de fabriek te geven, dacht ik: "Nou meisje, daar zou jij je best eens aan kunnen vertillen. Zo makkelijk is dat niet." En ik kan je oprecht zeggen dat ik allang niet meer zo denk. Ik zie hoe jij je inzet en er echt alles voor doet om dit bedrijf verder vooruit te helpen. Daarom heb ik vorige week nog gezegd tegen Alie, mijn vrouw: "Alie, als iemand het kan doen, dan is zij het wel, die kleine meid van Timmer." Als je het niet gelooft, mag je het bij Alie navragen.'

Noor maakt een wegwerpgebaar en loopt lachend bij hem vandaan.

73

Fieke

Amsterdam, vrijdag 7 augustus 1914

De stad sluimert nog onder een lichtroze hemel als Fieke al in haar geïmproviseerde atelier is, de kleine maar lichte kamer die Noors oom en tante voor haar hebben vrijgemaakt. Het raam staat open, waardoor er wat frisse lucht binnenkomt.

Fieke staat voor haar ezel en gaat volledig op in het schilderij waar ze aan werkt. Haar eerste jaar aan de kunstacademie heeft niet alleen haar techniek verbeterd, maar haar ook het vertrouwen gegeven om met meer durf en expressie te werken.

In hun beoordelingen prezen haar docenten Fiekes uitzonderlijke stijl en vernieuwende benadering van traditionele onderwerpen. Voor het begin van het nieuwe cursusjaar heeft ze zich daarom gestort op een nieuw persoonlijk project, dat in haar gedachten al wekenlang steeds meer vorm krijgt.

Het is een complex stadsgezicht op Amsterdam, waarin ze meer dan ooit experimenteert met licht en schaduw om de dynamische sfeer van de stad vast te leggen. Haar penseelstreken zijn zeker, elke lijn en kleur is zorgvuldig gekozen om de essentie van haar onderwerp naar voren te brengen. Het is een ambitieus schilderij, dat al haar vaardigheden op de proef stelt.

In het eerste jaar, waarin zoveel van haar medeleerlingen afvielen, heeft Fieke zich moeten aanpassen aan de druk die de docenten op haar uitoefenden om haar eigen stijl te vinden te midden van haar getalenteerde leeftijdsgenoten. Dat was lastig en soms echt zwaar, en toch heeft ze er geen moment over gedacht om af te haken. Sterker nog: ze merkte dat ze steeds ambitieuzer werd om zich nog verder te ontwikkelen.

Het leven op kamers bij de oom en tante van Noor heeft haar een nieuwe vrijheid en onafhankelijkheid gegeven. Gelukkig is Fieke daarbij de steun van haar familie niet verloren, ook al gaat ze steeds minder vaak terug naar Zaandam. Dat kan eigenlijk ook niet, want ze heeft een strakke dagindeling: tekenen en schilderen in de ochtend, 's middags lezingen en lessen bijwonen, en zo vaak mogelijk lange wandelingen maken door de stad, waar elke straathoek en elk gebouw inspiratie kan bieden voor haar volgende werk.

Omdat ze haar ouders en haar zusjes daarom weinig ziet, schrijft ze hen tegenwoordig brieven. Over haar leven in Amsterdam. Over haar dagelijkse ontdekkingen in de stad. Over haar vorderingen op de academie. Ook deelt ze op die manier belangrijke momenten, zoals bij het voltooien van haar eerste jaar, of perioden van twijfel over haar kunnen, of weemoed over de afstand tot haar ouderlijk huis.

Het valt niet altijd mee om een juiste balans te vinden tussen het delen van haar enthousiasme en het erkennen van het gemis, dat soms pijnlijk toeslaat. Altijd beëindigt ze haar brieven met de belofte dat ze weer snel langs zal komen, ook al weet ze vaak al dat het nog wel even kan duren voordat ze daar tijd voor zal hebben.

Eens in de paar maanden komt Noor naar Amsterdam en gaan ze samen naar het koffiehuis dat ze inmiddels als 'hun' plekje beschouwen. Als ze samen zijn, is het net alsof ze elkaar nog regelmatig zien en spreken, zo vertrouwd voelt hun contact aan. Vanaf hun begroeting tot het onvermijdelijke afscheid zijn ze aan één stuk door in gesprek, over alles wat hen bezighoudt.

Noor wil altijd alles weten over Fiekes nieuwe inspiraties, werk en inzichten, Fieke vraagt naar Noors avondstudie, de verhuizing van het bedrijf en de laatste ontwikkelingen in hun geboortestad. Dat ze het afgelopen jaar uit elkaar gegroeid zijn, heeft op geen enkele manier gezorgd voor een echte verwijdering tussen hen tweeën.

Natuurlijk hebben ze het samen ook altijd over Annabel, de grote afwezige in hun leven. Het voelt onwezenlijk aan dat de derde van De Drie Vriendinnen ineens zomaar verdwenen is, zonder ook maar iets te laten horen. Allebei maken ze zich grote zorgen over haar.

Fieke legt haar penseel neer en staart peinzend uit het raam. Eigenlijk is het raar dat zij gewoon doorgaat met haar werk, alsof er niets gebeurd is, terwijl de wereld in brand staat.

De kranten staan er vol van en iedereen op de academie heeft het erover: Europa is in oorlog. Duitsland heeft de oorlog verklaard aan eerst Rusland en daarna Frankrijk. Nog maar een paar dagen geleden is Duitsland bovendien België binnengevallen, waarna Engeland prompt de oorlog verklaarde aan Duitsland.

Natuurlijk vragen de mensen zich nu af of Nederland straks ook bij die oorlog wordt betrokken. Overal worden veldslagen uitgevochten en vallen grote aantallen slachtoffers, ook onder burgers. Een van haar klasgenoten, die familie in België heeft, vertelde angstige verhalen over geweld en ontberingen. Niemand is veilig. Al is Nederland een veilige haven, in ieder geval voorlopig.

Fieke kijkt naar haar schilderij. Hoe kan zij hier nu gewoon staan schilderen, terwijl andere mensen door de oorlog niet meer normaal kunnen leven, of zelfs echt lijden? Niet dat zij daar echt iets aan kan doen, maar het lijkt toch een beetje onwerkelijk om je ervan af te keren en alleen maar bezig te zijn met het mengen van kleuren en het perfectioneren van lijnen.

Ze denkt aan Jasper, een derdejaarsstudent die erg actief is binnen de kunstacademie en al een paar keer met haar gepraat heeft over haar werk en haar ideeën. Gisteren aan het eind van de dag heeft hij haar meegenomen naar een bijeenkomst in een café, niet ver van het academiegebouw. Daar hebben ze de hele avond zitten discussiëren met een groepje studenten, een paar docenten en een haar onbekende oudere kunstschilder die Koos bleek te heten.

Allemaal hadden ze hun eigen opvattingen over de oorlog, de gevolgen daarvan en de manier waarop Nederland zich zou moeten opstellen. Volgens Koos zijn zulke meningen totaal niet interessant, maar gaat het er voor een kunstenaar alleen maar om wat je ermee doet in je werk. 'Pas dan geef je het betekenis,' had hij gezegd.

Jasper vond dat onzin, omdat het er volgens hem juist over gaat dat mensen zich achter hun overtuiging scharen en zich daarvoor inzetten. Hoewel Fieke doorgaans erg gecharmeerd is door Jasper en zijn uitgesproken denkbeelden, moet ze tegenover zichzelf bekennen dat ze het eigenlijk helemaal eens is met Koos.

Nu ze terugdenkt aan de woordenwisselingen van gisteravond, de soms hevig geëmotioneerde uitspraken van haar docenten en medestudenten, kan ze zich nauwelijks standpunten herinneren waarin ze helemaal zou willen meegaan.

Behalve wat Koos zo stellig zei: 'Je werk moet een spiegel van je ziel zijn, een uitdrukking van de wirwar aan emoties en inzichten die in je binnenste broeien. Dat gebruik je als inspiratie. Niet een of ander maatschappelijk idee, want daar komt geen leven uit voort. Dan raak je niemand.'

Ze kijkt naar haar schilderij, dat een geslaagde weergave is van de stad waarin ze woont.

Onwillekeurig moet ze terugdenken aan iets wat Alice tijdens een van de lessen tegen haar gezegd heeft: 'Het gaat er niet alleen om dat je met je kunst schoonheid en vreugde brengt, Fieke. Eigenlijk moet je zorgen dat je iets laat resoneren bij de kijker, zodat die de complexe wereld waarin we leven op een andere manier beleeft.'

Het is te lieflijk, bedenkt ze, kijkend naar haar eigen schilderij, waar ze nu al dagen aan werkt.

Dan zet ze haar fijne penseel in een pot met terpentijn en

pakt een grof penseel. Op haar palet maakt ze diepzwarte, helgele en vuurrode kleuren aan. Die brengt ze met ferme streken aan op haar schilderij.

Haar stad staat in brand.

74

Noor

Achtersluispolder, zaterdag 8 augustus 1914

De grote productiehal baadt in het natuurlijk licht dat door de dakramen valt, versterkt door talrijke elektrische lampen: hier zijn geen schaduwrijke hoekjes meer, zoals in de oude fabriek. Overal zijn mannen in overalls bezig om de laatste hand te leggen aan de opstelling van productielijnen.

De oude trots van het bedrijf, de concheermachine, wordt nu geflankeerd door glanzende nieuwe machines, die het mogelijk moeten maken dat de productiecapaciteit ongeveer verdubbelt. Op de ruime parkeerplaats voor de immens grote, hoge schuifdeuren van de hal staan glimmende vrachtauto's klaar, die de plaats innemen van de vertrouwde paard-en-wagens. Voor het eerst in zijn bestaan heeft het familiebedrijf geen eigen stallen meer.

Noor loopt naar het kanaal. Op de nieuw gebouwde kade, naast het al net zo nieuwe dok, is al volop bedrijvigheid. Een aangemeerd stoomschip met een lange, smalle romp laadt met een kraan juten zakken vol Forastero-cacaobonen uit. Vanaf de kade brengen sjouwers de zware zakken naar de speciaal aangelegde smalspoorlijn – Noors trots – waarover ze op platte wagons vervoerd worden naar de voorraadhal.

Nadat ze een tijdje heeft toegekeken, gaat Noor fluitend door naar het landhuis dat naast het fabrieksterrein, aan de kant van de Zaan, is neergezet voor haar ouders en haar. Het luxueuze pand met de vele kamers kijkt uit op de fabriekshallen. Anders dan bijna alle huizen in Zaandam is het voorzien van elektrische verlichting en telefoon. Dit is de gedroomde woning die haar vader voor zijn gezin wilde.

'Het is bijna zover!' roept ze vrolijk, als ze de achterdeur binnengaat. 'Vader! Moeder! Het gaat beginnen!'

Haar ouders staan al klaar, op hun zondags gekleed. Grinnikend ziet Noor dat haar vader behoorlijk zenuwachtig is. Geen wonder, want hij moet straks een toespraak houden, iets waar hij enorm tegen opziet.

Samen verlaten ze het huis door de voordeur en lopen ze via de fabriekslaan naar de hoofdpoort van het bedrijfsterrein.

In de feestelijk versierde zaal, die is ingericht in een van de bijgebouwen van de fabriek, beginnen de genodigden al binnen te stromen: plaatselijke hoogwaardigheidsbekleders, zakenpartners, personeelsleden en hun gezinsleden, en enkele vrienden van de familie.

Noors gezicht vertoont een permanente glimlach terwijl ze de gasten begroet en vele handen schudt. Aan iedereen die het horen wil, vertelt ze dat er later rondleidingen zullen volgen, waarbij de nieuwe machines demonstratief in werking zullen worden gesteld. Eerst zal haar vader de ceremoniële opening verrichten.

Haar vader heeft al wel tien keer, steeds iets nerveuzer, naar de klok boven de deur gekeken, als hij om precies drie uur met een benepen blik nog even steun zoekt bij zijn vrouw en dan naar het podium loopt.

Zo gauw hij daarop is gaan staan, verstomt het geroezemoes.

Timmer Veenstra kijkt even op het velletje papier dat hij in zijn hand heeft en begint dan: 'Geachte genodigden, gewaardeerde medewerkers, lieve vrienden en familie.'

Zijn stem trilt licht, maar wint gaandeweg aan kracht.

'Vandaag staan we hier, op de drempel van een nieuw tijdperk voor ons bedrijf. Mijn vader, Wiebe Veenstra, zou zich dit niet hebben kunnen voorstellen, toen hij meer dan veertig jaar geleden de eerste steen legde voor wat zou uitgroeien tot Veenstra's Zaandamsche Cacao en Chocolade Fabriek.'

Hij pauzeert even om zijn blik over de toehoorders te laten gaan.

'Mijn vader was een pionier, altijd op zoek naar vernieuwing en kwaliteitsverbetering. Vandaag, nu we voorgoed afscheid hebben genomen van ons oude pand in Zaandam, zijn we geheel in zijn geest overgegaan naar waar we nu zijn: een ruimere, grotere fabriek met ongekende mogelijkheden.'

Zijn spiekbriefje heeft hij niet meer nodig.

Wel haalt hij even diep adem voordat hij zegt: 'Op deze plaats herdenk ik ook Pieter, onze zoon, Noors broer. Zijn visie en toewijding hebben geholpen om dit bedrijf verder te laten bloeien. Zijn nalatenschap leeft voort, niet alleen in onze herinneringen, maar ook in onze toekomstplannen.'

Hij zwijgt even en er daalt een respectvolle stilte neer over de aanwezigen.

Dan wendt de grijze man zich met een blik vol trots tot Noor.

'En nu staat de volgende generatie klaar. Noor, onze dochter, heeft zich ontpopt tot een ware leidster, met een frisse blik en een gedrevenheid die ons allemaal inspireert. Het afgelopen jaar heeft ze met een avondstudie een extra inspanning geleverd om haar kennis en inzicht in het besturen van een bedrijf als het onze te verdiepen. Ondanks haar jonge leeftijd bereidt ze zich nu al voor op de dag dat zij hier het roer van me zal overnemen.'

Er gaat een klaterend applaus op, dat Noor dankbaar in ontvangst neemt.

'Ik wil ook onze trouwe werknemers bedanken,' vervolgt Veenstra, 'voor hun loyaliteit en hun harde werk. Onder leiding van Egbert van Walraven, een man die goud waard is voor ons bedrijf, hebben jullie in onze Zaandamse fabriek veel bereikt. Ik hoop dat wij gezamenlijk nog meer zullen presteren in onze nieuwe vestiging, hier in de Achtersluispolder.'

Opnieuw klinkt er applaus.

Als het weer stil is, zegt Veenstra: 'De overal om ons heen uitgebroken oorlog brengt veel onzekerheden met zich mee, want iedereen weet dat oorlogsomstandigheden slecht zijn voor de handel. Toch kijken we vol vertrouwen naar de toekomst. Samen zullen we wegen blijven vinden om te groeien en te bloeien.'

Iedereen juicht en klapt, in de veronderstelling dat de toespraak hiermee is afgelopen. Maar Veenstra is nog niet klaar.

'Ik heb nog een laatste mededeling. Noor heeft me ervan overtuigd dat ik moet instemmen met een idee dat afkomstig is van onze betreurde Pieter. Volgens hem is de naam Veenstra's Zaandamsche Cacao en Chocolade Fabriek niet meer van deze tijd.'

De zaal reageert verward en hier en daar zelfs wat verontwaardigd.

De grijze man steekt zijn hand op en vraagt nog één keer om stilte.

'Nu we deze nieuwe fase ingaan, introduceren we daarom meteen ook onze nieuwe naam. Die is: "Veenstra".' Hij wacht even. 'Jazeker, kortweg: "Veenstra". Eenvoudig en krachtig. Voortaan is "Veenstra" het enige wat mensen hoeven te onthouden als ze op zoek zijn naar de beste chocola die er te koop is.'

Hij laat zich een glas aanreiken, heft dat en roept: 'Op de toekomst van Veenstra!'

Iedereen in de zaal beantwoordt zijn toost. Glazen klinken, er wordt gedronken en al gauw staan alle aanwezigen geanimeerd in groepjes te praten.

Noor helpt haar vader van het podium en omhelst hem.

'Goed gedaan,' fluistert ze geëmotioneerd in zijn oor.

'Ach, voor zo'n toespraakje draai ik m'n hand niet om,' antwoordt hij luchtig.

Hij moet er zelf om lachen.

75

Fieke

Amsterdam, maandag 10 augustus 1914

Het hele weekeinde heeft Fieke verder gewerkt aan haar schilderij. Op maandagochtend neemt ze het mee naar de kunstacademie.

Al haar medeleerlingen zijn tijdens het eerste uur nog druk in gesprek, als Fieke haar ezel opzoekt en er haar doek op plaatst.

Liselot van Dijk, haar docente 'Technieken in de schilderkunst' komt nieuwsgierig kijken, al gauw gevolgd door de studenten.

'Kan iemand de deur van het lokaal even dichtdoen?' vraagt de docente, een vrouw van begin dertig met kort donker haar en een ernstig gezicht. Ze bekijkt het schilderij eerst bedachtzaam van dichtbij en doet dan een stap achteruit. 'Wanneer heb je dit geschilderd, Fieke?'

'Ik werkte er al een tijdje aan. Eerst was het gewoon een stadsgezicht, maar de afgelopen dagen...'

'... heb je er een ware stortvloed van emoties en kleuren van gemaakt,' vult Van Dijk aan. 'Dit is een opmerkelijke afwijking van je eerdere werk, Fieke. Deze keer heb jij je technische vaardigheden gebruikt om iets te creëren dat verder gaat dan esthetiek alleen.'

Nu richt ze zich tot de hele klas.

'Allemaal, ik wil dat jullie hier goed naar kijken. Zonder dat ieder van jullie zich morgen geroepen zal voelen om precies hetzelfde te gaan doen.'

Die toevoeging maakt gelach los.

'Maar even serieus,' vervolgt de docente. 'Het vereist moed om als kunstenaar een nieuwe weg in te slaan en je vertrouwde werktechnieken achter je te laten – al is dat soms maar tijdelijk. Dan neem je een risico, omdat je jezelf blootgeeft.'

Ze kijkt om zich heen.

'Fieke voelde blijkbaar de noodzaak om iets dieps, iets wezenlijks uit te drukken. Ik heb het altijd over de samenhang van vorm en inhoud, toch?' Wijzend op het schilderij, gaat ze verder: 'Ik wil dat jullie hiernaar kijken en voor jezelf beslissen of Fieke erin geslaagd is om voorbij te gaan aan de grenzen van het bekende en daar iets nieuws, iets betekenisvols te vinden.'

Terwijl de andere leerlingen zich om haar schilderij verdringen, wordt Fieke apart genomen door de docente, die haar op zachte, indringende toon voorhoudt: 'Ik ben onder de indruk van je nieuwe stap. Zoals altijd bij een ingrijpende verandering, gaat het er nu om dat je een evenwicht vindt: elk element op je doek – elke kleur, elke lijn – moet bijdragen aan de emotie die jij wilt overbrengen. Die afweging kun jij alleen maken. Kunst is een dialoog, met je publiek, maar ook met jezelf.'

'Een dialoog met jezelf,' herhaalt Fieke nadenkend.

'Ja, het klinkt misschien een beetje raar om een tweegesprek met jezelf te hebben, maar je moet bedenken: de sleutel tot ware expressie ligt in de precisie van je intentie. Als je niet eerlijk tegenover jezelf bent, is je werk dat op voorhand ook al niet.'

Over die woorden denkt Fieke de rest van de les na.

In de middagpauze, als Fieke in de centrale aula zit te eten met een paar van haar klasgenoten, wordt ze aangesproken door Jasper.

Ze merkt dat haar medeleerlingen meteen onderling beginnen te fluisteren, omdat deze knappe ouderejaars duidelijk belangstelling voor haar heeft, en niet voor het eerst.

'Ik hoor dat een nieuw schilderij van jou de tongen nogal heeft losgemaakt,' zegt hij, met pretlichtjes in zijn ogen. 'Mag ik dat meesterwerk misschien ook even zien?'

'Natuurlijk.'

Ze staat op en loopt met hem mee naar het lokaal, waar haar schilderij nog steeds op de ezel staat.

Jasper loopt ernaartoe en kijkt er een tijdje zwijgend naar, voordat hij zich naar haar omdraait.

'Het is dapper,' vindt hij. Vervolgens trekt hij zijn aantrekkelijke, kwajongensachtige gezicht in een grimas. 'Dan bedoel ik niet wat iedereen dan altijd zegt: dat het choqueert of dat het breekt met wat je eerder gedaan hebt. Dat kan me niet schelen. Het toont mij iets wat echt uit jouzelf komt. Dit is geen poging tot navolging, zoals ik die maar al te vaak zie op deze academie. Dit is geen kunst die gemaakt is om te plezieren of om binnen een bepaald kader te passen. Dit is rauw.'

Fieke besluit om deze tirade als een compliment op te vatten.

Nadat hij de ezel zo heeft neergezet dat die het beste beschenen wordt door het licht dat door de ramen valt, bestudeert Jasper het doek nogmaals. Dan wijst hij naar het midden van het schilderij, waar de kleuren het hevigst botsen.

'Hier. Daarmee grijp je mij, als kijker. Je laat me niet meer los, je sleurt me mee door jouw wereld heen, jouw ongepolijste wereld.' Hij kijkt haar aan. 'Laat mij dit aan jou vragen: wat wil dit schilderij eigenlijk precies van mij? Is het een weerspiegeling van een wereld in chaos, of is het juist een zoektocht naar betekenis in die chaos?'

Omdat Fieke niet direct een antwoord heeft op zijn uitdagende woorden, steekt Jasper belerend een vinger op en oreert: 'Kunst moet niet alleen een spiegel zijn. Kunst is een vraag. Een vraag die iedereen op een andere manier beantwoordt. Daarom wil ik weten: wat is jouw vraag met dit werk?'

Een beetje kleintjes geeft Fieke toe dat ze het niet weet.

'Dat dacht ik al,' reageert Jasper. 'In zulke gevallen ga ik zelf meestal naar Koos. Die heeft over zulke dingen nagedacht.'

Ze kijkt hem verbaasd aan.

'Koos? Die vorige week met ons in het café zat?'

'Ja, Koos Schuringa. Ken je die niet? Dat valt me van je tegen,

Fieke. Hij is een van de weinigen in Amsterdam die van zijn kunst kan leven. Hij hangt zelfs in Galerie Modern!'

Ook daar heeft Fieke nooit van gehoord, maar dat zegt ze niet. Wel werpt ze voorzichtig tegen: 'Maar ik kan nu niet weg, hoor. Ik heb nog de hele middag les.'

Dat bezwaar maakt geen indruk op Jasper.

'Sommige dingen zijn belangrijker dan andere dingen. We gaan nu.' Hij wijst naar haar schilderij. 'Neem dat mee. Doe er een dekentje of zo omheen.'

En dus lopen ze even later over smalle straatjes naar een woonboot die ligt aangemeerd aan een rustige gracht, net buiten het drukste deel van de Amsterdamse binnenstad.

Aan de buitenkant oogt de boot bescheiden: een donkergroene, afbladderende verflaag en kleine ramen met eenvoudige witte gordijnen.

Ze betreden de boot via een klein, ietwat wiebelend trapje. Jasper klopt aan en blijft dat doen tot de deur eindelijk opengaat. Koos, gekleed in een gevlekt werkhemd en met een half brilletje onder op zijn neus, ontvangt hen met duidelijke tegenzin, maar laat hen wel binnen.

Het interieur van de woonboot staat vol met een bont assortiment aan oude meubels, van een robuuste houten werktafel tot een comfortabele, versleten leunstoel naast een kleine houtkachel. Overal staan schilderijen, meer of minder afgewerkt, sommige op wankel ogende ezels. Er stroomt veel natuurlijk licht naar binnen door dakramen en de brede ramen aan de zijkant van de boot.

'Wat kom je doen?' vraagt Koos aan Jasper, en dan, zonder op antwoord te wachten, aan Fieke: 'Jou ken ik, toch?'

Fieke bevestigt dat ze elkaar een paar dagen tevoren in het café hebben gesproken.

Intussen neemt Jasper haar doek van haar over. Hij ontdoet het van de deken en zet het op een ezel, voor het werk dat daar al stond.

Terwijl Koos de tijd neemt om over de rand van zijn brilletje haar schilderij te bestuderen, kijkt Fieke om zich heen.

Aan de weinige stukken vrije muur hangen allerlei schilderijen, die onderling sterk verschillen. De rommelige tafel ligt bezaaid met tubes verf, penselen van allerlei grootte, paletten met een regenboog aan kleuren en opengeklapte schetsboeken.

'Zo, meisje,' bromt Koos goedmoedig, terwijl hij een hand door zijn krullende, lange haar haalt. 'Jij denkt dus dat je zomaar Amsterdam in brand kunt steken.' Zijn vingers spelen afwezig met de rand van zijn bril, terwijl hij met zijn hand wijst naar een kleurrijk deel van haar schilderij. 'Kijk, dit hier is interessant. Niet omdat het mooi is, maar omdat het lelijk durft te zijn. Kunst die schoonheid nastreeft in deze tijd, is als een hond die zijn eigen staart achternazit. Uiteindelijk bijt je ergens in, maar het voedt je niet.'

Fieke kijkt hem verwonderd aan.

'Wat ik hier zie, is iemand die worstelt,' vertelt Koos, terwijl hij zich naar haar omdraait. 'Niet met de techniek – die heb je wel onder de knie. Nee, je worstelt met wat je wilt zeggen. Dat is goed. Kunst die iets waard is, komt voort uit zo'n worsteling. Uit het gevecht tussen wat je kent en wat je voelt.'

Hij wisselt een snelle blik met Jasper, die het zich gemakkelijk heeft gemaakt op de bank en hen geamuseerd in de gaten houdt.

'Jij hebt gekozen voor een pad dat niet eenvoudig is,' vervolgt Koos, die weer teruggaat naar de ezel, zijn blik scherp op het schilderij gericht. 'Toch is de vraag niet of het pad gemakkelijk is, maar of het de moeite waard is. Alleen jij kunt die vraag beantwoorden.'

Nog een tijdje praat Koos op haar in over de zoektocht van de ware kunstenaar naar nieuwe vormen van expressie en de plicht van iedere schilder om een eigen identiteit te ontdekken. Met een mengeling van ontzag en verwarring neemt Fieke het allemaal in zich op.

Dan vindt Jasper het tijd om aan hem te vragen: 'Is er misschien ook iets te drinken op deze boot?'

Midden in zijn betoog valt Koos stil, om een verwarde blik op Jasper te werpen.

'Nee. Eh... Ik was aan het werk.' Dat besef lijkt nu pas tot hem door te dringen. 'Dus ik moet jullie vragen om te vertrekken. Ik moet echt verder.'

Met zijn linkerhand pakt hij een penseel op, terwijl hij Fieke zijn rechterhand voorhoudt en in de richting van haar schilderij knikt.

'Bedankt dat je mij dit werk hebt laten zien, eh...'

'Fieke. Fieke ten Hertog.'

'Ja, precies. We spreken elkaar nog wel.'

Hij steekt groetend zijn hand op naar Jasper en keert zich van hen af.

Jasper neemt Fiekes schilderij van de ezel, pakt het weer in en roept: 'Tot gauw.'

Er komt geen antwoord. Koos staat inmiddels verf te mengen op een palet.

Als ze weer op straat staan, slaat Jasper verrukt een arm om Fiekes schouder.

'Dat was geweldig! Ik heb hem nog nooit zo enthousiast gezien over nieuw werk. Dit is een triomf, dat vertel ik je.'

Hij begint uitgebreid te vertellen over het belang van wat Koos allemaal gezegd heeft, praat over haar doelen en haar ambities als kunstenaar.

Fieke hoort het maar half. Ze hoopte eigenlijk antwoorden te vinden bij Koos Schuringa, maar heeft het gevoel dat hij haar alleen maar met meer vragen heeft opgezadeld.

Haar schilderij, met zijn dynamische compositie en vurige kleuren, is blijkbaar nog maar een begin. Het biedt geen enkele zekerheid. Voor haar liggen eigenlijk alleen maar onzekerheden, die ze allemaal zelf zal moeten verkennen.

76

Hugo

Roosendaal, zaterdag 24 oktober 1914

Eigenlijk had Hugo in Antwerpen willen blijven om daar door te werken en te wachten tot de storm zou overwaaien. Maar de spanningen namen toe, de oorlogsdreiging werd te zwaar.

Hij denkt zo min mogelijk terug aan die tijd, want de herinneringen zijn te zwaar, te kwellend.

Lange tijd was Antwerpen een van de laatste Belgische steden die standhielden tegen de Duitse opmars. Na een belegering namen de Duitsers op 10 oktober de stad in, wat leidde tot grote onzekerheid en angst bij de bevolking. Vooral ook omdat er verhalen rondgingen over de verwoestingen die het Duitse leger had aangericht in Leuven en de massamoorden in Dinant.

Hugo en zijn zwangere vrouw Jeannette hadden tot dan toe een vredig bestaan geleid. Met de komst van de Duitsers beseften ze dat hun toekomst en die van hun ongeboren kind op het spel stonden. Dus nam Hugo met een zwaar hart afscheid van zijn collega's, van zijn vrienden en van de stad die hij zo liefhad. Jeannette en hij vluchtten te voet richting Nederland, dat neutraal was in deze oorlog.

Ze waren niet de enigen. Overal kwamen ze vluchtelingenstromen tegen, en ook verwoeste landschappen en uitgebrande dorpen. Door de grillige frontlinie wist niemand zeker of het terrein waardoor ze reisden eigenlijk wel veilig was. Regelmatig werden ze opgeschrikt door beschietingen, soms van veraf, soms dichterbij. Af en toe moesten ze zelfs dekking zoeken voor artillerievuur.

Als Hugo eraan terugdenkt, schiet hij nog elke keer vol. Voor Jeannette, die ruim zes maanden zwanger was, betekende hun wanhopige rondtocht niet minder dan een nachtmerrie. Toch probeerde Hugo de hoop levend te houden en haar zo goed mogelijk te beschermen, al raakte ze na een paar dagen rondzwerven zo langzamerhand dodelijk vermoeid.

Totdat het noodlot toesloeg. Ze waren al bijna een week op pad en zochten voor de nacht hun toevlucht in een dorpje. Bij het invallen van de avond, toen de schemering lange schaduwen over de velden wierp, waren er ineens Duitse zeppelins, onheilspellende boodschappers van vernietiging, die hun dodelijke last afwierpen op steden en dorpen langs het front.

Het staat Hugo nog voor ogen alsof het gisteren gebeurd was. Overrompeld door het plotselinge gevaar, zochten Jeannette en hij haastig dekking aan de rand van het dorp, hun harten klopten in hun keel. Hun lot was bezegeld. Er flitste een explosie, fel en oorverdovend, op slechts enkele meters afstand van waar ze zich verscholen.

De kracht van de ontploffing wierp hem op de grond, en toen hij zich omdraaide, zag hij dat Jeannette geraakt was. In een waas van paniek en ongeloof snelde hij naar haar toe, terwijl om hen heen de aarde trilde door nog meer neerkomende bommen.

Zijn leven lang zal hij niet vergeten wat er in de minuten daarna gebeurde. Ernstig gewond door scherven van de bom lag Jeannette in zijn armen, bewegingloos. Terwijl Hugo haar vasthield en wanhopig woorden van liefde tegen haar stamelde, ebde het leven langzaam uit haar weg.

Het was alsof Hugo's hele wereld instortte. Hulpeloos moest hij toezien hoe zijn vrouw en zijn ongeboren kind uit zijn bestaan verdwenen. Uit pure onmacht brulde hij het uit, met alle kracht die zijn longen konden opbrengen. Tot hij van verdriet en vermoeidheid in elkaar zakte.

Hij kon niet accepteren dat dit het einde was, dat de droom van een toekomst samen vernietigd was door de meedogenloze werkelijkheid van de oorlog. De nacht die volgde, was een van de langste in Hugo's leven. Urenlang zat hij naast Jeannette, niet in staat om zich te verroeren, terwijl de vlammen van brandende huizen de hemel rood kleurden.

Toen de dageraad aanbrak en de stilte terugkeerde, stond Hugo op, een gebroken man wiens leven onherroepelijk veranderd was. Niemand kwam hem helpen, dus begroef hij Jeannettes lichaam zo goed mogelijk in een greppel door haar te bedekken met puin, tot er niets meer van haar te zien was.

Lange tijd bleef hij kijken naar het naamloze, geïmproviseerde graf van haar en hun ongeboren kind. Hij huilde tot hij geen tranen meer overhad.

Hoewel alles in hem ernaar verlangde om het op te geven, om daar gewoon bij haar te blijven totdat de dood ook hem zou komen halen, hield hij zichzelf voor dat zo'n houding volkomen zinloos zou zijn en in ieder geval Jeannette niet terug zou brengen.

Dus beloofde hij haar ter plekke dat hij zou doorgaan, om geen verraad te plegen aan de liefde die ze gedeeld hadden en dat hij de herinnering aan haar levend zou houden. Ondanks de pijn die hem verscheurde.

In de dagen die volgden, dwaalde Hugo als een schim door een landschap dat net zo gebroken was als zijn eigen ziel. Het verlies van Jeannette en hun kind dompelde hem in een diep gevoel van wanhoop en eenzaamheid.

Vandaag, na lange, uitputtende omzwervingen bereikt Hugo de grens bij Baarle-Nassau. Hij heeft al een paar dagen opgetrokken met een groep van andere dolende vluchtelingen, allemaal met hun eigen tragedies.

Grenssoldaten brengen hen naar een verzamelpunt waar al enkele van hun lotgenoten wachten. In een overhuifde vrachtauto worden ze naar een kamp bij Roosendaal gebracht.

Bij het uitstappen kijkt Hugo om zich heen. Hij ziet lange

rijen barakken en honderden mensen die net zo slecht verzorgd en zo haveloos gekleed zijn als hijzelf.

'Blijven we hier?' vraagt hij aan een van de Nederlandse soldaten die hen begeleiden.

'Nee,' antwoordt de man, zonder zijn sigaret uit zijn mondhoek te halen. 'Dit is een opvangkamp. Jullie worden doorgevoerd naar vluchtelingenkampen, verderop in het land.'

'Waar dan?' wil Hugo weten, al kan het hem eigenlijk niet veel schelen.

Maar de man haalt zijn schouders op en loopt door.

Hugo en de andere mensen uit de vrachtwagen worden naar grote houten tafels geleid, waar ze mogen gaan zitten en vervolgens brood en water krijgen.

Willoos voor zich uit starend drinkt Hugo gulzig van het water, waarna hij langzaam kauwend wat van het brood eet. Hij is uitgehongerd, maar heeft stomweg te veel verdriet om te kunnen eten. Rouw haalt het mooie, het lichte en het vrolijke uit alles om je heen.

Geüniformeerde vrouwen met klemborden benaderen hen één voor één om hun persoonsgegevens op te nemen.

Als hij aan de beurt is, somt Hugo mechanisch zijn naam, geboortedatum en plaats van herkomst op.

'Hebt u een beroep?' vraagt de jonge vrouw met de baret vriendelijk.

Hij knikt.

'Ja, ik ben chocolatier.'

'Wat bent u?'

Hugo grinnikt vreugdeloos om haar onbegrip.

'Chocolademaker,' verduidelijkt hij.

77

Noor

Achtersluispolder, zondag 20 december 1914

'Je zult wel trots zijn op je eigen dorp,' zegt Vader schertsend.

'Mijn eigen dorp?' reageert Noor, quasi verontwaardigd. 'Het Veenstra-dorp zult u bedoelen. Het is niet van u of mij, maar van het bedrijf.'

Voor het hele gezin is de periode voor kerst moeilijk, omdat die hen herinnert aan wat er twee jaar geleden gebeurd is. Toch zijn Noors vader en zijzelf nu samen op pad en groeit er zelfs een zekere vrolijkheid tussen hen.

Van een witte kerst zal dit jaar geen sprake zijn, eerder van een natte kerst, want alles om hen heen is vochtig en druilerig. Koud is het ook niet, hooguit fris. Toch hebben ze allebei hun winterjassen aan. Onder de grote grijze bakkebaarden van Noors vader is zelfs een sjaal te bespeuren.

Ze lopen innig gearmd over het weggetje dat van het fabrieksterrein leidt naar het voormalige weiland waarop de afgelopen maanden dertig huizen zijn gebouwd. Allemaal voor personeelsleden van Veenstra en hun gezinnen.

Deze woningen hadden niet bij de oorspronkelijke bouwplannen gehoord. Noor had Pieter er weleens over horen praten met Vader, maar toen de kavel in de Achtersluispolder werd aangekocht, was er geen geld geweest voor de uitvoering van zijn idee.

In Pieters papieren was Noor zijn plannen weer tegengekomen. Bijna alle werknemers van de oude fabriek woonden op vrij korte afstand daarvan, in Zaandam. Na de verhuizing van het bedrijf zou het voor de meesten van hen een grote opgave zijn om dagelijks heen en weer te gaan naar de Achtersluispolder.

Maar er was geen geld om huizen voor hen te bouwen bij de nieuwe fabriek. Timmer Veenstra rekende eerst aan Pieter en later ook aan Noor voor dat het familiebedrijf nooit in staat zou zijn om zo'n grote extra investering te doen, nu er al zoveel geld opging aan de nieuwe fabriekshallen, de machines en het wagenpark.

En dus was de bouw begonnen zonder woningen voor het personeel. Volgens Noors vader was het niet erg: in een van de hallen op het bedrijfsterrein liet hij slaapzalen inrichten, waar de werknemers desgewenst door de week konden slapen. Als ze dan meer uren maakten, konden ze een langer weekeinde bij hun gezin blijven. Ook regelde hij pendeldiensten met bussen, vrachtauto's en zelfs bootjes van en naar Zaandam.

Al die tijd had dit Noor niet lekker gezeten. In Pieters papieren stond dat goede huisvesting een positieve uitwerking zou hebben op het welzijn van het personeel, en bovendien de gemeenschapsbanden versterkte en zorgde voor een hogere tevredenheid onder de werknemers.

Daar was Noor het helemaal mee eens. Dus was ze al bijna een jaar voor de verhuizing gaan praten met de architect die het nieuwe huis van de Veenstra's had ontworpen. Ze had hem gevraagd om een ruw plan te maken voor het neerzetten van een twintigtal woningen bij het bedrijfsterrein. Bij de bouwopzichter had ze geïnformeerd of er in de directe omgeving van hun kavel misschien nog boerenland te koop was.

Pas toen ze de plannen in grote lijnen klaar had, was ze ermee naar haar vader gegaan. Die wilde er eerst niets van weten. 'Ik heb toch gezegd dat er geen geld is,' herhaalde hij ontstemd. Noor drong aan en wist een toezegging los te krijgen: als zij kon zorgen dat de benodigde financiën in orde waren, wilde hij er 'misschien, heel misschien!' over nadenken.

Noor had eerst overlegd met meneer De Jong, haar bijna bejaarde docent op de avondopleiding. Met zijn adviezen en haar plannen had ze vervolgens een paar gesprekken gevoerd met de heer Du Fossé van hun huisbank. Daarna was ze samen met hem bij de gemeente Zaandam en ook bij de provincie Noord-Holland gaan praten.

Allemaal vonden ze de opzet te riskant. Geen enkele partij wilde er geld in steken. Wel was de gemeente bereid om eventueel met spoed bouwvergunningen te verlenen.

En toch was het haar gelukt, na veel overleg. Du Fossé had de moed eigenlijk al opgegeven. Maar Noor had keer op keer volgehouden dat het familiebedrijf zelf alle risico's zou dragen en dat er geld van buiten zou moeten komen in de vorm van leningen.

Meneer De Jong had haar verteld over de investeringsfondsen die de provinciale overheid beheert voor de bevordering van industriële activiteiten. Uiteindelijk kreeg ze voor elkaar dat twee van zulke fondsen het benodigde geld leverden om de gewenste huizen te kunnen bouwen. Dat gebeurde in de vorm van een lening, waarvoor de gemeente en de provincie zich gezamenlijk garant stelden.

Toen Noor kort voor de verhuizing haar onderhandelingsresultaat triomfantelijk aan haar vader presenteerde, had hij hoofdschuddend gekeken naar de papieren die ze voor hem neerlegde.

'Hoe is het mogelijk?' verzuchtte hij. 'Ik heb serieus gekeken naar Pieters plannen, maar moest me erbij neerleggen dat ik daar geen financiering voor kon rondkrijgen. Toch krijgt mijn dochter, die nog minderjarig is, het wel voor elkaar.'

'Met steun van de docent van Pieter en mij op de avondopleiding, meneer De Jong,' vertelde ze. 'Die weet veel van dit soort dingen en heeft een heleboel voor me uitgezocht, en meneer Du Fossé van de bank heeft alle gesprekken samen met mij gevoerd. Gaat u tekenen?'

Timmer Veenstra had getekend. Kort daarna kocht hij een weiland aan dat aan het fabrieksterrein grensde en werden de plannen stap voor stap gerealiseerd.

Noor kan niet ontkennen dat ze apetrots is. Het 'dorp', zoals haar vader en zij het steevast noemen, bestaat nu uit dertig huizen en een gemeenschapshuis en er wordt nu al gepraat over verdere uitbreiding. Er komen in ieder geval een paar huizen bij voor nieuwe werknemers. Ook de directeur van suikerbietenfabriek Van den Hoopen, die enkele kilometers verderop gevestigd is, heeft al laten weten dat hij geïnteresseerd is om er ook woningen voor zijn eigen mensen te gaan neerzetten.

Uitbreiding is alleen maar goed, vindt Noor. Meer dan de helft van het Veenstra-personeel woont nog altijd in Zaandam. Als het dorp groter wordt, komen er misschien ook wel een schooltje, een winkel en andere voorzieningen. Totdat het zover is, moeten ze de dorpsbewoners nog heen en weer vervoeren.

Nu ze bij het dorp aankomen, zien ze dat de meeste huizen versierd zijn met dennentakken. Midden op het centrale plein heeft het bedrijf een grote kerstboom laten neerzetten. In de bleke decemberzon lijken de woningen en bestrating nog erg nieuw, maar het geheel straalt al enige gezelligheid uit.

Egbert heeft hen waarschijnlijk zien komen aanlopen, want hij komt zijn nieuwe woning uit, gevolgd door Alie, zijn magere, grijzende echtgenote.

'Timmer! Noor!' roept hij enthousiast. 'Wat leuk dat jullie er zijn. Jullie komen toch wel even binnen een kopje koffie drinken?'

'Ik dacht dat je het nooit zou vragen,' antwoordt Noors vader, terwijl hij zijn voorman vriendschappelijk op de schouder slaat. 'We krijgen er toch wel een koekje bij, hè?'

'We hebben alleen chocola,' zegt Alie met een brede grijns.

Terwijl ze samen naar binnen gaan, kijkt Noor tevreden om zich heen. De woningen zijn, net als hun eigen huis voorzien van elektriciteit, stromend water en zelfs toiletten en wastafels. Diverse personeelsleden hebben daar al hun grote tevredenheid over uitgesproken, want in hun Zaandamse huizen kenden ze zulke gemakken niet.

De woonkamer van de Van Walravens is ingericht in een vrolijke kerstsfeer. Als enige in het dorp heeft de voorman ook telefoon, op kosten van het bedrijf. Dat wil Egbert weten ook, want hij toont het apparaat vol trots aan zijn chef.

'Het is echt ongelooflijk, Timmer,' zegt hij hoofdschuddend. 'Ik had nooit durven hopen dat we dit nog zouden meemaken.'

Noors vader gaat op de bank zitten en antwoordt glimlachend: 'Als ik heel eerlijk ben, Egbert, had ik dat ook niet gedacht. Dit hele dorp hebben we te danken aan mijn kinderen.'

Op een drafje gaat Noor achter Alie aan, om te kijken of ze haar in de keuken kan helpen met het klaarmaken van de koffie. Want ze voelt dat ze bloost.

78

Annabel

Velp, maandag 15 maart 1915

Terwijl de nonnen met het ochtendgebed bezig zijn in de kapel, helpt Annabel in de refter met het klaarzetten van het ontbijt.

In de vastentijd eten alle religieuzen in het klooster een zeer sober ontbijt: havermoutpap, ongezoet donker brood en water of soms kruidenthee. Uit solidariteit onderwerpt Annabel zich ook aan die leefregels. Maar Elsje krijgt gerstepap met melk en honing, wit brood en wat ingelegd fruit.

Na de maaltijd tilt Annabel haar dochtertje op haar arm en gaat ze gewoontegetrouw even kijken wat het heiligenprentje van de dag is, dat zuster Dorothea ophangt bij de ingang van de refter, zoals elke dag.

Het plaatje toont een haar onbekende figuur met een speer in zijn hand. SINT LONGINUS staat eronder.

'Wie is dat?' vraagt Annabel.

Zuster Dorothea kijkt om en vertelt: 'Longinus was de Romeinse soldaat die de zij van Jezus met een speer doorboorde, toen Jezus aan het kruis hing. Daarna kwam Longinus tot geloof en werd hij een heilige. Vijftien maart is zijn naamdag.'

Elsje trekt speels aan Annabels haar, maar dat lijkt ze niet te merken. Ze knikt en loopt met haar dochter naar de kloostertuin, de koele morgenlucht in.

Aan de bomen zijn al vroege bloesems te zien. Ze zet haar

dochtertje neer en ze lopen samen naar de moestuin. Daar werkt Annabel elke ochtend, terwijl Elsje haar eigen avonturen beleeft tussen de bloemperken.

Sinds Annabels aankomst in het Sint-Elisabethklooster wordt ze begeleid door zuster Martha: zij heeft haar namens de kloosterorde ontvangen, dus is zij de eerstverantwoordelijke voor hun gast. Al gauw is de zachtaardige non veel meer geworden dan alleen maar een begeleidster.

Geduldig en begripvol heeft zuster Martha haar opgevangen in de periode rond haar bevalling. Haar zorg voor de jonge moeder werd langzamerhand een relatie van warm wederzijds gesprek. Gaandeweg is de non Annabels vertrouweling geworden en zelfs een dierbare vriendin.

Na haar eerste nacht in het klooster werd Annabel meegenomen naar zuster Theresia, de moeder-overste. Ze vroeg haar gast niet om uitleg, maar heette haar welkom en bood haar een veilige verblijfplaats binnen de kloostermuren.

Sindsdien toont de moeder-overste regelmatig aandacht voor Annabel, en later ook voor haar dochtertje. Nooit laat ze daarbij haar gezag gelden, wel heeft ze altijd tijd en interesse, iets wat Annabel diep raakt.

Vanaf het begin is de afspraak geweest dat Annabel zolang ze wil gebruik mag maken van de gastvrijheid van het klooster, als ze in ruil daarvoor een eigen inspanning levert. Dus helpt ze de nonnen elke dag bij de bereiding van de maaltijden: 's ochtends, 's middags en 's avonds. Daarnaast maakt ze schoon en werkt ze mee in de tuin, in het ritme van de seizoenen. Ze voelt zich trots en dankbaar dat ze op deze manier kan bijdragen aan het kloosterleven.

Als Annabel aan het werk is, wordt Elsje als vanzelfsprekend opgevangen door de nonnen. Tussen de werkzaamheden door is er altijd wel ruimte voor een kleine pauze, zodat ze in de kloostertuin, in de schaduw van de oude bomen, spelletjes kan spelen met haar dochtertje.

Elsje, nu anderhalf jaar oud, is voor Annabel het levende bewijs van hoop en van pure, onvoorwaardelijke liefde. Met haar heldere ogen bekijkt ze de wereld om haar heen, vol verwondering en nieuwsgierigheid. Ze brengt een vreugde en levendigheid in Annabels leven die ze nooit voor mogelijk had gehouden.

Elsjes klaterende lach en brabbelgesprekjes vullen de kloostertuin met geluiden van onschuld en geluk. Ook de nonnen genieten daar zichtbaar van: die zijn allemaal gek op haar.

Elke dag met haar dochter is voor Annabel een geschenk, een dagelijks besef dat er licht in de wereld blijft bestaan, zelfs in de donkerste tijden. Het kleine meisje is een belofte voor de toekomst, een reden om vooruit te kijken en te streven naar nieuwe kansen voor hen beiden.

Annabel staart peinzend naar haar dochter, die kraaiend een vlinder achtervolgt. De datum die zuster Dorothea zojuist noemde, heeft iets in haar wakker gemaakt. Iets uit een wereld die ze de rug heeft toegekeerd en waar ze liever niet aan herinnerd wil worden.

15 maart is de verjaardag van Noor.

Sinds ze vertrokken is uit Zaandam heeft Annabel zichzelf niet toegestaan om na te denken over haar twee beste vriendinnen. Of over haar ouders. Of over Gerard.

Eigenlijk dacht ze – hoopte ze – dat ze haar verleden achter zich gelaten zou hebben. Soms, als ze in bed ligt of een ander moment voor zichzelf heeft, gaan haar gedachten nog weleens terug naar Zaandam en alle mensen die toen deel uitmaakten van haar leven. Aan de tijd voordat Pieter…

Ferm zet ze die gedachte van zich af. Ze moet zich richten op Elsje. Op de dagelijkse rituelen en taken in het klooster, die haar zekerheid en vreugde bieden. Dat is nu voor haar de enige manier om gelukkig te zijn. Het heeft geen enkele zin om terug te kijken.

'Ga je mee, liefje?' roept ze naar Elsje. 'Dan gaan we zuster Martha opzoeken. Mama moet weer aan het werk.'

Met uitgestrekte armpjes komt het kind naar haar toe rennen.

79

Noor

Achtersluispolder, maandag 15 maart 1915

‘Weet je zeker dat je niet nog een glaasje wijn wilt?’ vraagt Noors moeder.

‘Nee, dank u,’ antwoordt Noor. Ze houdt haar hand boven haar glas. ‘Morgen is het weer vroeg dag.’

‘Maar ik wil zo graag dat het een beetje feestelijk voor je is,’ protesteert Moeder, die een lege schaal naar de keuken brengt. ‘Je wordt maar één keer achttien.’

Noor heeft er gewoon geen zin in. De feestmaaltijd die haar moeder vandaag bereid heeft, is wat haar betreft meer dan genoeg.

Toen ze vanochtend wakker werd, voelde ze zich absoluut niet jarig, en al helemaal niet in de stemming om een feestje te maken van deze dag. Hoe zou dat ook kunnen? Fieke kan niet komen, want die is druk met haar academie. Van Annabel heeft al bijna twee jaar niemand meer gehoord. En Pieter...

Het gemis drukt zwaar op haar. Daarom doet ze wat ze steeds doet: zo hard mogelijk werken. Al heeft ze voor vanavond wel de lessen van haar avondopleiding afgezegd.

Alsof hij haar gedachten geraden heeft, vraagt haar vader, die tegenover haar aan tafel zit: ‘Hoe gaat het met de avondschool?’

‘Goed, hoor. Tot nu toe heb ik alles gehaald. Meneer De Jong zei dat hij erg tevreden over me is.’

Vader schenkt zichzelf nog wat wijn bij en heft zijn glas.

'Erg goed gedaan, meisje. Daar heb ik groot respect voor.'

'Is er een uitreiking aan het eind?' vraagt Moeder. 'Dan wil ik daar wel heen, natuurlijk.'

Noor kijkt uit het raam. Het wordt al donker. Op elke andere maandagavond zou ze aantekeningen aan het maken zijn bij haar les op de avondschool. Na afloop zou ze dan stipt om negen uur worden opgehaald door Fons van der Lee, de Zaandamse koetsier die vaak voor Veenstra werkt en haar sinds de verhuizing heen en weer rijdt.

'Er is niet echt een uitreiking,' antwoordt Noor. 'We hebben gewoon ons halfjaarlijkse examen, en daarna krijgen we op de slotavond een getuigschrift mee naar huis, net zoals vorig jaar.'

'O, dat is wel jammer.'

Haar moeder kijkt wat teleurgesteld, dus glimlacht Noor naar haar.

'Het belangrijkste is dat ik het haal,' zegt ze, bijna verontschuldigend. 'En dat ik met alles wat ik geleerd heb ook wat kan in het bedrijf.'

Timmer Veenstra gaat meer rechtop zitten.

'Daar twijfel ik niet aan! De fabriek heeft veel te danken aan jouw inbreng en je ideeën, dat zie ik vrijwel elke dag. Zoals jij gewerkt hebt sinds je van de mulo af bent, met die avondschool naast je dagelijkse werk: dat had ik nooit van je durven vragen.'

'En vergeet haar huiswerk niet,' voegt haar moeder daaraan toe, terwijl ze weer bij hen aan tafel komt zitten. 'Noor is echt avond aan avond bezig met haar boeken en haar aantekeningen.' En dan tegen haar dochter: 'Je zou wat meer tijd voor jezelf moeten nemen, meisje.'

'Ja, dat zegt u iedere keer,' reageert Noor een beetje korzelig. 'Dat kan nu eenmaal niet. Er moet nog zoveel gebeuren.'

'Met je avondschool?' vraagt Moeder verbaasd. 'Ik dacht...'

'Nee, nee, met het bedrijf, natuurlijk!' Noor richt zich nu tot haar vader. 'U gaat me toch niet vertellen dat u zich geen zorgen maakt?'

Even is het stil. Timmer Veenstra zet zijn glas op tafel.

'Volgens mij hebben we het afgelopen halfjaar grote stappen vooruit gezet met het bedrijf, Noor,' zegt hij, met een onderzoekende blik op haar. 'Of ben je dat niet met me eens?'

Noor haalt diep adem voordat ze begint: 'Natuurlijk hebben we grote stappen gezet met de nieuwe fabriek, met onze eigen kade, met alles. We hebben de capaciteit om op alle gebieden behoorlijk te groeien, misschien kunnen we de productie binnen vrij korte tijd zelfs wel verdubbelen.'

'Nou dan!' roept Vader, met geheven handen. 'Wat willen we nog meer?'

'Dat het allemaal stapsgewijs en verstandig gebeurt,' zegt ze meteen. 'Met de personeelsleden die we nu hebben, kunnen we zo'n grote toename niet aan. Dus moeten we nieuwe werkkrachten aantrekken en de mensen die we al hebben beter scholen, zodat ze kunnen doorschuiven binnen het bedrijf. Plus het vervoer...'

'Onze vervoersmogelijkheden zijn enorm verbeterd!' werpt haar vader tegen.

'Natuurlijk. Dat is zo, maar als we meer gaan produceren, en dus ook meer grondstoffen hierheen moeten laten komen, is het misschien wel verstandig als we de aan- en afvoer niet allemaal meer zelf doen. Het is vast goedkoper om in ieder geval een deel daarvan uit te besteden aan andere bedrijven. Daar zullen we dan wel mee in gesprek moeten gaan.'

'Dat lijkt me geen slecht idee,' geeft Vader toe. 'Maar...'

'En het is oorlog,' vervolgt Noor. 'Tot nu toe doet Nederland niet mee, maar er is natuurlijk wel mobilisatie. Daardoor raken wij personeelsleden kwijt en is het minder makkelijk om jonge werknemers aan te trekken. Bovendien hebben we de afgelopen weken gemerkt dat we niet meer vanzelfsprekend kunnen rekenen op de levering van cacaobonen uit West-Afrika.'

Haar vader knikt, met een ernstig gezicht.

'Daar hebben we in al die jaren geen moeilijkheden mee gehad, en nu... Dat is echt heel vervelend.'

'En wat gaan we daaraan doen?' wil Noor weten.

'Egbert en ik hebben het er vandaag nog over gehad,' vertelt Vader. 'Om te voorkomen dat we binnen een paar weken met tekorten zitten, denken we erover om elders te gaan bestellen. Bijvoorbeeld in Brazilië. Of Ecuador: daar schijnen de cacaobonen ook heel goed te zijn.'

Als hij ziet dat Noor een grimas trekt, vraagt hij voorzichtig: 'Of heb je daar ook ideeën over?'

'Het lijkt mij inderdaad goed als we met verschillende leveranciers gaan werken,' antwoordt ze. 'Dat spreidt onze risico's. De meest voor de hand liggende keuze lijkt mij Nederlands-Indië te zijn: dan kunnen we gebruikmaken van de bestaande handelsroutes, die door onze eigen marine beschermd worden, en daar zijn ook Forastero-bonen. Of wilt u liever met een andere cacaosoort gaan werken?'

'Nee, Forastero is prima,' verzekert Vader. 'Goed van smaak en er zijn bijna nooit misoogsten. Die keuze hebben we al lang geleden gemaakt.'

'Dan moeten we voor Nederlands-Indië kiezen,' constateert Noor.

Grinnikend kijkt Timmer Veenstra naar zijn vrouw.

'Hoor je dat, Truus? Die rooie van ons: achttien jaar oud en ze heeft het allemaal al bedacht. Straks ben ik niet eens meer nodig in het bedrijf.'

'Dat wilde je toch?' vraagt zijn vrouw.

Vader trekt een sip gezicht, terwijl hij met gespeelde mismoedigheid antwoordt: 'Ja, maar nu nog niet!'

80

Fieke

Amsterdam, maandag 15 maart 1915

Het is vandaag Noors verjaardag, beseft Fieke pas aan het eind van de middag. Eigenlijk was ze van plan geweest om het voorafgaande weekeinde door te brengen in haar ouderlijk huis en dan meteen even bij Noor langs te gaan, maar dat is er niet van gekomen.

Daar voelt Fieke zich wel een beetje schuldig over, omdat ze haar ouders en de tweeling nu al anderhalve maand niet heeft gesproken. Het is stomweg te druk, ze moet gewoon te veel doen.

Alles is veranderd sinds haar doorbraakschilderij, zoals ze het zelf noemt. Daarmee was ze letterlijk over haar eerdere, figuratieve werk heen gegaan. Die doorbraak ontketende een creatieve explosie die het verloop van haar hele tweede opleidingsjaar aan de kunstacademie had bepaald. Het moment waarop ze koos voor een radicale breuk met haar eerdere stijl, betekende niet alleen een artistieke transformatie, maar ook een ingrijpende persoonlijke verandering.

De maanden daarna waren bijzonder vruchtbaar geweest. Met steeds meer zelfvertrouwen en durf experimenteerde Fieke met nieuwe thema's, technieken en materialen. Daardoor won haar werk aan breedte en diepgang.

Rond de kerstdagen wist ze zich met moeite vrij te maken

om een weekje door te brengen in haar ouderlijk huis. Direct na Nieuwjaar was ze weer teruggegaan naar Amsterdam, want ze had een haast onstuitbare drang om te creëren. Vaak werkte ze aan meerdere stukken tegelijk, waarbij haar schilderijen complexer werden, met een rijkere gelaagdheid en een steeds persoonlijkere visie.

Haar steeds groeiende portfolio getuigde van haar snelle evolutie als kunstenaar. Door haar medestudenten en haar docenten werden haar werken, elk met een uniek verhaal en een andere emotionele lading, steeds meer gewaardeerd. Dat vond Fieke prettig, ook al had ze er weinig houvast aan, want het enige constante wat ze zelf kon zien aan haar onderling zo verschillende doeken, was voortdurende verandering. Plus een enorme productiviteit.

De laatste weken heeft ze vooral het gevoel dat ze op zoek is. Op zoek naar haar eigen persoonlijkheid: in haar kunst, in haar ideeën en in haar leven. Fieke heeft de indruk dat ze op alle gebieden groeit, al heeft ze geen benul van de richting waarheen ze gaat. Ze ziet zelf dat haar doeken rijk zijn aan kleur en emotie: dat moet een afspiegeling zijn van haar eigen innerlijke wereld. Alleen lijkt die wereld vol complexiteit en tegenstrijdigheden te zitten.

Terwijl ze soms hele dagen lang koortsachtig doorwerkt, zoekt ze ook steun en bevestiging. Noor heeft te weinig weet van Fiekes werk om op dit gebied als klankbord te kunnen dienen. Bovendien ziet ze haar in dit tweede cursusjaar veel te weinig, omdat ze het allebei zo druk hebben.

De reacties van haar medestudenten zijn gemengd. Sommigen zijn gefascineerd door de manier waarop ze haar twijfels en dromen op het doek projecteert en hebben het over 'emotionele authenticiteit' en 'moed om de traditionele paden te verlaten'. Anderen zijn minder positief en noemen haar werk 'te radicaal' of zelfs 'gericht op effectbejag'.

Daarom praat Fieke op de academie regelmatig met Liselot van Dijk, die haar werk geïnteresseerd volgt en tal van technische tips voor haar heeft. Meer dan bij andere docenten voelt ze bij Liselot begrip voor haar worsteling.

En natuurlijk is er Jasper, die het niet moe wordt om kritisch commentaar op nieuw werk te geven, er andere perspectieven op te leveren en mogelijke bronnen van inspiratie te suggereren. Zulke gesprekken voert Fieke graag, al zint het haar niet zo dat Jasper de afgelopen tijd diverse keren heeft geprobeerd om hun relatie te verdiepen.

In de tijd na de kerstvakantie nodigde hij haar uit voor wandelingen na de lessen, gingen ze koffiedrinken in cafés en bezochten ze samen galerieën en tentoonstellingen. Fieke waardeert zijn zelfverzekerde en soms charismatische manier van praten en begrijpt ook beslist wat al die andere studentes in hem zien, want Jasper is een aantrekkelijke en vlotte jongen.

Ze voeren lange discussies over kunst en het leven, wat ze heerlijk vindt. Hoewel ze zijn gezelschap op prijs stelt en blij is met de bewondering die hij uit over haar werk, wil ze liever niet romantisch met hem worden. Ook al dringt hij daar regelmatig en soms zelfs vrij heftig op aan.

De intensiteit van zijn aandacht maakt haar onrustig, en telkens wanneer hij te dichtbij komt, vindt ze een excuus om zich terug te trekken. Het is net alsof ze bang is om iets te verliezen van de onafhankelijkheid die ze heeft gevonden in haar kunst – ook al voelt ze zich daar nog zo onzeker over.

Juist over die onzekerheid wil ze vanavond praten met Koos. Dus heeft ze met hem afgesproken in De Tierelier, zijn stamcafé aan de Egelantiersgracht, waar altijd veel kunstenaars en muzikanten komen.

Ze is al vaker in dit Jordaan-café geweest, met de door klimop overwoekerde gevel. Binnen worden in het flakkerende licht van gaslampen soms hoogoplopende gesprekken gevoerd over kunst, politiek en het dagelijks bestaan. Aan de muur hangen doeken en schetsen van plaatselijke kunstenaars, in de hoek staat een verweerde piano, die sommige gasten soms tot lyrische uitbarstingen verleidt. De lucht is vol tabaksrook en de geuren van sterke koffie, bitter bier en zoete absint.

Koos zit op zijn vaste plek bij de schouw, al enige tijd zo te zien. Hij oreert met brede gebaren tegen een groepje kunststudenten, onder wie een van Fiekes klasgenoten.

'Niet voor niets herkent elke kunstkenner een echte Schuringa al van verre,' zegt hij met enige stemverheffing. 'Mijn werk is authentiek. Jazeker, au-then-tiek. Moet ik dat voor jullie uitschrijven? Want alleen als het authentiek is, heeft kunst bestaansrecht. Anders is het rotzooi, vertel ik jullie. Pure rotzooi!'

Dan krijgt hij Fieke in het oog.

'Ah, kijk eens aan: daar is Fieke ten Hertog!' zegt hij opgetogen. 'Let op, allemaal: hier is een echte kunstenares. Als ze jullie later vragen of je leven iets heeft voorgesteld, kunnen jullie altijd nog zeggen dat je met Fieke ten Hertog in het café hebt gezeten.'

Glimlachend kijkt ze naar de kunstenaar met zijn krullerige haar en zijn bij de hals losjes openstaande overhemd. Het halve brilletje dat vaak laag op zijn neus gezakt zit, steekt nu uit het borstzakje van zijn grijze jasje. Hoewel hij minstens twintig jaar ouder is dan zij, vindt ze hem ontegenzeglijk charmant en grappig.

Hij staat op en spreidt zijn armen.

'Fieke, kom hier!'

Ze hoort dat hij een beetje met dubbele tong praat, maar laat zich toch gehoorzaam door hem omhelzen.

'Douwe!' roept Koos naar de barman. 'Geef deze dame eens een biertje, of een glas absint, als ze dat liever heeft. Dat heeft ze wel verdiend.'

Hij trekt Fieke mee en laat haar naast zich zitten.

De barman brengt haar een glas bier.

Terwijl de gesprekken om hen heen doorgaan, buigt Koos zich wat dichter naar haar toe.

'Weet je,' zegt hij zacht. 'Jij had het over innerlijke strijd en zo, toch?'

Ze knikt. Dat was inderdaad de term die ze gebruikt had toen ze met hem afsprak.

Hij steekt belerend zijn vinger op.

'Nou, dan moet je eens even goed luisteren. Koos Schuringa is geen vreemde als het gaat om zoektochten, al dan niet innerlijk. Ik kan je vertellen dat ik aardig wat heb afgezocht tijdens mijn speurtocht naar mijn innerlijke Koos.'

'Pardon,' voegt hij daaraan toe, als hij een boertje laat. Om in één moeite door meteen een nieuwe absint te bestellen bij de barman.

'Waar was ik?' gaat hij verder. 'O ja, bij mijn innerlijke Koos. Die moet je zien te vinden.'

'Mijn innerlijke Koos?' vraagt Fieke spottend.

'Hm? Nee, dat kan altijd nog, qua Koos, bedoel ik. Het gaat in jouw geval natuurlijk om je innerlijke Fieke, hè. Daar krijg je alleen maar zicht op door als een gek aan het werk te gaan en goed te kijken wat je schildert. Ergens daarin zit jij zelf. Begrijp je?'

Ze begrijpt het.

Weer komt hij iets dichterbij.

'Wat mij zo bevalt aan jouw werk,' vervolgt hij, fluisterend alsof hij een geheim vertelt, maar wel zo hard dat iedereen om hen heen kan meeluisteren, 'is dat jij de grenzen van je eigen kunst blijft opzoeken.'

Opnieuw laat hij een boertje, waardoor ze een wat zure lucht ruikt.

'En daarom,' zegt hij, nu wat luider, 'lijkt het mij een verdomd goed idee als jij...' Hij prikt met zijn wijsvinger tegen haar schouder. '... zo meteen met mij...' Nu spreidt hij zijn hand ter hoogte van zijn eigen borstbeen. '... meegaat naar mijn woonboot. Zodat je daar écht je eigen grenzen kunt verkennen. Daar zal ik je dan van harte bij helpen.'

Als hij ziet dat ze hem met geamuseerde verbazing bekijkt, voegt hij daar haastig aan toe: 'Dat is een eenmalig aanbod, hè.' Hij maakt een breed gebaar om zich heen, waarbij hij het glas absint omstoot dat de barman zojuist voor hem op de tafel heeft gezet. 'Daar zouden al die andere meiden hier een moord voor doen. Een moord, zeg ik je! Naar de boot van de grote Schuringa!'

Fieke zet haar half leeggedronken bierglas op de tafel en staat op.

'Bedankt voor het aanbod, Koos, maar ik moet naar huis.'

'Naar huis? Wat moet je daar dan?' vraagt hij beledigd.

'Mijn werk bekijken, om mijn innerlijke Fieke te zoeken,' antwoordt ze. 'Die moet daar ergens in zitten.'

81

Hugo

Heumen, woensdag 7 april 1915

De vluchtelingen uit de opvangkampen bij de Belgische grens werden verdeeld over verblijfkampen, die over heel Nederland verspreid waren. De meeste van die kampen lagen in dunbevolkte gebieden, waar de komst van grote groepen mensen niet zo'n belasting vormde voor de plaatselijke gemeenschappen.

Hugo kwam terecht in een kamp bij Heumen, een dorp ten zuiden van Nijmegen, waar het landschap open was, met veel velden en bossen. Eerst schrok hij, toen hij hoorde hoe dicht dit kamp bij de Duitse grens lag, maar al snel bedacht hij dat er in Nederland bij een mogelijke invasie door de Duitsers eigenlijk nergens een veilige plek zou zijn.

Het vluchtelingenkamp bestond uit een grote hoeveelheid tenten en barakken, met aparte afdelingen voor gezinnen. De leiding was in handen van Nederlandse militairen en Rode Kruis-medewerkers, die samenwerkten om de orde te handhaven, voedsel te distribueren en medische zorg te verlenen. Er was een veldhospitaal, een eetzaal en zelfs een schooltje.

Bij zijn aankomst werd Hugo geregistreerd door de kampautoriteiten en kreeg hij een kleine tent toegewezen die hij deelde met drie andere alleenstaande mannen. Het viel hem zwaar om zich aan te passen aan de nieuwe realiteit van het leven als vluchteling. Hij worstelde met het verlies van Jeannette en van hun ongeboren kind.

In de winter waren de omstandigheden soms bar geweest, door de kou en de voortdurende neerslag. Omdat het kamp eigenlijk te klein was voor het aantal vluchtelingen dat er werd ondergebracht, waren de bewoners gedwongen om dicht op elkaar te leven. Toch vond Hugo enige troost bij zijn lotgenoten, die allemaal hun eigen verleden hadden van verdriet en verlies, maar ook veerkracht en hoop putten uit het simpele feit dat ze alle ellende tot nog toe overleefd hadden.

Hugo was vastbesloten om zijn leven weer op te bouwen. Juist in de moeilijke weken van de feestdagen, toen het gemis van geliefden het zwaarst drukte op de vluchtelingen, deed hij zijn best om het leven van de kampbewoners wat draaglijker te maken. Daarvoor meldde hij zich aan bij de kampkeuken, waar hij op een creatieve manier gebruikmaakte van zijn talenten en vaardigheden.

Hoewel hij maar weinig geschikte ingrediënten voorhanden had, zorgde hij met kerst voor een heerlijk dessert door appels uit te hollen en die te vullen met een mengsel van appelstroop, broodkruimels, gemalen noten en wat kaneel, en ze vervolgens te bakken tot ze zacht waren. Ook presenteerde hij gebak van zelfgebakken brood met appelstroopglazuur.

Afgelopen week, met Pasen, had hij voor blije gezichten gezorgd door gekarameliseerde hazelnoten te maken en een aangepaste soort chocoladebrokken te fabriceren door suikerbietenstroop te mengen met vet, melk en gemalen noten. De smaak kwam niet in de buurt van echte chocolade, maar de lekkernijen werden toch dankbaar ontvangen, omdat ze herinnerden aan het leven buiten het kamp.

Dat hij met beperkte middelen toch iets bijzonders kon creeren, bezorgde Hugo zelf misschien wel de grootste vreugde. Daarom heeft hij er in de dagen na Pasen veel over nagedacht hoe hij nu verder wil gaan. Hij heeft besloten dat hij niet langer wil afwachten wat er voor hem besloten wordt, maar gaat proberen om zijn lot in eigen handen te nemen. Hij wil werken.

Op deze frisse, wat heiige lenteochtend gaat Hugo naar de barak van de kampleiding. Nadat hij verteld heeft dat hij wil proberen om in Nederland aan het werk te gaan, wordt hij naar het kantoortje van een Rode Kruis-medewerkster gebracht.

De vrouw van middelbare leeftijd knikt vriendelijk als hij binnenkomt en vraagt hem om op de stoel voor haar bureau te gaan zitten. Omdat ze merkt dat hij nerveus is, probeert ze hem op zijn gemak te stellen, terwijl ze door zijn dossier bladert.

'U wilt dus gaan solliciteren, meneer Crebolder?' vraagt ze.

Hij knikt gretig en gaat op de punt van zijn stoel zitten.

'Ik wil niet alleen maar onderdak krijgen in een kamp, maar ook weer een nuttig lid van de maatschappij worden.'

'Heel goed. Ik zie hier dat u... chocolatier bent. Zeg ik dat goed?'

'Jazeker. In Antwerpen werkte ik voor een chocoladebedrijf van naam. Daar was ik betrokken bij de ontwikkeling van nieuwe producten. Ik heb vaardigheden... kennis die ik kan inzetten.'

De vrouw luistert aandachtig en maakt aantekeningen als Hugo verder spreekt over zijn ervaring en over zijn passie voor het chocoladeambacht.

'En wat misschien kan helpen,' vertelt Hugo. 'Mijn vader, Willem Crebolder, is naar Antwerpen gegaan om met mijn moeder te trouwen. Daar is hij toen gebleven. Maar hij was een Nederlander, en daarom heb ik twee paspoorten.'

Verbaasd kijkt de vrouw op. 'Dat staat niet in uw dossier.'

'Waarschijnlijk heb ik dat nog niet verteld. Excuus,' zegt Hugo met een grimas. 'Ik heb er niet aan gedacht, weet u, toen ik in Nederland aankwam. Mijn vrouw...'

'Ja, dat lees ik hier.' Ze kijkt hem bedachtzaam aan. 'Gecondoleerd met uw verlies.'

'Dank u wel.'

Het blijft even stil terwijl ze peinzend voor zich uitkijkt.

'Uw achtergrond is uniek, en uw vaardigheden kunnen zeker van waarde zijn,' zegt ze uiteindelijk. 'Laten we kijken wat we kunnen regelen. Het komt niet elke dag voor dat we iemand met uw expertise hebben. Ik ga voor u aan de slag.'

82

Fieke

Amsterdam, vrijdag 16 april 1915

In de weken na de avond waarop Koos haar uitnodigde om in zijn woonboot haar grenzen te komen verkennen, heeft Fieke met andere ogen naar haar eigen werk gekeken. Steeds opnieuw moet ze daarbij denken aan wat Koos gezegd heeft over haar ‘innerlijke Fieke’: ‘Daar krijg je alleen maar zicht op door als een gek aan het werk te gaan en goed te kijken wat je schildert. Ergens daarin zit jij zelf.’

Daardoor kijkt ze nu onderzoekend en zelfs wat argwanend naar haar tekeningen en haar schilderijen. Wat zeggen die over haar? Wat kan ze van en over zichzelf ontdekken in haar werk?

Tegelijkertijd benauwt deze benadering haar. Zal het misschien een belemmering gaan vormen voor de spontane manier waarop ze begint met elk leeg vel papier, elk nieuw doek? Stel je voor dat ze voortaan eerst gaat nadenken wat ze nu weer van zichzelf zal gaan laten zien voordat ze aan het werk gaat.

Die overwegingen zitten haar dwars. Ze wil erover praten met iemand die verstand heeft van het vak, iemand die haar misschien verder kan helpen uit deze vervelende situatie.

Jasper valt af. Hij zoekt haar nog steeds nadrukkelijk op en wordt het niet moe om commentaar te geven op haar schilderwerk. Juist over dit soort persoonlijke dingen wil ze liever niet met hem praten, uit angst dat hij te dicht bij haar komt.

En hetzelfde geldt natuurlijk voor Koos, al vindt ze hem wel een vakman.

In de pauzes na de lessen 'Technieken in de schilderkunst', die Fieke drie keer in de week volgt, heeft docente Liselot van Dijk haar al een paar keer uitgenodigd om een keer bij haar thuis te komen praten over haar werk. Tot vandaag heeft ze daar altijd wat afhoudend op gereageerd, omdat ze niet wil dat een lerares haar anders behandelt dan andere leerlingen. Vanochtend heeft ze in een opwelling ineens toch 'ja' gezegd op dat herhaalde aanbod.

Dus is ze na de lessen naar het opgegeven adres gegaan en staat ze nu voor de deur bij een hoog, oud huis aan de Lauriergracht. VAN DIJK, 2X BELLEN staat er bij de trekbel. Nadat ze dat gedaan heeft, wordt de deur van bovenaf opengetrokken met een touw dat langs de trapleuning gespannen is.

Liselot woont op de bovenverdieping en ze staat al in de deuropening te wachten terwijl Fieke de smalle trap bestijgt. Binnen wacht een ruimte waarin het middaglicht door de grote ramen schijnt op het hoge plafond, een interieur met oude en nieuwe meubels, en veel planten. Het ruikt er naar verse koffie en olieverf.

'Welkom, Fieke,' zegt Liselot.

Ze draagt een lange broek en een effen blouse, en loopt blootsvoets. Glimlachend ziet ze hoe haar gast nieuwsgierig rondkijkt naar de schilderijen aan de wand, de werkhoek met een ezel en een tafel vol schildermaterialen, de boekenkasten die uitpuilen van de kunstboeken en de literatuur.

'Je woont hier mooi,' vindt Fieke. 'Lekker licht.'

'Ja, ik ben hier graag. Het is ook een prettige werkplek, al schilder ik de laatste tijd zelf niet veel. Wil je koffie?'

Met allebei een mok gaan ze zitten op de bank. Ze praten over de academie, over docenten en studenten, en over Fiekes ontwikkeling.

Fieke heeft er geen spijt van dat ze gekomen is. Het voelt net alsof ze met een vriendin praat, ook al is Liselot een jaar of twaalf ouder dan zij.

Daarom durft ze bij de tweede mok koffie ook haar probleem aan te kaarten. Ze merkt dat Liselot goed luistert als ze vertelt over haar angst dat het weleens beperkend zou kunnen zijn voor haar schilderwerk als ze zich steeds moet afvragen wat daar van haarzelf in terechtkomt.

Er glijdt een vage glimlach over het knappe gezicht van de docente, die iets dichter bij Fieke komt zitten.

'Volgens mij is het een kwestie van volgorde,' zegt ze bedachtzaam. 'Je passie voor kunst staat voorop, en pas dan komt de zoektocht naar jezelf en je authenticiteit.'

Fieke kijkt haar getroffen aan.

'Dat klinkt eigenlijk wel logisch,' vindt ze. 'Ik heb natuurlijk artistieke aspiraties en probeer emotionele diepgang te bereiken in mijn werk – zoals jij al zo vaak gezegd hebt in je lessen. Als ik dat doe door te experimenteren, zoek ik dus alleen maar nieuwe wegen om dat te doen. Dus hoef ik me van tevoren helemaal niet af te vragen hoe ik mezelf nu weer aan het uitdrukken ben en wat dat over mij zegt.'

'Precies,' antwoordt Liselot, met een brede glimlach. 'Anders zou kunst een nogal vervelend kunstje worden, waarbij je achter de bedoeling van een schilder moet zien te komen. Waarbij zo'n schilder zich vooraf moet afvragen hoe een gevoel of gedachte ook deze keer weer een aardig raadseltje kan zijn voor de kijker. Dan wordt het een soort vraag-en-antwoordspelletje in plaats van een dialoog.'

'Een dialoog,' herhaalt Fieke. 'Dat heb je eerder gezegd, en daar heb je natuurlijk gelijk in. Ik was zo stom om het allemaal alleen maar vanuit mezelf te bekijken.'

'Daar is niks stoms aan, hoor,' zegt Liselot, terwijl ze nog wat dichter naar Fieke toe schuift en haar koffiemok op tafel zet. 'Volgens mij maken alle jonge kunstenaars zulke momenten door. Dat is niet raar, als je zo intens bezig bent met artistieke expressie en persoonlijke beleving. Zelf vind ik dat iets heel intiems hebben.'

Al pratend legt ze een hand op Fiekes arm. Die ze daar vervolgens laat liggen.

Dat verwart Fieke, die juist zo blij was met de sfeer van vertrouwdheid en openheid in hun gesprek. Door hier te komen, heeft zij zelf iets veranderd in de verhouding tussen Liselot en haar: die is daardoor niet alleen meer een relatie tussen een student en een docent. Deze hand op haar arm kan ze beschouwen als een gebaar van verbinding. Of is het meer?

Fieke voelt zich er een beetje ongemakkelijk door. Dat probeert ze niet te laten merken, al bonkt haar hart en wordt ze nerveus.

Toch heeft Liselot het in de gaten. Direct trekt ze haar hand terug.

Meteen is de geladenheid van het moment weg.

'Fieke, het spijt me als ik...' begint Liselot.

Fieke schudt haar hoofd en staat op.

'Het is niet erg. Maar ik... ik moet gaan.'

Ze is al bij de deur, waarna ze vertrekt, met een haastig gemompeld excuus.

Buiten op de gracht ademt ze de lentelucht diep in. Ze is zelf verbaasd over de werveling aan emoties die het bezoek bij haar oproept. Heeft ze overdreven gereageerd op iets onschuldigs? Of was ze juist extra kwetsbaar doordat ze zich zo openstelde tegenover Liselot?

Ze is alleen zeker van haar dringende behoefte om die situatie te ontvluchten en de verwarring achter zich te laten. Ook al heeft ze dat wel heel onhandig en onaardig gedaan. Daar zal ze het met Liselot over moeten hebben, maar nu niet.

83

Noor

Achtersluispolder, dinsdag 20 april 1915

'Hoeveel nog?' vraagt Noor vermoeid aan Egbert.

'Nog twee,' ziet Egbert op het lijstje dat voor hem ligt. 'Nu eerst een vrouw en dan nog een man.'

Noor rekt zich ongegeneerd uit. Het is een lange dag. Al vanaf vanochtend voeren Egbert en zij sollicitatiegesprekken voor diverse functies binnen het snelgroeiende bedrijf. Inmiddels hebben ze zes kandidaten aangenomen, maar er zijn nog altijd nieuwe mensen nodig.

'Wie is de volgende?' wil Noor weten.

'Een mevrouw Jonk,' leest Egbert op.

'Goed, laat haar maar komen.'

Egbert staat op en roept de kandidate binnen.

De vrouw die hen allebei een hand geeft en tegenover hen plaatsneemt heeft bruin krullend haar en draagt een bloemetjesjurk. Ze is zo te zien erg zenuwachtig.

Noor stelt Egbert en zichzelf voor en vraagt vriendelijk: 'U bent mevrouw Jonk?'

'Ja, mevrouw. Gerda Jonk. Ik ben tweeënveertig jaar oud.'

'En waar komt u vandaan?'

'Uit Volendam, mevrouw.'

'Was het geen probleem om hier te komen?'

'Nee, hoor. Erg fijn dat er een koets voor me klaarstond bij het station.'

Noor knikt. Ze heeft hun vaste koetsier ingehuurd om de kandidaten vandaag van en naar Zaandam te rijden.

Meteen neemt Egbert het gesprek over.

'Welkom bij Veenstra,' zegt hij warm. 'We zijn blij dat u interesse hebt voor een van de openstaande functies op onze inpakafdeling. Laat me u eerst vertellen over onze fabriek en over de precieze inhoud van de functie.'

Het verhaal van Egbert over de productielijnen en de diverse soorten chocoladeproducten van Veenstra heeft Noor vandaag al wel vaker gehoord. Dus leunt ze achterover in haar stoel en droomt ze een beetje weg in de warmte van de zonnestralen die de kleine vergaderzaal binnenvallen.

Haar aandacht is er weer helemaal bij als ze Egbert hoort praten over het belang van zorgvuldig inpakken.

'De kwaliteit van onze producten is niet alleen afhankelijk van de productie zelf, maar ook van de manier waarop ze worden gepresenteerd en beschermd door de verpakking,' legt hij uit.

De sollicitante luistert zwijgend, tot Egbert haar vraagt naar haar ervaring.

'Tot voor kort werkte ik bij een grote bakkerij in Volendam,' vertelt ze. 'Daar was ik belast met het inpakken van brood en gebak.'

'En waarom werkt u daar niet meer?' vraagt Noor.

'Mijn man kreeg een baan in Zaandam.'

'En hebt u kinderen?' wil Egbert weten.

'Jazeker, twee. Mijn schoonmoeder woont bij ons in en die kan voor ze zorgen, dus vormen ze geen belemmering voor mijn werk.'

Egbert kijkt even naar Noor, die knikt.

'Uitstekend,' zegt hij. 'Gezien uw ervaring en onze indruk bij dit gesprek, lijkt u ons zeer geschikt. Het is mij een genoegen om u te mogen aannemen voor de positie op onze inpakafdeling. Wanneer kunt u beginnen?'

De ogen van de sollicitante lichten op.

'O, wat fijn! Ik ben u zeer dankbaar voor deze kans en ik

beloof u dat mijn werk uw verwachtingen zal overtreffen. We zijn bijna klaar met onze verhuizing naar Zaandam, dus zou ik volgende week kunnen beginnen.'

'Mooi.' Egbert staat op. 'In de wachtruimte hebt u waarschijnlijk juffrouw Van Workum aan een tafeltje zien zitten. Zij zal uw persoonlijke gegevens opnemen voor onze administratie. Dan hoop ik u volgende week weer te ontmoeten, hier bij Veenstra.'

Blij schudt de vrouw de handen van Egbert en Noor, waarna ze het vergaderzaaltje ietwat gehaast verlaat.

'Mooi,' zegt Egbert, terwijl hij een aantekening maakt op zijn lijstje. 'Dan staan er nog maar drie functies open bij de vergrote inpakafdeling. Eh... daar wilde ik het eigenlijk even met je over hebben, Noor.'

Ze kijkt hem afwachtend aan.

Egbert legt zijn potlood neer en leunt iets naar voren.

'Nu onze kinderen het huis uit zijn en we hier in de polder wonen, zei Alie van de week tegen mij dat ze graag weer wat om handen zou willen hebben.'

'Dus wil ze bij ons komen werken,' begrijpt Noor.

'Ja, op de inpakafdeling bijvoorbeeld. Dat lijkt me wel wat voor haar, want ze is goed met haar handen. Al heeft ze natuurlijk geen tijd om hele dagen te gaan werken, naast het huishouden.'

'Ze zou er in de ochtenden kunnen komen werken,' stelt Noor voor. 'Of juist 's middags, als dat beter uitkomt.'

'Dus jij vindt het goed?'

'Iemand als Alie? Die ziet iedere werkgever graag komen.'

Egbert glimlacht.

'Dank je. Ik zal het er vanavond met haar over hebben. Dan laat ik je morgen weten hoe ze erover denkt.'

'Prima,' antwoordt Noor. 'Wie is onze laatste kandidaat?'

Na een blik op het lijstje vertelt Egbert: 'Een meneer Crebolder. Voor in de productielijn.'

'Laat hem maar komen.'

Een minuut later stapt naast Egbert een jongeman van midden

twintig het vergaderzaaltje binnen. Zijn kleding is eenvoudig en draagt sporen van slijtage, zijn haar valt nonchalant over zijn voorhoofd en hij heeft een lichte baard. In zijn hand houdt hij een paar papieren vast met een voorzichtigheid die suggereert dat ze grote waarde voor hem hebben. Terwijl hij Noor een hand geeft, zoeken zijn nieuwsgierige ogen even de hare. Ze noemt haar naam.

Hij zit met rechte rug tegenover hen en stelt zich voor: 'Mijn naam is Hugo Crebolder en ik kom uit Antwerpen, waar ik werkzaam was als chocolatier bij Delices de Belgique, een van de gerenommeerdste chocoladefabrieken van de stad. Daar was ik niet alleen verantwoordelijke voor de productie, maar ook betrokken bij de ontwikkeling van nieuwe chocoladeproducten.'

Noor is geïntrigeerd door deze onopgesmukte verschijning met zijn zelfbewuste presentatie en zijn merkwaardige, zachte accent.

'U komt uit Antwerpen,' zegt ze. 'Mag ik vragen hoe u hier terechtkomt?'

'Ja, dat mag u zeker vragen. Toen de stad in handen van de Duitsers viel, hebben we moeten vluchten. Momenteel zit ik in een vluchtelingenkamp, in Heumen, bij Nijmegen.'

'Dan hebt u al een aardige reis achter de rug,' merkt Noor glimlachend op.

'Vanuit Antwerpen?' Hij lacht charmant terug. 'Nee, u bedoelt natuurlijk uit Heumen. Ja, ik was vanochtend al vroeg op pad. Ik ben blij dat u me wilt ontvangen.'

'U hebt blijkbaar een leidinggevende functie gehad bij dat bedrijf in Antwerpen. U weet toch dat wij hier nu zoeken naar mensen in onze productielijn?' vraagt Egbert voorzichtig.

'Ja, ja, daar ben ik mij terdege van bewust,' antwoordt de man. 'Ik begrijp dat de positie die hier beschikbaar is wellicht niet direct aansluit bij mijn achtergrond. Maar ik ben ervan overtuigd dat mijn ervaring en passie voor chocolade een waardevolle bijdrage kunnen leveren aan Veenstra. Ik ben bereid en enthousiast om mijn vaardigheden in te zetten waar ze het meest nodig zijn, en om te leren en te groeien binnen het bedrijf.'

Egbert kijkt naar Noor.

In plaats van te knikken en Egbert het gesprek te laten afhandelen, zoals dat de hele dag is gegaan, neemt zij het woord: 'Wij begrijpen als geen ander de waarde van passie en ervaring in ons vak, en we zijn altijd op zoek naar getalenteerde werknemers. Daarom willen we u graag de kans bieden om u te bewijzen in deze functie.'

'Dat waardeer ik enorm,' antwoordt de jongeman, zichtbaar opgelucht. 'Ik zal deze kans om opnieuw te beginnen graag aangrijpen om te leren en bij te dragen bij Veenstra. Ik ben ervan overtuigd dat Veenstra in de toekomst kansen zal zien om mijn ervaring als chocolatier verder te benutten.'

Ze staan alle drie op en schudden handen.

'We zijn blij om u aan boord te hebben, meneer Crebolder,' zegt Egbert. 'U kunt zo meteen uw persoonlijke gegevens in de wachtruimte achterlaten bij juffrouw Van Workum. Wanneer kunt u beginnen?'

De jongeman trekt een spijtige grimas.

'Awel, dat is nog een punt, want zoals gezegd verblijf ik momenteel nog in het vluchtelingenkamp.'

'O, maar daar hebben wij een oplossing voor!' Noor kijkt hem bijna opgetogen aan. 'Ons bedrijf heeft hier, vlak buiten het fabrieksterrein, huizen voor de werknemers. Momenteel worden er een paar extra woningen bijgebouwd voor het nieuwe personeel. Daar kunnen we ook iets regelen voor u en uw gezin.'

'Ik ben maar alleen,' antwoordt hij, met een bijna verontschuldigend gebaar.

'Dat maakt het alleen maar makkelijker om een tijdelijke verblijfplek voor u te vinden totdat er een fatsoenlijke woning voor u beschikbaar is,' vindt Noor. 'Welkom bij Veenstra!'

84

Hugo

Achtersluispolder, dinsdag 20 april 1915

De medewerkster van het Rode Kruis had woord gehouden, want in de weken nadat ze had toegezegd om op zoek te gaan naar werk voor hem ontving Hugo twee uitnodigingen voor sollicitatiegesprekken bij Nederlandse chocoladefabrieken – allebei in de Zaanstreek.

Beide bedrijven hadden vacatures voor ongeschoolde krachten in de productielijn. Dat was een teleurstelling voor Hugo, die graag weer als chocolatier aan de slag wilde. Hij besloot om niet te wachten tot er op dat gebied een geschikte plek vrijkwam – want misschien zou dat wel nooit gebeuren – en er eerst maar voor te zorgen dat hij weer aan het werk kon. Dat zou de snelste manier zijn om het kamp te verlaten.

De reputatie van Gerkens kende hij al in zijn Antwerpse tijd: een vooraanstaand bedrijf in de cacaoverwerking. De voorman die het sollicitatiegesprek voerde, leek er echter benauwd voor te zijn dat iemand met Hugo's capaciteiten weleens de ambitie zou kunnen hebben om op te klimmen binnen het bedrijf. Dat maakte Hugo in ieder geval op uit zijn vraag: 'Weet u zeker dat u zich er tevreden mee stelt om een baan als deze ook voor langere tijd te vervullen?' Dus was het bij Gerkens niets geworden.

Daardoor niet ontmoedigd gaat Hugo vandaag in zijn beste kleren naar de hem onbekende Veenstra-fabriek, die zich in de

Achtersluispolder blijkt te bevinden. Gelukkig heeft het bedrijf een koets voor hem geregeld bij het station van Zaandam, anders had hij na zijn lange treinreis ook nog moeten uitzoeken hoe hij naar die polder toe moest.

Aangekomen bij de nieuwe fabrieksgebouwen van Veenstra is hij toch wel wat nerveus. Als dit gesprek net zo teleurstellend verloopt als dat bij Gerkens, heeft hij voorlopig geen andere mogelijkheden. Dan zit er de komende tijd weinig anders op dan in het kamp te wachten op een nieuwe kans.

Hij wordt naar een lokaal gebracht, waar een jonge vrouw achter een tafeltje hem vertelt dat hij aan de vroege kant is. Wel biedt ze hem koffie aan, om de wachttijd te verkorten.

Als ze hem de koffie brengt, informeert hij met wie hij zijn gesprek zal hebben.

'Met meneer Van Walraven, de voorman van de fabriek, en met juffrouw Veenstra, de dochter van de directeur,' vertelt ze.

Verbaasd trekt hij zijn wenkbrauwen op.

'Is het hier gebruikelijk dat de dochter van de directeur sollicitatiegesprekken doet?'

De jonge vrouw kijkt hem licht misprijzend aan voordat ze antwoordt: 'Juffrouw Veenstra is een zeer gewaardeerde kracht in dit bedrijf en zij heeft een volmacht van haar vader.'

Waarna ze hem laat zitten en weer achter het tafeltje plaatsneemt.

Een beetje bedremmeld wacht Hugo af tot hij aan de beurt is.

Uiteindelijk gaat er een deur open en vertrekt er een vrouw van een jaar of veertig, die kijkt alsof ze zojuist goed nieuws heeft gekregen. Ze loopt naar het tafeltje en begint daar op zachte toon te praten met de jonge vrouw.

Even later wordt hij opgehaald door een man die zich voorstelt als Van Walraven en hem meeneemt naar een zaaltje met veel daglicht.

Achter een vergadertafel zit een jonge vrouw met opgestoken rood haar, die opstaat bij zijn binnenkomst.

De papieren die hij heeft meegenomen, houdt hij in zijn

linkerhand, terwijl hij haar de hand schudt en in haar groene ogen kijkt.

'Goedemiddag, ik ben Noor Veenstra,' stelt ze zich voor.

Hugo gaat zitten op de hem aangeboden stoel en recht zijn rug voordat hij vertelt: 'Mijn naam is Hugo Crebolder en ik kom uit Antwerpen, waar ik werkzaam was als chocolatier bij Delices de Belgique, een van de gerenommeerdste chocoladefabrieken van de stad. Daar was ik niet alleen verantwoordelijke voor de productie, maar ook betrokken bij de ontwikkeling van nieuwe chocoladeproducten.'

Hij ziet dat er een glimlachje speelt om de mond van de aantrekkelijke jonge vrouw, maar weet niet waarom. Wel kijkt ze hem vriendelijk aan.

'U komt uit Antwerpen. Mag ik vragen hoe u hier terechtkomt?'

Van tevoren heeft hij besloten om het gesprek liefst luchtig te houden, zonder de zware ernst die hem bij Gerkens waarschijnlijk parten zal hebben gespeeld.

'Ja, dat mag u zeker vragen. Toen de stad in handen van de Duitsers viel, hebben we moeten vluchten. Momenteel zit ik in een vluchtelingenkamp, in Heumen, bij Nijmegen.'

Aan haar opgetrokken wenkbrauwen ziet hij dat deze informatie nieuw voor haar is.

Weer glimlacht ze.

'Dan hebt u al een aardige reis achter de rug.'

'Vanuit Antwerpen?' luidt zijn iets te vrolijke wedervraag. 'Nee, u bedoelt natuurlijk uit Heumen. Ja, ik was vanochtend al vroeg op pad. Ik ben blij dat u me wilt ontvangen.'

Tot dan toe heeft hij zich alleen tot de jonge vrouw gericht, maar nu mengt de voorman zich in het gesprek.

Hij vraagt: 'U hebt blijkbaar een leidinggevende functie gehad bij dat bedrijf in Antwerpen. U weet toch dat wij hier nu zoeken naar mensen in onze productielijn?'

Meteen trekt Hugo een wat ernstiger gezicht. 'Ja, ja, daar ben ik mij terdege van bewust. Ik begrijp dat de positie die hier beschikbaar is, wellicht niet direct aansluit bij mijn achtergrond.' Hij wacht even voordat hij daar geestdriftiger aan toevoegt: 'Maar ik ben ervan overtuigd dat mijn ervaring en passie voor chocolade een waardevolle bijdrage kunnen leveren aan Veenstra. Ik ben bereid en enthousiast om mijn vaardigheden in te zetten waar ze het meest nodig zijn, en om te leren en te groeien binnen het bedrijf.'

Het is even stil. Hugo ziet dat het tweetal achter de vergadertafel een blik wisselt.

Dan buigt de jonge vrouw zich wat naar hem toe.

'Wij begrijpen als geen ander de waarde van passie en ervaring in ons vak. We zijn altijd op zoek naar getalenteerde werknemers,' verzekert ze hem.

Hugo houdt zijn adem in. Ze gaat nu toch niet zeggen dat ze hem niet nodig hebben?

'Daarom willen we u graag de kans bieden om u te bewijzen in deze functie,' vervolgt ze.

Zijn hart springt op van vreugde.

'Dat waardeer ik enorm. Ik zal deze kans om opnieuw te beginnen graag aangrijpen om te leren en bij te dragen bij Veenstra,' jubelt hij bijna. 'Ik ben ervan overtuigd dat Veenstra in de toekomst kansen zal zien om mijn ervaring als chocolatier verder te benutten.'

Omdat de twee anderen opstaan, doet hij dat ook. Er worden handen geschud.

De voorman zegt iets over het achterlaten van persoonlijke gegevens bij de juffrouw in de gang, waarna hij vraagt: 'Wanneer kunt u beginnen?'

Ineens is Hugo weer terug op aarde. Hij woont natuurlijk nog in het kamp, op een aanzienlijke afstand van deze fabriek.

'Awel, dat is nog een punt,' antwoordt hij voorzichtig, 'want zoals gezegd verblijf ik momenteel nog in het vluchtelingenkamp.'

Tot zijn grote opluchting blijkt de jonge vrouw daar een oplossing voor te hebben: 'Ons bedrijf heeft hier, vlak buiten het fabrieksterrein, huizen voor de werknemers. Momenteel worden er een paar extra woningen bijgebouwd voor het nieuwe personeel. Daar kunnen we ook iets regelen voor u en uw gezin.'

De vreugde van Hugo wordt pijnlijk getemperd door het ter sprake brengen van zijn gezin. Dat probeert hij niet te laten merken als hij vertelt: 'Ik ben nu maar alleen.'

Gelukkig gaat geen van beiden daarop verder.

De jonge vrouw zegt: 'Dat maakt het alleen maar makkelijker om een tijdelijke verblijfplek voor u te vinden totdat er een fatsoenlijke woning voor u beschikbaar is. Welkom bij Veenstra!'

Na het gesprek loopt Van Walraven met hem mee naar de jonge vrouw die nog steeds achter haar tafeltje in de wachtruimte zit. Bij haar laat hij zijn persoonlijke gegevens en de meegenomen papieren achter.

Vervolgens neemt de voorman hem mee voor een rondleiding door de fabriek. Bij het binnenkomen in de enorme productiehal voelt Hugo zich bijna ontroerd als hij de vertrouwde cacaogeur opsnuift, die hij zo lang heeft moeten missen. Hij heeft niet veel tijd om ervan te genieten, want Van Walraven loopt gewoon verder.

Samen gaan ze door de verschillende afdelingen. Van Walraven laat zien hoe de ingrediënten gemengd worden, hoe de chocola gevormd wordt en hoe de eindproducten worden ingepakt.

Hugo's eerste indruk is dat Veenstra beschikt over een goedgeorganiseerde productielijn, waar de werknemers hun taken met aandacht en zorg lijken uit te voeren. De machines zijn modern en efficiënt, al is er wel een aanzienlijk verschil in de schaal en de specialisatie van het productieproces, vergeleken met wat hij gewend is in Antwerpen.

Hier lijkt alles gericht te zijn op volume, wat niet vreemd is, gezien de grootschalige distributie waarin dit soort Nederlandse bedrijven zich specialiseert. Dat heeft zijn voordelen, want de efficiënte manier waarop de productie en de kwaliteitscontrole bij Veenstra geregeld zijn, is indrukwekkend. De begeleiding van het hele proces, van de grondstoffen tot het eindproduct, getuigt van een diep begrip van de consistentie van grootschalige chocoladeproductie.

Bij dit alles mist hij wel de ambachtelijke verfijning die hij zo koesterde bij zijn vorige werkgever. In Antwerpen lag er een grotere nadruk op het experimentele deel van de creatie van chocolade. Daar werden nieuwe smaken en texturen ontwikkeld door gedetailleerde aanpassingen in het productieproces.

Meteen vraagt hij zich af of het misschien mogelijk is om zijn Antwerpse ervaringen in te zetten voor de verdere groei en ontwikkeling van Veenstra's chocoladeproductie. Misschien is er wel wat meer creativiteit en vernieuwing mogelijk binnen de gestructureerde omgeving van deze fabriek.

Het lijkt hem verstandig daar nog maar niet over te beginnen. Voorlopig.

85

Fieke

Koog aan de Zaan, zondag 2 mei 1915

Gisteren was Fieke voor pas de tweede keer dit kalenderjaar een weekeinde naar haar ouderlijk huis gegaan. Haar ouders hadden haar met open armen ontvangen, de tweeling was haar met kinderlijk enthousiasme om de nek gevlogen. Tijdens de thee en ook bij de maaltijd werd ze overspoeld met verhalen over de kleine gebeurtenissen en veranderingen die zich hadden afgespeeld in haar afwezigheid.

Bij de feestelijke maaltijd voelde Fieke een knagend schuldgevoel, hoewel ze zich uitvoerig verontschuldigd had voor haar lange wegblijven en ze haar familieleden had verzekerd dat ze hen ook erg gemist had.

Vanzelfsprekend wilden ze allemaal van haar horen hoe het ging in Amsterdam en op haar opleiding en met haar werk. Bij elk verhaal dat ze vertelde over haar uitdagingen en haar triomfen, voelde ze zich een beetje beschaamd omdat ze daarmee eigenlijk ook liet weten dat ze haar ambities de afgelopen tijd de voorrang had gegeven boven de wens om dicht bij haar familie te zijn. Ook al hadden haar ouders haar eerst per brief en nu ook mondeling laten weten het volkomen begrijpelijk te vinden dat haar zoektocht naar zelfontplooiing een pad was dat ze onvermijdelijk moest bewandelen.

Zelf probeerde ze duidelijk te maken dat ze sinds haar vertrek naar Amsterdam niet alleen gegroeid was als kunstenaar, maar ook als persoon. Tegelijkertijd zag ze in het huis in Zaandam allerlei subtiele veranderingen: nieuwe foto's, verplaatste meubels en andere sporen van de voorbijgaande tijd.

's Avonds was ze naar de Achtersluispolder gegaan. Noor had haar laten halen en brengen door een koetsier. Fieke kreeg een rondleiding door de fabriek en de nieuwe woning van de Veenstra's, en constateerde dat er veel was veranderd en bijgebouwd sinds haar vorige bezoek.

Noor was ook al een poosje niet in Amsterdam geweest. In de tussentijd hadden ze elkaar wel geschreven, maar er bleef natuurlijk nog van alles te vertellen. Bij de koffie hadden ze elkaar op de hoogte gesteld van allerlei dingen die hen bezighielden, wat leidde tot uitroepen van ongeloof en bewondering, en soms vrolijk gelach.

Ook al omdat Noors moeder regelmatig binnenliep om hen koekjes, verse koffie of andere dranken aan te bieden, vond Fieke het niet verstandig om al te diep in te gaan op haar artistieke zoektocht en de ontdekking van haar eigen stem. Daar zou ze het later beslist nog een keer uitvoerig met haar over hebben, nam ze zich voor.

Het was gezellig en laat geworden. Toen de koets Fieke weer thuis had afgezet, lagen haar ouders al in bed.

Vanochtend heeft ze rustig aan gedaan. Vanmiddag gaat ze naar Koog aan de Zaan. Sinds ze naar Amsterdam is vertrokken, heeft Fieke niet meer echt kunnen praten met Alice. Het is gebleven bij een paar wederzijdse brieven, waarin ze vooral algemeenheden uitwisselden.

Juist de afgelopen tijd heeft Fieke gemerkt dat ze er behoefte aan heeft om uitgebreider en vooral diepgaander te praten met haar voormalige mentrix. Dus heeft ze de afspraak gemaakt haar vandaag te zullen bezoeken.

Zodra Fieke haar fiets tegen het tuinhek heeft gezet, gaat de voordeur al open. Alice ontvangt haar hartelijk: ze omarmt haar en troont haar mee naar binnen, naar haar atelier.

Het is alsof er niets veranderd is sinds de laatste keer dat ze hier geweest is: de geuren, de rommel, het uitzicht op de Zaan, alles is nog net zo. Er staan en hangen alleen wat andere schilderijen.

Fieke heeft een paar schetsboeken meegenomen. Ze toont Alice enkele van haar laatste tekeningen en vertelt tot in detail over haar schilderwerk.

Alice luistert aandachtig en bekijkt haar tekeningen stuk voor stuk. Af en toe wijst ze op sterke, nieuwe punten in Fiekes benadering, maar ze moedigt haar ook aan om verder te gaan, te blijven experimenteren en haar eigen, unieke stem nog duidelijker te laten horen.

Nadat ze samen zijn gaan zitten aan de als altijd overvolle werktafel, deelt Fieke ook haar recente ervaringen met Jasper en Koos. Alice luistert meevoelend, zoals ze dat altijd doet, zonder haar te veroordelen of een mening op te dringen.

Daarom durft Fieke het aan om ook te praten over haar verwarde gevoelens na de bijna-amoureuze situatie met Liselot.

'Begrijp me goed,' zegt ze haastig. 'Er is niets gebeurd, maar…'

Alice onderbreekt haar door te vragen: 'Zou je dat wel gewild hebben, dan?'

Daar heeft ze geen antwoord op, dus haalt ze met een grimas haar schouders op.

'Dat is niet erg,' verzekert Alice haar. 'Sommige dingen weet je niet meteen. Gevoelens zijn ingewikkeld en veel mensen doen er een leven lang over om ook maar een beetje beter begrip van zichzelf te krijgen. Er is geen enkele haast om zulke vragen te beantwoorden.'

'Maar wat moet ik dan in de tussentijd?' vraagt Fieke, quasi wanhopig.

Met een glimlach zegt Alice: 'Het belangrijkste is dat je trouw blijft aan jezelf en je keuzes in je eigen tempo maakt. Laat het leven zich maar ontvouwen, en sta open voor ervaringen die je groei en inzicht brengen.'

Fieke kijkt haar getroffen aan. De afgelopen weken is ze het uit de weg gegaan om na te denken over haar eigen gevoelens en de gevolgen die deze zouden kunnen hebben. Ze was bang dat complexe relaties ten koste zouden kunnen gaan van haar persoonlijke artistieke ontwikkeling.

'Ik ben bang om verkeerde keuzes te maken,' zegt ze zacht. 'Zowel in de kunst als in mijn persoonlijke leven.'

'En waarom zou dat erg zijn?' vraagt Alice.

'Ik weet het niet precies. Waarschijnlijk omdat ik dan niet kan voldoen aan de verwachtingen.'

'Van wie?'

'Van andere mensen. En ook van mezelf.'

'Wat zeg ik nou altijd?' Alice trekt haar wenkbrauwen hoog op. 'Het gaat er altijd om dat je authentiek bent, Fieke. Authentiek in je kunst en ook authentiek in je relaties. Dat moet je vooropstellen.'

'En als ik zelf niet zeker ben over die relaties?' vraagt Fieke kleintjes.

Alice lacht.

'Groei gaat altijd gepaard met onzekerheid en met risico's. Het is normaal om daarover in de war te zijn, het is normaal om niet meteen alle antwoorden paraat te hebben. Geef ruimte aan je gevoelens, verken ze zonder druk of haast. Dat is de manier om nieuwe perspectieven te krijgen.'

'Heb jij dat zelf ook op die manier gedaan?' wil Fieke weten. 'In je relaties, bedoel ik. Of is dat een te persoonlijke vraag?'

'Wees maar niet bang, jij mag mij alles vragen.' Alice kijkt uit het raam en grinnikt. 'Het antwoord op je vraag is: ja, ik heb geëxperimenteerd, op allerlei gebied. Zowel met mannen als met vrouwen.'

Omdat ze ziet dat Fieke grote ogen opzet, voegt ze daar met een ondeugende knipoog aan toe: 'Uiteindelijk heb ik gekozen voor een solitair bestaan. Al sta ik mezelf soms nog weleens iets toe, maar nooit met leerlingen.'

Weer lacht ze. Ditmaal lacht Fieke mee.

Dit is het gesprek dat ik niet met mijn ouders kan voeren, beseft Fieke. Meteen voelt ze zich daar merkwaardig schuldig over.

Zelfs in haar brieven zou ze dit soort dingen niet met haar vader en moeder kunnen delen. Al wil ze dat nog zo graag. Ze zouden het gewoon niet begrijpen.

De twee vrouwen praten door totdat Fieke naar huis moet voor de avondmaaltijd met haar ouders en de tweeling.

Bij de voordeur drukt Alice haar nog op het hart: 'Wat je ook doet, zorg dat je trouw blijft aan je eigen waarden en je eigen ambities. Laat je door niemand iets opleggen. Volg je eigen pad, Fieke. Bewaar je eigenheid, wat anderen daar ook van zeggen.'

Langzaam fietst Fieke langs de Zaan terug naar Zaandam.

Je eigen pad volgen: dat klinkt volkomen vanzelfsprekend, denkt ze. *Maar eerst moet je kennelijk experimenteren en fouten maken om dat pad te vinden.*

Ze zucht.

Waarom kan het allemaal nou nooit eens makkelijk zijn? Misschien moet ze maar eens ernst gaan maken van dat verkennen, waar Alice het over had.

86

Noor

Achtersluispolder, maandag 12 juli 1915

Meteen als Noor de fabriek inloopt, komt Egbert op haar af.

'Noor, gefeliciteerd,' zegt hij, terwijl hij zijn hand uitsteekt. 'Timmer vertelde me dat je afgelopen vrijdag je diploma van je avondstudie hebt behaald.'

Lachend schudt Noor zijn hand.

'Het is niet echt een diploma, hoor. Het is een getuigschrift. Er was niet eens een uitreiking.'

'Kan wel zijn, maar Timmer is ontzettend trots op je, en ik ook.'

'Dank je. Eerlijk gezegd ben ik blij dat ik nu eindelijk mijn handen wat meer vrij heb. De afgelopen twee jaar had ik niet veel vrije tijd: ik was voortdurend bezig met mijn schoolwerk.'

'Was het dat waard?'

Ze kijkt hem schuin aan.

'Dat vind ik wel. Ik heb ontzettend veel geleerd. Zonder die opleiding had ik het nooit aangedurfd om bij Vader in het bedrijf te komen werken. Dan was ik veel te bang geweest dat ik hem zou teleurstellen.'

'Dat begrijp ik.'

'En hoe gaat het met Alie?' vraagt Noor. 'Bevalt het haar een beetje op de inpakafdeling?'

'Ja, heel goed, en omdat ze halve dagen werkt, kan ze het

prima aan. Bedankt dat je haar die kans hebt gegeven.'

'Daar hoef je mij niet voor te bedanken, hoor. Iemand als Alie past in ieder bedrijf.'

Samen lopen ze verder de productiehal in. Nadat ze een tijdje hebben rondgekeken, neemt Egbert haar mee naar een van de voorraadhallen, waar ze niet zo hard hoeven te praten om boven het lawaai van de machines uit te komen.

'Waar ik het met je over wilde hebben, Noor: je herinnert je misschien Hugo Crebolder nog wel?'

'Is dat niet die Belgische man die we dit voorjaar hebben aangenomen?'

Hij knikt en leunt tegen een stelling met zakken vol cacaobonen.

'Ja, die bedoel ik. Hij heeft in Antwerpen in een heel ander soort bedrijf gewerkt, maar hij past zich snel aan en zet zich voorbeeldig in. Die man is altijd de laatste van zijn ploeg die vertrekt en hoewel hij hier pas twee maanden werkt, laat hij voortdurend zien dat hij niet zomaar een arbeider is.'

Noor kijkt hem onderzoekend aan.

'Hoe bedoel je?'

'Nou, het is alsof hij nooit ophoudt met nadenken over manieren om ons werk efficiënter te maken.'

'Geef eens een voorbeeld.'

'Al na een paar dagen heeft hij suggesties gedaan die echt verbeteringen waren,' vertelt Egbert. 'Een kleine aanpassing in de opstelling van een van onze productielijnen, bijvoorbeeld, waardoor we tijd besparen en de productie verhogen zonder in te leveren op kwaliteit.'

'Niet slecht,' vindt ze.

'En wat me echt verrast heeft, Noor, is zijn kennis over de behandeling van cacaobonen. Twee weken geleden kwam hij met het voorstel om de bonen vóór het productieproces niet allemaal op dezelfde manier te roosteren, zoals wij dat altijd doen. Volgens hem is het beter om een licht verschillende methode van roosteren en malen te gebruiken, afhankelijk van de oorsprong van de bonen. Dat zou de unieke smaakprofielen van onze chocolade verder kunnen versterken.'

'Heb je dat voorstel overgenomen?'

'Nog niet. We doen er eerst proeven mee, vanzelfsprekend. Bij Veenstra gaan we nooit over één nacht ijs.'

Als hij ziet dat die vergelijking een pijnlijke associatie bij Noor oproept, zegt hij direct: 'Het spijt me, ik wilde niet...'

Maar Noor doet net alsof ze het niet gehoord heeft.

'En hoe ligt hij bij de rest van het personeel?' wil ze weten.

Egbert grinnikt.

'Ze maken weleens grappen over hem, omdat hij zijn eigen naam uitspreekt als "Ugo" en soms typisch Vlaamse dingen zegt, maar ze zien hoe ervaren hij is en dat hij precies weet wat hij doet. De mannen luisteren ook naar hem, zonder dat hij veel zegt. Zijn aanwezigheid en zijn werkhouding lijken ervoor te zorgen dat zijn hele ploeg wat meer toegewijd is aan het werk.'

'Dat is goed om te horen,' zegt Noor. 'Dit breng je natuurlijk niet zomaar ter sprake. Wat wil je voorstellen?'

'Wat ik wil zeggen, is dit.' Egbert legt zijn vlakke hand op een van de juten zakken met cacaobonen in de stelling. 'Het is duidelijk dat deze man veel kennis heeft van chocoladebereiding. Hij heeft een manier van werken die je alleen krijgt door passie en ervaring. Ik zie potentieel in hem, Noor. Als hij deze lijn doortrekt, kan ik me goed voorstellen dat hij op termijn een leidende rol gaat spelen in onze productie. Misschien is het nog te vroeg om dat nu al te zeggen, maar ik heb zelden iemand gezien met zo'n natuurlijk inzicht in ons vak.'

Noor kijkt hem nadenkend aan.

'Goed dat je dit zegt, Egbert. Die man werkt hier natuurlijk nog maar kort, maar ik stel voor dat we hem in de gaten houden. Ik zal met hem gaan praten, en ik zal het er ook met Vader over hebben. Nu we steeds meer mensen aantrekken, moeten we misschien ook wat gaan veranderen aan de manier waarop we de organisatie van het bedrijf hebben ingericht. Als ik het zo bekijk, laten we momenteel wel erg veel op jouw schouders neerkomen.'

'Dat is ook iets wat ik bij jou had willen aankaarten,' zegt Egbert met een scheve grijns. 'Ik word natuurlijk een dagje ouder, en begrijp me goed: ik wil nog jaren en jaren voor Veenstra blijven werken, daar gaat het niet om. Maar het bedrijf is wel erg gegroeid en ik sta er als voorman nogal alleen voor.'

'Dat is precies wat ik bedoel. Misschien kan iemand met de achtergrond en de capaciteiten van Hugo Crebolder ons wel vooruit helpen.'

Ze heft waarschuwend haar vinger op.

'Maar als we daarmee verdergaan, wil ik dat wel stap voor stap doen, Egbert. Eerst goed met Vader overleggen, want hem wil ik op geen enkele manier passeren. Dus mag je voorlopig niets zeggen tegen die Crebolder.'

'Ik zeg niets,' belooft Egbert. 'Ik zal de komende tijd goed op hem letten. Ik hou je op de hoogte.'

87

Fieke

Amsterdam, vrijdag 13 augustus 1915

Na de succesvolle afronding van haar tweede cursusjaar is Fieke bijna de hele zomer in Amsterdam gebleven. Slechts twee keer is ze voor een paar dagen naar Zaandam gegaan. In beide gevallen had ze het idee dat ze haar werk in de steek liet.

Om de verwarring in haar hoofd de baas te worden, had ze zich de afgelopen maanden volledig ondergedompeld in haar kunst. Haar schilderijen werden nog expressiever, ze experimenteerde met abstracte vormen, onconventionele kleurencombinaties en allerlei materialen, van traditionele olieverf tot inkt en kaarsvet, om textuur en diepte aan haar werk toe te voegen. Het was een periode van ongebreidelde creativiteit.

Steeds meer wordt haar werk haar toevluchtsoord, een plek waar ze haar emoties vrij kan uiten. Ze gebruikt het niet alleen als een manier om haar twijfels te ontvluchten, maar ook als bevestiging van haar toewijding aan haar eigen pad, ongehinderd door de complexiteit van persoonlijke relaties.

Kunst is een uiting van innerlijke strijd, maar ook een mogelijkheid om die strijd te winnen: dat is haar overtuiging. Met elke penseelstreek, met elke kleur die ze kiest, vindt ze een vorm van helderheid en doelgerichtheid. Toch geven haar doeken aan haarzelf het gevoel dat ze een kreet van rauwe emotie zijn.

Soms werkt ze urenlang, in energieke uitbarstingen, waarin ze diep uit zichzelf put, tot ze niet meer kan. Op andere momenten staart ze wezenloos uit het raam of loopt ze doelloos rond in de stad. Af en toe zoekt ze 's avonds in cafés het gezelschap van kunstenaars of medestudenten om ideeën uit te wisselen en te discussiëren over alles wat haar boeit.

Het bezoek aan Alice en hun gesprek is nooit ver uit haar gedachten. *Het gaat om richting, het gaat om authenticiteit,* herhaalt ze de woorden van de oude vrouw tegenover zichzelf, *zowel in je werk als in de rest van je leven. Zoek een evenwicht tussen invloeden van buitenaf en je eigen artistieke visie.*

Maar het is niet genoeg dat ze zich omringt met mensen die haar groei als kunstenaar ondersteunen, beseft ze. Haar zoektocht naar expressie door middel van kunst is noodzakelijkerwijs verbonden met haar persoonlijke ontwikkeling. In haar werk durft ze al wel risico's te nemen, maar in haar leven nog niet.

Eigenlijk is ze vooral nieuwsgierig naar de delen van haarzelf die ze nog niet kent. Ze heeft diep respect voor de moed die Alice heeft getoond door allerlei aspecten van zichzelf te verkennen. De oude dame heeft het toch maar aangedurfd om alle stukjes te gebruiken van het complexe mozaïek van haar leven.

'Dus moet je de mogelijkheden van het onbekende durven te omarmen,' zegt ze hardop tegen zichzelf, nu ze door een winkelstraat loopt, worstelend met haar gedachten.

Voorbijgangers kijken haar verbaasd aan.

'Ik geef jou een opdracht, Sofie ten Hertog,' vervolgt ze, nog steeds hardop pratend en rustig doorlopend. 'Verken je innerlijke Fieke verder en laat haar aan iedereen zien in je werk.'

Tevreden met deze beslissing wandelt ze door naar de Lauriergracht. Daar trekt ze tweemaal aan de bel bij het bordje VAN DIJK, 2X BELLEN.

Vrolijk neuriënd wacht ze tot er wordt opengedaan.

De deur zwaait open en bovenaan de trap roept iemand: 'Ja?'

Zonder antwoord te geven, gaat Fieke naar binnen. Ze doet de voordeur achter zich dicht en loopt de trap op, nog steeds zachtjes neuriënd.

Bovenaan de trap staat Liselot, gekleed in een witte kimono met felrode bloemen. Ze is als een droombeeld dat op haar staat te wachten.

'Fieke!' zegt ze verbaasd. 'Ik heb je de hele zomervakantie niet gezien. Ik vroeg me al af...'

Inmiddels heeft Fieke haar bereikt. Ze drukt haar wijsvinger op Liselots lippen, pakt haar arm beet en kijkt haar recht in haar bruine ogen, waaraan ze de afgelopen tijd zo vaak gedacht heeft.

Dan neemt ze haar mee naar binnen, nog altijd neuriënd.

88

Noor

Achtersluispolder, maandag 14 februari 1916

Hugo klopt op de openstaande kantoordeur en steekt zijn hoofd naar binnen.

'U had me laten komen?' vraagt hij aan Noor.

Noor legt de papieren waarin ze zat te lezen opzij en pakt het schrijfblok met haar aantekeningen.

'Ja, kom binnen. Doe de deur achter je dicht en ga zitten.'

Nadat hij aan de andere kant van haar bureau heeft plaatsgenomen, kijkt Hugo haar afwachtend aan.

'Hugo,' begint ze. 'Mag ik Hugo zeggen?'

'Natuurlijk, mevrouw.'

'Zeg maar Noor.' Ze houdt haar schrijfblok omhoog. 'Ik heb samen met Egbert je prestaties van de afgelopen acht maanden bijgehouden. Ik moet zeggen dat je in die korte tijd een duidelijke invloed hebt gehad op onze productieprocessen en de kwaliteit van onze chocolade. Je werkt hard en toont toewijding.'

'Dank u wel... eh, dank je wel.'

Noor glimlacht.

'Omdat jouw achtergrond en kennis duidelijk van nut kunnen zijn om Veenstra vooruit te helpen, hebben mijn vader, Egbert en ik de afgelopen maanden meermalen overlegd hoe we daar op de beste manier gebruik van kunnen maken. We geloven alle drie dat het bedrijf er het meest mee gediend is als jij een grotere rol gaat spelen, die beter past bij jouw vaardigheden en ervaring.'

Ze wacht even voordat ze verdergaat. In het bleke ochtendlicht dansen er stofjes in de lucht tussen hen in.

'Daarom heb ik je hier vandaag uitgenodigd,' vervolgt ze, terwijl ze vooroverleunt op haar ellebogen. 'We zien een toekomst voor jou bij Veenstra en hebben bedacht welke positie daar het best bij zou passen. Daarom creëren we een nieuwe functie, waarvan wij denken dat die perfect aansluit bij wat jij ons te bieden hebt: die van chocolademeester.'

Langzaam breekt er een brede glimlach door op het vriendelijke gezicht van Hugo.

'Chocolademeester? Dat klinkt goed, maar wat houdt het in?'

'Als chocolademeester ben je verantwoordelijk voor het toezicht op de gehele chocoladeproductie,' legt Noor uit. 'Van de selectie van de cacaobonen tot de perfectionering van het eindproduct. Daarnaast krijg je ook leidinggevende taken, waarbij je nauw samenwerkt met Egbert. Ik denk dat jullie elkaar goed aanvullen en samen de hele dagelijkse gang van zaken in de fabriek kunnen aansturen.'

'Jullie verwachten nogal wat van mij,' constateert Hugo, duidelijk blij verrast.

'Dat klopt. We verwachten dat je onze productieprocessen zult helpen verfijnen met nieuwe technieken en dat je ons daardoor helpt om onze positie in de markt te verstevigen.'

Even lijkt Hugo naar woorden te zoeken. Dan zegt hij enthousiast: 'Dit is meer dan ik had durven hopen toen ik bij Veenstra kwam werken. Ik voel me ontzettend vereerd en ben dankbaar voor deze kans. Eerlijk gezegd heb ik al tal van ideeën.'

'O ja?' vraagt Noor geamuseerd.

'Jazeker. Alleen al over het optimaliseren van onze processen voor mengen en concheren. Als we de mechanische bewerkingen fijner afstemmen, kunnen we een nog gladdere textuur van onze chocolade bereiken, wat zal resulteren in een luxueuzer mondgevoel.'

Omdat ze hem aanmoedigend blijft aankijken, gaat hij verder:

'Als we bovendien een gestandaardiseerde methode invoeren voor het testen van de vloeibaarheid en de smeerbaarheid van de chocolade tijdens het productieproces, kunnen we volgens mij het constante niveau van de kwaliteit verbeteren. Zo zou ik nog allerlei andere experimenten willen uitvoeren met nieuwe mengvormen en verfijningstechnieken.'

'Dat staat je van nu af aan vrij,' zegt Noor. 'Ik ben erg benieuwd hoe jij je werk als chocolademeester gaat vormgeven. Gefeliciteerd met je nieuwe functie!'

Hugo staat op en schudt haar zo geestdriftig de hand, dat het haar een beetje pijn doet, maar dat laat ze niet merken.

'Dank je wel, Noor. Er is hier zoveel potentieel bij Veenstra; ik kan niet wachten om ermee aan de slag te gaan.'

Noor lacht.

'Daar kun je dan vandaag al mee beginnen, nadat we de financiële details en het bijbehorende administratieve regelwerk hebben doorgenomen. Wil je koffie?'

'Ja, graag.'

Ze drinken samen koffie en handelen al het benodigde regelwerk af. Daarna leunt Noor tevreden achterover in haar bureaustoel.

'En hoe bevalt het leven in ons Veenstra-dorp?' vraagt ze.

'De eerste anderhalve maand zat ik met een paar collega's in een tijdelijke woning,' vertelt hij, 'en daarna kreeg ik mijn eigen huis, niet ver van dat van Egbert en Alie. Het is echt mooi, ruim en modern, ik ben er erg blij mee. Ik heb zelfs een tuintje, waar ik in de weekenden aan de gang kan. Het wonen hier is mij goed bevallen, met veel bekenden rondom mij, zonder dat ze mijn deur bepaald platlopen, hoor.'

Noor vindt zijn Vlaamse tongval wel grappig. Ze vindt dat de relatie tussen hen inmiddels zo is dat ze hem wel een persoonlijke vraag kan stellen.

'Tijdens je sollicitatiegesprek zei je: "Ik ben nu maar alleen". Dat klonk alsof het niet altijd zo geweest is, maar daar durfde ik toen nog niet naar te vragen.'

In de stilte die valt, kijkt Hugo naar buiten, voordat hij met zachte stem begint te vertellen: 'De oorlog heeft me niet alleen mijn betrekking en mijn huis in Antwerpen gekost, maar ook mijn gezin. Het was een tijd van onbeschrijfelijke chaos en pure angst. Mijn vrouw Jeannette en ik waren onderweg naar Nederland toen we getroffen werden door een luchtaanval. Jeannette… ze heeft het niet overleefd, en ons ongeboren kind ook niet.'

Zijn stem breekt bij het herbeleven van de herinnering.

'Wat vreselijk,' stamelt Noor.

Ze voelt een diep medelijden, maar ook respect voor de man die zoveel verloren heeft en toch de kracht heeft gevonden om verder te gaan.

'En toen ben je dus in zo'n vluchtelingenkamp terechtgekomen?'

Hij knikt.

'Dat viel alleszins mee, hoor. Awel, en daarna heb ik van Veenstra de kans gekregen om een nieuwe start te maken. Dus jullie zijn eigenlijk mijn nieuwe leven.'

Ze glimlacht triest. Er prikken tranen in haar ooghoeken.

'Hugo, jouw kracht en doorzettingsvermogen zijn werkelijk bewonderenswaardig. Je kunt er zeker van zijn dat je hier bij ons niet alleen een plek hebt gevonden om te werken, maar ook een gemeenschap die om je geeft.'

'Dank u, juffrouw Veenstra… eh, Noor. Dat betekent veel voor me.'

Hij haalt diep adem en zegt dan aarzelend: 'Zelf heb ik in de fabriek ook verhalen gehoord over jouw broer Pieter. Jij weet dus maar al te goed hoe het is om een bemind persoon te verliezen.'

Die woorden maken haar tranen definitief los. Noor laat ze gewoon lopen.

'Pieter was meer dan een broer voor me,' verzucht ze. 'Hij was van jongs af aan ook mijn grote vriend, iemand met wie ik alles kon delen. Zijn dromen waren ambitieus, ook voor Veenstra. Van de aantekeningen die hij daarover gemaakt heeft, maak ik nog altijd gebruik. Er gaat geen dag voorbij dat ik niet aan hem denk.'

Hugo luistert aandachtig en zegt dan met zachte empathie: 'Ik kan alleen maar hopen dat onze dierbaren, waar ze nu ook zijn, trots op ons zullen zijn. Ik moet zeggen dat de manier waarop jij Pieters nalatenschap in ere houdt, bewonderenswaardig is. Hij leeft voort in jou en in wat je hier aan het opbouwen bent.'

'Samen met mijn vader.'

'Natuurlijk.'

Weer blijft het even stil.

Noor staat op en steekt haar hand uit.

'Ik vind het fijn dat we dit hebben kunnen regelen, chocolademeester Crebolder. Ook ben ik bijzonder blij met dit gesprek.'

'Awel, dat geldt minstens zo voor mij,' antwoordt Hugo, terwijl hij opstaat en haar hand met zijn beide handen vastpakt. 'Je zult hier geen spijt van krijgen, Noor. Dat beloof ik je.'

Getroffen kijkt Noor hem na. Nadat ze weer is gaan zitten, gaat haar blik naar buiten, waar een stevige wind door de kale bomen waait.

Dit gesprek is verder gegaan dan ze van tevoren had verwacht. Op een vreemde manier heeft Noor de indruk dat ze er niet alleen meer inzicht door heeft gekregen in Hugo als persoon, maar ook in haarzelf.

Er is iets aan deze man wat haar diep vanbinnen raakt. De rustige aanvaarding van zijn toch ronduit gruwelijke lot, zijn veerkracht en zijn gevoeligheid. Ze kan niet ontkennen dat ze hem sympathiek en aantrekkelijk vindt, eigenlijk al vanaf het moment dat ze hem leerde kennen.

Zulke gevoelens zijn nieuw voor haar. Zelfs voor Bram heeft ze nooit zo'n grote genegenheid gehad als nu voor deze aardige, gebroken Hugo. Ze zou hem tegen zich aan willen drukken om hem te troosten, de tranen van zijn gezicht willen kussen.

En toch zal ze afstand moeten houden. Niet alleen omdat ze zijn werkgever is, maar vooral omdat het verdriet als een muur tussen hen in staat.

89

Fieke

Zaandam, vrijdag 30 juni 1916

'Tjonge, wat zijn jullie groot geworden!' zegt Fieke ontsteld, als de tweeling bij de voordeur van haar ouderlijk huis op haar af komt stormen.

'Je lijkt Oma wel!' vindt Iris.

'Ja,' valt Margriet haar bij. 'Die zegt dat ook altijd.'

Fieke schiet in de lach.

'Nou zeg, ik merk alleen maar dat ik jullie al een tijd niet heb gezien.'

Ze omhelst hen allebei stevig. In de woonkamer staan haar ouders al te wachten totdat zij aan de beurt zijn.

Het weerzien is vrolijk en hartelijk. Vanwege de afronding van haar cursusjaar en haar drukke schema in Amsterdam zijn Fiekes bezoekjes aan Zaandam er de afgelopen maanden bij ingeschoten. Alleen bij de verjaardag van haar twee zusjes, eind februari, is ze een halve dag over en weer geweest.

Nu zit ze op de bank in het huis waaraan ze zoveel herinneringen heeft. De zonnestralen die door de bladeren van de oude eik aan de stoeprand schijnen, werpen dansende schaduwpatronen op de muur van de woonkamer.

De zusjes zijn links en rechts van haar gaan zitten, als altijd bruisend van energie, en vertellen honderduit over hun laatste schoolavonturen en hun plannen voor de zomer. Hun ongeremde vreugde werkt aanstekelijk. Voor even kan Fieke de complexiteit van haar leven in Amsterdam achter zich laten.

Haar moeder heeft zich weer uitgesloofd voor het avondeten, met twee soorten groenten, gebakken aardappelen, appelmoes en gehaktballen. De maaltijd verloopt gezellig, met verhalen en levendige gesprekken. Zelfs haar vader, die zich daarbij meestal wat op de achtergrond houdt, neemt er actief aan deel door een paar anekdotes van vroeger te vertellen.

Toch merkt Fieke dat er wat aan de hand is. Haar ouders zijn niet zo ongedwongen blij als anders wanneer ze komt. Soms kruisen hun blikken elkaar even over de tafel, alsof er iets speelt wat zij alleen weten.

Als ze na het eten rond de salontafel zitten voor de koffie, en de tweeling naar buiten gaat om te spelen met buurtkinderen, neemt Fiekes moeder het woord.

'Fieke, er is iets wat je moet weten. Afgelopen zondag zijn je vader en ik in Amsterdam geweest. Het leek ons leuk om je te verrassen.'

Fiekes hart slaat een slag over. Het hele vorige weekend is ze niet in haar kamer geweest. Zoals vrijwel elk weekend, het laatste halfjaar, en ook veel doordeweekse nachten. Omdat ze steeds meer tijd doorbrengt met Liselot, haar grote liefde. Eigenlijk zou ze wel dag en nacht bij haar willen zijn, maar er moet nu eenmaal ook veel werk gedaan worden.

'We hebben een tijdje gepraat met de mensen bij wie je woont,' zegt haar vader, 'en die vertelden ons dat je daar al een paar dagen niet geslapen had. Dat je regelmatig dagenlang weg bent.'

Geschrokken kijkt Fieke naar de ernstige gezichten van haar ouders. Ze had er niet aan gedacht dat de oom en tante van Noor zoiets zouden kunnen verklappen. Ze wil haar Amsterdamse leefwereld juist zo graag afschermen voor haar familie.

In een impulsieve poging om de situatie te verzachten, antwoordt ze snel: 'O, dat... Ik slaap de laatste tijd vaak bij een vriendin. We werken samen aan een project.'

Met die smoes laat haar moeder zich niet afschepen. Ze is in de bijna twintig jaar van Fiekes leven altijd de grootste expert in het duiden van de nuances van haar gedrag geweest en kijkt ook ditmaal dwars door haar dochter heen.

'Fieke, we willen alleen maar dat je eerlijk tegen ons bent. Is er iets waar wij ons zorgen over moeten maken?'

Juist de zachtheid van haar moeders stem is onweerstaanbaar. Er klinkt geen woede in door, alleen bezorgdheid.

Fieke buigt haar hoofd. Ze voelt de muren die ze rond haar geheim heeft gebouwd langzaam afbrokkelen. Het is tijd voor openheid.

Ze haalt diep adem en heft dan haar kin.

'De laatste tijd,' begint ze aarzelend, 'vind ik het fijn om bij Liselot te zijn. Zij... ze begrijpt me op een manier die nieuw voor me is, en ook voor haar.'

Haar moeder en vader zeggen niets, wachten alleen maar af. De pendule op de schoorsteenmantel tikt luidruchtig de seconden weg.

'Liselot en ik, we hebben een bijzondere band opgebouwd.' Fieke merkt zelf hoeveel moeite het haar kost om de juiste woorden te vinden. Haar stem trilt van de emoties die ze probeert uit te drukken. 'Ze is mijn vriendin, maar... het is meer dan een vriendschap, het is anders dan alles wat ik ooit eerder heb gevoeld. Liselot biedt me een soort begrip dat... dat me helpt om mezelf beter te leren begrijpen.'

Ook op de gezichten van haar ouders ziet Fieke een mengeling van emoties: verrassing, onzekerheid, verwarring. Ze beseft maar al te goed dat haar uitleg veel vragen oproept.

'Hou je van haar?' vraagt haar moeder.

Er springen tranen in Fiekes ogen als ze ferm zegt: 'Ja!'

Ze ziet dat ook haar moeder op het punt staat om in huilen uit te barsten.

'Maar hoe zit het met... de toekomst, Fieke?' wil haar vader weten. 'Heb je nagedacht over wat dit betekent, voor jou, voor Liselot, voor ons allemaal?'

Met een zucht wendt Fieke haar blik af, omdat hij antwoorden vraagt die ze zelf ook nog niet helemaal heeft gevonden.

'Ik weet het niet, Papa,' zegt ze eerlijk. 'Ik weet alleen dat wat ik met Liselot heb, echt is. Het is ingewikkeld en soms verwarrend, maar het voelt juist. Ik probeer nog steeds te begrijpen wat het allemaal betekent, voor mij, voor ons.'

Nu ze haar hart uitstort, voelt ze zich kwetsbaar. Tegelijkertijd is het alsof er een last van haar schouders valt, omdat ze iets van zichzelf deelt wat ze nog nooit naar buiten heeft durven brengen.

Een beetje angstig kijkt ze naar haar ouders, bang voor hun oordeel.

'Je zult wel begrijpen dat dit ook voor ons moeilijk is, Fieke,' zegt haar moeder zacht.

Haar vader knikt.

'Maar je weet dat wij altijd achter je staan. Wat je ook kiest en wat er ook gebeurt.'

Nu houden Fieke en haar moeder het niet meer droog. Ze vallen elkaar snikkend in de armen.

Als ze elkaar weer loslaten, vraagt haar vader nuchter: 'Mogen wij die Liselot van jou ook eens ontmoeten? Ik ben eigenlijk wel benieuwd naar haar.'

Alle drie barsten ze uit in een bevrijdende lach.

'Dat ga ik regelen,' belooft Fieke.

90

Noor

Achtersluispolder, woensdag 2 augustus 1916

In een lichte zomerjurk en op platte schoenen wandelt Noor op een zonovergoten middag naar het Veenstra-dorp, dat in de afgelopen maanden verder gegroeid is. Het telt inmiddels zo'n vijfenveertig woningen, allemaal eenvoudig van ontwerp, maar wel het resultaat van doordachte planning en een duidelijke visie: de werknemers moeten hier prettig kunnen wonen.

Ze loopt langs het winkeltje, dat dagelijks wordt bevoorraad vanuit Zaandam. Hoewel het bescheiden van omvang is, speelt het een cruciale rol in de dagelijkse levens van de dorpelingen, want het voorziet in hun basisbehoeften zonder dat ze ver hoeven te reizen.

In het gemeenschapshuis is sinds het voorjaar een geïmproviseerd schooltje ondergebracht. Dit project ligt haar nauw aan het hart, omdat het een investering in de toekomst is, die verder gaat dan alleen het bedrijfsbelang.

Terwijl ze het dorp inspecteert, overdenkt Noor de mogelijkheden voor verdere uitbreiding. Ze peinst over extra voorzieningen, over het aantrekken van meer werknemers, en over manieren om het Veenstra-dorp nog aantrekkelijker te maken als woongemeenschap. Dat ziet ze als een van haar grootste verantwoordelijkheden binnen haar taak in de bedrijfsleiding.

Bij het passeren van het winkeltje stuit ze op Alie, die net naar buiten komt. Ze draagt een lichtgroene rok en een oranje blouse. Haar heldere ogen lichten op in haar magere gezicht als ze Noor ziet.

Noor kent haar en haar man Egbert al sinds haar kindertijd. Dus begroet ze haar met een brede glimlach.

'Noor, wat leuk je hier tegen te komen,' zegt Alie, die haar tas met boodschappen naast zich op de grond zet. 'Hoe is het met jou en met je ouders?'

'Prima, dank je. Hoe bevalt het jou op de inpakafdeling?'

'Heel erg goed. Eindelijk werk ik nu ook in het bedrijf waar Egbert al zo lang voorman is. Geweldig dat jij dat mogelijk hebt gemaakt.'

'O, daar heb ik niet veel aan gedaan, hoor,' antwoordt Noor lachend. 'Egbert kwam met het voorstel en het leek mij een uitstekend idee.'

'Toch ben ik je dankbaar. Egbert vertelde me ook dat jij klaar bent met je avondstudie. Fantastisch, Noor, al verbaast het me niet dat jij zoiets aankunt. Als klein meisje was je altijd al zo vastberaden en doelgericht.'

Noor weet niet goed hoe ze daar op moet reageren, maar dat hoeft ook niet, want Alie praat meteen verder.

'Ik zei gisteren nog tegen Egbert dat het bewonderenswaardig is hoe jij je inzet voor Veenstra. Want hoe oud ben je nou? Achttien?'

'Negentien.'

'Nou, kijk, ik bedoel maar: een meisje van negentien dat haar hele ziel en zaligheid in het familiebedrijf stopt. Dat vind ik bijzonder, Noor! Maar denk je af en toe ook weleens aan jezelf, meisje? Want het is ook belangrijk om tijd te maken voor je eigen leven. Ik bedoel: de tijd staat niet stil, hè. Dat zie ik zelf ook, want onze kinderen zijn nu het huis uit en hebben nu eigen gezinnen.'

'Ja, ik weet het niet,' antwoordt Noor, en ze merkt zelf hoe onzeker haar stem klinkt. 'Ik heb eigenlijk weleens het gevoel dat er zoveel van mij verwacht wordt, dat ik mezelf soms vergeet.'

Alie legt bemoedigend een hand op Noors arm.

'Het is geen zwakte om ook aan jezelf te denken, lieve Noor. Dat is juist een kracht. Je kunt pas echt iets voor anderen betekenen als je ook goed voor jezelf zorgt.'

Noor buigt haar hoofd. Ze voelt zichzelf schuldig, maar weet niet precies waarom.

'Weet je, Noor,' gaat Alie verder. 'Soms brengt het lot ons op paden die we liever niet bewandelen. Zoals jullie gebeurd is na het verlies van Pieter. Ik zie wat zijn dood met jullie gezin heeft gedaan: jullie zagen het als een dure plicht tegenover Pieter om je nog meer in te zetten voor het bedrijf en de werknemers. Kijk naar de gemeenschap hier in het dorp. Dat hebben júllie gedaan!'

Zwijgend luistert Noor, met toenemende ontroering.

'Ik weet dat ik maar doorpraat, meisje,' vervolgt Alie, terwijl ze een arm om Noors schouders slaat. 'Toch wil ik dit gezegd hebben, omdat ik het me aantrek. Verdriet is een deel van ons bestaan, maar we mogen ons er niet door laten regeren. Begrijp je wat ik bedoel? Pieters nagedachtenis is belangrijk, natuurlijk is dat zo, maar jij bent ook belangrijk. Het leven heeft nog zoveel meer te bieden, en jij hebt zoveel meer om voor te leven dan alleen voor je plichtsbesef.'

Die woorden maken grote indruk op Noor. Alies oprechte bezorgdheid en haar eenvoudige, maar krachtige advies snijden diep door haar heen, met een ongekende scherpte.

Voor haar ouders heeft ze sinds het verlies van Pieter een rots in de branding willen zijn, een onwrikbare kracht die hielp om het bedrijf te laten voortgaan en zicht bood op continuiteit. Zoals haar broer dat gedaan zou hebben. Daarbij heeft ze haar eigen behoeften en haar eigen kwetsbaarheid steeds opzijgeschoven.

Alie doet haar beseffen dat ze haar streven niet opgeeft door haar zachte kant te tonen. Daardoor ziet ze in dat haar toewijding aan het bedrijf, hoe nobel en essentieel ook, niet ten koste mag gaan van haar eigen welzijn. Dit is geen teken van zwakte, maar van een diepere moed – de moed om haar eigen grenzen te erkennen en te respecteren.

Ze dankt Alie oprecht en neemt afscheid. Op de weg terug is het alsof haar stap veerkrachtiger is geworden.

91

Fieke

Amsterdam, dinsdag 22 augustus 1916

Liselot komt naast de schildersezel staan om naar Fiekes werk te kijken. Het vroege avondlicht dat door de ramen valt, werpt lange schaduwen en accentueert de bijna tastbare textuur van de dikke verflagen. Haar kennersoog gaat over de krachtige penseelstreken en de gewaagde, dynamische kleurencombinaties.

Fieke kijkt naar haar vriendin, naar haar slanke postuur in de witte kimono met bloemen, haar altijd korte, donkere haar, de kenmerkend ernstige uitdrukking op haar fijngesneden gezicht, en vooral naar haar grote bruine ogen, waarin ze zich tomeloos kan verliezen.

Ze is gek op deze vrouw. In Liselots aanwezigheid vindt Fieke een onverklaarbare rust, een tegenwicht voor haar eigen onstuimige geest. Door haar voelt ze zich werkelijk begrepen. Haar appartement is een stille haven in een wereld die vaak te luid en te veeleisend is.

Zonder haar blik van het doek af te wenden, zegt Liselot peinzend: 'Het is te zien dat je al derdejaars wordt, Fiek, want ondanks al je talent had je dit een jaar geleden nog niet gekund. Je werk heeft echt diepte en rijpheid gekregen, het is indrukwekkend om te zien.'

'Ik heb alles te danken aan mijn docenten,' grapt Fieke. 'Zonder jou...'

'Nee, serieus,' onderbreekt Liselot haar. 'Je hebt echt een eigen stem gevonden in je werk, Fiek, dat meen ik.' Ze wijst. 'Kijk, daar lijken de felle tinten bijna van het doek te dansen. Je experimenteert, je neemt risico's: dat is wat ware kunstenaars doen.'

Ook op Fiekes gezicht ligt nu ernst.

'Ik probeer mijn ervaring, mijn gevoelens, om te zetten in iets tastbaars,' verklaart ze. 'Ook al besef ik maar al te goed dat de abstracte vormen en heftige kleurzettingen een chaotische, niet erg harmonische innerlijke wereld lijken te suggereren. Echt, het is alsof elk nieuw schilderij een stukje van mijn ziel bevat. Soms is dat beangstigend, zo open en kwetsbaar. Maar het is ook bevrijdend.'

Liselot knikt langzaam.

'Op het gevaar af dat je weer gaat zeggen dat ik leraresje aan het spelen ben: kunst moet beangstigend zijn. Kunst moet uitdagen, zowel de maker als de toeschouwer. Als ik naar jouw werk kijk, Fiek, zie ik een dappere kunstenaar, die niet bang is om de afgronden te verkennen.'

Ze draait zich naar Fieke en houdt haar blik vast.

'Je hebt een uitzonderlijke groei doorgemaakt sinds je binnenkwam bij de academie. Dan bedoel ik niet alleen in je techniek, maar in de manier waarop je werkt met je passie, je emotie... Je laat steeds meer zien dat je meer bent dan alleen een student; je bent een kunstenaar die iets belangrijks te zeggen heeft.'

Fieke staat op. Ze neemt het gezicht van Liselot tussen haar handen en kust haar.

Daarna zegt ze zacht: 'Dank je wel. Dat betekent veel voor me.' Op een veel vrolijkere toon voegt ze daaraan toe: 'Maar wat ik zei over jouw steun meende ik wel, want die is cruciaal geweest. Niet alleen je lessen, maar ook onze gesprekken, en dat ik hier jouw werkplek mag gebruiken. Ik voel me hier veilig om te experimenteren, mijn grenzen af te tasten. Jij hebt me geholpen om mijn eigen pad te vinden in mijn kunst.'

Liselot heeft een lichte maaltijd gemaakt, die ze bij de invallende schemering opeten op de bank, met hun borden op schoot. Intussen praten ze over de school, over mensen die ze kennen, over alledaagse dingen en ideeën die hen bezighouden.

Als ze haar bord leeg heeft en het op tafel zet, aarzelt Fieke even voordat ze zegt: 'Omdat ik samen met mijn ouders ben weggegaan, heb ik het er nog niet met je over kunnen hebben hoe je het vond dat ze hier zondag waren.'

'Het was een mooie middag,' zegt Liselot, terwijl ze opstaat en bij het raam gaat staan, haar blik gericht op de achtertuinen. 'Je ouders zijn echt lieve mensen. Zo warm, zo begripvol.'

Omdat ze niet verder gaat, vraagt Fieke: 'Maar?'

Met een triest gezicht keert Liselot zich naar haar toe.

'Daardoor moet ik sindsdien steeds denken aan mijn eigen familie. Mijn ouders zijn heel anders, die willen mij niet accepteren zoals ik ben, wat ik alleen maar als een afwijzing kan aanvoelen. Hun liefde komt altijd met voorwaarden. Met verwachtingen die ik niet kan waarmaken.'

Fieke bekijkt haar met lichte verbazing. Liselot, haar Lies, de vrouw die altijd zo sterk en zo zelfverzekerd lijkt, toont nu een kwetsbaarheid die ze eigenlijk nog nooit bij haar heeft gezien.

'Dat spijt me echt voor je, Lies. Het is oneerlijk dat liefde zo gecompliceerd kan zijn door... door de verwachtingen van anderen. Als jouw familieleden je niet accepteren zoals je bent, is dat hun verlies. Want jij bent geweldig.'

Er glijdt een glimlach over Liselots gezicht.

'Weet je, Fiek, jouw ouders toonden mij een glimp van hoe het ook kan zijn. Liefde zonder voorbehoud, acceptatie... Dat is iets waar ik al sinds mijn tienerjaren altijd naar verlangd heb, maar wat ik nooit ervaren heb, in ieder geval niet in mijn eigen gezin.'

'Dat is nu jouw gezin niet meer,' werpt Fieke tegen. 'Jij en ik zijn nu een gezin, al wonen we niet op hetzelfde adres. Dat is een kwestie van tijd, toch?'

Als antwoord kust Liselot haar op de mond.

'Pas nadat je van de academie af bent, niet eerder,' houdt ze Fieke voor. 'Bovendien moeten we het er dan eerst nog over hebben: hoe gaan wij verder? En dan bedoel ik niet alleen met de kunst.'

Fieke haalt haar schouders op.

'Wij zijn anders, wij maken onze eigen keuzes. Dat geeft ons juist een uniek perspectief, toch? We zullen wel zien waar ons pad ons brengt. Daar hoort de kunst wat mij betreft bij.'

'Onze levenskeuzes, onze kunst, het is allemaal een reflectie van wie we zijn,' erkent Liselot. 'We moeten trouw blijven aan onszelf, ongeacht de obstakels. Het is onze authenticiteit die ons onderscheidt in ons leven en die ons werk betekenis geeft. Ware kunst gaat over het uitdagen van percepties, het ontwrichten van conventionele opvattingen.'

'Nu klink je wel weer als een lerares,' waarschuwt Fieke glimlachend. Waarna ze daar aan toevoegt, met een denkrimpel boven haar neus: 'Al zei Alice ook al zoiets tegen me.'

'Die Alice van jou is een wijze vrouw,' zegt Liselot, ineens weer haar praktische en nuchtere zelf. 'Zal ik koffie zetten?'

92

Hugo

Achtersluispolder, woensdag 11 oktober 1916

Hugo staat voorovergebogen over de werkbank in de opslagplaats. Zijn blik is gefixeerd op de nieuwste chocoladecreaties die voor hem liggen. Ze zijn de tastbare bewijzen van intensieve arbeid, creatieve innovatie en zijn persoonlijke groei in het ruime halfjaar dat hij nu chocolademeester is bij Veenstra.

Elke reep, elke praline draagt zijn signatuur. Allemaal zijn het bewijzen van zijn ongeëvenaarde vaardigheid en zijn toewijding aan het ambacht van het chocolade maken. Dit zijn geen gewone chocoladeproducten: ze zijn een destillaat van zijn reis, van de brede kennis die hij heeft meegebracht uit Antwerpen en van de nieuwe technieken die hij bij Veenstra heeft geïntroduceerd.

De ontwikkeling van deze nieuwe productlijnen is een proces geweest van steeds opnieuw proberen, van experimenteren met smaken en perfectioneren van texturen. Hugo heeft lange dagen en zelfs nachten in de fabriek doorgebracht, volledig verdiept in zijn werk.

Elk recept was een uitdaging, een puzzel die erop wachtte om te worden opgelost, en bij elke geslaagde poging groeide zijn voldoening. Deze nieuwe chocoladeproducten, met hun complexe smaakprofielen en fluweelzachte texturen, vertegenwoordigen zijn vakmanschap en zijn vermogen om iets moois en nieuws te creëren.

Nu hij terugdenkt aan zijn tijd in Antwerpen, gaan er tal van emoties door hem heen. In de schaduw van de imposante Onze-Lieve-Vrouwekathedraal werkte hij daar bij Chocolaterie Delices de Belgique, een oude en traditionele chocoladefabriek. Dit familiebedrijf, opgericht in 1756, was een bastion van de Belgische chocoladetraditie, beroemd om de kwaliteit van zijn producten.

Daar had Hugo het ambacht van chocolatier geleerd. Zijn jarenlange opleiding had hem in staat gesteld om traditionele Belgische chocoladetechnieken te combineren met een gedurfde, vernieuwende benadering. Het was zijn specialiteit geworden om unieke chocoladetechnieken te ontwikkelen, die lokale en exotische ingrediënten harmonieus samenvoegden: dat resulteerde in smaken die zowel verrasten als verrukten.

Zijn bekwaamheid in het uitbalanceren van smaken, gecombineerd met een grondige kennis van de chocoladechemie, stelden Hugo in staat om opvallende producten te creëren, die opvielen in de markt.

Nu hij chocolademeester is bij Veenstra, wil hij de Belgische chocoladetraditie combineren met de vernieuwende geest van dit familiebedrijf. Hugo's achtergrond biedt hem een uniek perspectief op chocolade, dat het erfgoed van zijn thuisland respecteert en toch ook nieuwe mogelijkheden onderzoekt: precies wat Veenstra nodig heeft om de eigen ambities waar te maken in een snel veranderende wereld.

Terugdenkend aan zijn tijd in Antwerpen, realiseert Hugo zich ook hoezeer hij gegroeid is. De ervaringen uit die tijd, zowel de triomfen als de tragedies, hebben hem gevormd tot de chocolatier die hij nu is. De herinneringen aan zijn werk daar, aan de innovaties die hij doorvoerde en de erkenning die hij ontving, zijn bitterzoet.

Alles wat hij daar had, heeft hij verloren. Het gemis van de voldoening van zijn werk in Delices de Belgique is nog niets in vergelijking met de scherpe pijn die hij nog altijd voelt door het tragische verlies van Jeannette en van het ongeboren kind, dat hij tegelijkertijd met zijn vrouw kwijtraakte. Al zijn herinneringen zijn doortrokken van verdriet om wat hij heeft achtergelaten en onderweg heeft moeten prijsgeven aan het genadeloze noodlot.

En toch heeft hij de veerkracht gevonden om door te gaan. Bij Veenstra heeft hij een nieuw hoofdstuk kunnen beginnen. Het bedrijf heeft hem niet alleen een baan geboden, maar ook een gemeenschap, een doel, en een manier om het verleden een plaats te geven.

Zijn samenwerking met Egbert, de voorman, is symbolisch voor de warme en ondersteunende werkomgeving die hij bij Veenstra heeft gevonden. Gezamenlijk hebben ze de productielijnen geoptimaliseerd, efficiëntere strategieën ingevoerd, hogere kwaliteitseisen gesteld en een samenwerking gecultiveerd die essentieel is voor het succes van het bedrijf.

Bij Veenstra heeft Hugo niet alleen een nieuwe plek gevonden om zijn vak uit te oefenen. Tegelijkertijd is het bedrijf ook een basis voor zijn herstel. Zijn nieuwe producten vormen niet alleen het bewijs van zijn onverminderde passie voor chocolade, maar ook van zijn vermogen om zijn persoonlijke tragedie te overstijgen en zijn ambacht naar nieuwe hoogten te tillen. Elk succes bij Veenstra, elke doorbraak in het ontwikkelingsproces, voelt als een stap verder weg van de schaduw van het verleden, een stap dichter bij een toekomst vol belofte en mogelijkheden.

En dan is er Noor, de levendige en scherpzinnige dochter van de eigenaar. Noor, de jonge vrouw met de spectaculair mooie groene ogen. Noor, met haar lieve sproeten en haar kastanjebruine haar. Noor, met haar onvergetelijke lach, die hem 's nachts wakker houdt. Prachtige, grappige, slimme, heerlijke Noor.

Noors aanwezigheid verlicht Hugo's wereld nu al maandenlang, op een manier die hij niet had voorzien. Hij betrapt zichzelf er regelmatig op dat hij naar haar uitkijkt, aangetrokken door haar energie, haar intelligentie en haar overdonderende schoonheid. Ze is een bron van licht, waar hij hulpeloos naartoe getrokken wordt.

Nog steeds voelt Hugo zich schuldig als hij zulke dingen

denkt en voelt. In het afgelopen jaar is hij weleens met collega's naar Zaandam en Amsterdam geweest, maar als iemand hem dan in een café wees op een aantrekkelijke vrouw, was zijn steevaste reactie: 'Nee, ik ben weduwnaar.'

De rouw was een schild dat hij om zich heen hield, een verdediging tegen de mogelijkheid van een nieuw verlies. De onuitgesproken regels van eenzaamheid die hij zichzelf daarmee oplegde, zijn volkomen in strijd met wat hij nu voor Noor voelt. Zijn emoties verstrengelen zich in een complexe dans van loyaliteit aan zijn verleden en de ontluikende mogelijkheden van iets nieuws.

Hij kan het simpelweg niet helpen: hij moet steeds aan Noor denken, soms met een intensiteit die hem ongemakkelijk maakt. Hij weet dat dit hoort bij zijn nieuwe werkelijkheid, bij een zoektocht naar verbinding, naar heelheid, naar een toekomst waarin zijn verdriet hanteerbaar is.

Terwijl hij verder werkt, glimlacht Hugo om de ironie van zijn situatie: in het creëren van chocolade, iets wat altijd een bron van zuivere vreugde voor hem geweest is, vermengt zich nu de bitterheid van zijn verlies met de zoetheid van nieuwe hoop.

Het is de zoetheid van een overwinning. Op zijn verleden. Op zijn verdriet. Op zichzelf.

93

Annabel

Velp, maandag 18 december 1916

Vanuit het raam van haar kamer kijkt Annabel uit over de kale bomen in de kloostertuin. Ze geniet van een welverdiende pauze na een halve dag hard werken. Voordat ze weer verder gaat, laat ze haar gedachten de vrije loop.

De dagelijkse rituelen in het Sint-Elisabethklooster geven haar het gevoel deel uit te maken van een hechte gemeenschap, zo heel anders dan de onzekerheid en het isolement uit haar verleden. Ze waardeert de zinvolle taken die ze verricht, het werk in de keuken en de zorg voor de moestuin: die activiteiten verbinden haar met de aarde en met de mensen om haar heen. Daardoor is ze tot rust gekomen.

Het klooster is voor haar een toevluchtsoord, een plaats van vrede en stabiliteit. Hier is Elsje geboren, de vreugde van Annabels leven. Haar lieve dochter is alweer drie jaar. Ze kan al zoveel en leert van alles van de zusters, die allemaal gek op haar zijn, en Elsje op hen.

Elsje kent niets anders dan deze veilige wereld binnen deze muren. Als Annabel ziet hoe Elsje met grote, nieuwsgierige ogen kijkt naar de gebeurtenissen om haar heen, beseft ze maar al te goed dat het kloosterleven op de langere termijn niet voldoende zal zijn voor haar dochter.

Binnen een paar jaar zal Elsje moeten gaan deelnemen aan

de buitenwereld. Daar heeft ze recht op. Ook op onderwijs dat verder gaat dan wat het klooster kan bieden, hoe waardevol dat ook is. Voor de ontwikkeling en het geluk van haar dochter zal Annabel dus beslissingen moeten nemen over hun toekomst.

Het is alsof zuster Martha, de grote steun en toeverlaat van Annabel, in de gaten heeft dat ze worstelt met twijfels. Ze klopt aan op de openstaande kamerdeur en vraagt: 'Mag ik binnenkomen?'

'Jij altijd,' antwoordt Annabel, terwijl ze zich glimlachend naar haar omdraait. 'Ik ben blij dat je er bent. Ga zitten.'

Martha neemt zwijgend plaats op de enige stoel in de kamer, Annabel op de rand van haar bed.

'Ik wilde al met je komen praten,' vertelt Annabel, 'want ik ben de laatste tijd veel aan het nadenken. Over hoe het verder moet.'

'Dat dacht ik al.'

Waarderend kijkt Annabel naar haar vriendin, die zich nooit opdringt, maar er altijd voor haar is. Zoals ze daar nu ook zit, met haar handen gevouwen in haar schoot, haar heldere ogen in afwachting gericht op haar.

Annabel zucht diep.

'Ik zou willen dat het altijd zo kon blijven, weet je. Het is hier zo goed en zo mooi.'

Zuster Martha knikt.

'Dat is ook zo, maar het leven gaat door. Kleine kinderen worden groot.'

'Ja, precies! Daar maak ik me zorgen om. Als het alleen aan mij lag, zou ik hier nog heel lang blijven We gaan ook echt nog niet snel weg, hoor, maar Elsje...'

Ze valt stil. Meer uitleg is ook niet nodig.

'Je hebt een lange weg afgelegd, Annabel, en je hebt onderweg moed getoond. Die moed is ook nu nodig, want je weet dat het belangrijk is om vooruit te kijken, om te bedenken wat het beste is voor jou en voor Elsje.'

'Ja, dat weet ik. Dat weet ik maar al te goed.'

Annabel buigt haar hoofd. Dan deelt ze haar verhaal. Eindelijk.

Soms aarzelend, soms in tranen vertelt ze over haar verleden, over haar familie, over haar vriendinnen, over Pieter, over alle ellende die haar overkomen is en over de keuzes die haar uiteindelijk hier hebben gebracht.

Geduldig hoort zuster Martha het allemaal aan, zonder commentaar te geven. Pas als Annabel uitverteld is en opgelucht herademt, neemt ze het woord.

'Vrede vind je niet alleen door te schuilen voor de stormen van het leven,' zegt ze zacht, 'maar ook door de moed te vatten om die stormen tegemoet te treden. Je zult je verleden onder ogen moeten zien om verder te kunnen. Het sluiten van oude wonden maakt ruimte voor groei en nieuwe mogelijkheden.'

'Maar hoe?' wil Annabel weten. 'Wat moet ik doen?'

'Je zult de confrontatie moeten aangaan met de mensen in je verleden, en daardoor ook met jezelf. Het begint allemaal met vergeving. Door de anderen en van de anderen. Dan is er verzoening mogelijk en innerlijke rust.'

'En hoe krijg ik dat voor elkaar?'

'Door de eerste stap te zetten. Jij kunt hen wel bereiken, zij jou niet.'

Annabel knikt.

'Je hebt gelijk. Zoals altijd.'

'Nee hoor, ik heb lang niet altijd gelijk.' Zuster Martha staat op. 'Maar soms volstaat het om een helpende hand te bieden aan iemand die dat nodig heeft.'

'Bedankt daarvoor. Ik zie je straks.'

Terwijl Annabel haar nakijkt, neemt ze een besluit.

Die avond, als ze alleen is in haar kamer, schrijft ze een brief aan haar ouders. Daarin vertelt ze over haar vlucht, over haar werk op de boerderij, over het klooster en over Elsje.

Maar als ze op het punt komt waarop ze vergeving moet vragen, stopt ze. Het gaat niet. Ze kan het niet.

Ze verfrommelt de brief eerst en verscheurt die dan.

Nadat ze een tijdlang heeft gestaard naar de kaars op haar tafel, pakt ze een nieuw vel papier en schrijft een soortgelijke brief aan Gerard. Die ze ook weer verscheurt.

Daarna volgt een brief aan Noor. Ook die eindigt in haar prullenbak, in snippers.

De gedachte om contact op te nemen met haar ouders, die ze zo heeft teleurgesteld, of met Gerard, die niets meer van haar wil weten, of met Noor, die haar een verraadster heeft genoemd en haar de vriendschap heeft opgezegd, roept een chaos aan emoties bij haar op.

Ze wil niks liever dan vrede sluiten met haar verleden. Zich verzoenen met de mensen die altijd zo belangrijk voor haar geweest zijn. Innerlijke rust bereiken. Een toekomst veiligstellen voor Elsje, die nooit haar vader zal kennen.

Met tranen in haar ogen gaat ze op haar bed liggen, haar handen onder haar hoofd.

Ze voelt zich overweldigd door de nare herinneringen aan haar vertwijfeling, haar eenzaamheid, haar verdriet om Pieter. Aan de pijnlijke redenen van haar vlucht.

Maar al te graag wil ze het advies opvolgen van zuster Martha, haar wijze raadgeefster. Het liefst zou Annabel gehoor willen geven aan haar aanmoediging om in het reine te komen met alles wat er gebeurd is.

Annabel wil haar familie en haar vriendinnen vragen om begrip, om vergiffenis, om acceptatie. Ze moeten weten over Elsje. Dat het goed gaat met hen allebei. Dat ze naar hen allemaal verlangt, dat ze hen zo graag weer wil zien.

En toch kan ze hen niet schrijven.

Zou het sturen van zo'n brief echt iets veranderen? Zou de pijn van het verleden erdoor verzacht worden, of zou ze alleen maar oude wonden openrijten? Of – en dat is haar grootste angst – zouden ze haar koudweg afwijzen?

Een tijdlang ligt ze wakker. Dan huilt ze zichzelf zachtjes in slaap.

94

Noor

Zaandam, maandag 8 januari 1917

Noor en Timmer Veenstra zijn ruim op tijd voor hun afspraak bij de Nederlandsche Handel-Maatschappij. Toch nodigt Du Fossé hen direct uit in zijn kantoor.

Het is een indrukwekkende ruimte met grote, sierlijk omlijste ramen, die uitzicht bieden op hartje Zaandam. Op het zware eikenhouten bureau van Du Fossé liggen stapels documenten, op een hoek ervan staat een antieke globe. Aan de muur hangen ingelijste diploma's en getuigschriften, terwijl een paar diepgroene planten een vleugje levendigheid toevoegen. Voor het bureau staan twee leren stoelen op hen te wachten.

In de afgelopen jaren is Leo du Fossé veel meer geworden dan de financiële contactpersoon bij hun huisbank. Inmiddels is hij een vertrouwenspersoon voor het bedrijf, met wie Noor goed kan opschieten.

Nadat iedereen van koffie is voorzien, slaat Du Fossé een dikke ordner open. Terwijl hij hen allebei voorziet van een stapeltje papieren met een nietje erdoor, verschijnt er een brede glimlach op zijn ronde gezicht met de goed verzorgde snor.

'Welkom bij onze vaste januari-afspraak over de jaarcijfers,' zegt hij vrolijk. 'Noor, Timmer, ik zal meteen met de deur in huis vallen: het is over de hele linie goed nieuws. Indrukwekkende cijfers, zeiden mijn collega's, toen ik hen jullie jaarrapport voorlegde in onze overlegvergadering. Zo is het ook: Veenstra heeft, ondanks de onzekerheden van de oorlogstijd een aanzienlijke groei laten zien in zowel omzet als winst. Proficiat!'

Noors vader kijkt trots naar de kolommen met cijfers op de papieren die voor hem liggen.

'Deze groei,' merkt hij op, 'weerspiegelt niet alleen onze financiële kracht, maar ook het harde werk en de toewijding van iedereen in onze fabriek.'

'Dat klopt,' antwoordt Du Fossé. 'De cijfers spreken voor zich, maar de betekenis ervan gaat veel dieper dan dat. Het aantal medewerkers is toegenomen en uit alle getallen blijkt dat het bedrijf de capaciteit heeft om werk en stabiliteit te bieden in deze turbulente tijden. Dat kunnen weinig andere grote ondernemingen jullie momenteel nazeggen. Jullie vermogen tot aanpassing en innovatie maakt echt een verschil, daardoor is de expansie mogelijk geworden.'

Timmer Veenstra's blik gaat van de bankier naar zijn dochter.

'Ik moet zeggen dat de komst van Hugo Crebolder, onze chocolademeester, een belangrijk punt is geweest in onze ontwikkeling. De afgelopen maanden heb ik hem vaak aan het werk gezien en heb ik regelmatig gesprekken met hem gevoerd. Zijn expertise en zijn vernieuwende benadering hebben ons productieproces zonder meer verbeterd en ons assortiment ingrijpend verrijkt. Eerlijk gezegd was ik destijds nogal sceptisch toen jij voorstelde om die man een functie te geven die volkomen nieuw was binnen ons bedrijf, Noor, maar ik moet toegeven dat je zijn capaciteiten zeer goed hebt ingeschat.'

'Dank u, Vader, ik ben ook blij dat het zo goed heeft uitgepakt. Hugo heeft niet alleen nieuwe productlijnen geïntroduceerd, maar zijn benadering van het productieproces en zijn enorme kennis van chocolade, gecombineerd met een ongeëvenaarde passie voor kwaliteit, heeft ons geholpen onze positie in de markt te versterken.'

Du Fossé, altijd geïnteresseerd in de concrete uitwerking van zulke vernieuwingen op het bedrijfsresultaat, vraagt om details.

Daarom geeft Noor hem specifieke voorbeelden, zoals Hugo's ontwikkeling van een uniek roosterproces dat de smaakprofielen van de cacao versterkt. Ze legt ook uit hoe hij de productielijnen efficiënter maakte door geavanceerde temperatuurcontroles, die de kwaliteit ten goede komen en de productietijd verkorten.

'Die man moeten we koesteren,' zegt Noors vader, 'want hij is niet alleen belangrijk voor technische verbeteringen en de introductie van nieuwe producten. Ik heb zelf gezien en ook gehoord van onze voorman, Egbert van Walraven, dat Crebolder een sfeer van vernieuwing en kwaliteitsbewaking heeft ingebracht bij onze productielijnen. Hij weet onze werknemers echt te inspireren en te motiveren. Dus heeft hij een positieve invloed op het hele bedrijf.'

'Goed om te horen,' vindt Du Fossé. 'Wat zijn de plannen voor dit nieuwe jaar?'

'Gewoon verder groeien,' antwoordt Noors vader. 'Omdat onze aanvoerlijnen voor cacao nu vanuit Nederlands-Indië lopen, is de veiligheid daarvan gegarandeerd en lopen we daar geen noemenswaardige risico's meer mee. Dus kunnen we onze productiecapaciteit en ons personeelsbestand verder uitbreiden.'

'We hebben ons aangepast aan de veranderende markt en aan de behoeften van onze klanten,' voegt Noor daaraan toe. 'De uitbreiding van ons assortiment en de optimalisering van onze productieprocessen hebben ons in 1916 geholpen om onze omzet te vergroten. Voor 1917 kunnen we dus inderdaad mikken op voortzetting van die groei.'

Du Fossé knikt.

'De strategische beslissingen die jullie het afgelopen jaar hebben genomen, leggen een solide basis voor toekomstige groei. Door te blijven innoveren en door het productaanbod en het marktbereik uit te breiden, kunnen jullie de concurrentie voorblijven en de positie van Veenstra in de markt verder versterken. Ik heb van mijn directie op voorhand toestemming gekregen om eventuele investeringen in nieuwe bedrijfsonderdelen of het Veenstra-dorp goed te keuren. Dat vertrouwen hebben jullie inmiddels opgebouwd. Andermaal mijn felicitaties.'

Hij slaat de ordner op zijn bureau dicht.

'Dank je, Leo,' zegt Noors vader. 'Dan heb ik ook nog een mededeling.' Hij wacht even. 'Na overleg met mijn vrouw heb ik besloten om jou, Noor, na je eenentwintigste verjaardag, dus vanaf 15 maart 1918, tot mededirecteur te benoemen van ons bedrijf. Dat heb je wel verdiend.'

'O, Vader, wat mooi!' roept Noor.

Opgetogen slaat ze haar handen voor haar mond.

Meteen merkt ze dat Leo du Fossé totaal niet verrast is door deze mededeling. Kennelijk heeft haar vader dit al eerder met hem besproken.

Maar dat kan haar niet schelen. Ze omhelst haar vader.

'Dit... dit had ik niet verwacht,' stamelt ze, terwijl ze probeert haar gedachten en emoties te ordenen. 'Ik ben zo dankbaar voor deze kans. Het betekent veel voor me dat jullie beiden zoveel vertrouwen in me hebben.'

Haar vader glimlacht breed.

'Daar hoef je mij niet voor te bedanken, Noor. Zoals ik al zei: dit heb je verdiend. De afgelopen jaren heb jij je zo hard ingezet voor het bedrijf en je studie. Zonder jouw toewijding en toekomstvisie zouden onze jaarcijfers er beslist niet zo florissant hebben uitgezien als nu. Daar ben ik van overtuigd.'

'Ik geloof dat Timmer daar volledig gelijk in heeft, Noor,' valt Du Fossé hem bij. 'Jullie familiebedrijf wordt alleen maar sterker met jou als mededirecteur.'

'Dat is pas in maart volgend jaar, hè!' grapt ze.

Haar vader kijkt haar grijnzend aan.

'Iets zegt mij dat jij tot die tijd niet op je handen gaat zitten.'

'Ik ga er in ieder geval van uit dat we hier volgend jaar rond deze tijd vergelijkbaar goede jaarcijfers te vieren hebben,' zegt Du Fossé.

'Ik ook,' antwoordt Noor, zonder een spoor van twijfel.

95

Hugo

Achtersluispolder, maandag 8 januari 1917

Aan het eind van de middag is Hugo aan het werk in de fabriekshal, als Noor opgewonden naar hem toe komt. Ze trekt hem aan zijn arm mee, de hal uit, weg van de dreunende machines.

Opgewonden pratend stelt ze hem op de hoogte van het gesprek dat zij en haar vader zojuist hebben gevoerd met hun huisbankier, en van de lovende woorden die daarbij door alle drie zijn gesproken over Hugo's inbreng.

Vanzelfsprekend is Hugo in zijn nopjes met de waardering die de leidinggevenden van de fabriek en hun financier hebben voor zijn werk.

'Ik vind het echt fideel van je om mij dit meteen te komen vertellen,' zegt hij blij.

Aan Noors glimlachje ziet hij dat Hollanders dit waarschijnlijk op een andere manier zouden hebben uitgedrukt, maar zulke dingen kunnen hem weinig schelen.

Samen lopen ze terug de productiehal in, waar de lucht zwaar is van de rijke, bedwelmende geur van gesmolten cacao, een aroma dat hijzelf zowel troostend als opwindend vindt.

Naast elkaar staand kijken ze naar de hypnotiserende stroom van glanzende chocoladebrij die vloeit uit de concheermachines, het kloppend hart van Veenstra's productielijn. Dit vindt hij zo mooi.

'Kijk, Noor,' zegt hij, boven het ritmische geluid van de machines uit. 'Zie je hoe de chocolade transformeert? Het langere concheren dat we tegenwoordig doen, helpt het bittere van de cacao te verzachten; elke vouw en elke werveling vertelt het verhaal van die verandering, waardoor uiteindelijk die fluweelzachte textuur ontstaat.'

Al pratend beweegt hij met zijn handen om de richting van de chocoladestroom weer te geven. Hij merkt dat Noor aan zijn lippen hangt. Haar groene ogen kijken naar hem op en roepen een zucht in hem op.

'Het is alsof jij nu het hele proces dirigeert,' grapt ze. 'Alsof de chocolade tot leven komt door jouw handen.'

Bij de hitte van de machines ontmoeten hun blikken elkaar boven de rivier van donkere chocolade. Voor een moment lijkt de tijd stil te staan.

'Niet alleen de chocolade komt tot leven,' antwoordt hij, bijna ademloos. 'Elk deel van dit prachtige proces is een samenspel van tijd, zorg en aandacht – net als... andere delicate relaties.'

Verbeeldt hij het zich, of doet ze een stapje dichter naar hem toe?

'En hoe weet je wanneer het precies goed is?' vraagt ze, met die onweerstaanbare stem van haar. 'Wanneer heeft de chocolade precies de juiste textuur en smaak bereikt?'

'Dat is een gevoel, Noor,' vertelt hij. 'Op den duur leer je de tekenen te herkennen, de subtiele veranderingen.' Hij wacht even om te zien of hij een vonk van begrip ziet in de diepte van haar ogen.

Een ogenblik lang is er niets anders dan het geluid van de machines en hun ademhaling.

Dan zegt Noor, nog net hoorbaar: 'Ja, ik denk dat ik begin te begrijpen wat je bedoelt.'

Hij pakt haar hand en brengt die naar de stroom van warme, vloeibare chocolade.

'Hou je vinger er maar in,' instrueert hij haar. 'Proef maar.'

Noor stokt even, maar doet dan wat hij zegt. Ze steekt haar

vinger wat aarzelend uit, lijkt te schrikken als de chocolade over haar vinger loopt en doet haar vingertop dan in haar mond, waarbij ze haar ogen gelukzalig sluit.

'Wat een krachtige, eerlijke smaak,' zegt ze, als ze haar ogen weer opendoet. 'De hele rijkheid van de chocola is erin aanwezig: de bitterheid, de zoetheid, de onmiskenbare diepte. Het eten van echt goede chocola is een zinnelijke ervaring.'

Om hen heen gaat de fabriek verder met de eeuwige dans van de productie. De machines zingen hun eentonige lied. Dat gaat allemaal aan Hugo voorbij. Het enige wat hij ziet zijn die twee groene ogen, die op hem gericht blijven.

Hij slikt moeizaam, voelt de behoefte om iets te zeggen. Wat dan ook.

Dus vertelt hij: 'Als die rotoorlog eenmaal voorbij is, wil ik doen wat jouw vader jaren geleden gedaan heeft: naar Zwitserland gaan om de verfijnde kunst van het chocolade maken nog beter te leren. Dat heb ik altijd al gewild.'

'O, mag ik dan met je mee?' vraagt ze.

Hij kan haar wel zoenen.

'Jij, Noor, mag overal met mij mee naartoe.'

Hij moet haar wel zoenen.

Het is sterker dan hijzelf. Hugo slaat zijn armen om haar heen en kust haar.

Al gauw klinkt er gejoel in de fabriek, als de medewerkers in de gaten hebben wat er aan de hand is: de chocolademeester kust de dochter van de baas.

Maar het kan hem niks schelen, want dat is allemaal niet belangrijk. Het enige wat telt, is dat hij Noor in zijn armen heeft en dat hij haar kust en kust en kust.

En zij kust hem terug.

96

Noor

Achtersluispolder, vrijdag 12 januari 1917

Hand in hand lopen Noor en Hugo dicht naast elkaar over een pad in het midden van de Achtersluispolder. De winterwind wervelt door de takken van de kale bomen. Hun vingers zijn verstrengeld, hun adem vermengt zich als witte wolken die oplossen in de kille lucht.

Alles is veranderd sinds de kus in de fabriek, waar zoveel Veenstra-werknemers getuige van waren. Sindsdien zijn er nog vele kussen gevolgd, want in de dagen daarna heeft Noor vrijwel elk vrij moment met Hugo doorgebracht.

In het gemeenschapshuis in het Veenstra-dorp, in Hugo's woning en tijdens wandelingen hebben ze gekust, gepraat, gelachen, gepraat en nog meer gekust. Ze kunnen niet van elkaar afblijven en zoeken voortdurend elkaars blik.

Noors vader heeft haar er al wat mee geplaagd en haar moeder maakte tijdens een maaltijd een toespeling, maar het is te zien dat ze allebei blij zijn dat hun dochter de liefde gevonden heeft.

Nu de bleke zon door de grijze wolken breekt, kijkt Noor over de weilanden en de bevroren sloten. Verderop ligt de Zaan, die inmiddels ook al dichtgevroren is. Haar gedachten tuimelen over elkaar.

Blijkbaar merkt Hugo dat ze minder opgewekt is dan de

laatste dagen, want hij kijkt haar van opzij aan en vraagt voorzichtig: 'Is er iets?'

Zijn ogen zoeken de hare.

Even aarzelt ze voordat ze antwoordt. 'Ik...' begint ze.

Haar stem klinkt zachter dan gewoonlijk, het is alsof het woord wordt weggeblazen door de wind. Ze slikt en brengt haar vrije hand naar haar mond.

Hugo wacht geduldig, maar zijn bezorgdheid is van zijn gezicht af te lezen.

Noor bijt even op haar lip, knijpt dan in zijn hand en glimlacht verontschuldigend.

'Ik ben zo gelukkig, Hugo,' zegt ze. 'Zo ontzettend gelukkig.'

'Maar...?' vraagt hij.

Ze zucht.

'Weet je, vanaf mijn kindertijd ben ik gewend om mijn momenten van geluk en verdriet te delen.'

'Met de andere twee van De Drie Vriendinnen,' begrijpt hij.

Noor knikt, glimlachend. Ze heeft hem de afgelopen dagen zoveel verteld over zichzelf, over haar dromen, over haar ouders, over Pieter en inderdaad ook over Fieke en Annabel, en wat er allemaal gebeurd is.

'Ja, maar De Drie Vriendinnen bestaan niet meer,' verzucht ze. 'Fieke zit in Amsterdam, ik spreek haar nauwelijks meer. En Annabel... die is helemaal verdwenen uit ons leven.'

Hugo trekt haar dichter tegen zich aan.

'Zelf heb ik zulke vriendschappen nooit gekend,' vertelt hij. 'Daarom denk ik dat het vooral goed is om je eraan vast te houden dat alles wat je met die twee meiden gedeeld hebt, nog steeds een deel van jou is. Nu je ze niet meer om je heen hebt, ben ik er voor je.'

Met haar hoofd tegen zijn schouder leunend, probeert Noor haar tranen te bedwingen, maar dat lukt niet zo best.

Met betraande ogen kijkt ze naar hem omhoog.

'Dank je, Hugo,' zegt ze zacht. 'Ik weet het. Dat betekent alles voor me.'

Lees ook de andere delen in

De Zaanse cacaotrilogie